国家社科基金
GUOJIA SHEKE JIJIN HOUQI ZIZHU XIANGMU
后期资助项目

中国文学中的
印度形象研究

The Image of India in Chinese Literature

王汝良 著

中华书局
ZHONGHUA BOOK COMPANY

图书在版编目（CIP）数据

中国文学中的印度形象研究/王汝良著. —北京：中华书局，
2018.6（2024.4重印）
（国家社科基金后期资助项目）
ISBN 978-7-101-13030-0

Ⅰ.中…　Ⅱ.王…　Ⅲ.①中国文学-文学研究②中印关系-
文化交流-文化史-研究　Ⅳ.①I206②K203②K351.03

中国版本图书馆 CIP 数据核字（2018）第 000502 号

书　　　名	中国文学中的印度形象研究
著　　　者	王汝良
丛 书 名	国家社科基金后期资助项目
责任编辑	罗华彤
责任印制	陈丽娜
出版发行	中华书局
	（北京市丰台区太平桥西里 38 号　100073）
	http://www.zhbc.com.cn
	E-mail:zhbc@zhbc.com.cn
印　　　刷	三河市中晟雅豪印务有限公司
版　　　次	2018 年 6 月第 1 版
	2024 年 4 月第 2 次印刷
规　　　格	开本/710×1000 毫米　1/16
	印张 18½　插页 2　字数 300 千字
国际书号	ISBN 978-7-101-13030-0
定　　　价	68.00 元

国家社科基金后期资助项目出版说明

　　后期资助项目是国家社科基金设立的一类重要项目,旨在鼓励广大社科研究者潜心治学,支持基础研究多出优秀成果。它是经过严格评审,从接近完成的科研成果中遴选立项的。为扩大后期资助项目的影响,更好地推动学术发展,促进成果转化,全国哲学社会科学规划办公室按照"统一设计、统一标识、统一版式、形成系列"的总体要求,组织出版国家社科基金后期资助项目成果。

全国哲学社会科学规划办公室

目　录

绪　论

——形象学视野下的中印文化关系

中印文化关系研究历来受到重视。印度文化对中国文化的影响持久而广泛，要厘清中国文化的源流，就必须学习和研究印度文化；要弘扬传统文化和建设现代文化，也不应忽视印度文化的借鉴作用。本书选择比较文学形象学的视角和方法，对中国文化视野中的印度进行整体观照。文化关系研究离不开政治、经济、社会等领域的综合观照，所以，本书也是一次从文学角度出发研究文化关系、以文化关系体现综合交往的砥砺尝试。

一　中印关系与形象学

中印两国山水相依，文化交流源远流长。在漫长的历史演进过程中，两大文明古国不但为世界文明作出了各自的贡献，彼此之间也有着重要的影响与契合。从原始的简单接触到全球化时代的同生共存，从经济政治领域的密切交往到宗教艺术领域的互动交流，两国文人各自留下了丰富而深刻的关于对方的文化记忆。特别是在史传传统发达、文字记载丰富的中国，在丰厚的典籍文献中有着大量关于印度形象的记载。无论是在以诗文小说为核心的经典文学文本中，还是在诸多历史地理著作、野史笔记中，中国文人均在有意或无意间以个人或集体意识对印度进行着书写、记忆或改写。

比较文学是一门研究文化交流的学问，作为比较文学一个分支的形象学，最终也以对"自我"与"他者"间文学、文化关系的关注为旨归。同时，在对本土与异域、"自我"与"他者"的关系进行相互指涉的过程中，异国形象也实现了其言说"他者"和言说"自我"的双重功能，"'我'注视他者，而他者形象也传递了'我'这个注视者、言说者、书写者的某种形象"①。所以，对文学作品中的异国形象进行系统的发掘、整理和研究，有利于双方认识文

---

① 　孟华主编：《比较文学形象学》，北京大学出版社，2001年，第157页。

化差异、理解文化共存、促进文化交流,对形象塑造者和被塑造者双方都有着重要的参考价值。从这个意义上说,比较文学形象学研究同钱锺书先生主张的"因文知世",即以文学作品的表现来了解当时的历史和社会,有异曲同工之妙。

本书即为将二者结合所进行的尝试。从比较文学形象学视角出发,以历史的演进为经、中国文人对印度的认识为纬,对历代典籍中关于印度的重要记载进行发掘、整理和研究,勾勒一幅印度文化、社会的立体图像。同时,对各时期中国文人塑造印度形象时所处的文化背景、所持的文化心态进行研究,实现形象言说"他者"与言说"自我"的双重功能。在此基础上,对研究所涉的文化误读与文化利用、形象学与东方学等问题进行重点反思。

本书研究意义和价值主要体现在:首先,为中印文化关系研究提供新的范式。采用形象学视角,使原本在中国典籍中隐性存在的印度形象得到清晰化、明朗化的展示,在重构中印文化关系史方面进行一次有益的尝试。所提炼出的建设性、创新性观点,可为把脉中印文化关系现实和走向提供参考和启示。其次,采用形象学理论对中印两个东方大国间的文化关系进行研究,是对以往的形象学研究多囿于"东—西"二元对立模式的一种反思,并为如何避免机械套用西方理论提供借鉴和启示。第三,中印文化关系研究、比较文学形象学研究相结合,跨学科、跨文化的研究思路,有助于拓展印度学、东方学和比较文学的学术空间。

本书既关注中印文化关系,又涉及"中国人看世界"这一形象学内容。

国内关于中印文化关系的研究历史长久,积淀深厚,可概括为三类。一是文献整理类。清魏源《海国图志》可视为首部中印关系史的资料汇编,具有开拓意义。张星烺《中西交通史料汇编》(1930)、方豪《中西交通史》(1953)和耿引曾《汉文南亚史料学》(1990)、《中国载籍中南亚史料汇编》(1994)等,均对古代中印关系的相关史料进行了汇辑和校释。二是专题研究类。佛教一直是中印文化关系研究的重要领域,梁启超、陈寅恪、胡适、季羡林、金克木、黄宝生、王邦维、孙昌武等,都曾对佛教与中国文化、佛经与翻译文学的关系进行专题研究,并有《佛教之初输入》(梁启超,1920)、《佛教与中国文学》(孙昌武,1988)、《梵汉佛经对勘丛书》(黄宝生,陆续出版)等著述。章巽、季羡林、王邦维分别为《法显传》《大唐西域记》《南海寄归内法传》所做的校注,则是对中印交往作出突出贡献的几位高僧所留著作进行的专题研究。其他如常任侠的《丝绸之路与西域文化艺术》(1981)、季羡林的《文化交流的轨迹:中华蔗糖史》(1997)、刘安武的《印度文学和中国文学比较研究》(2005)等,则分别是从艺术、科技、文学角度切入的专题研究。三是通史撰述类。着重对中印关系进行纵向梳理和全面评析,如金克木的《中印人民友谊史话》(1957),林承节的《中印人民友好关系史1851—1949》(1993),季羡林的《中印文化交流史》(1991),薛克翘的《中国与南亚文化交流志》(1998)、《中国印度文化交流史》(2008),郁龙余等的《梵典与华章——印度作家与中国文化》(2004)等。其他的一些中外文化交流史、交通史著作,如周一良主编的《中外文化交流史》(1987),沈福伟的《中西文化交流史》(1985),王介南的《中外文化交流史》(2004),耿引曾的《中国人与印度洋》(1997),冯承钧的《中国南洋交通史》(2005)等,也对中印文化交流有分量不等的论述。王宏纬的《喜马拉雅山情结:中印关系研究》(1998)虽是一部政治关系史,但含有许多与文化交流有关的重要内容。国外,印度汉学家 Prabodh Chandra Bagchi 著有 *India and China: a Thousand Years of Cultural Relations*(《印度与中国——千年文化关系》,1951),Jawaharlal Nehru 著有 *The Discovery of India*(《印度的发现》,1946),均有专节回顾和评述中印关系,成为 20 世纪印度国内研究中印关系的两部代表性著作。此外,K.M.Panikkar 著有 *India and China: A Study of Cultural Relations*(《印度和中国:文化关系研究》,1957),Kanti Bajpai 编著有 *The Peacock and the Dragon: India—China Relations in the 21st Century*(《孔雀与龙:21 世纪的印中关系》,2000),G.P.Deshpande 编著有 *50 years of India—China: Crossing a Bridge of Dreams*(《跨越梦想之桥:印中关系 50 年》,2001)等,都从印度学者的立场对中印文化关系的历史和现实作了勾勒和评述。2014、2015 年,由中印两国学者组织编著的《中印文化交流百科全书》(一卷本)和《中印文化交流百科全书》(详编,两卷本)相继问世,成为纵览中印交往两千年历史,横贯文学、哲学、艺术、经贸、科技、外交等各个领域的标志性成果。

　　近年来,国内形象学理论和实践研究日益增多。孟华主编的《比较文学形象学》(2001)首次对这一西方理论进行了译介,周宁、姜智芹等也在本体论和方法论上进行了新的探索,并分别有不少实践研究成果问世,如《中国文学中的西方人形象》(2006)、《中国形象：西方的学说与传说》(2004)、《英国文学中的中国形象》(2005)等。这些研究多集中在"中—西"两极间，"中—西"间文化的异质性、近代以来中西历史地位的偏差既使此类研究受到广泛关注，又容易导致研究趋于模式化、定型化，反而在一定程度上成为其发展的一个障碍。相反，"东—东"间特别是"中—东"间的形象学研究前景广阔，这不但与形象学的开放性相适应，也对探索西方理论在东方国家之间的适应性进而避免机械套用具有重要意义。目前国内在这方面的研究还比较缺乏，仅有林丰民的《〈一千零一夜〉中的东方形象与对他者的想象》(2004)、张哲俊的《中国古代文学中的日本形象研究》(2004)、尹锡南的《印度的中国形象》(2010)和笔者的硕士论文《泰戈尔笔下的中国形象》(2007)等为数不多的著述出现。以中国文化的视角对近邻印度进行的形象学观照更显缺乏，仅有葛桂录《文化遭遇与异族想象——唐代文学中的天竺僧形象》(2009)、朱蕴秋《〈大唐西域记〉中的印度人形象》(2005)等零星论文发表。王向远等合著《佛心梵影——中国作家与印度文化》(2008)分析评述了康有为、梁启超等几位思想家与印度文化的姻缘关系，涉及部分印度形象的内容。谭中撰有《中国文化眼睛中印度形象的变迁》(2006)一文，将中国人对印度的态度予以了概括，但论证不够客观和充分。

综上所述，国内外关于中印文化关系的研究已有深厚基础，针对形象学理论和实践的研究也日益受到关注，为本书提供了重要的借鉴和参考。

二　印度形象文献整理

中国史传传统发达，卷帙浩繁的文献典籍中不乏对其他东方民族的记载和描述，对近邻印度更是如此。在上古的神话学文献《山海经》中就已出现荒幻的印度形象。此后，《经行记》(唐·杜环)、《岛夷志略》(元·汪大渊)、《瀛涯胜览》(明·马欢)、《海国图志》(清·魏源)和"二十四史"中都不乏对印度地理、历史、宗教、风俗、科技、经济、政治、教育、文化的记载，均为研究印度的珍贵资料。众多诗词、小说、散文、志怪传奇类纯文学作品，如《全唐诗》《全唐文》《太平广记》《西游记》等，也是发掘、整理印度形象的资料宝库。部分史地类作品，如《水经注》《洛阳伽蓝记》等也对印度有着丰富的记载。佛教是古代中印交往的主要载体，《法显传》(晋·法显)、《大唐西域记》(唐·玄奘)、《南海寄归内法传》(唐·义净)等西行求法高僧所留的印度游记,以及记述诸高僧大德行状的四大《高僧传》(梁·慧皎、唐·道宣、宋·赞宁、明·如惺)和《释迦方志》(唐·道宣)等,都是归纳佛国形象、考辨中印佛教文化交流的珍贵资料。

近代以来,两国间交通日益便利,得以亲赴印土的中国人越来越多,对印度进行在场的描述和记忆渐多,如陈伦炯的《海国闻见录》①、谢清高的《海录》,王芝的《渔瀛庐志》,黄懋材的《印度札记》,马建忠的《南行记》,吴广霈的《南行日记》,王韬的《韬园文录外编》,邹代钧的《西征纪程》,薛福成的《出使英法义比四国日记》及《续刻》《庸庵海外文编》,郑观应的《盛世危言》,龚柴的《五洲图考》,载振的《英轺日记》,以及 20 世纪前半叶的孙中山、章太炎、苏曼殊、康有为、梁启超等人的著述,还有部分未到过印度的文人著述,如魏源编纂的《海国图志》和陈继畲编纂的《瀛寰志略》等。这些著述,不但开启了中国人"睁眼看世界"的启蒙思潮,也丰富或更新了中国人对印度的认知,留下了近代史上中印两民族间相互同情和支持的珍贵记录。

现代时期则是联系古代、近代与当代的一个桥梁:它既有对古代两国间文化交流的记忆恢复,又是近代以来两国间相互政治关注的持续,还是当代时期两国关系发生复杂变化的肇始。以《东方杂志》《小说月报》《青年杂志》为代表的一批报刊媒体对于印度政治命运的关注,冰心、郭沫若、徐志摩、胡适、陶行知、陈独秀、鲁迅等人对印度文化、社会的撰述评论,对于认知和把握以"甘地热"为代表的印度政治形象和以"泰戈尔热"为代表的印度文化形象,都是重要的参考资料。

当代时期,中印之间政治交往忽冷忽热,文化交流时断时续。《人民日报》为代表的一些主流媒体对印度报道的态度及变化,非主流媒体对印度进行误读和渲染的报道,以及政治家们涉及印度的一些代表性言论,是了解该时期中印关系的一个有效途径。当代作家的诸多游记作品,则是了解五光十色的当代印度的首要参考,如冰心的《印度之行》、杨朔的《印度情思》、夏衍的《南印度之行》、蒋子丹的《如是我见——尚未终结的南印度之旅》、严文井的《印度,我们永远不会忘记你》等。此外,诸多印度文化研究

---

① 陈伦炯是否曾亲历印度,学界有争议。但《海国闻见录》集两代人的认识于其中,联系到陈伦炯本人的认真态度,极有可能曾亲历。

专家也留有众多心系印度文明、流露印度情结的作品,如季羡林的《天竺心影》、金克木的《天竺旧事》、常任侠的诸多诗作等。

上述均为认知印度社会文化的重要资料,也是研究中印文化交流的珍贵文献。张星烺先生曾感慨:"翻译西书易,而清理中国载籍难"①,对印度留有记载的古代典籍和对印度形象进行描摹的名家名作都有很多,如何处理原典资料的搜集、甄别和重点人物及其代表作的选择、取舍,是本书首先需要解决的一个难题。形象的归纳和分析需要梳理和考察大量的材料,但并非所有的材料都是必需的。对此,本书贯彻始终的解决思路是:选择其中具有代表性的、能够体现中国文人集体想象的、能够还原中印文化关系之学术现场的进行重点研究,既有史的梳理,又有个案解析,以期得到一部新视角下的清晰明朗的中印文化交流史。

对于本书所指涉的"中国文学",需要作一界定。学界对翻译文学的归属尚有争论,亦限于笔者的学术能力,对卷帙浩繁的汉译佛经文学暂不作整体考察,但在研究过程中会适当参考对建构印度形象有重要影响的部分汉译经文。同样的原因,也不包括中国人用外语创作的作品②,不包括少数民族作家用本民族语言创作的作品。图像叙事和造型叙事亦不纳入考察视野。这样一来,本书所指涉的"中国文学",限于见于文字记载的汉语文学作品。

本书所依据的原始文献当中,包含有相当部分的通常被视为史学或者地理学领域的作品,以及部分报纸杂志、随笔谈话等副文学文本。前者是因为部分史地类著述对认知印度的作用不可或缺,且这些著述本身即具有较高的文学价值,如史学类的《史记》《汉书》《后汉书》本身即被视为文学名著,地理类的《水经注》《洛阳伽蓝记》则因文字典雅清醇、叙述舒缓有致,在古代文学史上也有一定的地位和声誉。后者则因为形象学的研究对象不限于纯文学作品,副文学作品在一定意义上对建构异国形象也起着不可忽视的作用,它们既在一定程度上具有纯文学作品所具有的想象和虚构功能,从而有助于言说"自我",又由于并非纯粹的虚构,在言说"他者"的过程

①　张星烺编注:《中西交通史料汇编·自序》,朱杰勤校订,中华书局,2003年,第9页。
②　个别已回译为中文的除外,如第二章、第三章中所引用谭云山的几首英文诗。

中的地位也尤显突出①。对除此以外涉及印度的重要著述,则本着有所取舍的原则,将其中具有较浓文学色彩的纳入研究范围,对纯粹学术意义上的著述则仅加以参考,以免偏离最初的研究方向。

另外,本书所参考的文献资料中,有部分被质疑为伪书,如《列子》《牟子理惑论》《西京杂记》等。但这些资料究竟是否是伪书有时难下定论,即便是伪书也并非毫无价值,或托名古人,或年代前移,都有其特定背景和因由,只要处理得当,价值还是存在的。故本书着重于对印度形象的建构有参考价值的记载进行取舍利用,而不对这类参考资料的真伪作详细考辨和具体说明。

三　主要方法与必要说明

本书属跨文化、跨学科研究,中印文化关系研究与形象学研究相结合,将比较文学意识贯穿于总体规划和整个研究过程。近年来,对比较文学的质疑不断,主要集中在,“比较”作为一种意识和方法,任何学科都可以采用,从这个意义上说,“比较文学”作为一门学科存在的合理性和必要性就值得商榷。这种质疑并非没有道理,的确,没有比较就不能称其为比较文学,也有大批不顾有无可比性而盲目进行中外比较的实践操作存在,在一定程度上使比较文学背负恶名。但应该指出的是,比较文学不单纯是文学比较,更不是随便的文学比较——比较文学只是约定俗成的一个称谓,其深层涵义指向文学和文化研究所应有的宽阔视野、客观心态和汲取借鉴的意识。从文学层面来看,具有影响关系的文学之间(显性的相合)和虽无明显的影响关系但却在审美思维及表现方式等方面具有不可否认的契合关系(隐性的遥契)的文学之间,简言之真正具有“可比性”的文学之间,进行这种影响关系的溯源和传播研究、相同或相似的类比研究,是具有重要的意义和价值的。从文化层面来看,比较文学的产生和最终旨归还是对两种以上文化关系的关注,文学是文化领域的活跃因子,对文学的研究不可避免要牵涉到对文化背景的研究,以一国文学中的异国形象为研究对象的比

---

①　将形象学理论引入中国的孟华教授以中国早期描写西方人形象的作品多为笔记、日记等副文学作品为例,强调了副文学作品在建构异国形象过程中的作用:“各种报刊杂志、民歌民谣、广告、小人书、招贴画……凡此种种,均可成为形象学研究的重要对象。”详见孟华主编《比较文学形象学》,北京大学出版社,2001年,第16页。

较文学形象学研究更是如此,其理论出发点和最终归宿仍是对两种异质文化间的相互认知。所以,本书不避讳运用"比较文学"这一术语,将比较文学意识(而非"比较"的意识)贯穿于研究过程。

合理运用形象学理论和方法。这里首先需要解释一下为什么要选用比较文学形象学视角来对中印文化关系进行全程观照。目前对中印文化关系进行的研究成果已经有不少,积淀也较为丰厚,为我们的认识和研究提供了极大的便利和重要的参考。但细读这些著述,会发现在漫长的双方文化交往过程中,各个领域、各个层次的交往相叠加,中国对印度的影响、印度对中国的影响相铰接,使最终呈现在读者面前的这张文化交往的网络过于错综复杂,得不到一个较为清晰、明朗的文化交往印象,在对中印现实关系的借鉴和启示方面,也只能从这张复杂的网络中各取所需,缺乏整体视野的观照和把握。而借鉴形象学研究的思路,对中国文化中的印度、印度文化中的中国进行双向的梳理和研究,可以在这方面有所作为。后者已有整体系统的研究成果出现,如尹锡南《印度的中国形象》(2010)。本书致力于从前者出发,利用更为丰厚方便的、更为钟情熟悉的中国资源,对"中国的印度形象"进行一番研究的尝试,为中印关系研究特别是文化关系研究提供一个新颖的视角。从这个意义上说,本书可视为一部新的中印文化交流史。所谓"合理运用",是指适度借鉴形象学研究对本土与异域文化的双重观照这一思路,而不是机械套用适用于西方与东方国家之间形象研究的"意识形态—乌托邦"模式。因为,中国与印度之间以文化交往为主的关系并不存在集体想象中历史地位的优劣之分、高低之别。这也再次提醒自己,真正的研究只能始于对材料的发掘、整理和分析,理论、范式或模型不等于从材料归纳出的事实本身。如果一开始就只认定一种认识框架,然后只在这个框架中获取材料、观察思考,其结果只会自我强化这一框架,得不到真实客观的研究结论,更谈不上理论自觉。

文史互证,史论结合。将历时的"史"的梳理和共时的"论"的研究相结合,既是本书主要采用的一种方法,也是研究的一个重点。"史"客观体现中国对印度进行认知的发展脉络,辨析各发展阶段间的有机联系,把握整体发展规律;"论"着力发掘中国文化对印度文化进行认知和研究的学术成就,评析其学术价值和意义。史、论结合,力显清晰、立体、丰满的学术架构。从这个意义上说,"中国文学中的印度形象研究"又可命名为"形象学视野下的中印文化关系研究史论",但由于仅从中国文化的视角对印度进行观照研究,没有能力进行双向观照,且研究的主要依据是中国文学作品,所以定名为前者。

内部研究与外部研究相结合。即注重对重点作品进行文本分析,对塑造印度形象的重点人物及其代表作,列出专节进行重点研究,从典型个案的角度,把握中国文化对印度进行认知所体现的思维方式、价值观念、想象逻辑及情感特质,如《西游记》、"阿三"套话等均是研究的重点。同时,印度的文化、社会现实是印度形象得以生成的客观基础,中国文化在观照印度的过程中所持有的文化心态是印度形象得以生成的主观因素,从古至今中印间以文化交往为主的相互关系是印度形象得以生成的纽带和桥梁,所以,本书又紧密结合形象产生的文化、政治、历史等外部语境,即中印关系发展、变化的大背景来分析。

需要另外说明的几个问题如下:

首先,本书致力于勾勒和分析中国文学中的印度形象,目的在于从比较文学形象学的角度研究印度文化,同时对塑造出这一形象的中国文化进行自我观照,以期能够为中印文化交流提供有益的启示与思考。所以,与印度文学影响中国文学的研究虽有交叉,但尽量避免重复。如在概括魏晋南北朝志怪小说、唐传奇等文学作品中的印度形象时,只对作品表现出的印度形象作出概括和分析,而不去具体探究这些作品受印度文学的何种影响,以免偏离研究方向。①

其次,研究的上下限和分期问题。中国文学比较普遍集中地描绘印度始于佛教传入,然而在佛教传入以前的历史文献和其他文献中,印度形象已经存在。根据现有的资料情况,本书所概括、分析的印度形象,上溯上古时期的《山海经》,下迄21世纪的第一个十年。② 既然立足于文学作品,在概括印度形象、得出研究结论时便尽量贴近文学史分期,同时力求与现已得到普遍认可的文化交流史分期相契合。但由于异国形象的确立、巩固和改写不但要受形象塑造客体在历史沿革、社会变迁等因素作用下的制约,

---

①　这一领域的研究成果已很丰厚,如刘安武著《印度文学和中国文学比较研究》,唐仁虎、魏丽明等著《中印文学专题比较研究》,薛克翘著《中印文学比较研究》等。各种中印文化交流史著述也对此多有涉猎。

②　本书定稿最终完成时间为2017年7月,故对2010年以来的新材料进行了一定补充。

而且受到形象塑造主体(包括作家个人和社会集体想象)发生各种变化的影响,所以,在分期的选择上不拘泥于已有的文学史分期和文化交流史分期,可能会有适当的前溯或后延,以免产生削足适履之感。

第三,作为研究对象的"印度",由于其时代不同,所指范围亦不同。古代印度泛指整个南亚次大陆地区;近现代印度大致包括现在的印度、巴基斯坦和孟加拉;当代印度专指独立后的印度斯坦共和国。

第一章　梵佛圣域

——古代文学中的印度形象

张骞凿空通西域①,梵风佛雨播华夏。从神异荒幻的《山海经》,到穷究天人的《史记》;从交通未凿的缺席想象,到脚踏实地的在场考察;从朦胧隐约的蛛丝马迹,到印度形象的渐趋清晰……虽间或有不同的声音,但总体来看,中国古代文人对印度文化始终充满仰慕之情。在他们的心中和笔下,古代印度是一方跟古老华夏同样文明、发达的"梵佛圣域"。

第一节　古代中印关系概述

季羡林先生将中印文化交流分为七个时期:汉朝以前为滥觞期,东汉三国为活跃期,两晋南北朝隋唐为鼎盛期,宋元为衰微期,明代为复苏期,明末清初为大转变期,清代、近现代为涓涓细流期。总的来看,在整个古代时期,中印交往是两个文明繁荣国家间的平等交往,友谊是贯穿该时期两国关系的一根红线。

中印两国交往的源头亘茫不可确究。汉朝以前,在《山海经》《列子》《天问》等中国典籍以及《摩诃婆罗多》《罗摩衍那》《摩奴法论》等印度典籍中,已隐约透露出关于中印交往的荒幻信息。此时,彼此间可能已经有了物质上的来往,但由于汉朝以前在这方面没有可靠的文字记载,只能借助

---

① 学界一般把《史记》所载"张骞凿空"(通西域)作为中西交通的开端,但古史传说中的描述显然更早,如传说中的黄帝、尧、禹等都曾涉足西域。如《庄子·天地篇》:"黄帝游乎赤水,登乎昆仑之丘。"屈原《九章·涉江》:"登昆仑兮食玉英。"贾谊《新书·修政篇》:黄帝"涉流沙,登于昆仑",尧"身涉流沙地"。《荀子·大略》:禹"学于西王国"。《穆天子传》和《竹书纪年》中也记有穆王西巡之事。《史记·李斯列传》也记秦始皇喜欢"昆山之玉",《说苑》《风俗通义》《吕氏春秋》《前汉书》《晋书》皆记黄帝令伶伦造律于大夏之西。应该注意的是,司马迁在《史记》中对这些进行了选择性记载,并未予以明确采信,如穆王西巡之事见于《秦本纪》《赵世家》,却不见于《周本纪》。然而,近年来大量考古学成果的出现,证实了先秦时期中原与西域确有物质上的交流,如中原地区出土了新疆玉,西域地区出土了中原的漆器、丝织物品和沿海地区的珊瑚珠等,详见刘迎胜《丝绸之路》,江苏人民出版社,2014年,第26—28页。

考古、天文、神话这三种形式来推测。考古方面,在今天的印度河流域及邻近地区发掘出的彩陶在花纹等方面与中国甘肃出土的史前彩陶有一些相似或共同之处,学者们推断它们之间可能有互相学习模仿的关系。天文方面,竺可桢于1944年发表的《二十八宿起源的时代与地点》证明,二十八宿起源于中国,然后大概在周初传入印度。在神话方面,中印"月中有兔"的故事也成为两大古老文明间可能存在互渗影响的一个早期线索。[①]

东汉三国时期,两国间的交往已经有了可靠的实物确证和文字记载。物质交流方面,中国的丝、纸、钢开始传入印度,而印度的琉璃、动物、植物等也已传入中国。在精神文化交流方面,"佛兴西方,法流东国"[②],佛教的传入开启了中印古代文化交往的大幕。"佛教传入中国,是东方文化史上,甚至世界文化史上的一件大事,其意义无论怎样评价,也是不会过高的。"[③]在以后的两千年间,佛教对中国文化的方方面面产生了深远的影响。

在魏晋南北朝隋唐时期,两国间的贸易活动开始出现,外交往来也初露端倪,其中有不少是以朝贡之名,行贸易之实的。技术、物质交流方面,中国的印刷术、造纸术、罗盘指南针、火药四大发明和桃、梨、杏、白铜、瓷土、肉桂、黄连、大黄、土茯苓、茶等物品传入印度,印度的天文历算、医药、制糖技术、杂技、幻术和胡椒、琉璃、甘蔗等物品也传入中国。在精神文化交流方面,虽然中国的传统文化与外来的佛教之间尚时有龃龉,如曾发生"沙门不敬王者""三武一宗灭佛"事件以及牵涉到儒道派别参与的崇斥之争等,但总体上看,此时期佛教在中国的影响达到极盛。中印间僧人往来频繁,印度方面,以竺法护、鸠摩罗什、菩提达摩等为代表;中国方面,以东晋法显、唐代玄奘和义净等为代表,形成了一个来往的高峰。[④] 译经活动也渐趋频繁,中国本土僧人的数目也日趋增多,并逐渐形成了中国的佛教宗派。此期间,印度的寓言、童话和故事也大量涌入中国,与佛教文化一起,对中国文学、史学、音韵学、艺术(音乐、绘画、舞蹈、雕塑)等产生了极大的影响。当然,也出现过佛教倒流的情况。

---

① 季羡林、钟敬文、叶舒宪等均对此有关注和研究,但意见并不统一。

② (唐)玄奘、辩机原著,季羡林等校注:《大唐西域记校注》,中华书局,2000年,第43页。

③ 季羡林:《中印文化交流史》,中国社会科学出版社,2008年,第18页。

④ 据张星烺统计,自宋仁宗以后,"中国史书无复梵僧东来之记载,而中国亦无西天取经之僧矣"。在此之前,印度来华之僧人,有明确记载的有53人;自华入印之僧人,有明确记载的亦超50人。详见张星烺编注《中西交通史料汇编》,朱杰勤校订,中华书局,2003年,第1919—2177页。

宋元时期,由于佛教在印度渐趋衰落以至几近消逝[1],其在中国的影响也渐趋衰微,中印文化交往的这一重要载体的作用渐渐减弱,中印文化交流活动也受到很大影响。[2] 但此时期,由于航海技术的大发展,中印间海上交通渐起,在一定程度上促进了两国间贸易及其他交往的发展,特别是在元代,中印贸易活动相当频繁。

到了明朝,中印间通商贸易和外交活动又较元代有较大发展(自从印度佛教失去了交流载体的作用之后,中印交往就主要表现在通商贸易与外交活动上了)。这一时期最著名的交往就是郑和七下西洋的壮举,这七次出使西洋的经历中,至少有六次到过当时的印度,当时的古里(今印度西南海岸的科泽科德)、柯枝(今印度西南海岸的科钦)曾是郑和船队的重要补给站和贸易中转站。[3]

明末清初,在中国几千年的对外交通史上,是一个巨大的转折点。明代以前,中国的对外交通对象主要是西方(这个西方不包括欧洲在内,但包括南亚和东南亚,也就是明代的南洋和西洋),与近邻印度的交往更为显著。但到了明清之际,欧洲资本主义列强相继兴起,并纷纷到东方寻找原料供应地、开拓产品市场,此情势下,中国和印度的对外交通对象被迫转向欧洲,中印彼此间的交往几近中断,直到近代时期,才基于对彼此政治命运的相互同情而逐渐得到恢复。

第二节　印度正名

由于历史、译介等诸多因素,印度人对自己的称谓有很多,外国人对印度的称谓也有很多。此处考察的是中国典籍中对印度的众多称谓。对这些称谓进行梳理和考辨,不仅对理解印度的历史和文化有所裨益,也可增

---

① 公元 10—11 世纪,即中国宋代的前半段,印度教的势力日益强盛,伊斯兰教也迅速传入印度,在这两种宗教势力的夹击、打压下,佛教在印度逐渐衰落,后近乎绝迹。

② 季羡林先生认为,在佛教停止载体作用之后,中印文化交流反而走到了最高阶段:同化阶段(主要表现是禅宗和理学)。详见季羡林《中印文化交流史》,中国社会科学出版社,2008 年,第 94—95 页。

③ 郑和出使西洋事略,见方豪《中西交通史》,上海人民出版社,2008 年,第 426—445 页。另说郑和于第七次下西洋时殉职于古里,见耿引曾《中国人与印度洋》,大象出版社,2009 年,第 146 页。

强对中印文化交流的把握,个中的一些问题也可得到分析。从形象学的角度看,这也是印度形象的一个组成部分。

在古代中国,"印度"不仅有多种译名,而且被赋予众多的别称。从出现的时间先后以及影响大小来看,汉文典籍中涉及的印度称谓主要有以下几种。

(一)

身毒。多认为此名称源于印度河的梵文形式 Sindhu,后在波斯语中发生音变,中国古代音译为"身毒"。在《史记》中首见于《西南夷列传》,次见于《大宛列传》,都是张骞向天子汇报出使情况时所提及:

> 使问所从来,曰"从东南身毒国,可数千里,得蜀贾人市"。或闻邛西可二千里有身毒国。①

> 大夏民多……其东南有身毒国。骞曰:"臣在大夏时,见邛竹杖、蜀布。问曰:'安得此?'大夏国人曰:'吾贾人往市之身毒。身毒在大夏东南可数千里。其俗土著,大与大夏同,而卑湿暑热云。其人民乘象以战。其国临大水焉。'以骞度之,大夏去汉万二千里,居汉西南。今身毒国又居大夏东南数千里,有蜀物,此其去蜀不远矣……"②

因为《史记》的权威性,后世提及印度时多引《史记》中的"身毒"名称,如史书类的《汉书》《后汉书》等。文学作品中也时有出现,如唐时柳宗元在《永州龙兴寺修净土院记》中有:"中国之西数万里,有国曰身毒,释迦牟尼如来示现之地。"清时严允肇在《洗象行》中也有"雄姿几耐身毒战,猛力可代苍梧耕"诗句。另,《拾遗记》中将"身毒"作"申毒"。③

天竺。此名称的来源与身毒相同④,东汉至唐期间被广泛接受。《汉书》仍称印度为"身毒",南朝刘宋时期的范晔在《后汉书·西域传》中始以"天竺""身毒"互注:"天竺国,一名身毒,在月氏之东南数千里。俗与月氏

---

① 《史记》卷一百一十六《西南夷列传》,中华书局,1959 年,第 2995 页。
② 《史记》卷一百二十三《大宛列传》,中华书局,1959 年,第 3164—3166 页。
③ 张星烺先生认为,《拾遗记》中出现的"旃涂""因祇"均为译音,指印度。见《中西交通史料汇编》(第一册),中华书局,2003 年,第 5 页。据此,《拾遗记》中的建德、沐胥、千涂、含涂、因墀、浮支国等,可能都是印度称谓的异译。
④ 参见(唐)玄奘、辩机原著,季羡林等校注《大唐西域记校注》,中华书局,2000 年,第 162—163 页。

同,而卑湿暑热。其国临大水。乘象而战。其人弱于月氏,修浮图道,不杀伐,遂以成俗。"《后汉书》对印度各方面的情况描写得非常具体,可见此时中国人对印度的认知已有较大提高,特别是其中"夜梦金人"的记载,激起了中国人对印度佛教的极大兴趣:

> 世传明帝梦见金人,长大,顶有光明,以问群臣。或曰:"西方有神,名曰佛,其形长丈六尺而黄金色。"帝于是遣使天竺问佛道法,遂于中国图画形像焉。楚王英始信其术,中国因此颇有奉其道者。后桓帝好神,数祀浮图、老子,百姓稍有奉者,后遂转盛。[①]

此后,《魏略》《晋书》《魏书》《宋书》《梁书》《旧唐书》《新唐书》《宋史》等史籍和《法显传》《高僧传》等大多数佛教典籍中都作"天竺"。可见,东汉后"天竺"取代"身毒"得到流行(这两个词汇本同源)这一现象不是偶然的,原因一是汉时"身"已变音为"天"[②],同时"毒"也改译为"竺",这是客观的情况;二是较之"身毒",相对雅致的"天竺"更易为文人(特别是倾心于佛教的文人)所接受。总之,"天竺"集中代表了中国文人对印度的美好印象,流传也最广。直到今天,诸多中国文人还喜欢用"天竺"来指称其心目中的印度。1924 年泰戈尔在访华期间度过 63 岁生日时,梁启超曾为他取了一个中国名字"竺震旦",对这个用中印两国的古称组成的名字,泰戈尔非常喜欢,留下了中印文化交流史上的一段佳话。一些当代著名印度文化研究专家也喜以"天竺"为自己的作品命名,如金克木先生的《天竺旧事》,季羡林先生的《天竺心影》等。

印度。这是由唐时玄奘命名并被中国人一直沿用至今的一个称谓,始见于玄奘归国后撰就的《大唐西域记》:

> 详夫天竺之称,异议纠纷,旧云身毒,或曰贤豆,今从正音,宜云印度。印度之人,随地称国,殊方异俗,遥举总名,语其所美,谓之印度。

可以看出,玄奘认识到印度的诸多汉译名称"异议纠纷",选择"正音"(即梵文)翻译定名为"印度"。他认为,印度人根据各自的居地而称呼其国,各地风俗相异,但都采用一个总名,以对他们共同赞美的事物进行描述,这个总

① 《后汉书》卷八十八《西域传》,中华书局,1965 年,第 2922 页。
② 参见徐真友《也谈古代印度汉名》,《正观杂志》2001 年第十七期。

名就是"印度"。那么,为什么"印度"这个称谓能被他们所接受用来作为总名呢? 接下来,玄奘又进一步作了说明:

> 印度者,唐言月。月有多名,斯其一称。言诸群生轮回不息,无明长夜,莫有司晨,其犹白日既隐,宵月斯继,虽有星光之照,岂如朗月之明! 苟缘斯致,因而譬月。良以其土圣贤继轨,导凡御物,如月照临。由是义故,谓之印度。

在他看来,"印度"是梵文 indu(月亮)的译音,而该国的圣人贤士们[①]教导众生、统御万物,正如朗月播撒清辉照耀漫长黑夜,因此,命名为印度。[②]但他认识到"月有多名,斯其一称",似乎意识到自己的这一解释不能服众,接下来,又从地理的角度进一步强化"印度"与"月亮"之间的关系:

> 若其封疆之域,可得而言。五印度之境,周九万余里,三垂大海,北背雪山。北广南狭,形如半月。[③]

　　然而,他这些为佛国净土进行正名的努力,后被证实出于讹误和附会。实际上,在古代南亚次大陆地区,是没有一个"总名"之类的称呼的。"印度"这个称谓同样来源于梵文 Sindhu 一词,该词在波斯语中发生音变后被西域地区的众多民族采为印度的国名,后以西域语言为媒介译为汉语中的"印度"。[④] 玄奘的这个解释表现出佛教信徒的强烈主观倾向(的确,在他的心目中,印度是一个政府宽松、社会和谐,人民生活简朴、敬教乐学的理想国度)。相比之下,同为佛教信徒且同样曾亲临印度的义净则相对冷静、客观,对玄奘为"印度"正名的这一理由做出校正:

> 或有传云,印度译之为月,虽有斯理,未是通称。且如西国名大周为支那者,直是其名,更无别义。又复须知是五天之地,皆曰婆罗

---

　　① 当特指佛教界的高僧大德。

　　② 这是宗教传播习用的譬喻。除佛教中大量出现外,基督教福音书中约翰曾使用一盏发光的灯比喻耶稣对黑暗世界的影响,伊斯兰教《古兰经》中也言"真主是天地的光明",崇拜光明的祆教更是如此。

　　③ (唐)玄奘、辩机原著,季羡林等校注:《大唐西域记校注》,中华书局,2000 年,第 161—164 页。

　　④ 参见(唐)玄奘、辩机原著,季羡林等校注《大唐西域记校注》,中华书局,2000 年,第 162—163 页;钱文忠《"印度"的古代汉语译名及其来源》,《中国文化》1991 年第四期;徐真友《也谈古代印度汉名》,《正观杂志》2001 年第十七期。

门国。①

那么，为什么本有讹误阐释的"印度"这一称谓能被国人广泛接受并沿用至今呢？这主要缘于玄奘及《大唐西域记》的影响力。玄奘自小勤奋好学，皈依佛门后笃志研习佛教各部学说，西行前曾在国内遍访名师、求学问道，已具备深厚的佛学修养。亲临印土后曾在当时印度文化的中心那烂陀寺久住受学，学识更为精进。回国后更无丝毫懈怠，专志于译经、讲经，"专精夙夜，不堕寸阴"②。这样一位"不畏艰险的旅行者，卓越的翻译大师，舍生求法的典型，中印友好的化身"③，自然受到历代文人的景仰，其论断也自然会受到高度重视。他归国后的主要著述《大唐西域记》，对印度在内的西域各国在地理、历史、宗教、政治、语言、文艺、风俗等方方面面进行了记述，资料翔实，蕴涵丰富，文字典雅，学术价值极高，成为治印度历史、地理、佛教和中印文化交流的必备参考书。同时，唐代又是中印文化交流的鼎盛期，玄奘西行时虽经历了千辛万苦、九死一生，但回到长安后却受到了隆重的礼遇，他相信晋释道安"不依国主，则法事难立"的观点，积极与富有雄才大略的太宗沟通，得以专心研译佛典，弘扬佛法，成就一代伟业。总之，以上诸因素的因缘际会，成就了"印度"称谓的确立和影响。

婆罗门国。这一称谓源于印度教种姓制度，在上古吠陀经书中即有原人身体的不同部位化身为四大种姓（婆罗门、刹帝利、吠舍、首陀罗）的神话记载，后在印度教经典《摩奴法论》中予以制度化、具体化，实际上体现出印度社会阶级的分化和社会分工的不同。婆罗门为四种姓之首，享有知识和祭祀特权，古代印度以此种姓又称为婆罗门国，《隋书·经籍志》中有《婆罗门天文经》《婆罗门书》《婆罗门药方》等，这说明至迟于隋代开始，中国已以婆罗门国指称印度，唐时玄奘和义净在其著述中也均提到"婆罗门国"，玄奘还对这一国名实因种姓制度而来作了具体的介绍。

需要一提的是，在《新唐书》《蛮书》等史书中出现过"大秦婆罗门国"的称谓，向达先生认为"秦"或为衍文，"按向注，此处大秦婆罗门国，准之地望，即指天竺而言，疑应作大婆罗门国，秦字或是误衍耳"④。又解释说，后

①　（唐）义净原著，王邦维校注：《南海寄归内法传校注》，中华书局，1995年，第141页。

②　（唐）慧立、彦悰：《大慈恩寺三藏法师传》，孙毓棠、谢方点校，中华书局，2000年，第133页。

③　（唐）玄奘、辩机原著，季羡林等校注：《大唐西域记校注》，中华书局，2000年，第1页。

④　北京大学南亚研究所编：《中国载籍中南亚史料汇编》，上海古籍出版社，1994年，第347页。

面出现的"小婆罗门国"应隶属于大婆罗门国。还有人认为范晔《后汉书·西域传》中提到的"大秦"即指印度,主要依据是范晔所列"大秦"的物产(夜光璧、明月珠等)都是印度的特产。[①] 但范晔在《后汉书·西域传》中将"天竺"与"大秦"并举,并指出两国之间互通,有相同的物产并不为奇,且《后汉书·西域传》所载"大秦王安敦"已经考定为公元二世纪在位的一位罗马王[②],所以,此说当不成立。

　　五天竺、五印度。简称五天、五印,即"五方印度"。按印度古籍《往事书》中的划分方法,古代南亚次大陆划为东、西、南、北、中五个不同的方位。东晋高僧法显在《法显传》(又名《佛国记》)中已对这种划分有所知晓,此后,次大陆渐被总称为五天竺,唐时改称五印度,玄奘在《大唐西域记》卷第二"印度释名"之后即在接下来的"疆域"一节列出"五印度",僧人慧超的著作也命名为《往五天竺国传》,等等。五印度并非五个国家,也不是地理上有自然的五块之分,而是以方隅命名,许是为了记述的方便。此后,五印度的称谓一直被沿用下来,魏源在《海国图志》中也使用了此称谓。值得注意的是,此称谓在南传佛教中并不流行。[③]

　　以上是对中国典籍中较为常见的几个印度称谓所作的约略考释。此外,还有天笃、天督、天豆、捐毒、申毒、乾毒、贤豆、贤毒、身豆、印土、印毒、印都、忻都、欣都、欣都思,等等。它们基本也源于梵文 Sindhu 的音译,本专指贯穿南亚次大陆西北部的印度河,后演变为对整个次大陆(也即古代印度)的称呼。印度河流域是印度古代文明的发祥地之一,基于辉煌的印度河文明而衍生出的这众多称谓,实际上是不同时代的不同译者选用或误用了不同的汉字所致,在读音上还是十分接近的。对此,初唐颜师古有云:"捐毒即身毒,身毒则天竺也。塞种即释种也,盖语音有轻重也。"[④]

　　(二)

　　古代典籍中还有一些印度称谓,人们对它们与印度的关系在理解上或

　　① ［印］谭中:《中国文化眼睛中印度形象的变迁》,张敏秋主编《跨越喜马拉雅障碍——中国寻求了解印度》,重庆出版社,2006 年,第 35 页。

　　② 详见方豪《大秦之考证》,《中西交通史》(上),上海人民出版社,2008 年,第 109—111 页。

　　③ 在 1994 年的第一届玄奘国际学术研讨会上,有斯里兰卡比丘曾对"五印度"这一概念提出质疑。

　　④ (唐)杜佑:《通典》卷一百九十三,中华书局,1988 年,第 5260 页。

有疑问，或有歧见，这里对其中有代表性的两个作一讨论。

天毒。对于这个词汇是否确指印度，国内有不小的争论。《山海经·海内经》中有这样一段记载：

> 东海之内，北海之隅，有国名曰朝鲜、天毒，其人水居，偎人爱人。[①]

晋时郭璞在为《山海经》所作的注解中说："天毒即天竺国，贵道德，有文书、金银、钱货，浮屠出此中也。"[②]清学者毕沅也持此意见。但反对的意见不少。早在唐时敬播为《大唐西域记》所作的序中即称关于天竺之事，"《山经》莫之纪"[③]，但直到明时王崇庆始在《山海经释义》中对郭璞的说法提出质疑，理由是"东海之内，北海之隅"的记载与印度实际方位不符。袁珂也谨慎地提出自己的看法："按天竺即今印度，在我国西南，此天毒则在东北，方位迥异，未知是否。或者中有脱文伪字，未可知也。"[④]张星烺、汤用彤在其各自著述中对此也持否定意见，理由与袁珂同。此外，对于《山海经》中出现的这个"天毒"，有人认为是"天竹"之音的误记，实际上是指与箕子有关的朝鲜半岛上的一个古国[⑤]，等等。这样看来，似乎《山海经》出现的这个"天毒"与印度无关。但需注意的是，在另一古籍《括地图》中，却再次出现"天毒"一语："天毒国最大暑热，夏草木皆干死，民善没水以避，(时)[将]暑，常入寒泉之水。"[⑥]这里的描述与印度的暑热气候相符。况且，关于《山海经》中的这一段记载，人们对"朝鲜"与"天毒"两词之间如何句读也有不同意见(如逗号和分号)，相应地，理解也有所不同。所以，对"天毒"是否确指印度，在没有新的考证之前暂时还无法得出定论。但不管怎样，"天毒"这个词汇已经在中国人对印度的认知当中留下了痕迹，如近代学者吴其昌在其《印度释名》一文中即将"天毒"视为诸多印度汉译名称之一[⑦]，岑麒祥先生在其主编的《汉语外来语词典》中则认为，"天毒"译自古波斯土语

[①] 《山海经》第十八《海内经》，袁珂《山海经校译》，上海古籍出版社，1985年，第297页。
[②] 《山海经》第十八《海内经》，袁珂《山海经校译》，上海古籍出版社，1985年，第301页。
[③] (唐)玄奘、辩机原著，季羡林等校注：《大唐西域记校注》，中华书局，2000年，第2页。
[④] 袁珂：《山海经校译》，上海古籍出版社，1985年，第301页。
[⑤] 张军：《〈山海经〉中的"天毒"、"天吴"释疑》，《北方文物》2001年第1期。
[⑥] (宋)李昉编：《太平御览》卷三十四，夏剑钦等校点，河北教育出版社，1994年，第291页。
[⑦] 吴其昌：《印度释名》，《燕京学报》1928年第4期。在该文中，吴先生列出印度的汉译名称多达38种。

Thendhu,和"天竺""天督""天笃"等古代印度诸多汉译名称同源①。果如此,《山海经》中的"天毒"可能成为中国典籍中指称印度的最早记载。

中国。中国文人将本属于自己国家的名称赋予印度,似乎难以理解。但历史上,的确有过这种称呼,只不过指的不是整个印度,而是地处恒河中流一带的"中天竺"。《法显传》中"乌苌国"篇有以下一段描述:

> 度河便到乌苌国。乌苌国是正北天竺也。尽作中天竺语,中天竺所谓中国。俗人衣服、饮食,亦与中国同。佛法甚盛。②

法显在文中明确指出"中天竺所谓中国",乌苌国一般民众在衣服饮食方面也与中天竺无异。后又在"摩头罗国"篇出现"从是以南,名为中国。中国寒暑调和,无霜、雪"的描述,这里的"中国"仍指中天竺。《水经注》卷一也有一段对印度之"中国"的记载:

> 释法显又言:度河便到乌长国。……自河以西,天竺诸国。自是以南,皆为中国,人民殷富。中国者,服食与中国同,故名之为中国也。③

《水经注》多处援引《法显传》。然而,详考《水经注》中的这段间接引述,发现它对"中国"实指中天竺地区这一信息进行了真实的传达,但在解释"中国"的由来时却偏离了法显的原意,认为"服食与中国同"中的"中国"实指东邻中国,是一处错误。玄奘在《大唐西域记》卷二《印度总述》和卷三"迦湿弥罗国"开国传说中也提到了"中国",前者指中印度,后者指北印度中部地区。④

可是,在佛教观念中,"中国"指佛陀行化的中天竺区域,"约即佛陀行化之地"⑤,最早源出佛典《方广大庄严经》:

> 何故观国?菩萨不生边地,以其边地人多顽钝,无有根器,犹如痖羊而不能知善与不善言说之义。是故,菩萨但生中国。⑥

---

① 岑麒祥主编:《汉语外来语词典·序言》,商务印书馆,1990 年。
② (东晋)法显撰,章巽校注:《法显传校注》,中华书局,2008 年,第 27—28 页。
③ (北魏)郦道元著,陈桥驿校证:《水经注校证》卷一,中华书局,2007 年,第 4 页。
④ (唐)玄奘、辩机原著,季羡林等校注:《大唐西域记校注》,中华书局,2000 年,第 169、324 页。
⑤ 汤用彤:《印度哲学史略》,上海人民出版社,2015 年,第 2 页。
⑥ 这是唐地婆诃罗译文,黄宝生先生用白话文做了对照翻译。见《神通游戏》(梵汉对勘),黄宝生译注,中国社会科学出版社,2012 年,第 38 页。

唐代僧人道宣更曾在其《释迦方志》中从名、里、时、水、人这五个方面系统论证印度应为世界的中心,以"名"为例:

> 所言名者,咸谓西域以为中国,又亦名为中天竺国。此土名贤谈邦之次,复指西宇而为中国。若非中者,凡圣两说,不应名中。昔宋朝东海何承天者,博物著名,群英之最,问沙门慧严曰:"佛国用何历术,而号中乎?"严云:"天竺之国,夏至之日,方中无影,所谓天地之中平也。此国中原,景圭测之,故有余分。致历有三代,大小二余,增损积算,时辄差候,明非中也。"承天无以抗言。文帝闻之,乃敕任豫受焉。夫以八难所标,边地非摄。出凡入圣,必先中国。故大夏亲奉音形,东华晚开教迹,理数然矣。①

从这段记载可以看出,对于"中国"实指"中天竺国"这一状况,道宣也是知晓的。但他对此并不满意,以何承天与慧严这一凡一圣的争论为例,认为世界的中心应属印度,并将这个问题提升到"邦之次"的层面。之前的《牟子理惑论》中也曾言释迦牟尼"所以生天竺者,天地之中,处其中和也"②。这种观点在佛教传入中国后有一定的代表性,实际上体现出佛教的"中心观"与中国文化优越意识之间的博弈。③ 当然,并非所有的佛教信徒均持此观点,如道宣之前的法显,近乎同一时代的玄奘,之后的义净,等等。

(三)

中国典籍中还有一些虽不常见但承载一定地理信息的称谓,如摩揭陀(也作摩伽佗)、榜葛喇(也作朋加剌、榜葛利等)、黄支国、古里、柯枝、小西洋,等等。摩揭陀、榜葛喇并非指称整个印度,它们实际上仅作为古印度一个王国或地区的称谓,但因较为强盛和重要,声名远播到中国并一度被作为印度的代称。首现于《汉书·地理志》的黄支国,绝大多数学者认为就是印度的建志补罗,也就是位于印度东海岸的康契普腊姆,这是中印古代海

---

① (唐)道宣:《释迦方志》,范祥雍点校,中华书局,2000年,第7页。
② (梁)僧祐编撰:《弘明集·牟子理惑论》,刘立夫、胡勇译注,中华书局,2011年,第13页。
③ 参阅谭世宝《印度中天竺为世界和佛教中心的观念产生与改变新探》,《法音》2008年第2期;王邦维《佛教的"中心观"对中国文化优越感的挑战》,《国学研究》2010年第25卷。

路交通可靠的证据①;当时的中印间海路交通频繁,黄支又是当时印度主要的港口城市,所以被越来越多的中国人所熟知,并以此指代整个印度。古里、柯枝位于印度半岛西南海岸,均为郑和下西洋时的重要补给站和主要贸易中转站,前者即今天的科泽科德(又译卡利卡特),是郑和第一次下西洋时的终点站,1433年郑和第七次下西洋返航时长眠于此。据马欢《瀛涯胜览》记载,该地曾有郑和使团建立的碑庭刻石,碑文内容为:"其国去中国十万余里,民物咸若,熙皞同风,刻石于兹,永示万世。"②至今,当地还有被称为"中国寺"的清真寺(历史学家在寺内曾发现明时的瓷器碎片)、丝绸街以及以当地人与中国商人进行交易为表现内容的雕塑作品。柯枝距古里为近,即今天的科钦,中国编织渔网的技术在郑和时代即传至此地。"小西洋"则是伴随中印间海上交通往来的日益密切,明末清初的中国人对印度半岛沿海诸政治实体的一个通称,如谢清高《海录》中的"小西洋"即指今处印度西南沿海的重要商港果阿。

此外,中国典籍中对古代印度还有许多别称,其中主要有:因陀罗婆陀那、因特罗、阿离耶提舍、末娣提舍、阎浮提、浮提、赡部洲等,多与佛教传说有关,在佛教信徒之外的阶层影响并不大。

以上讨论的是中国人对古代印度的称谓。近现代的印度又被称作"印度斯坦",即Hindustan的音译,意为"印度人生活的地方"。汉籍中相类似的译名也有很多,如兴都斯顿、痕都斯坦、轩都斯丹、忻都士坦、温都斯坦等。此外,还有几个基于英文词India的汉译名称,如印第亚、盈丢等。其实,India也由梵文Sindhu演变而来,同样与印度河有关。

综上,中国古代典籍中的印度称谓主要有四个来源:一是基于梵文Sindhu的音译,以及由此演变来的诸多不同译名或别称,如天毒、天竺、天竹、天笃、天督、天豆、身毒、捐毒、申毒、乾毒、贤毒、贤豆、身豆、辛豆、印土、新头、忻都、欣都、欣都思、印度、印毒、印都等等。二是基于历史、文化因素的,如源于种姓制度的婆罗门国、有所争议的"中国",以及佛典中的诸多生僻称谓等。天竺、印度也可归于这一类。三是基于地理认识的,如总称上的五印度、五天竺和以点代面的摩揭陀、榜葛喇、黄支国、古里、柯枝等。四

---

① 季羡林:《中印文化交流史》,中国社会科学出版社,2008年,第12页。冯承钧先生也持此见解,详见《中国南洋交通史》,上海古籍出版社,2005年,第1—2页。

② (明)马欢著,冯承钧校注:《瀛涯胜览校注》,中华书局,1955年,第43页。

是基于中印交通方式的转变而衍生的,如小西洋。简言之,中国载籍中最早出现的印度称谓可能是"天毒",正史中最早出现并被后世沿用较多的是"身毒",在佛教传入后最为接受的是"天竺","印度"经玄奘定名后沿用最广直至今日。

第三节　文明梵竺

古代印度,与古代华夏一起位于四大文明古国之列。其优秀古老的文化成就,较完整地保存在了中国古代文人的记忆中。"同条共贯,粗陈梗概"[①],古代印度文明的轮廓渐次清晰。

一　地广壤沃　物产丰饶

人类本性有一个特点,在描绘未知的或辽远的事物时,自己对它们没有真正的了解,或是想对旁人也不了解的事物作出说明,总是利用熟悉的或近在手边的事物的某些类似点,亦即"诗性地理"智慧。[②] 这种认识不是地理环境决定论,一方面,这是在科技尚不发达、交通尚不便利的限制下,古代人面对外部世界的一种原始、素朴的认知方式;另一方面,特定的地理环境和位置,的确会养成特定的生活习性,特定的生活习性又会造就特定的民族性格,"近山为农,居水为渔,临路行商","一方水土养一方人",讲的就是这个道理。法国哲学家丹纳也对"种族、时代、环境"三要素与文学艺术的紧密关系作过详细论证,其中的要素之一"环境",既指文化观念、思潮制度等社会环境,又指地理、气候等自然环境。从地理位置和环境出发去想象和描绘异族社会,是古代中国人认识外部世界的基本思维方式之一。相应地,从地理环境出发去了解印度,也是古代中国人关于印度的完整认知体系中不可或缺的一部分。

这种地理认识,当以《禹贡》为先。该典籍首先以印度须弥山附会于中国之昆仑山,又误认印度之四河为中国之黄河、黑水及弱水三河。[③] 这自然是神话地理想象。但早期中国地理与印度人相联系,却有一定的史籍依

① （唐）玄奘、辩机原著,季羡林等校注:《大唐西域记校注》,中华书局,2000 年,第 218 页。

② ［意］维柯:《新科学》,朱光潜译,人民文学出版社,1986 年,第 364 页。

③ 方豪:《中西交通史》,上海人民出版社,2008 年,第 39 页。

据，《华阳国志》卷四《南中志·永昌郡》载："明帝乃置郡……去洛州六千九百里，宁州之极西南也。有闽濮、鸠僚、僄越、裸濮、身毒之民。"①这说明，东汉时，永昌境内已有印度人居住，永昌在今云南西陲，自古即为中印交通的一个要道。

然而，古代文人真正对印度进行地理认识，当以《史记》《后汉书》的权威、明确记载为代表：

> 使问所从来，曰"从东南身毒国，可数千里，得蜀贾人市"。或闻邛西可二千里有身毒国。②

> "吾贾人往市之身毒。身毒在大夏东南可数千里。其俗土著，大与大夏同，而卑湿暑热云。其人民乘象以战。其国临大水焉。"以骞度之，大夏去汉万二千里，居汉西南。今身毒国又居大夏东南数千里，有蜀物，此其去蜀不远矣。③

> 天竺国一名身毒，在月氏之东南数千里。俗与月氏同，而卑湿暑热。其国临大水。④

古代中印间交通并不发达，喜马拉雅山脉横亘在中印之间，要翻山越岭取得交通联系实为不易，可能存在的其他几条陆路连接也并不为时人所熟悉，像张骞这种开拓性的描述也是借助第三国人的认识来猜测得到。《旧唐书》以葱岭为参照来描述印度，是因为已有中印僧人经葱岭往来并对印度地理有了实际认识：

> 天竺国，即汉之身毒国，或云婆罗门地也。在葱岭西北，周三万余里。其中分为五天竺：其一曰中天竺，二曰东天竺，三曰南天竺，四曰西天竺，五曰北天竺。地各数千里，城邑数百。南天竺际大海；北天竺拒雪山，四周有山为壁，南面一谷，通为国门；东天竺东际大海，与扶南、林邑邻接；西天竺与罽宾、波斯相接；中天竺据四天竺之会，其都城周回七十余里，北临禅连河。⑤

---

① （晋）常璩：《华阳国志》，刘琳校注，巴蜀书社，1984 年，第 430 页。
② 《史记》卷一百一十六《西南夷列传》，中华书局，1959 年，第 2995 页。
③ 《史记》卷一百二十三《大宛列传》，中华书局，1959 年，第 3166 页。《汉书·西南夷两粤朝鲜传》中的记载与《史记》大致相同，不再重复列出。
④ 《后汉书》卷八十八《西域传》，中华书局，1965 年，第 2921 页。
⑤ 《旧唐书》卷一百九十八《西戎列传》，中华书局，1975 年，第 5306 页。

　　唐玄奘在《大唐西域记》中则以其亲历认识描述道："五印度之境,周九万余里,三垂大海,北背雪山。北广南狭,形如半月。……时特暑热,地多泉湿。"①此后,在中国文人的集体意识中,一个荒幻博远、气候湿热、国临大水的印度形象就开始出现。后期的史书特别是正史中,大多沿袭这一形象。这基本符合印度实际。除相距中国遥远外,南亚次大陆属典型的热带季风气候,常年高温且年降水量大,也就是所谓的"卑湿暑热""时特暑热,地多泉湿"。此外,中国文人对印度河流的印象颇深,载籍中多有"国临大水"的记载,想必是对印度河、恒河等印度河流的初步认识。《水经注》则在《河水经》中,对印度河和恒河的来龙去脉,以及流经地域的地理情况和历史事迹,以丰富的知识作了注释。玄奘在《大唐西域记》中对恒河的记述最为具体生动:

　　　　水色沧浪,波流浩汗,灵怪虽多,不为物害。其味甘美,细沙随流,彼俗书记谓之福水。罪咎虽积,沐浴便除。轻命自沉,生天受福。死而投骸,不堕恶趣。扬波激流,亡魂获济。②

文中,玄奘不但对恒河的自然风光进行了描摹,还对恒河在印度文化中的特殊意义作了介绍。华夏文明自身对于河流的敏感、崇敬以及"智者乐水"的文化传统,使这些古代文人对邻国印度的河流给予了持续关注,在元朝耶律楚材的《西游录》、清朝魏源的《海国图志》等著述中,还时见对印度河和恒河的描摹:

　　　　此国之南有大河,阔如黄河,冷于冰雪,湍流猛峻。③
　　　　印度河长四千里,入海口处,阔一百六十里。④

　　以上是古代中国人对包括河流在内的印度地理环境的大致描述,内有想象,亦有亲历,这种地理形象一直沿袭下来。至南宋,僧人志磐在《佛祖统纪》卷三十二中绘有《西土五印之图》,首次以手工绘图的形式替代了地理想象中的印度,这是由于求法的僧人们早已创辟荒途,对佛国印度有了

---

①　(唐)玄奘、辩机原著,季羡林等校注:《大唐西域记校注》,中华书局,2000年,第164页。
②　(唐)玄奘、辩机原著,季羡林等校注:《大唐西域记校注》,中华书局,2000年,第394—395页。
③　(元)耶律楚材:《西游录》上,向达校注,中华书局,1981年,第3页。
④　(清)魏源:《海国图志》卷七十六《国地总论下·天下名河》,陈华等点校注释,岳麓书社,1998年,第1879页。《海国图志》对有关恒河的辑录和考证更多,此不列出。

实际的地理认识,如前述法显、玄奘等。

此外,部分中国典籍还对印度的气候、风俗也作了描述。对印度风俗的特点描述,均与其暑热的气候有关,有代表性的描述如:

> 《括地图》曰:天毒国最大暑热。夏草木皆干死,民善没水,以避日。入时暑,常入寒泉之下。[1]

"风壤既别,地利亦殊。"[2]方物,即出自异国的东西,也是异国形象的一部分。方物的种类、形状、品质等等,都会给文人留下深刻的直接印象,这种印象就会被附加在异国形象上,成为异国形象的一部分。因为两种相异文化的交往,哪怕是物质的交往,都会打上交流双方的价值观的烙印。正如法国学者艾田蒲所言:"任何东西都在一种文明中加以体现……当一个中国人喝法国的葡萄酒时,他便分享了我们的价值观,而当罗马妇女身着中国丝绸衣装时,她们也就打上了中国的价值标记。"[3]

中国古代文人向来轻视商人,故由于贸易交往而带来的对印度物产(动物、植物及出产物品)的认知在正统诗文作品中较为少见,中国正史的记载仍是我们了解印度物产的主要途径。[4]

先看动物。中国载籍中,来自西域的"灵兽""灵鸟"记载颇多,东汉处士祢衡《鹦鹉赋》曾言"惟西域之灵鸟兮,挺自然之奇姿"[5]。其中的印度动物,主要以牛、象、鹦鹉、孔雀为代表。

牛。牛,在以农耕为主要生产方式的东方各国有着重要的地位,在印度尤其如此。公元前2700年的印度河文明中,已经使用牛来耕地、拉两轮车,在已出土的印度河印章文字上已有牛的形象出现。在印度教神话系统中,牛是主神湿婆的坐骑,另一主神毗湿奴的化身黑天也曾是一个牧牛娃,所以,印度教教徒敬牛如敬神。佛教神话中的牛更具足威仪与德行,"人中牛王"常被用来赞美佛陀德行的广大无边,亦有"行步安平,犹如牛王"和

---

　　① 《艺文类聚》卷五《岁时部》下《热》。耿引曾先生认为"以避日入时暑"断为"以避日。入时暑"为宜。详见《汉文南亚史料学》,北京大学出版社,1990年,第152页。

　　② (唐)玄奘、辩机原著,季羡林等校注:《大唐西域记校注》,中华书局,2000年,第211页。

　　③ [法]艾田蒲:《中国之欧洲》(上卷),许钧、钱林森译,河南人民出版社,1994年,第12页。

　　④ 李时珍在《本草纲目》中保存了一些印度矿石及动植物的记载,见张星烺《中西交通史料汇编》(第四册),中华书局,2003年,第2178—2182页。

　　⑤ (清)严可均校辑:《全上古三代秦汉三国六朝文·全后汉文》,中华书局,1958年,第942页。

"牛眼睫相"来形容佛陀的相好;禅宗以牛喻众生之心,《十牛图》代表修行的十个境界,"露地白牛"则喻指体达清净自在的悟境。中国史籍中对印度出产牛留有不少记载,黄支国①进献犀牛之事分别见于《汉书·平帝本纪》《汉书·地理志》《汉书·王莽传》和《后汉书·南蛮西南夷列传》中。西域来的犀牛曾一时轰动中原朝廷,对此,班固在《西都赋》中曾这样生动描摹:

> 西郊则有上囿禁苑……其中乃有九真之麟,大宛之马,黄支之犀,条支之鸟,逾昆仑,越巨海,殊方异类,至于三万里。②

南朝宋刘义庆则不但在《宣验记》中记载了天竺有牛,还赋予了天竺牛能开口讲话、现身说法的神异本领:

> 天竺有僧,养一牸牛,日得三升乳。有一人乞乳,牛曰:"我前身为奴,偷法食,今生以乳馈之。所给有限,不可分外得也。"③

象。大象是出产于南亚次大陆的典型动物,在出土的印度河文明时期印章上即有大象的图案。中国典籍中,《史记》《后汉书》对印度大象均有明确记载,如印度人"乘象而战"或"出象、犀……"等。一直到元代,《长春真人西游记》中仍有记载:"又见孔雀、大象,皆东南数千里印度国物。"④中国人自古对印度的大象印象深刻,一是因为印度独特的地理、气候特点使然,《大唐西域记》中载,作为"象主之国"的印度"暑湿宜象"⑤,大象出产众多。二是文化因素的影响。在印度教大大小小的众多神祇中,湿婆神之子象头神格涅沙是最受欢迎的神之一,印度人在重大活动开始之前,往往都会膜拜象头神格涅沙,以期得到他的保佑以克服任何的困险阻碍。在佛教传说中,象更是高贵的象征,如佛陀之母梦六牙白象而孕,以象为主要角色的佛本生故事更多,亦以"香象之文"通称佛典。佛典中,常用象王来譬喻佛陀,因其举止威仪如象中之王。又因龙与象分别是水上、陆上最有力之动物,佛典中常将二者合用,以"龙象"喻指菩萨的威仪具足或能力殊胜,后来,一

---

①　关于黄支国的今地,有不同看法,但目前较为一致的观点是在印度东海岸的康契普腊姆(Kanchipura),玄奘在《大唐西域记》中称为建志补罗。

②　(清)严可均校辑:《全上古三代秦汉三国六朝文·全后汉文》,中华书局,1958年,第603页。

③　(宋)李昉等撰:《太平御览》卷九百《兽部十二》,中华书局,1960年,第3995页。

④　(元)李志常:《长春真人西游记》卷上,党宝海译注,河北人民出版社,2001年,第60页。

⑤　(唐)玄奘、辩机原著,季羡林等校注:《大唐西域记校注》,中华书局,2000年,第42—43页。

些威仪庄严的高僧大德也被赞为"法门龙象"。直到今天,中国人还习惯以"象"来作为印度的别称,如"龙象共舞""龙象之争"等。① 另有中国象来自印度之说,已被书面文献和地下考古证据所证伪。②

鹦鹉。古代印度在与中国的官方往来中,常常以鹦鹉充当"友好使节",这在史书中有所记载,如《旧唐书》载:"八年,南天竺国遣使献五色能言鹦鹉。"③诗人王维则有著名的《白鹦鹉赋》传世,对来自西域的鹦鹉赞叹不已:

> 若夫名依西域。族本南海。同朱喙之清音。变绿衣于素彩。惟兹鸟之可贵。谅其美之斯在。④

至于这种来自西域印度的会说话的鹦鹉能否记诵佛经,《旧唐书》和王维都没有提到,但在《全唐文》中却有所体现:

> 前岁有献鹦鹉鸟者,曰此鸟声容可观,音中华夏。有河东裴氏者,志乐金仙之道,闻西方有珍禽,群嬉和鸣,演畅法音。以此鸟名载梵经,智殊常类,意佛身所化,常狎而敬之。⑤

这是因为,在印度民间传说中,鹦鹉本是只神鸟,如佛本生故事里,菩萨前生即曾为鹦鹉。如此,在唐人丰富的想象世界中,脱胎于佛教故事的神鸟鹦鹉往往成为绝佳的创作原型。

孔雀。孔雀是印度的国鸟,印度历史上第一个幅员辽阔的奴隶制帝国即命名为"孔雀王朝",因为该王朝的创建者旃陀罗笈多原出身于一个为国王饲养孔雀的家族,声名远播的阿育王统治的四十多年则是孔雀帝国的极盛时期。印度孔雀也在中国载籍中频频出现,《汉书·西域传》中已有简洁记载,《艺文类聚》中晋公卿对西域所献孔雀的赏玩和赞叹则较为形象:"世祖时,西域献孔雀。解人语,驯指,应节起舞。"⑥西域孔雀"解人语",《拾遗

---

① "龙"指中国,"象"指印度。郁龙余先生则用"龙"和"象"的合体创造出一个新汉字,详见本研究第四章的有关论述。

② 详见方豪:《中西交通史》,上海人民出版社,2008 年,第 87 页。

③ 《旧唐书》卷一百九十八《西戎列传》,中华书局,1975 年,第 5309 页。

④ (唐)王维撰,(清)赵殿成笺注:《王右丞集笺注》,上海古籍出版社,1984 年,第 283 页。

⑤ (清)董诰等编:《全唐文》卷四百五十三韦皋《西川鹦鹉舍利塔记》,中华书局,1983 年,第 4631 页。

⑥ (唐)欧阳询撰:《艺文类聚》,汪绍楹校,上海古籍出版社,1982 年,第 1574 页。

记》中所载含涂国"鸟兽皆能言语"①，这无疑给中国文人的印度想象增添了一丝幻丽色彩。孔雀在佛教中也具有特殊意义，佛本生故事中，佛陀曾转生为孔雀；由于常被视为能啖尽一切五毒烦恼，孔雀后成为密教本尊之一孔雀明王的坐骑。

除以上动物外，中国典籍中也时见对来自印度的骏马、狮子、骆驼等的记载和描述，德国汉学家孔好古（August Conrady）在其著作《中国所受之印度影响》（*Indischer Einfluss in China*）中认为，《战国策》中所载的若干动物寓言，完全源于印度，仅动物名称加以更易。②

再看植物。 典籍中的印度植物，以莲花、贝多、毕钵罗、胡椒、甘蔗为多。

莲花。 莲花是印度的国花，是印度文化的一个重要意象。印度教神话中，毗湿奴的肚脐上曾生出一朵莲花，而梵天自此莲花而生。莲花与佛教的关系更为密切。佛教神话中，释迦牟尼诞生之初即化为成人，每行一步，便生一朵莲花，名曰"步步生莲"。佛弟子虔诚念佛称为"口吐莲花"，善于说法称为"舌上生莲"，苦中作乐则称为"旧宅生莲"。此外，佛国也被称作"莲界"，佛寺称作"莲宇"，《妙法莲华经》称作"莲经"，袈裟称作"莲花衣"，雕成莲花状的佛龛称作"莲龛"。在佛教遗址、建筑和造像上，处处可见莲花图案。中国文人对莲花也偏爱有加，周敦颐的《爱莲说》即道出众多文人墨客的心声。中国文人爱莲，在很大程度上仍与佛教倡澄净妙悟相联系，如崔融《为百官贺千叶瑞莲表》："夫莲花者，出尘离染，清净无瑕。有以见如来之心，有以察如来之法，道之行也。"③

贝叶。 贝多罗树的叶片，简称贝叶。生于热带，树叶修长，非常适合书写。古代印度倚重口耳相传、不重文字书写，有限的文字书写的主要载体就是贝叶。法显、玄奘、义净的著述和《酉阳杂俎》《旧唐书》《太平御览》《资治通鉴》等史籍中皆有记载，如"于是词发雌黄，飞英天竺；文传贝叶，聿归振旦"④，"贝多，出摩伽陀国，长六七丈，经冬不凋。此树有三种……西域经书，用此三种皮叶，若能保护，亦得五六百年"⑤，"其人皆学《悉昙章》，云

---

① （晋）王嘉撰、（梁）萧绮录：《拾遗记》，齐治平校注，中华书局，1981年，第134页。
② 方豪：《中西交通史》，上海人民出版社，2008年，第42页。
③ （清）董诰等编：《全唐文》卷二百十八崔融《为百官贺千叶瑞莲表》，中华书局，1983年，第2207页。
④ （唐）玄奘、辩机原著，季羡林等校注：《大唐西域记校注》，中华书局，2000年，第24页。
⑤ （唐）段成式撰：《酉阳杂俎》，方南生点校，中华书局，1981年，第177页。

是梵天法。书于贝多树叶以记事"①,"贝多叶长一尺五六寸,阔五寸许,叶形似琵琶而厚大,横作行书,随经多少,缝缀其一边,恬恬然"②,等等。早期佛教经典几乎全为贝叶所垄断,为保存和携带方便,便有了梵夹,"梵夹者,贝叶经也;以板夹之,谓之梵夹"③。贝叶具有防蛀、防潮特性,可保存数百年之久,今天印度那烂陀博物馆仍保存有大量的贝叶经。

毕钵罗。印度常见树种,在出土的印度河文明印章上已有菩提树的图案存在。相传因释迦牟尼在一棵毕钵罗树下悟道成佛,该树种便被称为菩提树,从而成为佛教的"圣树"。《大唐西域记》卷八载:"金刚座上菩提树者,即毕钵罗之树也。昔佛在世,高数百尺,屡经残伐,犹高四五丈。佛坐其下成等正觉,因而谓之菩提树焉。茎干黄白,枝叶青翠,冬夏不凋,光鲜无变。每至如来涅槃之日,叶皆凋落,顷之复故。"④后因禅宗神秀和慧能的两首菩提偈而为人熟知,《酉阳杂俎》载该树种亦名"思惟树"。在陕西铜川玉华宫肃成院对面的山谷中,至今还生长着两棵菩提树。

胡椒。也是印度的重要物产,盛产于古里、柯枝等地。段成式《酉阳杂俎》载:"胡椒,出摩伽陀国,呼为昧履支。其苗蔓生,茎极柔弱,叶长寸半,有细条与叶齐。条上结子,两两相对,其叶晨开暮合,合则裹其子于叶中。子形似汉椒,至辛辣,六月采,今人作胡盘肉食皆用之。"⑤胡椒是郑和下西洋回程的主要货物之一,曾被朱棣用来发放作为官员俸禄。

甘蔗。印度气候湿热,适合甘蔗生长,印度人很早即学会用甘蔗榨糖。中国人对此也有了解,"又土多甘蔗,广如禾黍,土人绞取其液,酿之为酒,熬之成糖"⑥。20世纪初,在伯希和掠走的敦煌文献中发现一张记有印度甘蔗的种类、栽培技术及制糖技术的残卷(P.3303),季羡林先生曾对此有专门研究。⑦

上述印度动物、植物在中国载籍中屡屡出现,是中印古代文化交流的

---

① 《旧唐书》卷一百九十八《西戎列传》,中华书局,1975年,第5307页。

② (宋)李昉等编:《太平御览》卷九百六十《木部九》,中华书局,1960年,第4262页。

③ (宋)司马光编撰、(元)胡三省音注:《资治通鉴》卷二百五十,中华书局,1956年,第8097页。

④ (唐)玄奘、辩机原著,季羡林等校注:《大唐西域记校注》,中华书局,2000年,第670页。

⑤ (唐)段成式撰:《酉阳杂俎》,方南生点校,中华书局,1981年,第179页。

⑥ (元)耶律楚材:《西游录》上,向达校注,中华书局,1981年,第4页。

⑦ 季羡林:《一张有关印度制糖法传入中国的敦煌残卷》,《季羡林学术自选集》,北京师范学院出版社,1991年。1997年,季先生又出版《文化交流的轨迹:中华蔗糖史》一书。

典型例证。其中不少物种本身或其文化意象跟宗教特别是佛教密切相关，这说明，宗教文化的传播意义绝非仅限于宗教本身。

其他物产。"印度国自古有名，所出宝物不可胜数，人皆视为乐土。"①除以上动物、植物外，车渠、琉璃、火浣布、刀剑等印度物产也引起中国人的注意。

车渠。西域七宝之一，纹理细腻柔和，一直被古人视为珍宝。《玄中记》载"车渠出天竺国"②，曹丕则以《车渠椀赋》对天竺车渠极尽描摹：

> 车渠，玉属也，多织理缛文。生于西国，其俗宝之。小以系颈，大以为器。惟二仪之普育，何万物之殊形。料珍怪之上美，无兹椀之独灵。苞华文之光丽，发符采而扬荣。理交错以连属，似将离而复并。或若朝云浮高山，忽似飞鸟厉苍天。夫其方者如矩，圆者如规，稠希不谬，洪纤有宜。③

椀，同"碗"，是一种盛饮食的器具。据《古今注》等记载，曹操曾以车渠制成酒碗，这些车渠可能是曹操在建安二十年攻屠氐王、平定凉州之后，西域诸国所献赠。除曹丕外，曹植、王粲、应场等人都有《车渠椀赋》传世。唐代杜甫也在其《谒文公上方》诗中以"金篦刮眼膜，价重百车渠"④诗句称道来自印度的金篦医术（治疗白内障的医术）。

琉璃。人多认为来自西方特别是罗马的玻璃器皿品质最为出色，却不知来自西域的琉璃制品"光泽乃美于西方来者"⑤，玻璃宝镜亦"举国不识，无敢酬其价者"⑥。晋时潘尼有《琉璃椀赋》传世：

> 览方贡之彼珍，玮兹椀之独奇。济流沙之绝险，越葱岭之峻危。其由来也阻远，其所托也幽深。据重峦之亿仞，临洪溪之万寻。接玉树与琼瑶，邻沙棠与碧林。瞻阆风之崔嵬，顾玄圃之萧参……光映日曜，圆成月盈。纤瑕罔丽，飞尘靡停。灼烁旁烛，表里相形。凝霜不足

① （清）魏源：《海国图志》卷二十《西南洋》，陈华等点校注释，岳麓书社，1998年，第698页。

② （唐）欧阳询撰：《艺文类聚》卷八十四《宝玉部》，汪绍楹校，上海古籍出版社，1982年，第1442页。

③ （清）严可均校辑：《全上古三代秦汉三国六朝文·全三国文》，中华书局，1958年，第1075页。

④ （清）彭定求等编：《全唐诗》卷二百二十《杜甫五》，中华书局，1999年，第2310页。

⑤ 《魏书》卷一百二《西域》，中华书局，1974年，第2275页。

⑥ （宋）李昉等编：《太平广记》卷八十一《梁四公》，中华书局，1961年，第521页。

方其洁,澄水不能喻其清。①

琉璃,本为梵文 vaidūrya 的音译,佛教七宝之一,上述西域传入中土的琉璃制品,其技术源头无疑是印度本土。②

织品。 中国纺织享有盛名,古代印度的纺织品也不逊色,《太平御览》分别引《广雅》《吴时魏国传》道:"天竺出细织成……大秦国、天竺国皆出金缕织成。"③在古代印度的纺织品中,以火浣布最为有名。《山海经》《搜神记》等均有记载,《列子》的描述相对详致:"火浣之布,浣之必投于火;布则火色,垢则布色;出布而振之,皓然疑乎雪。"④印度与中国官方往来时经常用这种布品作为礼物,在《晋书》等正史中多有记载。值得注意的是,《艺文类聚》载"大秦国贡奇布"之事,《马可波罗游记》中亦有大汗赠送火浣布给罗马教皇的记载,《南史》《梁书》《晋书》中均载天竺人与大秦人"交市于海中",可见出天竺与大秦的古代贸易往来关系。⑤

刀剑。 《列子》有对"切玉如切泥"练钢赤刀的描述,梁吴均在《咏宝剑》一诗中有对昆吾剑的描述,与对练钢赤刀的描述如出一辙:"我有一宝剑,出自昆吾溪。照人如照水,切玉如切泥。"⑥对昆吾究竟今属何地,历来理解有分歧,但联系前文周穆王得此剑于西戎的解释,应为出自西域、靠近印度或属印度之地。

除以上外,典籍中对来自印度的金刚石、新陶水、珊瑚、珍珠、香料等时有记载。这些都是印度的特产,大多见于频繁的进贡往来中,但有的印度商人以进贡为名,行贸易之实,这也是古代中印交往、中外交往的一大现象。⑦ 不管是政治目的,还是经济目的,却都在客观上促进了中印文化的交流。刺目的是,印度来华的贡品中竟然偶有"黑小厮""番奴"之类,即奴隶,这真是一种特殊的"物产"!虽然不一定都是指印度奴隶(还可能是非

---

① (清)严可均校辑:《全上古三代秦汉三国六朝文·全晋文》,中华书局,1958年,第2000页。

② 参阅《中印文化交流百科全书》,中国大百科全书出版社,2016年,第971页。

③ (宋)李昉等撰:《太平御览》卷八百一十六《布部三》,中华书局,1960年,第3628页。

④ 杨伯峻撰:《列子集释》,中华书局,1979年,第190页。

⑤ 张星烺编注:《中西交通史料汇编》(第一册),朱杰勤校订,中华书局,2003年,第145—148页。

⑥ (唐)欧阳询撰:《艺文类聚》卷六十《军器部》,汪绍楹校,上海古籍出版社,1982年,第1082页。

⑦ 据记载,郑和下西洋期间,每次归来都有数目众多的外国使团跟随宝船前往明朝进贡,显然,是看中了明成祖朱棣"厚往薄来"的政策。

洲等地区的奴隶），却直观反映出奴隶们的悲惨境遇。其实，在文学性较强的唐人作品中即有记载，如《陶岘传》中载"海船昆仑奴"名曰"摩诃"①。据考，唐长安城曾列有专门的"口马行"，竟将人和牲口并置，长安城大量出现的"胡姬"即为粟特商人从西域倒卖而来的女奴。可见，奴隶贸易自古有之，而非近代以来才出现。

研究过程中发现，在中国典籍中时有对源自中国的物产输入印度的记载，这再次动摇了古代中印文化交流"单向说"②的根基。季羡林先生经过考证，认为中国的丝、糖、钢等物品曾在古代流往印度，对单向交流一说提出质疑。明代马欢《瀛涯胜览》、费信《星槎胜览》、巩珍《西洋番国志》中也均明确记载有中国丝绸输入印度的情形。元代汪大渊《岛夷志略》中也曾着重记录了一座中国"土塔"，此塔位于今天印度泰米尔纳德邦东岸的讷加帕塔姆，土砖材质。《岛夷志略》载，"居八丹之平原，木石围绕，有土砖甃塔，高数丈。汉字书云：'咸淳三年八月毕工。'传闻中国之人其年旅彼，为书于石以刻之，至今不磨灭焉。"③八丹为"沙里八丹"之简称，即今天印度泰米尔纳德邦东岸的讷加帕塔姆，中古时期曾为印度半岛上极其繁荣的国际贸易大港。"高数丈"，明显为中国风格，这是宋人将中国的建塔风格和建筑技艺带到印度。"咸淳三年八月毕工"则提供了该土塔的建造年代，即公元 1267 年。这说明，一直到南宋末期，中印间海上贸易往来仍很活跃，当时仍有诸多中国人远赴印度半岛经商。至于建塔的原因，推测很可能是中国商人们出于礼佛的需要（公元 8、9 世纪到 12 世纪，讷加帕塔姆曾为南印度主要的佛教中心），同时在塔上书刻汉文以表达对故土的思念。1725 年，欧洲旅游家瓦伦丁（Valentyn）曾参观该塔，并称之为"中国宝塔"。④ 16 世纪，葡萄牙人巴尔比（Gasparo Balbi）曾在该地见到"支那七塔"，土塔为其中之一，其余皆不存。

---

① 方豪：《中西交通史》，上海人民出版社，2008 年，第 213 页。据方豪考证，以"昆仑"称黑人奴隶，在中国古代典籍中并不鲜见。

② 对于中印文化交流，众多印度学者认为，由于佛教的巨大影响，古代中印文化交流是"印度影响中国"，而现当代以来则是"中国影响印度"，呈现出单向流动的特点，也有很多中国学者持此观点。

③ （元）汪大渊著，苏继庼校释：《岛夷志略校释》，中华书局，1981 年，第 285 页。

④ 《中印文化交流百科全书》（详编），中国大百科全书出版社，2015 年，第 671 页。该"土塔"条目为笔者撰写。

《岛夷志略》(成书于 1349 年)是研究中西交通史的重要著作,书中有关印度的记载亦非常丰富。"土塔"条虽寥寥数语,却提供了中古时期中印交通方式、贸易往来、艺术交流的诸多宝贵信息。此塔在 1846 年时尚存三层,1867 年,讷加帕塔姆的耶稣会传教士得到英印当局的同意,将这座土塔拆毁。

总之,经过中国历代文人的记忆积累、复制、沿袭,一个地方博远、物产丰饶的古老邻国形象呼之欲出,这虽是中国人对古代印度的较为表面化的认识,却打开了中国人心目中"文明梵竺"的想象之门。至清,魏源在《海国图志》中还这样总括道:

> (印度)地隶阿细亚洲西南,地广,壤沃,产丰,甲于诸国。[①]

二　圣贤叠轸　仁义成俗

本以仁爱著称的中国,对古老邻邦印度却也有着众多的仁爱、孝让记载,成为古代中国文人心目中印度形象的一个重要组成部分。追根溯源,在古老的《山海经》中已隐现古印度的仁爱形象:

> 东海之内,北海之隅,有国名曰朝鲜、天毒,其人水居,偎人爱人。[②]

晋时郭璞对此注释道:"天毒即天竺国,贵道德,有文书、金银、钱货,浮屠出此中也。"[③]古代中国人何以在如此早的年代就对异域印度有所了解? 对此,季羡林先生曾认为,"国家民族间的文化传播早于文字记载。在普遍使用文字以前,尽管有无数天然的艰难险阻,比如说大海和大山;但是人民间还是有往来的。许多民间传说,还有一些天文地理的知识就这样互相传播开来。古代中国和印度之间的文化交流的开始可能就是这个样子。"[④]

睥睨儒家的庄子也曾塑造出一个"建德之国",一个无为而治的理想社会:

---

① (清)魏源:《海国图志》卷十九《西南洋·五印度总述》,陈华等点校注释,岳麓书社,1998年,第 667 页。原文为:"印度国……地隶阿细亚洲。西南地广,壤沃产丰,甲于诸国",句读似乎有误,笔者在援引时做了改正。

② 《山海经》第十八《海内经》,袁珂《山海经校译》,上海古籍出版社,1985年,第 297 页。

③ 《山海经》第十八《海内经》,袁珂《山海经校译》,上海古籍出版社,1985年,第 301 页。

④ 季羡林:《中印智慧的汇流》,周一良主编《中外文化交流史》,河南人民出版社,1987年,第140 页。

　　　　南越有邑焉,名为建德之国。其民愚而朴,少私而寡欲;知作而不
　　　知藏,与而不求其报;不知义之所适,不知礼之所将;猖狂妄行,乃蹈乎
　　　大方;其生可乐,其死可葬。①

这里的"建德之国",曾有学者据"南越"之地推测可能为印度。张星烺先生
则认为,此"建德"与《拾遗记》中"旃涂"皆 Hind 之译音,即身毒。该国民众
虽"不知义之所适,不知礼之所将",却也"愚而朴,少私而寡欲;知作而不知
藏,与而不求其报",即那里的人民虽不知"义""礼"为何物,率性而行,顺其
自然,却天性淳朴,清心寡欲。一切公有,不存私财。助人为乐,不图回报。
中国传统文明是一种伦理文明,儒家认为以极少而简单的条律治国,才是
以仁治国的理想,道家虽在中国传统文化中不占主流地位,却也崇尚无为
而治,所有这些,无形中暗合了《山海经》中所肇现的印度人的仁爱形象。

　　但《山海经》中关于印度的只言片语毕竟影响有限,能够将《庄子》中的
"建德之国"与印度联系在一起的也极少。真正对中国文人关于印度的仁
爱形象记忆起重要的奠基作用的,还应该属东晋高僧法显在《法显传》中留
下的重要记载,他描述中天竺国:

　　　　人民殷乐,无户籍官法,唯耕王地者乃输地利,欲去便去,欲住便
　　　住。王治不用刑罔,有罪者但伐其钱……举国人民悉不杀生……民人
　　　富盛,竞行仁义。②

由于法显是亲临印土并留有著作传世的第一人,这段描述便经常被后人引
用,一个"民人富盛,竞行仁义"的印度形象便在中国文人的心目中渐趋生
成。此后,范晔在《后汉书》中沿袭了这一形象记忆:

　　　　天竺国一名身毒,……其人弱于月氏,修浮图道,不杀伐,遂以成
　　　俗。……且好仁恶杀,蠲敝崇善,所以贤达君子多爱其法焉。③

《水经注》中更将法显的"民人富盛,竞行仁义"之语直接搬用。此后,
"国中人民,率皆修善"④"万善智圆备,惠日照尘俗……国土及城邑,仁风

---

① 《庄子·山木篇》,陈鼓应《庄子今注今译》,中华书局,2009 年,第 538 页。
② (东晋)法显撰,章巽校注:《法显传校注》,中华书局,2008 年,第 46、88 页。
③ 《后汉书》卷八十八《西域传》,中华书局,1965 年,第 2921 页。
④ 《宋书》卷九十七《蛮夷》,中华书局,1974 年,第 2385 页。

化清皎"①"人民敦厖,土地饶沃"②等描述一再在中国载籍中重复出现。到了唐代,高僧玄奘在《大唐西域记》中对仁爱印度的形象塑造达到了又一个高峰,那里"政教尚质,风俗犹和""国重聪叡,俗贵高明""赋敛轻薄,徭税俭省",相应地,人民"不虚劳役""各安其业""于财无苟得,于义有余让""诡谲不行,盟誓为信""强志笃学,忘疲游艺,访道依仁,不远千里",对德高望重者的"敬仪"竟有九种之多。③

此后,元时汪大渊在《岛夷志略》中"俗有古风"④和明时费信在《星槎胜览》中"风俗甚厚,行者让路,道不拾遗"⑤的记载使这一形象记忆进一步得到强化。元明时一些载籍往往以点带面地对印度的淳朴民风进行描述,因为当时的印度已分裂为印度洋沿岸的一些小国,其中以古里、柯枝、榜葛剌的影响为大,《明史》皆有传。费信在《星槎胜览》中描述古里国时留诗一首赞曰:

> 谷里通西域,山青景色奇。路遗他不拾,家富自无欺。
> 酋长施仁恕,人民重礼仪。将书夷俗事,风化得相宜。⑥

一个风景秀丽、路不拾遗、富者不骄、政治开明、俗尚礼仪的文明古国形象跃然纸上。此后,《皇明四夷考》《咸宾录》《明史》对古里的描述一仍其旧。

与朝鲜、日本、越南等深受儒家文化影响的东亚国家不同,地处南亚、与中国自古交通不便的印度,在中国人的心目中何以也有如此多的仁爱描述?

原因主要有二:其一,与佛教传入关系密切。在佛教看来,"私欲之根,为贪嗔痴三毒。佛家劝人捐财货,乐施与,所以治贪。不杀伐,行仁慈,所以治嗔。戒杀乐施虽为印度所常行,然在中国则罕见,故汉代常道及之",故楚王英"尚浮屠之仁祠",《后汉书》《后汉纪》亦着重以"不杀伐""不杀生"为佛教之仁慈。此外,佛教提倡布施,《四十二章经》谓沙门"去世资财,乞

① 《南齐书》卷五十八《蛮·东南夷》,中华书局,1972年,第1016页。此段颇具文学色彩的记述虽不是直接用于对印度的美化,却是为说明中国的仁爱之风远播印度之用,特此说明。

② 《梁书》卷五十四《诸夷》,中华书局,1973年,第798页。

③ 详见(唐)玄奘、辩机原著,季羡林等校注《大唐西域记校注》卷二《印度总述》,中华书局,2000年。

④ (元)汪大渊著,苏继颀校释:《岛夷志略校释》,中华书局,1981年,第356页。

⑤ (明)费信著,冯承钧校注:《星槎胜览校注》,中华书局,1954年,第34页。

⑥ (明)费信著,冯承钧校注:《星槎胜览校注》,中华书局,1954年,第35页。

求自足","为道务博爱","博哀施","德莫大于施",《牟子理惑论》亦谓"佛家以空财布施为名"。"释迦牟尼"更曾译为"能仁",故汉魏佛经发挥仁术者极多,如《六度集经》卷七云"大仁为天,小仁为人"。[①] 要之,佛教传入后,其行仁爱、不杀伐、善施舍的特征,为中国时人所推崇敬重。

其二,异国形象的塑造,除受形象塑造客体的制约外,与形象塑造主体的接受屏幕密切相关,即形象塑造主体在接触异国文化前,已有一个较为固定、较为集中的文化心理传统,这种文化心理对其塑造的异国形象起着一定的影响和制约作用。以儒家文化为主体的中国文化,核心之一即"仁"。而"仁"的内涵之一就是要求人们凡事讲求道德律的约束,《论语·颜渊》篇中记载:樊迟问仁,孔子回答说:"爱人"。即一个人必须对别人存有仁爱之心,才能完成他的社会责任。[②]《论语·阳货》篇又载"子张问仁于孔子,孔子曰'能行五者于天下,为仁矣',请问之,则曰'恭、宽、信、敏、惠。恭则不侮,宽则得众,信则人任焉,敏则有功,惠则足以使人'",对"仁"人应具有的五种美德作了详细说明。对实现"仁"的途径,在《论语·雍也》中说:"夫仁者,己欲立而立人,己欲达而达人,能近取譬,可谓仁之方也已。"即要求人们做事须先考虑别人,这更多是从人性的自觉出发来阐释为人处世所应秉承的道德要求。[③] 这种道德律的承传后来逐渐积淀成中华民族文化心理的一个范式。而这种心理范式,也是中国人塑造印度形象的一个集体接受屏幕,当这个集体接受屏幕面对异域印度这个巨大文本时,人是否具有仁爱之心、人与人之间相处是否和谐便成为最容易受到激发的"契合点"和关注视域中首要的关注点。而古代印度人以"正法"[④]作为处理社会关系的准则,与中国的"仁义"有着诸多契合。于是,在这种接受屏幕和关注视域的影响下,异域印度也是一个仁爱互让、谦和和谐的美好邻邦。

要之,在上述因素的作用下,古代印度在中国文人的心目中是一个仁爱之邦的正面形象。至唐,曾参与隋史编纂与《晋书》撰写的敬播在为《大唐西域记》所作的《序》中还对印度如此作结:

---

①　参阅汤用彤《汉魏两晋南北朝佛教史》,上海人民出版社,2015 年,第 67—68、77 页。

②　冯友兰:《中国哲学简史》,新世界出版社,2004 年,第 38 页。

③　参阅李泽厚《孔门仁学》,载《美学三书》,天津社会科学院出版社,2003 年。

④　正法,音译达磨,是印度哲学、宗教、伦理学及政治学的核心概念,包括哲学方面的真理、宗教方面的教义教规、伦理方面的道德规范和政治方面的法律义务等多重含义。

圣贤以之叠轸,仁义于焉成俗。[1]

三　奇幻谁传　伊人得焉

从远古开始,中国人心目中就有一个面貌模糊的神异的印度形象,最初的体现自然是神话。在《搜神记》《列子》《神异经》中即有关于"火浣布"(即前述可以用火来洗涤的布)的信息。印度神话传统的"amrita"(神的饮料)在《山海经》中则以"甘露""天酒"出现。印度风俗中神的衣着不能缝纫,至今婆罗门新郎在婚礼上不穿缝制衣服,这也在中国神话中以"天衣无缝"表现出来。[2]

除神话外,印度神异形象的产生与天竺的杂技、幻术传入中国有着直接的关系。幻术是一种虚而不实、假而似真的方术,它时与印度杂技掺杂在一起,令中国人称奇。对此,大量的中国典籍有所记载和描述,以《列子》为例:

> 周穆王时,西极之国有化人来,入水火,贯金石;反山川,移城邑;乘虚不坠,触实不硋。千变万化,不可穷极。既已变物之形,又且易人之虑。穆王敬之若神,事之若君。[3]

《佛祖历代通载》卷四言此"化人"乃是佛弟子曼殊室利目连等示相,实际上可能是来自印度的幻术家。东汉时,张衡《两京赋》、李尤《平乐观赋》对神异的印度幻术也都曾有过类似描述。晋初,又有印度女巫擅长"破舌、吞刀、吐火之术"[4]的记载。干宝在《搜神记》中的记载最为详尽:

> 晋永嘉中,有天竺胡人来渡江南。其人有数术:能断舌复续、吐火。所在人士聚观。将断时,先以舌吐示宾客,然后刀截,血流覆地,乃取置器中,传以示人。视之,舌头半舌犹在。既而还取含续之。坐有顷,坐人见舌则如故,不知其实断否。其续断,取绢布,与人各执一头,对剪,中断之。已而取两断合,视绢布还连续,无异故体。时人多疑以为幻,阴乃试之,真断绢也。其吐火,先有药在器中,取火一片,与

① (唐)玄奘、辩机原著,季羡林等校注:《大唐西域记校注》,中华书局,2000年,第1—2页。
② 张敏秋主编:《跨越喜马拉雅障碍——中国寻求了解印度》,重庆出版社,2006年,第34页。
③ 《列子·周穆王篇》,杨伯峻《列子集释》,中华书局,1979年,第90—91页。
④ 《晋书》卷五十四《隐逸·夏统》,中华书局,1974年,第2428页。

黍糖合之,再三吹呼,已而张口,火满口中,因就爇取为炊,则火也。又取书纸及绳缕之属,投火中,众共视之,见其烧爇了尽;乃拨灰中,举而出之,故向物也。①

这是对印度"断舌复续、吐火"等"数术"(幻术、杂技等)传入江南的细致描绘,《洛阳伽蓝记》《法苑珠林》等也有沿袭描述。

值得注意的是,这些善于幻术的天竺人中,僧人为多。古代佛教高僧来中国传教者,多能幻术。《拾遗记》卷四,记载了一位"善衔惑之术"的梵僧尸罗:

> 七年,沐胥之国来朝,则申毒之一名也。有道术人名尸罗。问其年,云:"百三十岁。"荷锡持瓶,云:"发其国五年乃至燕都。"善衔惑之术。于其指端出浮屠十层,高三尺,乃诸天神仙,巧丽特绝。人皆长五六分,列幢盖,鼓舞,绕塔而行,歌唱之音,如真人矣。尸罗喷水为雾雾,暗数里间。俄而复吹为疾风,雾雾皆止。又吹指上浮屠,渐入云里。又如左耳出青龙,右耳出白虎。始出之时,才一二寸,稍至八九尺。俄而风至云起,即以一手挥之,即龙虎皆入耳中。又张口向日,则见人乘羽盖,驾螭、鹄,直入于口内。复以手抑胸上,而闻怀袖之中,轰轰雷声。更张口,则向见羽盖、螭、鹄相随从口中而出。尸罗常坐日中,渐渐觉其形小,或化为老叟,或为婴儿,倏忽而死,香气盈室,时有清风来吹之,更生如向之形。咒术衔惑,神性无穷。②

实际上,佛法传入中国之始,为了站稳脚跟、传播佛法,不少高僧大德都曾"乞灵于咒法神通之力,以求得震动人主和人民的试听"③,如安世高、康僧会、佛图澄、昙无谶等。《高僧传》卷九《佛图澄传》中载,澄常以道术欣动二石:

> (石勒)召澄问曰:"佛道有何灵验?"澄知勒不达深理,正可以道术为征,因而言曰:"至道虽远,亦可以近事为证。"即取应器盛水,烧香咒

---

①　(晋)干宝:《搜神记》,马银琴、周广荣译注,中华书局,2009年,第36—37页。

②　(晋)王嘉撰、(梁)萧绮录:《拾遗记》,齐治平校注,中华书局,1981年,第94—95页。该节校注有不当之处,如云发其国五年乃至燕都,有"其"字出现,该句不应加引号。

③　季羡林:《玄奘与〈大唐西域记〉》,见(唐)玄奘、辩机原著,季羡林等校注《大唐西域记校注》,中华书局,2000年,第17页。

之，须臾生青莲花，光色曜目，勒由此信服。①

这和明末利玛窦来华传播基督教有类似，又有不同，目的都是为传教服务，具体手法上则有幻术和科学之区别。

隋唐时，关于印度人善幻长技的记载更为多繁，这种集体想象不断得到巩固和强化。"大抵散乐、杂戏多幻术，幻术皆出西域，天竺尤甚"②，《通典》《旧唐书》《太平广记》中更有诸多印度人喜擅幻术的故事，《隋唐嘉话》中印度僧的咒术则能使生人毙命。玄奘在《大唐西域记》序论中亦言象主之国"特闲异术"；卷四言萨他泥湿伐罗国人"深闲幻术，高尚异能"，言秣底补罗国人"深闲咒术"③。其后，作为朝廷使节出使印度的王玄策也曾以行记的形式、以亲历者的口吻对印度幻术和杂技作出描述："王为汉人设五女戏，其五女传弄三刀，如至十刀。又作绳技，腾虚绳上，著履而掷，手弄三仗刀楯枪等种种关伎。杂诸幻术，截舌抽肠等，不可具述。"④《酉阳杂俎》卷五《怪术》则更为详尽生动：

> 丞相张魏公延赏在蜀时，有梵僧难陀，得如幻三昧，入水火，贯金石，变化无穷。初入蜀，与三少尼俱行，或大醉狂歌，戍将将断之。及僧至，且曰："某寄迹桑门，别有药术。"因指三尼："此妙于歌管。"……又尝在饮会，令人断其头，钉耳于柱，无血。身坐席上，酒至，泻入腔疮中，面赤而歌，手复抵节。会罢，自起提首安之，初无痕也。⑤

此外，一些来自印度的奇珍异物等，也给印度的神异形象增色不少。如，晋时《西京杂记》中身毒国所献"见妖魅、得配之者为天神所福"的宝镜、"以白玉作之、（暗室中）常照十余丈如昼日"的连环羁的记载，《玄中记》中的西胡牛"今日割取其肉三斤，明日肉已复生"，上节所引《宣验记》中的印

---

① （南朝梁）慧皎：《高僧传》，汤用彤校注，汤一玄整理，中华书局，1992年，第346页。

② （唐）段安节：《乐府杂录》，古典文学出版社，1957年，第293页。亦见于《旧唐书》卷二十九《音乐志》，该志又详载："睿宗时，婆罗门献乐，舞人倒行，而以足舞于极铦刀锋，倒植于地，低目就刃，以历脸中，又植于背下，吹筚篥者立其腹上，终曲而亦无伤。"

③ （唐）玄奘、辩机原著，季羡林等校注：《大唐西域记校注》，中华书局，2000年，第43、388、397页。

④ （唐）王玄策：《西国行记》，转引自（唐）道世撰，周叔迦、苏晋仁校注《法苑珠林校注》，中华书局，2003年，第107页。另可参阅王永平《王玄策使印与天竺幻术在唐朝的传播》，《河北学刊》2013年第6期。

⑤ （唐）段成式撰：《酉阳杂俎》卷五《怪术》，方南生点校，中华书局，1981年，第54页。

度牸牛具有开口讲话、现身说法的神异本领,等等。被誉为唐以来"小说之翘楚"(《四库全书总目提要》)、"所涉甚广,遂多珍异"(鲁迅《中国小说史略》)的《酉阳杂俎》中,除时见对能够医治异疾、"能役百神"以祈雨、"得如幻三昧,入水火,贯金石,变化无穷"的众梵僧的描写外,对娑罗、菩提等的记载也颇具神异色彩。宋时,《诸蕃志》中"能止风涛"的印度圣水更令中国人钦羡不已。另外,伴随佛教在中国的传入,一些佛经中的神异传说故事也时被一些史书所采用,如《魏略》就对浮屠太子降生时的神异现象有过详细描述。

综上,神话传说的影响,幻术、杂技的传入,佛教为实现顺利传播而展示的神通幻术,以及一些奇珍异物的被描摹、渲染,为异域印度在中国人的集体想象中增添了层层神异色彩。当然这是就总体而言,印度幻术在传入中国的过程中,也曾受到过质疑、禁止。如唐时的记载:

如闻在外有婆罗门胡等,每于戏处,乃将剑刺肚,以刀割舌,幻惑百姓,极非道理。①

天竺伎能自断手足,刺肠胃,高宗恶其惊俗,诏不令入中国。②

为什么古代的中国人大多对印度的幻术等持有神异敬畏的感受,有时却又以其"幻惑百姓""恶其惊俗"而禁止传入呢?

一方面,当一种文化遇到相异性较强的他者文化时,首先会产生相异性的吸引力量。《后汉书·方术列传上》和王充《论衡》中均载大量异术方技一度盛行,"尚奇文,贵异数,不乏于时矣"③,这说明本土正统文化之外,对所谓异端文化有一定的心理包容和接受。前已述及,初期佛教传播正是运用这一策略。但另一方面,儒家文化是中国传统文化的核心,以孔子为代表的儒家正统文化又素尚"不语怪力乱神",要求人们具有合乎情理的行为规范,不偏不倚,中庸和谐。当印度幻术大量涌入中国,人们对其不再有最初的神秘和敬畏感之后,便对这种反常的甚至违背自然规律与伦理道德的现象逐渐产生厌恶和排斥心理,亦即《后汉书·方术列传上》末尾引孟子所言"以夏变夷,不闻变夷于夏",终致禁止其传入。但这种记载所占的比

---

① (清)董诰等编:《全唐文》卷十二高宗皇帝《禁幻戏诏》,中华书局,1983 年,第 145 页。
② 《新唐书》卷二十二《礼乐》,中华书局,1975 年,第 479 页。
③ 《后汉书》卷八十二《方术列传上》,中华书局,1965 年,第 2705 页。

重并不大,将基于幻术、杂技而塑造出的印度神异形象简单归之为"被妖魔化"①也似以偏概全。总体而言,基于印度神话传说、幻术杂技等衍生的神异形象,在古代中国人的认知体系中占有一定地位并持续对后世文人的印度认知产生影响。一直到清时《聊斋志异》中还时有能吞刀吐火、医治异疾的西域头陀出现,一些现当代作品中还时有对印度神秘幻术的描摹。这正是形象一旦产生便具有的后滞效应。所以,在古代中国人的集体接受视野中,异域印度始终是一个玄幻奇异的神秘国度,正如录于《全唐文》中的《吞刀吐火赋》所言:

> 奇幻谁传,伊人得焉。吞刀之术斯妙,吐火之能又元。……原夫自天竺来时,当西京暇日。骋不测之神变,有非常之妙术。②

四　殊方异药　向善天算

印度古代医学发达,隋唐以前的中国典籍中已有印度医书的记载。《隋书·经籍志》里《龙树菩萨药方》《龙树菩萨养性方》《婆罗门药方》《婆罗门诸仙药方》等多部医书的名字就是印度的,唐代医典里更含有不少的印度元素,如《外台秘要》《真人备急千金要方》《千金翼方》等。玄奘在《大唐西域记》卷二《印度总述》中曾提到印度古代医学技艺"医方明",义净在《南海寄归内法传》里也对印度的医学理论和药材作了重点介绍。明时李时珍在《本草纲目》中实际记有许多来自印度的药方或药引。文学作品中,《西阳杂俎》和《聊斋志异》载有众多神通广大、能够医治异疾的梵僧、头陀的事例,虽有一定的想象和夸张因素,却也在一定程度上说明印度医名的流播之深广。至于《西游记》中常把印度的御医描绘成面对皇族的怪病束手无策的庸医,则明显是为了凸显主要角色之一孙悟空的神通广大,是一种典型的文学处理。

但在此过程中,也有徒事炫耀的天竺方士不受欢迎,如《唐会要》载,"贞观末年,有胡僧自天竺至中国,自言能治长生之药,文皇帝颇信待之。数年药成,文皇帝因试服之,遂致暴疾。及大渐之际,群臣知之,遂欲戮胡

---

① 王向远等:《佛心梵影——中国作家与印度文化》,北京师范大学出版社,2007年,第5页。
② (清)董诰等编:《全唐文》卷七百七十《吞刀吐火赋》,中华书局,1983年,第8021—8022页。

僧,虑为外夷所笑而止。载在国史,实为至戒。"①另有"自言寿二百岁,云有长生之术"的天竺方士那罗迩婆寐"造延年之药,竟不就"之事②,对照可知,前述之胡僧即此那罗迩婆寐。此事在中国典籍中多有记载,令印度医名蒙羞。对印度医术水平参差不齐的情况,亲历印度的玄奘是清楚的,他在《大唐西域记》中记载道:"医之工伎,占候有异"③。

印度医学最有名气、在中国最受欢迎的是眼科。唐代诗人刘禹锡曾有《赠眼医婆罗门僧》一诗,记述了来自印度的僧人擅长治疗眼病的事实:

> 三秋伤望眼,终日哭途穷。两目今先暗,中年似老翁。
>
> 看朱渐成碧,羞日不禁风。师有金篦术,如何为发蒙。④

"金篦术",即佛门医学中以金针治疗白内障的手术治疗方法,最早见于唐《外台秘要》一书"陇上道人撰,俗姓谢,住齐州,于西国胡僧处授",这里的"胡僧"就是指印度僧人。古代印度的这一技术曾在唐时受到推崇,除上述刘禹锡引诗外,白居易在《眼病二首》中也有记载"人间方药应无益,争得金篦试刮看",杜甫也曾有"金篦刮眼膜,价重百车渠"诗句⑤,另外,晚唐李商隐、宋人黄庭坚、陆游也均在各自诗句中对金篦术有所描述,见出此医术在唐宋时的中国流传之广,但可惜后来在印度本土失传。可喜的是,1981年,中国中医研究院唐由之教授将这一久已失传的绝技复活后又回传印度,留下中印文化交流的又一段佳话。除制糖术、佛教外,这又是一个文化倒流的典型例证。⑥

瑜伽,是印度古人发明的一种身心修炼方法,与古印度医学有一定关联。在摩亨焦达罗出土的一枚印章上就出现修炼瑜伽的男神形象,说明早在印度河文明时期印度先民就已掌握瑜伽术。《梨俱吠陀》中则已出现"瑜伽"一词,但本义为"用轭连接的车驾",后在《奥义书》中才逐渐演化为今天

---

①　(宋)王溥撰:《唐会要》卷五十二《识量下》,中华书局,1955 年,第 899 页。

②　(宋)王溥撰:《唐会要》卷八十二《医术》,中华书局,1955 年,第 1522 页。卷一百《天竺国》亦载,但名字为那罗迩婆娑寐。

③　(唐)玄奘、辩机原著,季羡林等校注:《大唐西域记校注》,中华书局,2000 年,第 207 页。

④　(唐)刘禹锡:《赠眼医婆罗门僧》,彭定求等编《全唐诗》卷三百五十七,中华书局,1999 年,第 4036 页。

⑤　以上分别引自(清)彭定求等编《全唐诗》,中华书局,1999 年,第 5053、2310 页。

⑥　关于中国文化接受印度文化的成果,经过吸收、改造后回流印度的事例,详见本书第五章。

的涵义,即"连接""结合""归一""化一",按《奥义书》,"瑜伽"就是通过各种修炼,使个体灵魂(小我)和宇宙的灵魂(梵,大我)结合化一,从而实现灵魂的解脱。[①] 在公元前 2 世纪前后,波颠阇利撰就《瑜伽经》,对历史久远的瑜伽修行进行了系统整理,不但在印度历史上有重要影响,也传到世界上许多国家,在古代中国的传播主要是通过佛教文献来实现,汉译佛典中论及禅定或瑜伽的内容即主要来自《瑜伽经》。瑜伽传入中国后,对汉化佛教、道教、儒术、医术、武术等都产生了一定的影响。禅宗所修"上乘禅"、天台宗所倡"六妙法门"、净土宗"念佛三昧"等修行法中,都有较为明显的印度瑜伽的影响。古代的一些健身术,如南北朝流行的"易筋经"、唐时的"天竺按摩法"、宋时的"婆罗门导引法"等,都是从印度传入,并与印度瑜伽有着一定的渊源关系。

古代印度的天文历算之学发展较早且成就不俗,《旧唐书·西戎列传》载天竺国"有文字,善天文算历之术"[②]。为了确定祭祀与重要典礼的日期、为农耕确定节令,印度人早在吠陀时代就开始了有意识的天文观察。佛教初传,早期来华的高僧中即有不少深谙天文历算之学者,如三国时,天竺僧人昙柯迦罗"向善星术",其他如安世高"七曜、五行、医方、异术,以及鸟兽之声,无不综达",康僧会"亦知图谶",后二人虽非天竺人,上述技艺却基本得自天竺。佛经中亦有不少涉及天文历算的内容,如玄奘译《俱舍论》,义净译《佛说大孔雀咒王经》,不空金刚译《宿曜经》和《佛母大孔雀明王经》等。其中,《宿曜经》最具天文学价值,它详细介绍了古印度关于二十八宿、七曜、十二宫、星占等方面的知识,是研究中印古代天文历算的珍贵资料。《隋书·经籍志》里面列举了《婆罗门天文经》《婆罗门算经》等多部印度天文历算的书籍,《通志》中对印度的天文、历法的记载也较全面。古代中国除参照印度天文历算之法进行本国相关编纂外,还曾直接重用印度天算家,8 世纪时,曾有印度家族在唐朝担任天文官员,其中,瞿昙氏五代人曾直接参与修历,以瞿昙悉达最负盛名,他曾集撰《开元占经》一百二十卷并翻译天竺《九执历》。《九执历》是 7 世纪前后较为先进的印度历法,至今仍是研究印度天文学的重要历史文献,也是研究中国天文学的学者们不

---

① 刘建、朱明忠、葛维钧:《印度文明》,福建教育出版社,2008 年,第 104 页。
② 《旧唐书》卷一百九十八《西戎列传》,中华书局,1975 年,第 5307 页。

时参考的文献之一,因为它对中国天文学曾产生过一定影响。这种基于科学交流而得到的较为客观的印度形象一直延续到明清之际,顾炎武在《日知录》中还有"天竺国善天文历算之术"的记述。

五　梵音深妙　天竺遗法

印度是一个艺术的国度,艺术在印度人的生活中占有重要的地位。中国典籍中对印度音乐、舞蹈、绘画等也有不少记载,这是对印度艺术形象的生动诠释。

印度音乐历史久长、发达完善,上古时期就已有专业的歌者和琴师,《梨俱吠陀》中的颂歌可被视为最早的歌词,《娑摩吠陀》则是一部曲调集,"娑摩"即曲调。约在吠陀后期,七声音阶就已成型。古典音乐主要满足颂神需要和审美需要,民间音乐则具有多种社会功能,如庆祝丰收和娶妻生子等。古典音乐和民间音乐互为补充、相得益彰,构建起印度音乐发达的系统。印度音乐发达的原因有几个方面:首先,"印度人将音乐视为一种能够使人的灵魂超脱俗世并升华到精神世界的崇高艺术形式。而印度文明历来就有轻物质重精神的倾向,音乐自然在印度人的生活中和心目中占有神圣地位"①。实际上,这一结论同样适用于印度绘画、舞蹈等艺术领域。其次,古代印度人习于口耳相传,为取得易于记诵和传播的效果,往往要靠韵律和乐调,想必这也是印度音乐发达的原因之一。第三,印度是一个典型的宗教国度,古代印度人将音乐视为神圣,每首乐曲往往与特定的神相联系,如《梨俱吠陀》和《娑摩吠陀》主要用于对神祇的歌颂,如酒神苏摩、火神阿耆尼、雷电之神因陀罗等,印度古典音乐中特有的"拉格"(一种曲调框架)的产生也曾被认为与印度教主神之一毗湿奴的神话传说有关。

印度音乐曾对中国古代音乐产生较大影响。史载张骞通西域后曾得到源自印度的《摩诃兜勒》曲:

> 胡角者,本以应胡笳之声,后渐用之横吹,有双角,即胡乐也。张博望入西域,传其法于西京,惟得《摩诃兜勒》一曲。李延年因胡曲更

---

① 刘建、朱明忠、葛维钧:《印度文明》,福建教育出版社,2008年,第241页。

造新声二十八解,乘舆以为武乐。①

此记载最早见于晋时崔豹《古今注》中,对于《摩诃兜勒》是否真正传入中国,历来颇有分歧,冯文慈在《中外音乐交流史》中取审慎态度。② 但其时中国文人对印度音乐已有所了解,却是可以客观体现出来的。隋时,印度的七声音阶开始传入中国。《隋书·音乐志》中明确记载,隋文帝定《天竺伎》为七部乐之一,后隋炀帝又定天竺乐为九部乐之一。《隋书·音乐志下》中对天竺伎乐有详细和形象记载。后,《通典》《旧唐书》《新唐书》《通志》中有进一步的记述,其中,《通志·乐略》有梵竺四曲,《新唐书》所载的九部乐中仍有《天竺伎》单列。虽然有些记载中以"西域音乐"命名,但其中大都有不少印度元素。如崔令钦《教坊记》中所载《苏合香》即由印度传入:

> 旧云唐朝大曲,但其起源,据《教训抄》、《体源抄》二书,都说是天竺乐。传天竺阿育王病脑,服苏合香而愈,王喜,因命育竭作此乐。冠苏合草而舞。……此为新乐,盖由印度入唐,由唐传入日本。③

此外,中国古代文人的文学作品中也曾间接提到印度音乐,主要是基于唐代法曲④《霓裳羽衣曲》与印度《婆罗门曲》的渊源关系而作。⑤ 如刘禹锡留有"开元天子万事足,惟惜当时光景促。三乡陌上望仙山,归作霓裳羽衣曲"⑥,王建也有"弟子部中留一色,听风听水作《霓裳》。散声未足重来授,直到床前见上皇"⑦的诗句。另,《婆罗门曲》传入唐朝之后,大量以"婆

---

① 《晋书》卷二十三《志第十三·乐下》,中华书局,1974 年,第 715 页。

② 详见王福利:《摩诃兜勒曲名含义及其相关问题》,《历史研究》2010 年第 3 期。对于印度音乐与中国音乐的关系,阴法鲁、杨荫浏等有不少论述。

③ 转引自常任侠《丝绸之路与西域文化艺术》,上海文艺出版社,1981 年,第 188 页。

④ 法曲,隋唐宫廷燕乐的一种重要形式。

⑤ 唐郑嵎《津阳门诗》云:"蓬莱池上望秋月,无云万里悬清辉。上皇夜半月中去,三十六宫愁不归。月中秘乐天半间,丁珰玉石和埙篪。宸聪听览未终曲,却到人间迷是非。"该诗的注中又言"叶法善引上入月宫,时秋已深,上苦凄冷,不能久留,归。于天半尚闻仙乐,及上归,且记忆其半,遂于笛中写之。会西凉都督杨敬述进《婆罗门曲》,与其声调相符,遂以月中所闻为之散序,用敬述所进曲作其腔,而名《霓裳羽衣法曲》。"南宋时王灼在《碧鸡漫志》中评道:"《霓裳羽衣曲》,说者多异。……月宫事荒诞,惟西凉进《婆罗门曲》,明皇润色,又为易美名,最明白无疑。"

⑥ (唐)刘禹锡:《三乡驿楼伏睹玄宗望女几山诗小臣斐然有感》,彭定求等编《全唐诗》卷三百五十六《刘禹锡三》,中华书局,1999 年,第 4010 页。

⑦ (唐)王建:《霓裳辞》,彭定求等编《全唐诗》卷二十二《舞曲歌辞》,中华书局,1999 年,第 288 页。王建共有《霓裳词》十首,此为第一首。

罗门"为曲名的作品出现,崔令钦《教坊记》中载有《望月婆罗门》,敦煌曲子词中则有咏月题材的《婆罗门》四首,南卓《羯鼓录》中亦载有《婆罗门》。这些音乐作品大多融入了更多的本土文化元素,较印度《婆罗门曲》有较大变异。如敦煌曲子词《婆罗门》(咏月四首)之四:

> 望月在边州。江东海北头。自从亲向月中游。随佛逍遥登上界。端坐宝花楼。千秋似万秋。[①]

"婆罗门"之名本源自婆罗门教——印度教,佛教的产生曾被印度教视为异端、外道,登月题材本为中国本土宗教道教中事。唐时乐人却将这三种宗教文化熔为一炉,既体现中印文化交流的事实,又凸显出唐人对外来文化的开放包容心态。

音乐,既是佛教文化的重要组成要素,又是佛教文化得以传播的重要手段,所以,在世俗音乐发展的同时,佛教音乐在印度音乐体系中也占有重要位置。虽然佛教八戒中有"歌舞观听戒"的约束,但佛经又云:"歌咏诵法言,以此为音乐"[②],"梵音深妙,令人乐闻"[③]。《妙法莲华经》则记载了世俗的人们对佛祖的十种供养方式:第九种为"伎乐供养"。伎乐,即佛国世界能歌善舞的菩萨,他们用音乐、舞蹈来供奉极乐世界的佛祖。[④] 基于记诵教义和传播的需要,佛教音乐一度发达,这在中国典籍中亦有诸多记述,如南朝梁高僧慧皎曾在《高僧传》中这样记载译经大师鸠摩罗什和其门生僧叡的谈话:

> 天竺国俗,甚重文制,其宫商体韵,以入弦为善。凡觐国王,必有赞德,见佛之仪,以歌赞为贵。经中偈颂,皆其式也。[⑤]

这段记载说明,无论是世俗音乐还是佛教音乐,在当时的印度都非常兴盛。唐时曾亲赴印度取经归来的高僧义净曾在其《南海寄归内法传》中对当时的印度佛教音乐的盛况作了详细描述"西国礼敬,盛传赞叹",并对几位佛教音乐家的传说予以详述和评价。如记尊者摩咥里制咤:

---

① 王重民辑:《敦煌曲子词集》,商务印书馆,1950 年,第 21 页。
② 《维摩诘所说经·佛道品》,《中华大藏经》(汉文部分),中华书局,1985 年。
③ 《妙法莲华经》卷一,《中华大藏经》(汉文部分),中华书局,1985 年。
④ 敦煌壁画中有诸多这样的乐舞形象。
⑤ (南朝梁)慧皎:《高僧传·鸠摩罗什传》,汤用彤校注,中华书局,1992 年,第 53 页。

> 传云昔佛在时,佛因亲领徒众,人间游行。时有莺鸟,见佛相好,俨若金山,乃于林内,发和雅音,如似赞咏。佛乃顾诸弟子曰:"此鸟见我欢喜,不觉哀鸣。缘斯福故,我没代后,获得人身。名摩咥里制吒,广为称叹,赞我实德也。"其人初依外道出家,事大自在天,既是所尊,具伸赞咏。后乃见所记名,翻心奉佛,染衣出俗,广兴赞叹。悔前非之已往,遵胜辙于将来。自悲不遇大师,但逢遗像。遂抽盛藻,仰符授记,赞佛功德。初造《四百赞》,次造《一百五十赞》,总陈六度,明佛世尊所有胜德。斯可谓文情婉丽,共天花而齐芳;理致清高,与地岳而争峻。西方造赞颂者,莫不咸同祖习。无著、世亲菩萨悉皆仰止。

先对其何以在礼佛歌赞方面独具天才作出神话解释,又对其成就歌赞事业的过程进行叙述,最后以"文情婉丽,共天花而齐芳;理致清高,与地岳而争峻"作出高度评价,并以无著、世亲菩萨对其成就的仰慕作出烘托。而后,义净对陈那菩萨、鹿苑名僧释迦提婆的歌赞成就略加提及,又对龙树菩萨的成就重点铺陈:

> 又龙树菩萨以诗代书……可谓文藻秀发,慰诲勤勤;的指中途,亲逾骨肉。…五天创学之流,皆先诵此书赞。归心系仰之类,靡不吟味终身,若神州法侣诵《观音》、《遗教》,俗徒读《千文》、《孝经》矣。

接下来,义净又对戒日王和月官大士予以评价,前者曾取乘云菩萨以身代龙之事,"辑为歌咏,奏谐弦管,令人作乐,舞之蹈之,流布于代"。后者"作毗输安怛罗太子歌词,人皆舞咏,遍五天矣,旧云苏达拏太子者是也"。最后,对《佛所行赞》(即引文中的《佛本行诗》)的作者马鸣予以重点着墨:

> 又尊者马鸣亦造歌词及《庄严论》,并作《佛本行诗》,大本若译有十余卷,意述如来始自王官,终乎双树,一代佛法,并辑为诗。五天南海,无不讽诵。意明字少,而摄义能多,复命诵者心悦忘倦。又复纂持圣教,能生福利。[①]

马鸣的《佛所行赞》叙述了佛陀的生平,由于其成功的佛陀形象塑造、优美典雅的"大诗"形式和丰富的艺术表现手法,从而"五天南海,无不讽诵"。

---

① (唐)义净原著,王邦维校注:《南海寄归内法传校注·赞咏之礼》,中华书局,1995年,第178—184页。

需注意的是,义净对这几位佛教音乐艺术家的记述,偏重于他们在歌词创作方面的成就,内容方面不外乎"赞佛功德","明佛世尊所有胜德",但在形式上是可以"奏谐弦管""舞之蹈之"的,所以,其成就可说是集诗乐舞于一体的。

东汉时,印度佛教音乐随佛教传入中国。由于梵音和汉语的差异,佛教音乐最初在中国的传播并不顺利,对此,慧皎在《高僧传》中又有一段著名的论述:

> 自大教东流,乃译文者众,而传声盖寡。良由梵音重复,汉语单奇。若用梵音以咏汉语,则声繁而偈迫;若用汉曲以咏梵文,则韵短而辞长。是故金言有译,梵响无授。[①]

"金言有译,梵响无授",是指佛教音乐直接转为汉地音乐存在困难。但三国时期开始,中国的佛教音乐家们采取"改梵为秦"的策略,用中国的本土音调来配唱经文,形成了印度佛教音乐的中国化。相传三国时曹植"尝游鱼山,忽闻空中梵天之响,清雅哀婉,其声动心。独听良久,而侍御皆闻。植深感神理,弥悟法应。乃摹其声节,写为梵呗。撰文制音,传为后式。梵声显世,始于此焉"[②],后南齐竟陵王萧子良也曾"招致名僧,讲语佛法,造经呗新声"[③]。所谓"经呗新声",即改造过的佛教音乐。梁武帝萧衍对佛教音乐的中国化也有贡献,《隋书·音乐志》载:"帝既笃敬佛法,又制《善哉》、《大乐》、《大欢》、《天道》、《仙道》、《神王》、《龙王》、《灭过恶》、《除爱水》、《断苦轮》等十篇,名为正乐,皆述佛法。"[④]经过这些努力,至魏晋南北朝时期,佛教音乐已开始在中国流行,史载当时"梵唱屠音,连檐接响"[⑤],"梵乐法音,聒动天地"[⑥]。也出现了一批佛教音乐的熟稔者,如慧皎记昙凭,"巴汉怀音者,皆崇其声范。每梵音一吐,辄鸟马悲鸣,行途住足"[⑦]。

唐时佛曲盛行,南卓的《羯鼓录》中录有不少,如《悉迦牟尼》《卢舍那仙

---

① (南朝梁)慧皎:《高僧传》卷十三,汤用彤校注,中华书局,1992年,第507页。

② (唐)道世撰,周叔迦、苏晋仁校注:《法苑珠林校注》,中华书局,2003年,第1171页。此为典故"鱼山梵呗"的由来。

③ 《南齐书》卷四十《竟陵文宣王子良传》,中华书局,1972年,第698页。

④ 《隋书》卷十三《音乐上》,中华书局,1973年,第305页。

⑤ 《魏书》卷一百一十四《释老志》,中华书局,1974年,第3045页。"屠"即浮屠,屠音即佛教音乐。

⑥ (魏)杨衒之撰,周祖谟校释:《洛阳伽蓝记校释》卷三《城南》,中华书局,1963年,第115页。

⑦ (南朝梁)慧皎:《高僧传》卷十三,汤用彤校注,中华书局,1992年,第504页。

曲》《观世音》等,北宋陈旸《乐书》记载的唐乐府曲调中也有《普光佛曲》《弥勒佛曲》《阿弥陀佛曲》等众多佛曲。"佛曲者,是由西方传入中国的一种乐曲,有宫调可以入乐。内容大概都是赞颂诸佛菩萨之作,所以名为佛曲。"[①]当然,这些佛曲未必都来自西域(主要指印度),它们已经成为中国佛教音乐的一部分。唐宋时佛教音乐(含俗讲)达到极盛,郑樵《通志》载《梵竺四曲》,韩愈《华山女》诗云"街东街西讲佛经,撞钟吹螺闹宫廷",王勃在《游梵宇三觉寺》中云"萝幌栖禅影,松门听梵音",欧阳修在《宿广化寺》中也有"僬歌杂梵响,共向松林归"诗句。这些,均是佛教音乐盛极一时的反映。

以上可以看出印度古代音乐特别是佛教音乐对中国的影响。但这种影响不是单向的,中国古代乐曲《秦王破阵乐》也曾经远播印度。玄奘在其《大唐西域记》中记载了与戒日王会见时的一番谈话:

> 王曰:"尝闻摩诃至那国有秦王天子,少而灵鉴,长而神武。昔先代丧乱率土分崩,兵戈竞起,群生荼毒,而秦王天子早怀远略,兴大慈悲,拯济含识,平定海内,风教遐被,德泽远洽,殊方异域,慕化称臣,氓庶荷其亭育,咸歌《秦王破阵乐》。闻其雅颂,于兹久矣。"[②]

后在会见拘摩罗王再次提及,"拘摩罗王曰:'善哉! 慕法好学,顾身若浮,逾越重险,远游异域。斯则王化所由,国风尚学。今印度诸国多有歌颂摩诃至那国《秦王破阵乐》者,闻之久矣,岂大德之乡国耶?'曰:'然。此歌者,美我君之德也。'"[③]对于这一史实,《新唐书》亦承袭了《大唐西域记》的记载。

乐、舞不相分离,印度舞蹈也负有盛名。印度神话传说中,印度教三大主神之一的湿婆会跳 108 种舞,宇宙的毁灭和新生就在其神秘玄幻的舞蹈之中周而复始,据此,湿婆大神是当之无愧的印度舞蹈的始祖,众多神庙雕塑、建筑壁画中经常可见到这一舞王形象。由于多种族、多宗教的存在,印度的民间舞蹈同样丰富多彩,艺术价值颇高。常任侠先生认为唐时舞蹈也与印度舞蹈有着一定的关联:"《健舞》、《软舞》之名,常见载籍,但其意义不

---

① 向达:《唐代长安与西域文明》,生活·读书·新知三联书店,1987 年,第 279 页。
② (唐)玄奘、辩机原著,季羡林等校注:《大唐西域记校注》,中华书局,2000 年,第 436 页。
③ (唐)玄奘、辩机原著,季羡林等校注:《大唐西域记校注》,中华书局,2000 年,第 797—798 页。

甚确切明了,唐代或从印度译入。中国古有《文舞》和《武舞》,或者可以相比附。……其中(南印度湿婆舞王庙中的健舞)舞姿与中国相同的颇多,唐舞与天竺舞关系如此之密切,两者殆亦有相互传播学习的关系。"[1]具体来看,前面所述的唐大曲《苏合香》即为"冠苏合草而舞"的一种舞蹈,《霓裳羽衣曲》又称《霓裳羽衣舞》,实际上也是一首融音乐与舞蹈于一体的歌舞大曲,对此,白居易《霓裳羽衣歌》中云"千歌百舞不可数,就中最爱霓裳舞",大臣张说在《华清宫》中亦云"天阙沉沉夜未央,碧云仙曲舞霓裳"。此外,《旧唐书·音乐志》中所载的《太平狮子舞》和《拔头》二舞,也源自印度。[2]

印度的绘画也对中国有着深刻影响。印度的绘画艺术发达,自成一系。中印之间的绘画交流始于佛教传入,印度绘画最早传入中国大概是佛像画品,对此,《后汉书》记载道:"世传明帝梦见金人,长大,顶有光明……帝于是遣使天竺问佛道法,遂于中国图画形像焉。"[3]南朝《续画品》和《历代名画记》均有对来中国之天竺僧的绘画技艺的描述。魏晋南北朝时期,著名的印度阿旃陀石窟壁画中采用的一种传统绘画方法——凹凸法,逐渐自西向东传入中国。《建康实录》卷十七记载,梁朝大画家张僧繇曾用此法在建康一佛寺内作画:

> 寺门遍画凹凸花,代称张僧繇手迹。其花乃天竺遗法,朱及青绿所成,远望眼晕如凹凸,就视即平,世咸异之,乃名凹凸寺。[4]

后来,这种用强调明暗来表现人物能造成立体感的晕染法绘画技巧——凹凸法在中国画史上即被称为"天竺遗法"。该画法在中国一度流行,曾在敦煌流行了数百年,现存敦煌莫高窟第 428 窟的《说法图》即为一个显例。印度佛像画对中国的人物画也产生了不小的影响,最有名的属"曹衣出水"的说法,曹仲达等的佛像画作先被唐时张彦远在《历代名画记》赞为"璎珞天衣,创意各异",后被宋时郭若虚在《图画见闻志》中赞为"其体稠叠,而衣服紧窄"。唐著名画师尉迟乙僧和吴道子也都曾从佛像画技巧中受益,宋元山水画也有佛像画派的影响,对此,也有"所画绝异""西天梵相,亦称绝艺"

① 常任侠:《丝绸之路与西域文化艺术》,上海文艺出版社,1981 年,第 163 页。
② 详见《旧唐书》卷二十九《音乐志》,中华书局,1975 年,第 1059、1074 页。
③ 《后汉书》卷八十八《西域传》,中华书局,1965 年,第 2922 页。
④ (唐)许嵩:《建康实录》,张忱石点校,中华书局,1986 年,第 686 页。

等记赞。向达先生总结道,"魏晋以后,中国画家受印度之影响,则极为显然:张彦远《历代名画记》记唐以前画家传代之作,画题带印度成分者约十居五六;而张僧繇画一乘寺,凹凸深浅,即为天竺之法,是可见矣。"①

综上,古代典籍中对印度地理、方物、民风、技术(杂技幻术、医药、瑜伽、天文历算)、艺术(音乐、舞蹈、绘画)的丰富记载,既体现出中国人对印度这个古老文明邻邦的认知和向往,又成为古代中印友好交流的确凿印证。值得注意的是,这是东方两大古老民族间的平等交往。

第四节　佛国之伟

古代印度是佛教的诞生地。约在公元前 6 世纪到公元前 5 世纪,古印度迦毗罗卫国②净饭王之子释迦牟尼创立了佛教,从此,印度文化的面貌有了崭新的变化。两汉之际,印度佛教传入中国。③ 此后的两千年间,深刻地影响了中国文化、社会生活的方方面面。"佛教传入中国,是东方文化史上,甚至世界文化史上的一件大事,其意义无论怎样评价,也是不会过高的。"④相应地,"佛国"成为中国古代文人、僧众心目中的一个印度符号。对这个形象符号的解读是多方面的,有崇仰,也有贬抑;有客观塑造,也有主观利用。实际上,中国文人笔下"佛国"形象的演变是佛教与中国传统文化进行冲突、交流和融合的结果。

一　想象佛国

古代中印间交通不便,佛教最初经由西亚和中亚地区传入中国。但自佛教传入,出于对佛教的态度而产生的对佛的出生行化之所——佛国的想象,成为历代中国人特别是文人心目中对佛国的缺席朝圣,在古代尤其如此。而佛国形象的整体建构又是从对佛教的创始人——佛陀的想象认知开始的。中国文学中佛陀形象的变迁,则是佛教传入后与本土儒、道文化关系演变的一个折射,是崇佛与抑佛之争、冲突与融合相间的清晰化展现。

---

① 向达:《唐代长安与西域文明》,河北教育出版社,2007 年,第 56 页。
② 位于今尼泊尔南部。
③ 佛教初始传入中国的时间,有不少争议,汤用彤先生认为当在永平(58—75)之前。
④ 季羡林:《中印文化交流史》,中国社会科学出版社,2008 年,第 18 页。

"儒圣"与"道仙"——中国化佛陀

中国典籍中最早出现的佛陀形象,可以追溯至《列子》。《列子》卷四《仲尼篇》中,孔子回答商太宰所问什么是"圣"时说道:

> 西方之人,有圣者焉。不治而不乱,不言而自信,不化而自行,荡荡乎民无能名焉。[①]

在该段记载的注中有"梁章钜曰:尊佛之言盖始于此"之语。若按此理解,这里的"西方",当指佛国印度,"圣者",当指佛陀。这大概是中国典籍中最早出现的对佛陀形象的描摹,出自儒圣孔子之口,自然赋予其儒家理想人格的典型特征:遵从仪礼规范,施行德道,活脱脱一个本土化的佛陀形象。不同的是,与儒家提倡积极入世相反,此处孔子所赞是西方圣人"无为"之德。实际上,《列子》现多被认为是一部伪书,释迦牟尼的生卒年代与孔子相差无几[②],当时中印间的来往也不可确究,所以,很难确定这段记述出自孔子之口。但即便是后人杜撰,也能从中看出,佛教初传中国时,与作为本土主流信仰的儒家文化并无本质冲突,所以,在杜撰者看来,佛陀能得到儒圣孔子的赞誉,这是儒家圣人对待佛教领袖佛陀的态度。[③]

从三国到魏晋,佛教又依附玄学,站稳脚跟的同时得到了发展。康僧会曾言:"易称积善余庆,诗咏求福不回。虽儒典之格言,即佛教之明训。"[④]晋时著名文学家孙绰则直接把儒、佛相等同"周孔即佛,佛即周孔,盖外内名之耳"[⑤],并在其《道贤论》中将两晋时的七位名僧比作魏晋时的竹林七贤。南朝著名高僧慧远也曾在他的《沙门不敬王者论》一文中将佛陀与儒家诸圣相提并论:

> 常以为道法之与名教,如来之与尧孔,发致虽殊,潜相影响……佛有自然神妙之法,化物以权,广随所入,或为灵仙转轮圣帝,或为倾相

---

① 《列子·仲尼篇》,杨伯峻《列子集释》,中华书局,1979 年,第 121 页。

② 对于释迦牟尼的生卒年代,历来有不同意见,但大致认为和孔子处于同一时代并稍早于孔子。

③ 何治运、龚自珍和杨文会认为该"西方圣人"和《列子·周穆王篇》中的"西极化人"即指佛陀。见季羡林《〈列子〉与佛典》,《中印文化关系史论文集》,生活·读书·新知三联书店,1982 年,第 315 页。

④ (南朝梁)慧皎:《高僧传》卷一,汤用彤校注,中华书局,1992 年,第 17 页。

⑤ (南朝梁)僧祐编撰:《弘明集》,刘立夫、胡勇译注,中华书局,2011 年,第 80 页。

国师道士。①

这自然是佛教初传中国时与中国主流文化儒家学说相比附、妥协的结果。但客观上看,儒家学说与佛教理论在心性问题上有相通之处,如儒家倡导"人皆可以为尧舜",即与佛教所言"众生皆有佛性"在理论上存在一定的契合。明时宋濂仍推崇契嵩东西方圣人之教一贯的说法:"天生东鲁、西竺二圣人,化导蒸民,虽设教不同,其使人趋于善道,则一而已。为东鲁之学者,则曰'我存心养性也';为西竺之学者,则曰'我明心见性也'。究其实,虽若稍殊,世间之理,岂有出一心之外者哉?"②

佛教初传,中国文人除将佛陀视为"儒圣"外,还将其视为"道仙":

> 昔孝明皇帝梦见神人,身有日光,飞在殿前,欣然悦之。明日,博问群臣:"此为何神?"有通人傅毅曰:"臣闻天竺有得道者,号之曰佛,飞行虚空,身有日光,殆将其神也。"③

佛陀是"飞行虚空,身有日光"的"得道者",俨然一副道态仙姿。佛教初传,人们往往将想象中的缺席的异域佛陀视为与在场的黄老或神仙方术相类似的神,把黄老和浮屠(佛)一同列为崇仰、拜祀的对象。如汉时光武帝之子楚王刘英"诵黄老之微言,尚浮屠之仁祠"④,桓帝时"又闻宫中立黄老、浮屠之祠。此道清虚,贵尚无为,好生恶杀,省欲去奢。……或言老子入夷狄为浮屠。"⑤

这种佛陀"道仙"形象的产生,有几方面原因:首先,理论上,佛教的清虚无为、出世思想与黄老之学的清静无为、"致虚极,守静笃"⑥客观上具有一定相契性,佛教的否定思维和道家的批判意识也有相通性。在实践方式上,佛教提倡的禅修和神仙方术的修行也有一定相似性。所以,《三国志》卷三十引《魏略》云:"《浮屠》所载与中国《老子经》相出入,盖以为老子西出

---

① (南朝梁)僧祐编撰:《弘明集》,刘立夫、胡勇译注,中华书局,2011年,第326页。
② (明)宋濂:《〈夹注辅教编〉序》,罗月霞编《宋濂全集》,浙江古籍出版社,1999年,第939—940页。
③ (南朝梁)僧祐编撰:《弘明集·牟子理惑论》,刘立夫、胡勇译注,中华书局,2011年,第47页。
④ 《后汉书》卷四十二《光武王列传》,中华书局,1965年,第1428页。
⑤ 《后汉书》卷三十下《郎顗襄楷列传》,中华书局,1965年,第1082页。
⑥ 《道德经》第十六章,陈鼓应《老子注译及评介》,中华书局,2009年,第121页。

关,过西域之天竺,教胡。"①此引言中,后一句是荒诞的并已被证伪,但前一句却有一定道理。佛教传入之后,相当长一段时期内被当作与道教的混合形态来接受。在今天酒泉和吐鲁番出土的北凉小佛塔,上面是佛像,中间是经文,底座则是八卦和星象相结合,清楚地看出直到北凉时期,佛和道的分野仍不明显,仍相互混合。

其次,秦汉之际,中国盛行神仙方术,秦始皇和汉武帝都笃信不死之药可求、神仙可致,这种观点在民间也有一定的心理基础。长期战乱之后的汉初,统治者期用黄老之学来稳定社会秩序和人心,佛教恰在此后传入。人穷呼天,世乱敬鬼,"当民生涂炭,天下扰乱,佛法诚对治之良药,安心之要术。佛教始盛于汉末,迨亦因此欤?"②

第三,从佛教方面来说,早期来中国的印度僧人以及中国本土僧人,对作为本土宗教的道教有所了解,主观上希望附会一些道仙之术,以吸引信众,如天台宗僧人慧思就曾试图打通佛教和道教,使成佛和成仙合二为一。另,佛教最初在一定程度上是被作为鬼神方术来接受的,西汉末、东汉初,鬼神方术盛行,"最初佛教势力之推广,不能不谓因其为一种祭祀方术,而恰投一时风尚也。"③

第四,佛教初传,常以儒道本土经典术语附会解释佛教理论,即"格义"。一方面,这是本土文化接受和诠释外来文化时的一种自然现象;另一方面,则是主观附会使然,如晋高僧道安虽言"先旧格义,与理多违",实践中自己却这样做过,也曾听任弟子慧远"不废俗书"。

以上分别是佛陀的"儒圣"与"道仙"形象的来源。除此之外,中国佛教典籍中也有将佛陀、儒圣、道仙这三者相提并论的,如《牟子理惑论》中将佛陀比作为中国文化传统中的三种理想化形象:"绝圣弃智、修真得道"的真人(道家)、"恍惚变化分身散体"的仙人(神仙家)、"犹名三皇神、五帝圣"的圣人(儒家)。④ 明代德清禅师则明言"孔、老即佛之化身",智旭禅师也认为"此方圣人是菩萨化现,如来所使",即孔子、老子是代表佛陀在中国施行化度的。明陈继儒在其《小窗幽记》中也有"佛只是个了仙,也是个了圣"之

---

①　《三国志》卷三十《魏书》,中华书局,1964 年,第 859－860 页。

②　汤用彤:《汉魏两晋南北朝佛教史》,上海人民出版社,2015 年,第 51 页。

③　汤用彤:《汉魏两晋南北朝佛教史》,上海人民出版社,2015 年,第 38 页。

④　参阅方立天《中国佛教文化》,中国人民大学出版社,2006 年,第 403－404 页。

语,已将佛视为善于了却执情的神仙和了却烦恼的圣人了。

总之,佛教初传中国,中国人对这一外来宗教文化尚无多少了解,便自然地与中国固有文化传统的儒家、道家、神仙家等相联系;而佛教为了传播的需要,主动采取了对儒家和道家学说、神仙方术的附会迎合,也在主观上表现出佛教为了存活和发展,采取与两家相融合的策略,所谓"金玉不相伤,精魄不相妨"①。加之佛教文化在客观上与儒家、道家、神仙家有一定的相似和契合(特别是道家和神仙方术),佛教的领袖——佛陀在人们心目中便具备了"儒圣""道仙"的形象特征。于是,在国内有些庙宇里,来自佛国印度的佛陀和中国本土的孔子、老子并肩而坐,共同接受人们的膜拜祭供,也就不奇怪了。

从"神化""矮化"到"归化"——佛陀形象的变迁

佛陀,即释迦牟尼,本是现实中的人,原始佛教时期也并未被视为神,只是在灭度之后,才被后期弟子、大乘佛教徒们逐渐神化。在中国也是这样,由于佛教徒的一再崇仰并将这种崇仰推向极致,产生了"神化"的佛陀形象。这包括对佛陀以下几个方面的描摹和渲染。

一是形貌之神异。作为佛教领袖,佛陀自然具有不凡之身相。史载汉明帝夜梦金人的故事,为佛陀形象增添了第一丝神异光环,成为后世想象佛国圣域的重要肇始:

> 世传明帝梦见金人,长大,顶有光明。以问群臣,或曰:"西方有神,名曰佛,其形丈六尺而黄金色。"帝于是遣使天竺问佛道法,遂于中国图画形像焉。②

此前,已有汉武帝拜金人的说法,但并不可信,近二百年后东汉明帝夜梦中的"金人"才有可能指佛像。这实际上是对佛教何时传入中国的争论之一。"长大,顶有光明"的"金人"可谓古代中国人心目中神异佛陀形象的第一个形貌代表符号。《法华经》《华严经》《无量寿经》等大乘佛典塑造的佛陀形

---

① (南朝梁)僧祐编撰:《弘明集·牟子理惑论》,刘立夫、胡勇译注,中华书局,2011年,第34页。

② 《后汉书》卷八十八《西域传》,中华书局,1965年,第2922页。汉明帝夜梦金人,古籍中多有记载,如汉时《牟子理惑论》和东晋袁宏《后汉纪》等。此处采用了范晔《后汉书》中的记载。

象,都有光明普照的特点,如《法华经·如来神力品》描写佛陀"一切毛孔,放无量无数色光,皆悉遍照十方世界",俨然一个光明之神形象。①　随着佛经陆续译至中国,经书中对于佛陀形貌的描述便开始成为中国典籍的模仿,如《牟子理惑论》:

> 太子有三十二相、八十种好,身长丈六,体皆金色,顶有肉髻,颊车如师子,舌自覆面,手把千辐轮,顶光照万里。此略说其相。②

在"略说其相"之后,牟子又以伏羲、尧、舜、禹、皋陶、文王、周公、孔子、老子等也各具奇相的事实,来应辩对佛陀相貌"何其异于人之甚也"的诘疑。其实,原始佛教并不对佛陀进行神化,亦无对佛陀形貌的描写,《增一阿含经》即言"如来身者,不可造作""不可模则""诸天人自然梵生……也不可貌像"。后期大乘佛教开始对佛陀进行神化,打破了过去不能在艺术作品中表现佛陀的惯例,佛像也在贵霜时期希腊文化的影响下开始出现。③

二是出生之祥瑞、灭度之异象。大凡宗教领袖或伟人出生,多伴有神迹出现或祥瑞现象发生④,佛陀的出生自然亦如此。如,释迦牟尼的母亲梦感六牙白象而孕之后:

> 以四月八日从母右胁而生。堕地行七步,举右手曰:"天上天下靡有逾我者也。"时天地大动,宫中皆明。⑤

东晋著名佛教诗人支遁在其《释迦文佛像赞》中已有"仰灵胄以丕承,藉乃哲之遗芳,吸中和之诞化,禀白净之颢然。生自右胁,弱而能言"⑥之句,又在《四月八日赞佛诗》中对佛诞时令、物候及法会的盛况予以描摹:

> 三春迭云谢。首夏含朱明。祥祥令日泰。朗朗玄夕清。
> 菩萨彩灵和。眇然因化生。四王应期来。矫掌承玉形。
> 飞天鼓弱罗。腾擢散芝英。绿澜颓龙首。缥药翳流泠。

---

①　大乘佛教的光明崇拜与波斯拜火教的影响有关。
②　(南朝梁)僧祐编撰:《弘明集·牟子理惑论》,刘立夫、胡勇译注,中华书局,2011年,第10—11页。
③　学术界普遍认为佛像最初产生于贵霜时期(1世纪)的犍陀罗地区。
④　如耶稣母亲感受圣灵而孕,降生时天兵与天使同声赞美上帝,伯利恒的上空有星出现。
⑤　(南朝梁)僧祐编撰:《弘明集·牟子理惑论》,刘立夫、胡勇译注,中华书局,2011年,第10页。
⑥　(清)严可均校辑:《全上古三代秦汉三国六朝文·全晋文》,中华书局,1958年,第2368页。

芙渠育神葩。倾柯献朝荣。芬津霈四境。甘露凝玉瓶。

珍祥盈四八。玄黄曜紫庭。感降非情想。恬泊无所营。

玄根泯灵府。神条秀形名。圆光朗东旦。金姿艳春精。

含和总八音。吐纳流芳馨。迹随因溜浪。心与太虚冥。

六度启穷俗。八解濯世缨。慧泽融无外。空同忘化情。①

同样，对于佛陀的灭度，古代典籍中的记载也不乏异象出现。《洛京白马寺释教源流碑记》中载，早在西周穆王时期，因释迦灭度，中华"大地震动，江河泛涨，有白虹十二，南北贯通，连霄不灭"②，《周书异记》③也对佛陀涅槃时伴有大地震动等奇异现象有细致描绘，体现出人们特别是众佛徒们对佛陀的感情。

三是意志之坚定、历程之艰辛。这是针对释迦牟尼成佛并度化世人的过程而言。仍以《牟子理惑论》中的记载为例，对佛陀不贪安乐，离家出宫，见人间苦，继而感念"万物无常，有存当亡"，终出家学道以"度脱十方"的过程有详细描述：

> 年十七，王为纳妃，邻国女也。太子坐则迁座，寝则异床，天道孔明，阴阳而通。遂怀一男，六年乃生。父王珍伟太子，为兴宫观，妓女宝玩并列于前。太子不贪世乐，意存道德。年十九，二月八日夜半，呼车匿，勒捷陟跨之，鬼神扶举，飞而出宫。明日廓然，不知所在。王及吏民莫不歔欷，追之及田。王曰："未有尔时，祷请神祇。今既有尔，如玉如珪。当续禄位，而去何为？"太子曰："万物无常，有存当亡。今欲学道，度脱十方。"王知其弥坚，遂起而还。太子径去，思道六年，遂成佛焉。④

类似的记载颇多，特别是佛门高僧或对佛教情有独钟的文人，如唐玄奘在其《大唐西域记》中亦有多处对这一事件的重复描摹。

四是智慧之高超、法力之神奇。作为佛国领袖，佛陀自然法力无边：

---

① 逯钦立辑校：《先秦汉魏晋南北朝诗》，中华书局，1988年，第1077页。

② 徐金星：《洛阳白马寺》，文物出版社，1985年，第20页。

③ 《周书异记》也被认为是一部伪书，大致成书于南北朝时期。

④ （南朝梁）僧祐编撰：《弘明集·牟子理惑论》，刘立夫、胡勇译注，中华书局，2011年，第12—13页。

佛者,谥号也。犹名三皇神、五帝圣也。佛乃道德之元祖,神明之宗绪。佛之言觉也。恍惚变化,分身散体,或存或亡,能小能大,能圆能方,能老能少,能隐能彰,蹈火不烧,履刃不伤,在污不染,在祸无殃,欲行则飞,坐则扬光,故号为佛也。[1]

袁宏《后汉纪》中将佛形貌与神通法力结合在一起:"佛身长一丈六尺,黄金色,项中佩日月光,变化无方,无所不入,故能化通万物而大济群生。"[2]东晋高僧慧远在其《沙门不敬王者论》中也有"佛有自然神妙之法,化物以权,广随所入"的描述。这同样在《西游记》《庚申外史》等著作中都有体现。

其实,佛教最初不重神通,"释迦处处以自身修养诏人。智慧所以灭痴(无明)去苦,禅定所以治心坚性,戒律所以持身绝外缘。至若神通虽为禅定之果,虽为俗众所欣慕,并不为佛所重视。《长阿含坚固经》曰:'佛复告坚固,我终不教比丘为婆罗门长者子居士而现神足上人法也,我但教弟子语空闲处静默思道。'(神足者神通,上人法犹言超人法术也。)"[3]佛陀和弟子们孜孜以求的是解脱,而并未追求神通,但各种神通,他们经过修行已自然获得。神通主要有五种,称为"五通"(天眼通、天耳通、他心通、宿命通和如意通)。他们运用神通,主要是与外道斗法和救苦救难,并非所求。佛弟子目犍连在十大弟子中号称"神通第一",他救母的故事在中国流传甚广,另一名弟子舍利弗同外道斗法的故事对《西游记》等神话小说有明显影响。[4]法显《法显传》、玄奘《大唐西域记》中,均记载了诸多佛降服恶龙、显现神威的传说。

五是道德之完善、神格之伟大、成就之圆满。佛陀具有大慈大悲、利己利他、自觉觉人的美德和神格,其功德和成就也无人能及。在《牟子理惑论》中,尧、舜、周公、孔子分别师从于尹寿、务成、吕望和老聃,但这四位有名望的师尊都无法同佛相比,更不消说尧、舜、周公和孔子了:

尧事尹寿,舜事务成,旦学吕望,丘学老聃,亦俱不见于七经也。

① (南朝梁)僧祐编撰:《弘明集·牟子理惑论》,刘立夫、胡勇译注,中华书局,2011年,第15页。

② (东晋)袁宏撰:《后汉纪》,张烈点校,中华书局,2002年,第187页。

③ 汤用彤:《印度哲学史略》,上海人民出版社,2015年,第55页。

④ 薛克翘:《印度民间文学》,宁夏人民出版社,2008年,第103页。

四师虽圣,比之于佛,犹白鹿之与麒麟,燕鸟之与凤凰也。尧舜周孔且犹与之,况佛身相好变化,神力无方,焉能舍而不学乎?[1]

南朝宋时佛教文人宗炳也秉此调,认为佛陀之诞生地佛国的文明超过了传统的文王、武王、周公、孔子为代表的儒家文明,《书经》以及其他儒家经典也没有过人之处,这集中体现在其《明佛论》(又名《神不灭论》)中:

佛国之伟,精神不灭,人可成佛,心作万有……此皆英奇超洞,理信事实……世人又贵周、孔书典,自尧至汉,九州华夏,曾所弗暨,殊域何感?汉明何德,而独昭灵彩?……悲夫!中国君子名于礼义而暗于知人心,宁知佛心乎?[2]

这种观点在信奉佛教的文人心目中有极大代表性。南朝梁武帝萧衍提出"三教同源"说,但又谓老子、孔子都是释迦牟尼的弟子,如来和他们是师徒关系,儒道均来源于佛教。他在《会三教》诗中打了一个比方,佛教和儒道诸家"犹日映众星",高下立现:

少时学周孔。弱冠穷六经。孝义连方策。仁恕满丹青。
践言贵去伐。为善存好生。中复观道书。有名与无名。
妙术镂金版。真言隐上清。密行贵阴德。显证表长龄。
晚年闻释卷。犹日映众星。苦集始觉知。因果乃方明。
示教惟平等。至理归无生。分别根难一。执着性易惊。
穷源无二圣。测善非三英。大椿径亿尺。小草裁云萌。
大云降大雨。随分各受荣。心想起异解。报应有殊形。
差别岂作意。深浅固物情。[3]

佛教徒所撰《清静法行经》中亦宣扬"三圣化现"说,即佛陀派三个弟子(儒童菩萨是孔子,光净菩萨是颜回,摩诃迦叶为老子)来教化震旦。[4] 宋人洪迈也在其《夷坚志》卷七有《优伶箴戏》条,设三角色分扮儒生、道士和僧人,以儒家"五常"(仁义礼智信)、道教"五行"(金木水火土)和佛教"五

---

① (南朝梁)僧祐编撰:《弘明集·牟子理惑论》,刘立夫、胡勇译注,中华书局,2011年,第21页。

② (南朝梁)僧祐编撰:《弘明集·牟子理惑论》,刘立夫、胡勇译注,中华书局,2011年,第123页。

③ 逯钦立辑校:《先秦汉魏晋南北朝诗》,中华书局,1988年,第1531—1532页。

④ 《清静法行经》是部伪经,被认为是佛教徒为回应王浮撰《老子化胡经》而作。震旦,即中国的古称。

化"(生老病死苦)相抗辩,终以佛教胜出。

可以看出,本同儒门诸圣、道教诸仙平起平坐的佛陀,在佛教徒和崇佛文人的心目中渐被美化,地位已渐渐超出,后终被神化了。但与此同时,对佛陀形象的"矮化"、对佛教的攻击也时有发生,这种情况比较复杂,既客观反映出佛教传入后与中国传统文化儒家学说和道教的冲突,也掺杂佛教中国化之后内部的分裂,还体现出"夷夏之辨"心态的影响。

先看儒佛之争。《旧唐书·傅奕传》有这样一段载述:

> 七年,奕上疏请除去释教,曰:佛在西域,言妖路远,汉译胡书,恣其假托。故使不忠不孝,削发而揖君亲;游手游食,易服以逃租赋。[1]

在这里,傅奕指责佛为外域胡神,佛教徒"不忠不孝,削发而揖君亲;游手游食,易服以逃租赋","抗天子、悖所亲",不事生产,浪费资财,应该予以废除。这是当时儒家对待佛和佛教的一个典型态度,归纳原因主要有以下几个方面:一是认为佛教与中国传统伦理观念不合。《牟子理惑论》较早地反映出儒佛两家在伦理道德观念上的分歧,如儒家伦理认为"身体发肤受之父母",沙门却"剃除须发";儒家伦理认为"不孝莫过于无后",沙门却"弃妻子捐财货,或终身不娶",等等。[2] "沙门应否敬王者"也是一个重要方面。二是认为佛教活动破坏社会经济,影响兵源。如上述唐初傅奕所言即透露出这一信息,唐睿宗时,佛寺占有社会财产已异常严重,"是十分天下之财而佛有七八"[3],著名的"救时宰相"姚崇更将统治者极端奉佛视为亡国的重要因素:"国既不存,寺复何有?"[4]再如唐武宗灭佛,其根本目的也在于摧毁佛教寺院的经济势力:"僧徒日广,佛寺日崇。劳人力于土木之功,夺人利于金宝之饰,遗君亲于师资之际,违配偶于戒律之间。坏法害人,无逾此道。"[5]韩愈的《送灵师》一诗,更对佛教传入后造成经济的破坏和人才的流失这两大弊端进行指斥:"佛法入中国,尔来六百年。齐民逃赋役,高士

---

① 《旧唐书》卷七十九《傅奕传》,中华书局,1975年,第2715页。

② 其实,也有一定的契合之处,如《牟子理惑论》曾利用《六度集经》里的睒子本生,宣扬"奉佛至孝之德"。

③ 《旧唐书》卷一百一《辛替否传》,中华书局,1975年,第3158页。

④ 《旧唐书》卷九十六《姚崇传》,中华书局,1975年,第3027页。

⑤ 《旧唐书》卷十八上《武宗本纪》,中华书局,1975年,第605页。

著幽禅。官吏不之制,纷纷听其然。耕桑日失隶,朝署时遗贤。"①三是"夷夏心态"的影响。中国古代对不同族裔和族群的划分有两个典型的观念,即"华夷之辨"和"五方之民",前者以礼仪教化程度为标准,后者以地域空间优劣划分为依据,这两种观点既反映了中原民族与周边民族的相互联系,也突显了华夏诸民的民族中心主义。来自异域印度的佛教传入中国时,也受到这种质疑。南朝宋无神论思想家何承天的观点具有代表性:

> 华戎自有不同。何者。中国之人。禀气清和含仁抱义。故周孔明性习之教。外国之徒。受性刚强。贪欲忿戾。故释氏严五戒之科。来论所谓圣无常心。就物之性者也。惩暴之戒莫若乎地狱。诱善之欢莫美乎天堂。将尽残害之根。非中庸之谓。②

这里,何承天对中国和印度的民族性格做了对比,认为释迦牟尼所带领的徒众"受性刚强,贪欲忿戾",不得不以严苛的戒律相约束,并以地狱、天堂的两极对比来实现劝善惩恶的目的,实难与性清气和、奉中庸之道为圭臬的中国人相比。十六国时期后赵的中书令、著作郎王度上疏中也言:"佛出西域,外国之神,功不施民,非天子诸华所应祠奉。"③南朝宋末道士顾欢更作《夷夏论》,从列举中印风俗习惯的差别入手,得出结论说"以中夏之性,效西戎之法"不足取。唐韩愈在其《论佛骨表》中更对释迦牟尼这一不通中国语言、不合中国礼法的"夷狄之人"进行攻击:

> 夫佛本夷狄之人,与中国言语不通,衣服殊制;口不言先王之法言,身不服先王之法服;不知君臣之义,父子之情。假如其身至今尚在,奉其国命,来朝京师,陛下容而接之,不过宣政一见,礼宾一设,赐衣一袭,卫而出之于境,不令惑众也。况其身死已久,枯朽之骨,凶秽之余,岂宜令入宫禁?④

在《原道》中,韩愈更历数佛教作为夷狄之法所存在的种种弊端,并引孔子"夷狄之有君,不如诸夏之亡"和《诗经》中"戎狄是膺,荆舒是惩"等对佛教

---

① (清)彭定求等编:《全唐诗》卷三百三十七《韩愈》,中华书局,1999 年,第 3780 页。
② (清)严可均校辑:《全上古三代秦汉三国六朝文·全宋文》卷二十三,中华书局,1958 年,第 2562 页。
③ (南朝梁)慧皎:《高僧传》卷九,汤用彤校注,中华书局,1992 年,第 352 页。
④ (清)董诰等编:《全唐文》卷五百四十八《韩愈》,中华书局,1983 年,第 5553 页。

予以排斥。①《魏书·释老志》中也载,太武毁佛时曾下诏,斥佛教为"西戎虚诞,妄生妖孽"②,以此作为毁佛行动的借口之一。

再看佛道之争。这里的"道",指的是道教,而非"道家"。③ 道教,作为中国本土产生的宗教,是以上古时期的巫史文化、神仙方术为基础,结合战国时的阴阳、五行学说,并以道家老庄思想为主要理论依据而形成的一种多神教系统。④ 作为一种以炼丹养生为主要修行方式的宗教形态,道教主要流行于下层社会,从未取得儒家的显赫地位和影响,佛教的传入对其发展是一个刺激,同时又对其构成巨大威胁。于是,一方面,道教中人对佛教加以利用,仿照佛教经典编撰自己的经典,如《洞玄灵宝太上真人问疾经》即来源于《法华经》,《太玄真一本际经》深受《般若经》的影响,等等。一些道教的改革派也曾吸收佛教教义以推动道教的发展,如北魏道士寇谦之和南朝齐梁道士陶弘景等。⑤ 另一方面,大量对佛陀和佛教进行贬抑和攻击的撰述出现。梁僧祐《弘明集》和唐道宣《广弘明集》所收录的文章中,与道家抗辩者几乎占到三分之一。最典型的应属西晋末道士王浮所撰《老子化胡经》贬低释迦牟尼和佛教,说老子西游化为释迦牟尼的父亲和师尊,实为佛教创建的真正始祖:

> 是时太上老君……庚辰□二月十五日诞生于亳。九龙吐水灌洗其形。化为九井。尔时老君须发皓白。登即能行。步生莲花。乃至于九。左手指天。右手指地。而告人曰。天上天下。唯我独尊。我当开扬无上道法。普度一切动植众生。周遍十方及幽牢地狱。应度未度咸悉度之。……生有老容。故号为老子。……便即西迈。过函谷关。授喜道德五千章句。……便即西度。经历流沙。……又以神力为化佛形。腾空而来。高丈六身。体作金色。面恒东向。示不忘

---

① 但同期的另一著名文人柳宗元却对韩愈的观点表示反对,认为韩愈对佛教的这些批评是"忿其外而遗其中""知石而不知韫玉",即只知关注佛教的外在表现却忽略了其内在蕴涵。

② 《魏书》卷一百一十四《释老志》,中华书局,1974年,第3034页。

③ 道家指的是先秦时期以老子、庄子为代表的哲学流派,道教则是东汉末年正式形成的一种有着神仙崇拜与信仰,有教徒与组织,有一系列仪式与活动的宗教;道家是道教的重要思想来源,但并非唯一来源;道家推崇自然法则(顺乎自然),道教追求长生不老(征服自然);道家重视心性修为,道教强调炼丹养生。

④ 参阅许地山《道教史》,上海古籍出版社,1999年。

⑤ 参阅方立天《中国佛教文化》,中国人民大学出版社,2006年,第413—414页。

本。以我东来故显斯状。……过葱岭山……立浮屠教,号清净佛。……穆王之时。我还中夏。……桓王之时。岁次甲子一阴之月。我令尹喜。乘彼月精。降中天竺国入乎白净夫人口中托荫而生。号为悉达。舍太子位。入山修道。成无上道。号为佛陀。①

该段经文先以佛经中所载佛陀出生之过程附会老子之出生,又叙述老子西出函谷关为包括天竺国王在内的诸西域王讲论佛法,创立佛教,后生佛陀。《老子化胡经》虽为伪经,却影响深远,历史上数次灭佛运动和焚烧《道藏》的事件与《老子化胡经》有关。② 实际上,在王浮《老子化胡经》之前,"化胡"说即已存在,《后汉书·襄楷传》中最早记载道,"延熹九年,楷自家诣阙上疏曰:……或言老子入夷狄为浮屠"③,《史记·老子韩非列传》中则说,老子目睹了周朝的衰落,便离开周室到了函谷关,应函谷关令尹喜的要求,"乃著书上下篇,言道德之意五千余言而去,莫知其所终"④。《三国志》则引《魏略·西戎传》:"《浮屠》所载与中国《老子经》相出入,盖以为老子西出关,过西域之天竺,教胡。浮屠述弟子别号,合有二十九。"⑤但这些"化胡"说的背景,更多是佛教初传时为取得传布的顺利进行而对老子的默认依附⑥,这和西晋道士王浮据此撰出的《老子化胡经》有明显不同,后者是道教感受到佛教的威胁而对佛陀和佛教所做出的贬抑和攻击。

　　以上是佛教传入后与其体系之外的儒家、道教之间的纷争导致的佛陀、佛教形象的矮化。除此之外,佛教中国化之后,体系内部也产生了众多宗派,它们之间也时有纷争,这种纷争也是造成本来自印度的佛陀形象被矮化的一个方面。如中国化程度最高的禅宗,后期实际上在很多方面日益向印度佛教的对立面发展,如提倡和尚参加劳动,认为"担水砍柴,无非妙道",主张"一日不作,一日不食";再如在宗教修行实践方面提倡"性净自悟",而非一味依赖佛教典籍。最典型的应属德山宣鉴禅师呵佛骂祖:

---

① 《外教部·老子化胡经》,大正新修大藏经刊行会,昭和五十四年。
② 如唐武宗灭佛事件,除经济方面的原因外,也与唐武宗李炎个人极端信奉道教和老子、听信道士赵归真"排毁释氏"的蛊惑有关。
③ 《后汉书》卷三十下《襄楷传》,中华书局,1965年,第1082页。
④ 《史记》卷六十三《老子韩非列传》,中华书局,1959年,第2141页。
⑤ 《三国志》卷三十《魏书》,中华书局,1964年,第859—860页。
⑥ 参阅汤用彤《早期道教史》,昆仑出版社,2007年,第318页。

这里无祖无佛,达磨是老臊胡,释迦老子是干屎橛,文殊普贤是担屎汉。等觉妙觉为二觉是破执凡夫,菩提涅槃是系驴橛,十二分教是鬼神簿、拭疮疣纸。四果三贤、初心十地是守古冢鬼,自救不了。[①]

仁者,莫求佛,佛是大杀人贼,赚多少人,入淫魔坑。[②]

这比儒、道两家对佛和佛教的矮化还要狠毒得多,简直就是咒骂,义玄禅师则直呼“逢佛杀佛,逢祖杀祖,逢罗汉杀罗汉”[③],更令人咋舌。

除被“神化”“矮化”这两个极端外,佛陀以及佛教也逐渐完成了其对中国文化的“归化”过程,佛教文化真正融入了中国文化中。南朝梁武帝就已提出“三教同源”说,此后渐有响应。有唐一代,文化包容,政策宽松,唐太宗曾言“自古皆贵中华,贱夷、狄,朕独爱之如一”[④],自他开始实行三教并行的政策,此后虽间有波折(如武宗时的灭佛事件),三教并行的总趋势没有发生大的变化。中唐佛教徒神清作《北山录》也倡三教一致:“释宗以因果,老氏以虚无,仲尼以礼乐,沿浅以洎深,籍微而为著,各适当时之器,相资为美。”[⑤]柳宗元对韩愈抑佛的言行不满,多次予以反驳,并视佛陀、孔子、老子为同道,佛理也与《论语》《周易》相合,是调和儒佛矛盾的一个代表;刘禹锡也儒佛并论,只是认为二者分别适合于治世和乱世,因为前者“罕言性命”,而后者多讲心性。唐宋之际,三教在“修身养性”方面渐趋于一致,宋时禅僧契嵩则曾以佛教“五戒”与儒家的“五常”相比附,以调和儒佛之争:

夫不杀,仁也;不盗,义也;不邪淫,礼也;不饮酒,智也;不妄言,信也。[⑥]

宋元至清,“儒以治世,佛以养心,道以修身”的理念深入人心。元时李好古的杂剧《张生煮海》中,儒生张羽、道教仙姑和佛教僧侣和谐共处,互帮互助,即为宋以后三教合流的一个典型反映。对于《西游记》的主旨,“三教合

---

① (宋)普济:《五灯会元》,苏渊雷点校,中华书局,1984年,第371页。本处所引在《指月录》中亦载,但《指月录》此处句读显然有误,故采《五灯会元》所引。

② (明)瞿汝稷编撰:《指月录》(上),巴蜀书社,2008年,第455页。

③ (唐)慧然集:《临济录》,杨曾文编校,中州古籍出版社,2001年,第22页。

④ (宋)司马光:《资治通鉴》卷一百九十八《唐纪十四》,中华书局,1956年,第6247页。

⑤ (唐)神清:《北山录》卷一,富世平校注,中华书局,2013年。

⑥ (宋)契嵩:《孝论·戒孝章第七》,见《大正新修大藏经》第52册,第661页。

一"的观点历来有不少支持者,如清人刘一明在《西游记原旨》中说,"《西游》一记,阐三教一家之理,传性命双修之道。俗语常言中,暗藏天机;戏谑笑谈处,显露心法。悟之者在儒可以成圣,在释可以成佛,在道可以成仙。"①

至此,佛教已主动完成对中国文化的"归化"过程,真正成为中国文化的一个有机组成部分。这种"归化",与此前的佛陀"儒圣""道仙"形象的生成不同:"儒圣"和"道仙"是佛教初传中国时期,中国人对这一外来宗教文化尚不熟悉,自然地以本土儒家、道家和道教以及神仙方术等相联系,也是佛教为了初期传播的顺利而采取的一种策略。而唐宋之后的"归化",则是佛教对中国文化的主动融入和中国文化对外来佛教的自觉接受。对此,方立天先生曾有一个形象贴切的比喻,"中国传统文化犹如一条大河流,其上游是儒、道两个支流的汇合,在中游处又有佛教支流汇入,与大河的原有水流相互激荡,奔向远方。"②

"白马驮经"与佛国幻象

"白马驮经"的传说,与前述汉明帝"夜梦金人"的典故有密切关联,讲的是汉明帝在梦中与佛陀相遇之后,遂派使节前往佛国拜求佛法,越葱岭、涉流沙之后,到达大月氏,遇到印度高僧摄摩腾和竺法兰,并见到佛经和佛陀像,便相邀二高僧前往中土弘法布教。永平十年(67 年),二高僧随汉使以白马驮载佛经、佛像归抵洛阳,受到汉明帝的极高礼遇。并于次年敕令兴建中国最早的佛寺——白马寺。从此,在中国人心目中,白马寺成为缺席佛国的一个在场替代。后相传二高僧相继在该寺圆寂,《魏书·释老志》中有"摩腾、法兰咸卒于此寺"的记载,寺中也确有二高僧墓,由此,白马寺这一"祖庭""释源"在一定程度上成为中国人特别是佛教徒们想象中的佛国所在。

在洛阳,来自西域的僧人以及本土僧人的译经和其他宗教活动曾空前兴盛,《洛阳伽蓝记》中这样载道:"于是昭提栉比,宝塔骈罗,争写天上之姿,竞摹山中之影。"③白马寺,则是其中具有特殊意义的一座。该寺规模宏大,有"跑马关山门"之说,据说王昌龄曾夜宿于此并吟咏诗句:"月明见

---

①　朱一玄、刘毓忱编:《西游记资料汇编》,南开大学出版社,2002 年,第 342 页。

②　方立天:《中国佛教文化》,中国人民大学出版社,2006 年,第 356—357 页。

③　(魏)杨衒之撰,周祖谟校释:《洛阳伽蓝记校释·序》,中华书局,1963 年,第 5 页。

古寺,林外登高楼。南风开长廊,夏夜如凉秋。"①但唐"安史之乱"后,同时期的印度佛教也渐趋衰落,白马寺也几次遭到破坏,诗人张继在秋雨之夜留宿白马寺,描绘了寺院的破败和自身心情的悲凉"白马驮经事已空,断碑残刹见遗踪。萧萧茅屋秋风起,一夜雨声羁思浓",与王昌龄诗形成鲜明的对比。明时王净的一首诗则集中表现了古代文人感佛教趋于衰落而生的凄清和落寞:

> 宝刹高标倚太清,使车停午驻飞旌。
>
> 菩提树老风声远,卓锡云深鹤翅轻。
>
> 喜见翻经僧入定,犹闻绕塔马悲鸣。
>
> 匆匆到此匆匆去,檐葡何能顷刻生!②

2009 年 10 月,在白马寺——这座浓缩了中国佛教变迁史、承载了中国人心目中佛国幻象的"本土化佛国"中,一座保持原风格的印度佛殿正式落成,似可视为将佛国由缺席变为在场的一次尝试。

二　阅读佛国

以上只是对古代文人想象中的佛国形象所作的一个粗略勾勒。除汉译佛经外,前人所留下的记载并不多。但即使这样,先以本土化的"儒圣""道仙"形象出现、后经历"神化——矮化——归化"的佛陀形象,以及"夜梦金人""白马驮经"等传说,一再激起中国人想象世界中对佛国印度的无限向往。那方佛所诞生、模糊而神异的佛国净土,成为历代中国人特别是佛教徒的向往所在。

求法高峰

"经藏石室,未尽龙宫之奥,像画凉台,宁极鹫峰之美?"③渐渐地,随着交通路径的不断开辟,古代中国人已不满足于对那个神异佛国的缺席想象,而要跨越两国间的山水障碍,亲临佛国对这个巨大文本进行阅读和感受。如前所述,汉明帝在位时即有"永平求法"的活动,这是我国佛教历史

---

① 徐金星:《洛阳白马寺》,文物出版社,1985 年,第 34—35 页。

② 以上均参阅徐金星《洛阳白马寺》,文物出版社,1985 年。

③ (唐)玄奘、辩机原著,季羡林等校注:《大唐西域记校注》敬播《序》,中华书局,2000 年,第 2 页。

上第一次"西天取经",惜未到达真正的佛国印度。另有三国朱士行,也是笃志西行之高僧大德,但最终停留在于阗而未达印度。此后,西行求法的僧人不绝于路。东晋法显,是真正抵达印度并携经而返的第一人,归国后写有《法显传》。唐时则形成了一个前往佛国取经求法的高峰,一大批僧人历尽艰险远赴印度,据张星烺先生统计,宋仁宗以前,自华人印之僧人,有明确记载的超过 50 人。这些远赴佛国求取佛法的僧人们,归国后几乎都留有记载,成为研究中印文化交流的珍贵文献。如,慧超留有《往五天竺国传》,智猛留有《游行外国传》,惠生留有《惠生行传》(已佚,残文存《洛阳伽蓝记》),玄奘则留有《大唐西域记》,义净则留有《大唐西域求法高僧传》和《南海寄归内法传》,悟空(即车奉朝)留有《悟空入竺记》(载《宋高僧传》和《古西域行记十一种》),继业留有《西域行记》(已佚,大致行程载于宋范成大《吴船录》)。此外,以朝廷使节的身份或商贸、游历者身份前往印度并留下相应记载的也颇多,如唐时王玄策留有《中天竺行记》十卷(已佚,残文存于《法苑珠林》),元时汪大渊留有《岛夷志略》,明时马欢、费信、巩珍则分别留有《瀛涯胜览》《星槎胜览》《西洋番国志》,等等。但出于对佛国的崇仰而最突出、最集中记载印度情况的,仍当属虔诚的佛僧们。这其中,又以东晋法显、唐玄奘和义净为代表。

阅读佛国

　　法显(342－428 年),3 岁时即出家,20 岁受戒。在学习佛经的过程中,感到经过印度僧人和中亚僧人间接传授而来的佛教律藏较为残缺,决心西行求法,"志有所存,专其愚直"[①],于 399 年动身西行,两年后抵达印度,开始抄取律藏,写经画像。409 年开始返归,411 年回国后,译经讲法,并将其在印度的所见所闻,以游记的形式写成《法显传》(又有《法显行传》《佛国记》《佛游天竺记》《历游天竺记传》等近十种异名)一书,成为首部亲赴印土者确切记载佛国形象的中国典籍,该书的英文版在国外也有很大影响。法显是首位赴印并成功返回的求法高僧,"在中国佛教史上真正开辟了一个新纪元"[②]。

---

① 　(东晋)法显撰,章巽校注:《法显传校注》,中华书局,2008 年,第 153 页。

② 　季羡林:《中印文化交流史》,中国社会科学出版社,2008 年,第 35 页。

玄奘(600—664年[①]),8岁读《孝经》,"自后备通经典,而爱古尚贤",11岁起始读佛经,21岁受戒,此后到处游学,在游学过程中深感众师之说不同、佛典之论各异,"乃誓游西方以问所惑",历经千辛万苦到达印度,遍访名师,笃志求学,论道讲法。于645年回到长安后,专事译经,"三更暂眠,五更复起"[②],开创一代译风。并撰成《大唐西域记》,该书详细记述了含印度在内的138个西域国家和地区的历史、地理、宗教、民俗、语言、文字等情况,为研究古代印度以及整个南亚、中亚的历史、社会和文化提供了极为丰富、宝贵的资料。

义净(635—713年),7岁出家,21岁时受戒,"内外闲习,今古博通。……加以勤无弃时,手不释卷"。后为寻求戒律赴印,归国撰成《大唐西域求法高僧传》和《南海寄归内法传》。在译经方面也有很大贡献,《宋高僧传》中说他"传度经律,与奘师抗衡"[③],给予了极高评价。

此三人及其著作对佛国形象的塑造,可作为亲历印度的古代中国人特别是僧人对佛国进行集体描述的代表。对该三人及其著作进行比较,或可得到一个较为清晰的佛国形象。

从时间上看。法显是东晋时人,他赴印时正值佛教初传入中国;玄奘是唐朝人,他赴印时正值佛教在中国的鼎盛时期,但到达印度之后,佛教在印度已渐趋衰落;义净也是唐朝人,较玄奘晚几十年,他到达印度时,佛教的衰势更重。

从目的上看。作为佛教徒,三位高僧自然都是为求取佛教真经而赴印,但具体目标有所不同,法显赴印是为寻求佛典戒律;玄奘赴印是为解答佛教义理方面的疑惑;义净也痛感戒律松弛,佛教徒中时有丑闻传出,如参与《大唐西域记》编撰的辩机和尚便传出同高阳公主私通的丑闻,所以也是为寻求戒律而赴印,但较法显更为关心佛典律部的搜求与翻译。

从选择的道路上看。法显是陆路去、海路归,玄奘是陆路去、陆路

---

① 关于玄奘的生卒年份,记载不一,历来争论不断。本书依杨廷福《玄奘年谱》,中华书局,1988年。

② 该段三处引文均引自《大慈恩寺三藏法师传》,中华书局,2000年。前两处引自卷一,第三处引自卷七。

③ (宋)赞宁:《宋高僧传》卷一《义净传》,范祥雍点校,中华书局,1987年,第1、3页。

归①，义净则是海路去、海路归。三位高僧选择的道路不同，明显体现出从东晋到初唐再向中唐过渡这一时期，中印间交通路径的变化趋势。特别是义净往返印度均选择了海路，这是中印交通道路方面的一个转折点，说明义净时代，中印间交通已由陆路为主向以海路为主转变。

身为虔诚的佛僧，佛教自然为他们抵印后所重点关注。"佛法甚盛"，这是法显在其《法显传》中一再提到的状况，所见塔庙皆"壮丽威严"，祇洹精舍"悬缯幡盖，散华，烧香，然灯续明，日日不绝"。佛僧们也虔心奉法，"佛得道处有三僧伽蓝，皆有僧住。众僧民户供给饶足，无所乏少。戒律严峻，威仪、坐起、入众之法，佛在世时圣众所行，以至于今"。并对所到之地的佛教传说故事均一一有着详细的描绘，如割肉贸鸽、以眼施人、以头施人、舍身喂虎等，见出对终置身佛门圣地的恭敬心情。特别是抵达传说中的佛留影处时，"去十余步观之，如佛真形，金色相好，光明炳著，转近转微，仿佛如有"②，对佛教遗迹的崇仰、恭谨心态表露无遗。

玄奘到达印度时，所见僧众仍然自觉笃信和研习佛法，"人知乐道，家勤志学"，各佛教派别论争激烈，"部执峰峙，诤论波腾"，仍然是一个佛门圣地所在，但较之法显时代已明显衰落，那揭罗曷国"伽蓝虽多，僧徒寡少，诸窣堵波荒芜圮坏""庭宇寂寥，绝无僧侣"，健驮逻国"僧伽蓝十余所，摧残荒废，芜漫萧条。诸窣堵波颇多颓圮"。③ 与法显相类似的是，玄奘在《大唐西域记》中也记叙了诸多佛教传说故事，见出虽身处现实中的佛国，但作为佛教徒而对佛国的虚幻想象仍然存在。值得一提的是，玄奘在《大唐西域记》中首先将天竺、身毒、贤豆等别称正名为"印度"，"良以其土圣贤既轨，导凡御物，如月照临。由是义故，谓之印度"。他认为，"印度"是由梵文"indu"（月亮）的译音而来，将佛陀的诞生地"佛国"与月亮的纯净莹白、播洒光辉于尘世的特征联系在一起，虽为讹误，却体现出对佛国的无限崇仰。④

当义净到达印度时，感受和玄奘类似，佛法仍然受到推崇，这从世俗社

---

① 玄奘归途本可以选择海路，但为实现与麴文泰的约定（返程时再经高昌并讲经三年），仍选择陆路返回。

② （东晋）法显撰，章巽校注：《法显传校注》，中华书局，2008年，第61、104、39页。

③ （唐）玄奘、辩机原著，季羡林等校注：《大唐西域记校注》，中华书局，2000年，第193、220、224、233页。

④ 详见本书第一章第二节。

会对僧人的优厚供养即可看出,"然其斋法,意存殷厚。所余饼饭,盈溢盘盂,酥酪纵横,随著皆受"。即,在对佛门圣地的感受方面,义净与之前的法显、玄奘是基本相同的,但有一点却显然有异,那就是在《南海寄归内法传》中,义净经常将在场所见的印度佛教界与国内佛教界相比较,对后者极尽批评和嘲讽,如,印度佛教不像中国佛教那样受官府制约,"亦未见有俗官乃当衙正坐,僧徒为行侧立。欺轻呼唤,不异凡流。送故迎新,几倦途路。若点检不到,则走赴公门。求命曹司,无问寒暑"。还对一些中国僧人贪婪财利大加挞伐,而感叹"如斯之色,西国全无"。[1] 两相比较,义净认为亲眼所见的印度佛教才是真正的佛教,正置身于其中的印度才是一方真正不俯首于世俗权势、不流污于财利积聚的佛门圣地。这,也同义净赴印的目的相吻合。

总之,三位高僧均对历尽艰险终于置身其中的佛国极尽崇仰,视野所及之处,也大多为跟佛教有关的事物。在他们眼中,印度仍然是一个佛门圣地,只是客观上来说,法显到达印度时,佛教尚处于鼎盛时期,而当玄奘和义净抵达时,佛教在印度已渐呈衰势了。

在三位高僧对印度这一巨大文本进行阅读的过程中,进入其观照视野的除佛教和跟佛教有关的事物外,对政治、社会、文化等其他方面也有较为详细的记载和描述。总体来看,在他们眼中,印度也是一个物产丰富、政府宽松、社会和谐、教育发达、人民生活简单朴素的理想国度,"民人富盛,竞行仁义""赋敛轻薄,徭税俭省""不虚劳役""各安其业""政教尚质,风俗犹和""于财无苟得,于义有余让""诡谲不行,盟誓为信""什物之具,随时无阙""国重聪睿,俗贵高明""强志笃学,忘疲游艺,访道依仁,不远千里",等等,对这一系列正面褒扬用语的使用毫不吝啬。

但尽管这个佛门圣地如此完美,尽管国内佛教和社会问题重重,在这些深受传统文化习染的高僧心中,那个远隔千山万水的中国仍是其梦牵魂绕所在。以义净在其《南海寄归内法传》中所述为例:

> 由是五天之地自恃清高也。然其风流儒雅,礼节逢迎,食啖淳浓,仁义丰瞻,其唯东夏,余莫能加。[2]

> 针灸之医,诊脉之术,瞻部州中无以加也。长年之乐,唯东夏

---

[1] (唐)义净原著,王邦维校注:《南海寄归内法传校注》,中华书局,1995 年,第 56、88、186 页。

[2] (唐)义净原著,王邦维校注:《南海寄归内法传校注》,中华书局,1995 年,第 91—92 页。

焉。……故体人像物,号曰神州。五天之内,谁不加尚? 四海之中,孰
不钦奉?①

他们没有乐不思蜀,而是背负沉重的经文、佛像,再次历经艰险归抵中
土,潜心译经,笃志讲学,直至离世。

三　创作佛国

中国文学与佛教的关系,是一个大的课题。中国文人创作中涉及佛教
的作品,则更如恒河沙数,不可穷尽。② 但有选择地梳理这些创作中对建
构佛国形象有较大参考价值的作品,对了解古代文人心目中的佛国形象也
有所裨益。佛教僧人中,能够像法显、玄奘、义净那样,亲历佛国进行朝圣、
取经的毕竟是少数,大多数人只能通过手中的纸与笔,来创作自己心目中
的佛国形象。除虔诚的佛教徒外,文人阶层、凡夫俗众对佛教的接受未必
是真心皈依佛门,更多地是将佛教当作一种修行自我心性的方式,视为一
种寻求精神超脱的境界。而出于文化利用的目的,统治阶层对佛教的理
解、对佛国的形象塑造也必然会有所不同。

理想化的佛国净土

对佛陀的想象和崇仰激发了古代文人对佛国的想象和崇仰,但与对佛
陀的虚幻化描述有所不同,他们对印度的一些佛教名胜多有了解,并在作
品中进行钦慕和赞美,表达自己对佛国净土的向往。如南朝谢灵运《山居
赋》中这样直抒胸臆:

> 钦鹿野之华苑。羡灵鹫之名山。企坚固之贞林。希庵罗之
> 芳园。③

鹿野苑、灵鹫山均为印度的佛教圣地,前者是释迦牟尼成佛后初转法轮处,
曾在此度五比丘;后者是佛陀讲授《法华》经之处所,也是佛陀涅槃后佛典

---

① (唐)义净原著,王邦维校注:《南海寄归内法传校注》,中华书局,1995年,第161页。
② 关于这方面的研究已有深厚基础,如张中行的《佛教与中国文学》、孙昌武的《佛教与中国
文学》,等等。薛克翘的《佛教与中国文化》《中国印度文化交流史》、郁龙余的《梵典与华章——印
度作家与中国文化》等也均有专题介绍。
③ (清)严可均校辑:《全上古三代秦汉三国六朝文·全宋文》卷三十一,中华书局,1958年,
第2606页。

首次结集的地点,7世纪时玄奘到达那烂陀之后,曾在正式开始学习之前前往此处。贞林是佛涅槃之处,芳园则是庵罗树的生长所在。与佛教因缘深厚的谢灵运以此四名胜指代心目中的佛国净土,"钦""羡""企""希"间流露出对这个遥远、清净所在的深笃向往。其《无量寿佛颂》云:

> 法藏长王宫。怀道出国城。愿言四十八。弘誓拯群生。
> 净土一何妙。来者皆清英。颓年欲安寄。乘化好晨征。[1]

异域"净土"是何等奇妙,吸引着作者在"颓年"之时作为自己的长久寄托。其《石壁立招提精舍诗》中又有"敬拟灵鹫山,尚想祇洹轨"[2]的流露。

　　江淹也是一位受佛教影响至深的南朝文人,其《吴中礼石佛诗》言道:

> 幻生太浮诡。长思多沉疑。疑思不惭炤。诡生宁尽时。
> 敬承积劫下。金光铄海湄。火宅敛焚炭。药草匝惠滋。
> 常愿乐此道。诵经空山坻。禅心暮不杂。寂行好无私。
> 轩骑久已诀。亲爱不留迟。忧伤漫漫情。灵意终不淄。
> 誓寻青莲果。永入梵庭期。[3]

"火宅敛焚炭,药草匝惠滋",是出自佛教中人生皆苦、尘世犹如一座充满欲望的火宅譬喻,诗人意识到这一点,所以"誓寻青莲果,永入梵庭期",皈依佛门圣地以求解脱。晋时张翼也对佛教有深度理解,多首诗作表现出对佛国净土的向往,如《赠沙门竺法頵》之二:

> 至人如影响。灵慧陶亿劫。应方恢权化。兆类蒙慈悦。
> 冥冥积尘昧。永在岩底闭。废聪无通照。遗形不洞灭。
> 明哉如来降。豁矣启潜穴。幽精沦朽壤。孰若阿维察。
> 遥谢晞玄畴。何为自矜洁。[4]

"明哉如来降,豁矣启潜穴",抒发对受如来度化豁然开朗后的释然心情。又如《道树经赞》:

　　① (清)严可均校辑:《全上古三代秦汉三国六朝文·全宋文》卷三十三,中华书局,1958年,第2617页。
　　② 逯钦立辑校:《先秦汉魏晋南北朝诗》,中华书局,1988年版,第1165页。
　　③ 逯钦立辑校:《先秦汉魏晋南北朝诗》,中华书局,1988年版,第1566页。
　　④ 逯钦立辑校:《先秦汉魏晋南北朝诗》,中华书局,1988年版,第893页。

> 峨峨王舍国。郁郁灵竹园。中有神化长。空观体善权。
>
> 私呵晞光景。岂识真迹端。恢恢道明元。解发至神欢。
>
> 飘忽凌虚起。无云受慧难。[①]

位于印度摩揭陀国王舍城的竹林精舍是佛陀修道的重要场所,诗中对其进行重点描摹,表达自己对佛教的理解和对佛国的向往。南朝萧子良、唐时刘禹锡等也在其诗作中有类似属意,"逝将烛昏霾于慧炬,拯沦溺于法桥;扇灵崿之留风,镜贞林之绝影"[②],"常说摩围似灵鹫,却将山屐上丹梯"[③],苏轼也在《阿弥陀佛赞》中言"此心平处是西方"。一直到近代,谭嗣同还在《怪石歌》中留有"不然天竺亡灵鹫,月黑深林啸猨狖……自我钦之若危岫,浊酒以酹歌以侑"[④]诗句,诉说对佛国净土的向往。南朝顾愿则在其《定命论》中,以对佛教的崇仰为基调,塑造了一个"贫豪莫差,修夭无爽"的理想社会:

> 天竺遗文。星华方策。因造前定。果报指期。贫豪莫差。修夭
>
> 无爽。有允琐辞。无惩鄙说。统而言之。孰往非命。冥期前定。各
>
> 从所归。善恶无所矫其趋。愚智焉能殊其理。[⑤]

再后来,"佛国"这一能指符号的所指意义逐渐外衍,已由当初专指印度扩大为一切佛寺,包括在中国的佛寺。相应地,"佛国"的另一指代词"梵宫"(或"梵王宫")也是这样。这是由于欲望实践的对象虽心向往之而不得,便转而将欲望投射到目之所及、身所能至的邻近寺院,于是,"佛国"印度由缺席变为在场,由虚幻转为现实,由想象升华为创作。如,唐时戴叔伦有"佛国三秋别,云台五色连"诗句,段怀然也在《挽涌泉寺僧怀玉》中道出"我师一念登初地,佛国笙歌两度来",清时方文在《麻城访稿木大师》诗中更以"普天披发奈渠何,我党逃名佛国多"来喻指皈依佛门逃避世俗。

---

① (清)严可均校辑:《全上古三代秦汉三国六朝文·全陈文》卷十七,中华书局,1958 年,第 3498 页。

② (清)严可均校辑:《全上古三代秦汉三国六朝文·全齐文》卷七,中华书局,1958 年,第 2829 页。

③ (唐)刘禹锡:《送义舟师却还黔南》,《全唐诗》卷三百五十九,中华书局,1999 年,第 4055 页。

④ 《谭嗣同全集》,生活·读书·新知三联书店,1954 年,第 460—461 页。

⑤ (清)严可均校辑:《全上古三代秦汉三国六朝文·全宋文》卷四十二,中华书局,1958 年,第 2670 页。

可以发现,这些对佛国净土进行崇仰的文人,大多生活于中国社会的"乱世",像谢灵运、萧子良、顾愿均处于战乱不断的南朝,刘禹锡、戴叔伦、段怀然处于安史之乱后的中晚唐时期,方文则处于动荡不安的明清易代之际。谭嗣同更是如此,对近代中国内忧外患之现实的深重忧戚引发其对佛国净土的缺席想象。所以,在战乱纷争或躁动不安的年代,人们对和平生活的向往、对心灵宁静的渴求较之平常格外强烈,于是,对佛国净土的欲望投射便流淌于字里行间,这也是对佛国进行神异想象的再创作和再升华。正如敦煌研究院藏碑残石《李克让修莫高窟佛龛碑》对于莫高窟营造缘起的记载:

> 莫高窟者,厥初秦建元二年,有沙门乐僔,戒行清虚,执心恬静。尝杖锡林野,行至此山,忽见金光,状存千佛。遂架空凿岩,造窟一龛。次有法良禅师,从东届此,又于僔师窟侧,更即营造。……①

平实的叙述中道出一个事实,即敦煌也是中国人为躲避战乱、追求和平生活而在中国营造的一方"佛国净土",一个"清心释累"②的绝佳去处。一千六百多年过去了,曾经孤寂的鸣沙山,前来观摩的众生摩肩接踵;曾经清澈充盈的大泉河,也已几近干涸。这又是一个历史的轮回。多少热衷于权力追逐、迷失于财富积聚、沉湎于苦痛离乱的当代人,选择皈依那方心灵的静寂与神秘?

诸多对佛教情有独钟的古代文人,"外服儒服而内修梵行",选择以"居士"作为自己的别号,如李白称"青莲居士",王维自称"王摩诘",白居易号"香山居士",苏轼号"东坡居士",欧阳修号"六一居士",等等。他们的思想和创作自然深受佛教的影响。如李白在其作品中也对诸佛极尽赞美,倾心于西方佛国极乐世界:

> 我闻金方之西,日没之所,去中华十万亿刹,有极乐世界焉。彼国之佛,身长六十万亿恒沙由旬。眉间白毫向右,宛转如五须弥山。目光清白,若四大海水。端坐说法,湛然常存。沼明金沙,岸列珍树,栏楯弥覆,罗网周张。砗磲琉璃,为楼殿之饰;颇黎玛瑙,耀阶砌之荣。皆诸佛所证,无虚言者。……赞曰:

---

① 颜廷亮:《敦煌文化》,光明日报出版社,2000年,第69页。
② 《后汉书》首用"清心释累"一词来概括佛教意旨,后被多部典籍沿用。

　　　　向西日没处,遥瞻大悲颜。目净碧海水,身光紫金山。

　　　　勤念必往生,是故称极乐。珠网珍宝树,天花散香阁。

　　　　图画了在眼,愿托彼道场。以此功德海,冥祐为舟梁。

　　　　八十一劫罪,如风拂轻霜。庶观无量寿,长放玉毫光。①

有"诗仙"之称的李白本倾心于道教,却对佛教有如此深刻的理解,对佛和佛国也倾尽溢美之词,客观体现出盛唐文化的兼容并蓄,主观上则跟李白个人任性旷达、自然洒脱的人生态度有关。

　　有趣的是,前述《老子化胡经》中老子西游化胡成佛后的自称"古先生",又在诸多文人诗作中现身,但这个能指符号的所指意义却发生变化,已渐成为佛陀的代称。如王维诗中有"深洞长松何所有,俨然天竺古先生"②,白居易也言"交游诸长老,师事古先生"③,一直到清时,纪昀还有"琉璃青黯黯,静对古先生"④的诗句。这自然并非"矮化",可说是有意的文化利用过程中无意结出的文化果实。

"工具化"的佛国

　　佛教传入中国并被统治阶级利用,塑造出一个被"工具化"的佛国形象。古代统治者对佛教无论是提倡和扶植,还是限制和禁绝,都是出于建立和维护其统治的需要。从这个意义上说,佛陀、佛国形象的塑造,是一种有目的的文化利用,是一种"伪创作"。

　　先看提倡和扶植的情况。佛教初传中国,信众不多,对佛教的理解也不深,在晋以前并未形成一种社会力量,统治阶级中的少数信佛者也多出于对外来之神的好奇、神秘和真正崇奉,希望佛陀对自身的幸福能够给予佑护,还谈不上有意识地加以利用。如前述汉明帝"夜梦金人",光武帝之子楚王刘英也奉"尚浮屠之仁祠",等等。东晋时佛教开始盛行并逐渐形成

---

①　《全唐文》卷三百五十《金银泥画西方净土变相赞并序》,中华书局,1983 年,第 3544、3545 页。

②　(唐)王维:《过乘如禅师萧居士嵩丘兰若》,《全唐诗》卷一百二十八,中华书局,1999 年,第 1298 页。

③　(唐)白居易:《酬梦得以予五月长斋延僧徒绝宾友见戏十韵》,《全唐诗》卷四百五十七,中华书局,1999 年,第 5213 页。

④　(清)纪昀:《阅微草堂笔记》,上海古籍出版社,1984 年,第 153 页。此诗系纪昀见于佛画上的题诗。

一股有影响的社会力量，日益引起统治阶级的重视，并开始有意识地对其加以利用。东晋王朝的元明哀三帝均奉佛，北方十六国的统治者也多秉持这一政策，如后赵石勒曾极端尊崇名僧佛图澄，前秦苻坚和后秦姚兴也曾分别为取得道安和鸠摩罗什的协助而各自用兵，昙无谶则死于北凉和后魏对其进行的争夺。南朝历代皇帝几乎都信佛，并大力扶植和利用佛教，如宋文帝曾言：

> 六经典文，本在济俗为治耳。必求性灵真奥，岂得不以佛经为指南耶？……若使率土之滨，皆纯此化，则吾坐致太平，夫复何事！①

宋孝武帝重用有"黑衣宰相"之称的僧人慧琳，齐武帝次子竟陵文宣王萧子良也崇尚佛学，曾与范缜进行辩论。梁武帝奉佛则到了极致，几乎将佛教抬高至国教的地位，其后的陈武帝、陈文帝对他多有效仿。隋文帝曾下诏"宣扬佛教，感悟愚迷"，大力扶植佛教，无疑也正是政治的需要，隋炀帝也曾附会和曲解佛教经典、利用天台宗祖师智顗来神化自己。唐朝历代皇帝中，除主持灭佛的武宗外，其他都曾程度不同地利用佛教，正如时人李节所言：

> 夫俗既病矣，人既愁矣。不有释氏使安其分，勇者将奋而思斗，知者将静而思谋，则阡陌之人皆纷纷而群起矣。②

即利用佛教治理乱世，利用佛教学说对人民的苦难进行安抚，泯灭其斗志，使其安分守己，对佛教进行文化利用的目的一览无余。唐太宗虽不信佛教，曾屡次检校佛法、沙汰僧尼、批评佞佛，但因曾得到过僧人的支持，后期也以护法国主的面目出现。武则天曾授意薛怀义、法明等附会利用《大云经》，论证女儿之身取得皇位实属合理，宣称自己是弥勒佛降世，臣民都要对其景仰、服从，方能得到庇佑，因为在传统观念中，妇女是不能干政甚至执政的。③ 宋以来佛教渐趋衰落，统治者只将其作为专制思想统治的辅助工具加以利用。明太祖朱元璋本为和尚出身，对佛教有一定的感情，当政

---

① （南朝梁）僧祐编撰：《弘明集·牟子理惑论》，刘立夫、胡勇译注，中华书局，2011 年，第296 页。

② 《全唐文》卷七百八十八李节《饯潭州疏言禅师诣太原求藏经诗序》，中华书局，1983 年，第8249 页。

③ 如《尚书·伪孔传》中言："雌代雄鸣则家尽，妇夺夫政则国亡。"

后认为佛教可以"佐王纲而理道",可使"人皆在家为善,安得不世之清泰",故对佛教基本上采取了扶植为主的政策。他还曾命人出访印度僧伽罗国(今斯里兰卡)和尼八剌国(今尼泊尔),客观上为中印文化交流作出了一定的贡献。

在统治者对佛教予以扶植和利用的同时,佛门僧人为取得佛教传播的顺利,也对统治者加以利用,如道安认为"不依国主,则法事难立",甘于成为前秦苻坚的政治顾问。北魏时法果也意识到依托统治权威的必要性,他视拓跋珪为当今如来佛,"能鸿道者人主也,我非拜天子,乃是礼佛耳"[①]。唐时玄奘也利用唐太宗,开展译经布法事业。

再看限制和禁绝的情况。事物的发展都有两面性,当佛教的发展对统治者的统治在客观上造成威胁或与统治者本人的信仰相颉颃时,便会招致限制甚至禁绝,中国古代史上的"三武一宗"四次大规模灭佛事件便是如此。第一次,北魏太武帝(拓跋焘,423—452年在位)"锐志武功",为充实兵源以统一北方,接受道士寇谦之、司徒崔浩的建议,于公元438年令五十岁以下的沙门一律还俗;公元446年,又因怀疑僧人参与时乱,下令尽杀长安及各地僧人,并焚毁一切经像。第二次,北周武帝(宇文邕,561—578年在位)认识到佛法的兴盛带来的消极影响,为增加社会劳动力、充实兵源,先后安排儒、佛、道三教之间和佛、道二教之间的辩论,以定废立,虽经多次激辩,未分明显高下。公元574年,又令道士张宾和沙门智炫进行辩论,又无结果,于是下令将佛、道二教一并废弃,沙门还俗,焚毁经像,没收寺产。第三次,唐武宗(李炎,840—846年在位)痛感日益膨胀的寺院经济的危害日甚:

> 僧徒日广,佛寺日崇。劳人力于土木之功,夺人利于金宝之饰……坏法害人,无逾此道。[②]

乃于842—845年下令拆毁寺庙,僧尼还俗,没收寺产。第四次,后周世宗(柴荣,954—959年在位)对佛教进行整顿,废除无敕额的寺院,禁止私自

---

① 《魏书》卷一百一十四《释老志》,中华书局,1974年,第3031页。
② 《旧唐书》卷十八上《武宗本纪》,中华书局,1975年,第605页。

出家,没收铜制佛像用以铸钱、充实国库。① 自然,以上四次灭佛事件,除因经济、兵源等方面对统治者的统治造成影响甚至威胁之外,也跟统治者的个人信仰(多信奉道教或被道士言论所蛊惑)有关。

以上是佛教被"工具化"利用的两个方面。这些古代统治者在意识到佛教可资利用以维护和巩固其利益的时候,他们采取提倡和扶植的政策;当佛教的发展对其利益造成影响甚至威胁的时候,他们转而对佛教进行限制和禁绝。"宗教是人民的鸦片"②,用在这些统治阶级的身上,还是较为恰当的。③

亦真亦幻、亦正亦邪的佛国僧人

对于来自佛国印度的僧人④,可分为两类。

一是僧传文学中的佛国僧人。由于此类传记作品如《高僧传》《续高僧传》《宋高僧传》等,均属于宗教典籍,对佛国形象的塑造有其特殊性,多为对佛国来的高僧们极尽溢美之词的描述,呈现出定型化的特点。如对摄摩腾的描述为"善风仪,解大小乘经,常游化为任",竺法兰则"诵经论数万章,为天竺学者之师"。其他如鸠摩罗什、佛图澄、菩提流支等的描述,也大多集中在其聪慧、刻苦、博学等方面,也夹杂有一些神异化描述,说明在中国佛教徒的心目中,这些佛国来的僧人在地位上仍然高于本土僧人。另外,"四河入海,无复河名,四姓为沙门,皆称释种"⑤,从东晋道安开始,中国佛徒皆废俗姓而改以"释"为姓,除出于虔诚的宗教感情外,也见出向佛国僧人靠拢的心态。

二是诗文作品中的佛国僧人。这类作品以佛教文化发达的唐代为多,塑造出一个亦真亦幻、亦正亦邪的佛国僧人群体形象,从几个侧面反映了唐代中印文化的交融与冲突。

---

① 本节多处参阅方立天《佛教与中国文化》第八章第二节《佛教与中国历代政治》,中国人民大学出版社,2006 年,第 192—205 页。2014 年,本研究紧张修改进行课题申报之时,传来方先生离世的消息,敬致哀忱。

② 《〈黑格尔法哲学批判〉导言》,《马克思恩格斯选集》第 1 卷,人民出版社,1995 年,第 2 页。

③ 道教的情况也类似。详见卿希泰、唐大潮《道教史》,江苏人民出版社,2006 年。

④ 本节所说"佛国僧人",仅指来到中国传布佛法的印度僧人,而不包括身在印度、未抵中国的僧人。

⑤ (南朝梁)慧皎:《高僧传》,汤用彤校注,汤一玄整理,中华书局,1992 年,第 181 页。

其一,不辞劳苦,奉法济世。这类僧人形象的正面描述记载颇多,佛国来的僧人的确如此,他们自身学养深厚、奉法虔诚、传法勤勉,给唐代文人留下了正面、积极的印象。以贯休的《遇五天僧入五台五首》为例,"十万里到此,辛勤讵可论",见出佛国来僧路途的艰辛;"远礼清凉寺,寻真似善才",则是对他们奉法求真精神的赞赏;"唐人亦何幸,处处觉花开"①,则道出对他们传布佛法、造福唐人的感激。李白也有《僧迦歌》传世:

真僧法号号僧伽,有时与我论三车。

问言诵咒几千遍,口道恒河沙复沙。

此僧本住南天竺,为法头陀来此国。

戒得长天秋月明,心如世上青莲色。

意清净,貌棱棱,亦不减,亦不增。

瓶里千年铁柱骨,手中万岁胡孙藤。

嗟予落魄江淮久,罕遇真僧说空有。

一言散尽波罗夷,再礼浑除犯轻垢。②

诗中既有对佛国高僧僧伽不凡形貌的描摹,更有对其四处云游、流播佛法、济度苍生之大德的赞许。

其二,道行高深,玄幻莫测。如本书第一章所述,这实际上仍是擅长杂技、幻术的印度人给时人留下的神异集体印象的一个缩影。以唐传奇《魏洛京永宁寺天竺僧勒那漫提传》为例,勒那漫提"善五明,工道术",有三种神异本领:其好友蠕蠕能推算出树木的果实是否有核;自身具有移山之能;他临终时竟能"身不着床,在虚仰卧"。另一传奇文《张延赏》中则记载了梵僧难陀擅长幻术,能将三支竹杖变成三个尼姑,能割下自己的头后放回原处。文中提到唐人对其钦羡不已并一再挽留,唐人对待异己文化的包容心态可见一斑。

其三,邪恶狡诈,违逆人伦。这是负面描述佛国僧人的一个极端,这方面记载仍以唐传奇为多,包括印度僧人在内的"胡僧"以负面形象频频出现,他们或者言行诡谲、欺诈忠良,或者行淫篡盗、违逆人伦,与唐诗中的胡僧形象截然相反。究其原因,唐诗作者多具深厚的文化修养,进入其关注

---

① (清)彭定求等编:《全唐诗》卷八百三十二,中华书局,1999年,第9458页。

② (清)彭定求等编:《全唐诗》卷一百六十六,中华书局,1999年,第1723页。

视野的也多为奉法修行、勤勉正派的高僧大德;而唐传奇虽亦为士大夫文学,但多着眼于世俗百态,对当时社会生活的方方面面都几乎有所涉及,对当时僧侣阶层的藏污纳垢之状况自然也有所反映。

其四,祸乱百姓,为害社会。这主要出自一些对佛、佛教极力排斥的文人笔下,他们大多为信奉儒家思想的世俗达人,在他们看来,佛教耗资财、耽人事、空虚无为,有僧徒借佛行秽乱、聚财之事,六朝时还曾发生过"沙门不敬王者"的辩论,祸乱百姓,为害社会,理应取缔。唐初傅奕就曾指责佛教徒"不忠不厚,削发而揖君亲;游手游食,易服以逃租赋"[1],后又有韩愈批佛、三武灭佛等事件的发生,就连德山宣鉴禅师也曾呵佛骂祖。所以,在这类接受群体的观照视野中,对来自佛国的僧人自然没有什么好印象。以韩愈《赠译经僧》为例:

> 万里休言道路赊,有谁教汝度流沙。
> 只今中国方多事,不用无端更乱华。[2]

四　《西游记》中的天竺佛国

中国古代文学作品中,对印度形象描述最多和最为生动的当属《西游记》。这部以玄奘西行求法为故事原型的纯文学作品,形象地展示了古代中印间以佛教为主的文化交流关系,对认识和研究古代印度也有一定的帮助[3]。同时,对作者塑造印度形象的心态进行考察,可发现这是佛教中心观和中华中心观的双重反映,更是借异域之镜对明代中后期社会现实的一种反向观照。

(一)"西方有妙文"

对于《西游记》的主题,向来有不同说法。对于是否为宗教主题,历来也不乏争论,否定的意见不少。如,胡适认为,《西游记》"至多不过是一部

---

[1]　《旧唐书》卷七十九《傅奕传》,中华书局,1975年,第2715页。
[2]　(唐)韩愈:《赠译经僧》,《全唐诗》卷三百四十五,中华书局,1999年,第3881页。
[3]　这主要指对佛教的认识。作为一部纯文学作品,作者又并未亲历印度,《西游记》带给读者对印度的认识与其说是经验性的,不如说是超验性的。

很有趣味的滑稽小说，神话小说；……至多不过有一点爱骂人的玩世主义"①，鲁迅也赞同其观点，"作者虽儒生，此书则实出于游戏，亦非语道，……尤未学佛"②，林庚也认为，作品主人公孙悟空形象的产生和发展，与明代市井生活的社会基础和追求心灵解放的文化思潮密切相关，与佛教的关系并不大，对孙悟空而言，"皈依佛教不过是他西天之行的一个缘由而已，并不曾真正受制于佛家的信仰与戒律"③。然而，作品的倾向性更多地体现于细节的描写，纵观作品，对佛国净土的向往和追求贯穿始终，对佛法的宣扬、对诸佛菩萨的赞美以及对佛教胜迹的描摹仍是作者着意落墨之处。对佛教虽也时有揶揄讽刺④，但总体持推崇态度。

先看对佛法的宣扬。第十二回，玄奘正在讲解小乘教法，菩萨劝其前往西天求取能够"度亡脱苦，寿身无坏"和"解百冤之结，消无妄之灾"的大乘教法⑤，并在离开前留下了一张帖颂，曰：

礼上大唐君，西方有妙文。程途十万八千里，大乘进殷勤。此经回上国，能超鬼出群。若有肯去者，求正果金身。⑥

西行求法事宜就此敲定。从此，那个佛教所诞生、藏有大乘"妙文"的西天佛国，成为取经人的魂牵梦绕之地。作品中，三乘妙典、五蕴楞严、四生六道的说教随处可见，能够超鬼出群、度脱苦厄的大乘"妙文"成为玄奘为首的取经人始终向往的一个符号。此"妙文"，当指如来所言的"三藏真经"："我有《法》一藏，谈天；《论》一藏，说地；《经》一藏，度鬼。"⑦实际上，佛教中的三藏，指"经、律、论"，经指的是佛说类典籍，律指的是约束僧众的戒律，论指的是从理论上对经藏进行解释、发挥的著述，同作品中如来所言相

① 胡适：《〈西游记〉考证》，欧阳哲生主编《胡适文集》第三卷，北京大学出版社，2013年，第472页。
② 鲁迅：《中国小说史略》，上海文化出版社，2005年，第140页。
③ 林庚：《〈西游记〉漫话》，北京出版社，2004年，第82页。
④ 如玄奘奉行"不杀"的教条主义，悟空曾笑谴"依着佛法饿杀"，以"八戒"命名的猪悟能则恰是屡屡违反戒律的典型。再如，第十八回中高老庄的高才也曾对"不济的和尚，脓包的道士"予以讥讽，第七十七回中悟空当面取笑如来是"妖精的外甥"，作品末尾佛弟子阿傩、伽叶竟向取经人索要"人事"，等等。
⑤ 佛教在中国的发展与印度本土发展的历史是相适应的，最初传到中国的是小乘教说。
⑥ （明）吴承恩：《西游记》，人民文学出版社，2010年，第151页。本文中出自《西游记》的引文均据此版本，以下只注出其出自原文第几回和具体页码，对版本信息不再一一加注。
⑦ 第十二回，第87页。

差甚远。作者吴承恩未必不知经律论的本义①，此处可能为突出佛经宏括一切，无所不包。对待纯文学作品，不必固守教条的分析，也不宜视为作者对佛教的误读。作品九十八回所列经目的荒诞无稽，也当作如是观。

诸经之中，出现频率最高的是《心经》。第十九回，玄奘于浮屠山受乌巢禅师所授《心经》："我有《多心经》一卷，凡五十四句，共计二百七十字，若遇魔瘴之处，但念此经，自无伤害。"并将玄奘译本全文附录：

> 《摩诃般若波罗蜜多心经》。观自在菩萨，行深般若波罗蜜多，时照见五蕴皆空，度一切苦厄。舍利子，色不异空，空不异色；色即是空，空即是色。受相行识，亦复如是。舍利子，是诸法空相，不生不灭，不垢不净，不增不减。是故空中无色，无受相行识，无眼耳鼻舌身意，无色声香味触法，无眼界，乃至无意识界，无无明，亦无无明尽。乃至无老死，亦无老死尽。无苦即灭道，无智亦无得。以无所得故，菩提萨埵，依般若波罗蜜多故，心无挂碍；无挂碍故，无有恐怖，远离颠倒梦想，究竟涅槃，三世诸佛，依般若波罗蜜多故，得阿耨多罗三藐三菩提。故知般若波罗蜜多，是大神咒，是大明咒，是无上咒，是无等等咒，能除一切苦，真实不虚。故说般若波罗蜜多咒，即说咒曰："揭谛！揭谛！波罗揭谛！波罗僧揭谛！菩提萨婆诃！"——此乃修真之总经，作佛之会门也。②

《心经》，又称《多心经》，全称《（摩诃）般若波罗蜜多心经》，其主要内涵是舍利子与观自在菩萨有关"性空"的对答，言简意赅，影响深广。传说受持、诵读、传写和流布此经，可以取得诸多神奇不可思议的功效。据载，历史上玄奘西行遇到危困时便常念此经，如"从此已去，即莫贺延碛，长八百余里，古曰沙河，上无飞鸟，下无走兽，复无水草。是时顾影唯一，心但念观音菩萨及《般若心经》。……至沙河间，逢诸恶鬼，奇状异类，绕人前后，虽念观音不得全去，即诵此《经》，发声皆散，在危获济，实所凭焉"③。

作为佛教般若类经典的总纲，《心经》是历代翻译最多的典籍之一，其

---

① 对《西游记》的作者是否为吴承恩，向来也有争议。因无新的更有力的证据出现，本文仍采吴承恩一说。

② 第十九回，第 238 页。此译文和玄奘真实译文只差两字，可见吴承恩的确采用的是玄奘译本，也看出吴承恩并非不懂佛教。他对佛教诸多荒诞化的处理只是一种游戏笔墨。

③ （唐）慧立、彦悰：《大慈恩寺三藏法师传》卷一，中华书局，2000 年，第 16 页。

中玄奘的译本流布最广,《西游记》中全文所录的译文即出自玄奘。保存在石经山第八洞的《般若波罗蜜多心经》,镌刻于唐高宗显庆六年(公元 661年),为"三藏法师玄奘奉诏译",是目前发现的最早版本。这为国际学术界多年关于最流行的汉文译本《心经》是否由玄奘翻译完成的争论,可以做出结论:玄奘确定无疑地翻译了《心经》,而且是"奉"唐太宗的"诏"命翻译的。值得注意的是,对这样一部"修真之总经,作佛之会门"的重要经典,作品中本笃志求经的玄奘却并未真正领会,反而需多次由悟空加以提醒,如第四十三回,玄奘听得水声振响便作惊疑,悟空以《多心经》相警,提示他需忘却"六贼纠纷"方能西天见佛,"得取如来妙法文"。再如,第八十五回,玄奘被阻路的高山和飞出的暴云弄得"渐觉惊惶,满身麻木,神思不安",悟空又用乌巢禅师的《多心经》的四句偈颂提醒道:

> 佛在灵山莫远求,灵山只在汝心头。
> 人人有个灵山塔,好向灵山塔下修。①

第九十三回,玄奘又抱怨去西天路途遥远,悟空再次提醒他莫忘《心经》,玄奘也佩服道:"悟空解得是无言语文字,乃是真解。"②

那么,本满腹经纶、笃志西行的三藏法师,为什么却在困难和险恶面前表现得犹疑和畏缩,反而需要由自己的大弟子来不时地加以提醒呢? 我们认为,作者这样处理,无非是在呼应和突显"心猿归正,意马收缰"的主题。《心经》是"修真之总经,作佛之会门",所以,"佛即心来心即佛"③,"千经万典,也只是修心"④,只有驯服心猿,明心见性,虔心向佛,方能求得真经,修成正果。从这个意义上说,不能断然否认《西游记》的主题是跟修禅求道有关。

佛、法、僧是为佛教"三宝",以上所述是《西游记》对佛经所承载的佛法要理特别是禅宗心法的形象化阐释。作为佛法的创立者、护卫者和宣扬者,三千诸佛、五百罗汉、八大金刚、无边菩萨等也在作品中悉数登场。作为佛门领袖,佛祖受到的咏赞自然最多。如,在降服大圣后的安天大会上,寿星和赤

---

① 第八十五回,第 1041 页。其实,《心经》并无此四句偈颂,此处当为作者所加。
② 第九十三回,第 1130 页。
③ 第十四回,第 165 页。
④ 第八十五回,第 1041 页。

脚大仙先后对如来献礼,作品中附诗两首对如来进行咏赞,分别为:

碧藕金丹奉释迦,如来万寿若恒沙。

清平永乐三乘锦,康泰长生九品花。

无相门中真法主,色空天上是仙家。

乾坤大地皆称祖,丈六金身福寿赊。

大仙赤脚枣梨香,敬献弥陀寿算长。

七宝莲台山样稳,千金花座锦般妆。

寿同天地言非谬,福比洪波话岂狂。

福寿如期真个是,清闲极乐那西方。①

安天大会结束后,如来返回灵山胜境,更有赞诗相随:

瑞霭漫天竺,虹光拥世尊。西方称第一,无相法王门。常见玄猿献果,麋鹿衔花;青鸾舞,彩凤鸣;灵龟捧寿,仙鹤噙芝。安享净土祇园,受用龙宫法界。日日花开,时时果熟。习静归真,参禅果正。不灭不生,不增不减。烟霞缥缈随来往,寒暑无侵不记年。②

在盂兰盆会上,所受三首福禄寿赞诗也是如此:

福诗曰:

福星光耀世尊前,福纳弥深远更绵。

福德无疆同地久,福缘有庆与天连。

福田广种年年盛,福海洪深岁岁坚。

福满乾坤多福荫,福增无量永周全。

禄诗曰:

禄重如山彩凤鸣,禄随时泰祝长庚。

禄添万斛身康健,禄享千钟世太平。

禄俸齐天还永固,禄名似海更澄清。

禄恩远继多瞻仰,禄爵无边万国荣。

---

① 第七回,第82页。

② 第八回,第85页。

寿诗曰：

> 寿星献彩对如来，寿域光华自此开。
>
> 寿星满盘生瑞霭，寿花新采插莲台。
>
> 寿诗清雅多奇妙，寿曲调音按美才。
>
> 寿命延长同日月，寿如山海更悠哉。①

不难看出，作品中出现的这些咏佛诗、赞佛诗，集中于对佛陀的"万寿""长生"、福禄寿的渲染，用的多是些道教理念和话语。实际上，佛教尊重自然规律，只是将这种自然律纳入了"四生六道"的轮回之中，佛陀本人也终入涅槃，并未追求所谓"长生""万寿"。此外，作品中多处渲染如来具有"无量法力"，如将悟空压至五行山下，成功辨识六耳猕猴，等等。但实际上，佛和佛弟子并不重神通，"释迦处处以自身修养诏人。智慧所以灭痴（无明）去苦，禅定所以治心坚性，戒律所以持身绝外缘。至若神通虽为禅定之果，虽为俗众所欣慕，并不为佛所重视"②，如此，作品中对佛陀、观音等施展神通的诸多描述，更多出于崇佛用意和情节需要。

佛祖威严，毕竟不能事必躬亲，作品中频频出镜的是观音。这是作品中一个举足轻重的人物，第八回，他的出场亮相必也不凡：

> 理圆四德，智满金身。璎珞垂珠翠，香环结宝明。乌云巧叠盘龙髻，绣带轻飘彩凤翎。碧玉纽，素罗袍，祥光笼罩；锦绒裙，金落索，瑞气遮迎。眉如小月，眼似双星。玉面天生喜，朱唇一点红。净瓶甘露年年盛，斜插垂柳岁岁青。解八难，度群生，大慈悯：故镇太山，居南海，救苦寻声，万称万应，千圣千灵。兰心欣紫竹，蕙性爱香藤。他是落伽山上慈悲主，潮音洞里活观音。③

第十二回，又有颂观音诗：

> 瑞霭散缤纷，祥光护法身。九霄华汉里，现出女真人。那菩萨，头上戴一顶：金叶纽，翠花铺，放金光，生锐气的垂珠璎珞；身上穿一领：

---

① 第八回，第86页。

② 汤用彤：《印度哲学史略》，上海人民出版社，2015年，第55页。薛克翘先生认为，后期佛教重视神通，很大程度上是受密宗影响，见《神魔小说与印度密教》，中国大百科全书出版社，2015年，第56页。

③ 第八回，第87页。

淡淡色,浅浅妆,盘金龙,飞彩凤的结素蓝袍;胸前挂一面:对月明,舞清风,杂宝珠,攒翠玉的砌香环珮;腰间系一条:冰蚕丝,织金边,登彩云,促瑶海的锦绣绒裙;面前又领一个飞东洋,游普世,感恩行孝,黄毛红嘴的白鹦哥;手内托着一个施恩济世的宝瓶,瓶内插着一枝洒青霄,撒大恶,扫开残雾垂杨柳。玉环穿绣扣,金莲足下深。三天许出入,这才是救苦救难观世音。[①]

其实,观世音(应译为观自在)菩萨在印度佛教中本为男身,传至中土后却成为"眉如小月""朱唇一点红"的"女真人",着实也是佛教本土化的一个显例。其净瓶底的甘露水,则能医活仙树、灭三昧真火。在中国人的心目中,手持净瓶、救苦救难、随叫随到的观音形象之所以深入人心,应该说,跟《西游记》的问世和被广泛阅读密不可分。

作为佛教"三宝"之一,佛僧在作品中的形象塑造也很重要,如第十二回中,对玄奘有着浓墨重彩的描摹:

> 凛凛威颜多雅秀,佛衣可体如裁就。
> 晖光艳艳满乾坤,结彩纷纷凝宇宙。
> 朗朗明珠上下排,层层金线穿前后。
> 兜罗四面锦沿边,万样稀奇铺绮绣。
> 八宝妆花缚钮丝,金环束领攀绒扣。
> 佛天大小列高低,星象尊卑分左右。
> 玄奘法师大有缘,现前此物堪承受。
> 浑如极乐活阿罗,赛过西方真觉秀。
> 锡杖叮当斗九环,毗卢帽映多丰厚。
> 诚为佛子不虚传,胜似菩提无诈谬。[②]

玄奘是大唐僧人,作品中对真正来自天竺佛国的僧人的描述并不多,大多为概念化的描述,没有具体的典型形象。但一旦出场,却也"威仪不俗",如第九十三回,天竺国布金寺的禅僧:

> 面如满月光,身似菩提树。

---

① 第十二回,第151页。
② 第十二回,第148页。

拥锡袖飘风,芒鞋石头路。①

在佛国,一般俗众也对佛教恭敬有加,作品中对此也不吝笔墨。如,第八十七回,天竺外郡凤仙都"善声盈耳","无一家一人不皈依善果,礼佛敬天","万户千门人念佛"。再如,第九十六回,铜台府那个"万僧不阻"、诚意斋僧的寇员外,也令人印象深刻。无怪乎玄奘感叹:"西方佛地,贤者,愚者,俱无诈伪。"②第九十八回,离圣境越来越近,礼佛氛围越来越浓厚:"果然西方佛地,与他处不同。……所过地方,家家向善,户户斋僧。每逢山下人修行,又见林间客诵经。"③这与实际情况有契合,也有差异。七世纪玄奘到达印度时,所见僧众仍然自觉笃信和研习佛法,"人知乐道,家勤志学"④,"崇敬佛法,少信异道"⑤,各佛教派别论争激烈,"部执峰峙,诤论波腾"⑥,仍然是一个佛门圣地所在。但由于印度教的改革和伊斯兰教的传入,佛教在印度已渐呈衰势,玄奘所见较之法显时代已明显衰落,"伽蓝虽多,僧徒寡少,诸窣堵波荒芜圮坏","(伽蓝)庭宇寂寥,绝无僧侣"⑦。

还应一提的是,作品的主要角色神通广大的神猴孙悟空,也是印度形象的一个体现。其与印度史诗《罗摩衍那》中的神猴哈努曼有着诸多的相似之处,悟空施救朱紫国金圣娘娘的情节,也与《罗摩衍那》中哈努曼营救悉多的过程极其相似,很难相信这完全是一种跨越时空的创作巧合。对此,前贤已有诸多研究。⑧

此外,作品中亦有诸多对天竺国佛教胜迹的描摹。首先是灵山。灵山位于中天竺,相传如来曾在此讲过《法华经》,在《西游记》中,则是佛祖如来的主要居所。第五十二回,悟空为寻觅金兜山魔头来历初次造访灵山,但见:

灵峰疏杰,叠嶂清佳,仙岳顶巅摩碧汉。西天瞻巨镇,形势压中华。元气流通天地远,威风飞彻满台花。时闻钟磬音长,每听经声明

---

① 第九十三回,第1131页。

② 第九十六回,第1163页。

③ 第九十八回,第1186页。

④ (唐)玄奘、辩机原著,季羡林等校注:《大唐西域记校注》,中华书局,2000年,第193页。

⑤ (唐)玄奘、辩机原著,季羡林等校注:《大唐西域记校注》,中华书局,2000年,第220页。

⑥ (唐)玄奘、辩机原著,季羡林等校注:《大唐西域记校注》,中华书局,2000年,第193页。

⑦ (唐)玄奘、辩机原著,季羡林等校注:《大唐西域记校注》,中华书局,2000年,第220页。

⑧ 鲁迅、胡适、陈寅恪、季羡林等均有相关研究。

朗。又见青松之下优婆讲，翠柏之间罗汉行。白鹤有情来鹫岭，青鸾着意伫闲亭。玄猴对对攀仙果，寿鹿双双献紫英。幽鸟声频如诉语，奇花色绚不知名。回峦盘绕重重顾，古道湾环处处平。正是清虚灵秀地，庄严大觉佛家风。①

第九十八回，师徒一行终于抵达灵山，金顶大仙指引玄奘："你看那半天中有祥光五色，瑞霭千重的，就是灵鹫高峰，佛祖之圣境也。"②第九十八回，到了真佛境地，自然少不了对那居于灵山的雷音古刹极尽描摹：

> 顶摩霄汉中，根接须弥脉。巧峰排列，怪石参差。悬崖下瑶草琪花，曲径旁紫芝香蕙。仙猿摘果入桃林，却似火烧金；白鹤栖松立枝头，浑如烟捧玉。彩凤双双，青鸾对对。彩凤双双，向日一鸣天下瑞；青鸾对对，迎风耀舞世间稀。又见那黄森森金瓦迭鸳鸯，明幌幌花砖铺玛瑙。东一行，西一行，尽都是蕊宫珠阙；南一带，北一带，看不了宝阁珍楼。天王殿上放霞光，护法堂前喷紫焰。浮屠塔显，优钵花香。正是地胜疑天别，云闲觉昼长。红尘不到诸缘静，万劫无亏大法堂。③

寺庙，是佛教传布的重要场所。除诸佛的主要居所雷音古刹外，作品中对天竺国舍卫城的布金寺也着墨不少。布金寺，即著名的祇树给孤独园，相传孤独长者以布满园地的黄金从太子手中购得此园，供佛陀居住讲法，太子则以满园祇树相送，故曰"祇树给孤独园"。作品中，作者借玄奘和寺僧之口两次对布金寺的名称由来作了解释，却都不够全面，未解出其中"祇树"之来历。第九十三回，你看那寺，倒也：

> 不小不大，却也是琉璃碧瓦；半新半旧，却也是八字红墙。隐隐见苍松偃盖，也不知是几千百年间故物到于今；潺潺听流水鸣弦，也不道是那朝代时分开山留得在。山门上，大书着"布金禅寺"；悬扁上，留题着"上古遗迹"。④

寺僧不忘神异化："近年间，若遇时雨滂沱，还淋出金银珠儿，有造化

---

① 第五十二回，第 645 页。
② 第九十八回，第 1187 页。
③ 第九十八回，第 1190 页。
④ 第九十三回，第 1130 页。

的，每每拾着。"玄奘自然深信不疑："话不虚传果是真！"①只是，曾经辉煌
一时的祇园圣地，如今只剩断垣残壁的一片荒址，三藏合掌叹曰：

> 忆昔檀那须达多，曾将金宝济贫疴。
> 祇园千古留名在，长者何方伴觉罗？②

这是符合史实的。同此前对佛国的佛教盛况极尽渲染相比，此处对佛教在
印度的衰颓、佛教遗址的荒圮的描写是相对客观的。《大唐西域记》载，玄
奘到达舍卫城故址时，已"都城荒顿""伽蓝数百，圮坏良多""僧徒寡少"。③

对其他寺院也夸赞有加。如，第九十一回，到达天竺国外郡金平府，
"慈云寺"：

> 珍楼壮丽，宝座峥嵘。佛阁高云外，僧房静月中。丹霞缥缈浮屠
> 挺，碧树阴森轮藏清。真净土，假龙宫，大雄殿上紫云笼。两廊不绝闲
> 人戏，一塔常开有客登。炉中香火时时爇，台上灯花夜夜荧。忽闻方
> 丈金钟韵，应佛僧人朗诵经。④

尚需一提的是诸多佛门器物。如玄奘所用的袈裟、锡杖等。第十二
回，菩萨称袈裟要五千两，锡杖要二千两，要价昂贵，向佛之人却分文不收。
"着了我袈裟，不入沉沦，不坠地狱，不遭恶毒之难，不遇虎狼之灾，便是好
处；若贪淫乐祸的愚僧，不斋不戒的和尚，毁经谤佛的凡夫，难见我袈裟之
面，这便是不好处。"⑤"不遵佛法，不敬三宝，强买袈裟、锡杖，定要卖他七
千两，这便是要钱；若敬重三宝，见善随喜，皈依我佛，承受得起，我将袈裟、
锡杖，情愿送他，与我结个善缘，这便是不要钱。"⑥菩萨亲口渲染：

> 这袈裟，龙披一缕，免大鹏吞噬之灾；鹤挂一丝，得超凡入圣之妙。
> 但坐处，有万神朝礼；凡举动，有七佛随身。
> 这袈裟是冰蚕造炼抽丝，巧匠翻腾为线。仙娥织就，神女机成，方
> 方簇幅绣花缝，片片相帮堆锦筢。玲珑散碎斗妆花，色亮飘光喷宝艳。

---

① 第九十三回，第 1132 页。
② 第九十三回，第 1132 页。
③ （唐）玄奘、辩机原著，季羡林等校注：《大唐西域记校注》，中华书局，2000 年，第 481 页。
④ 第九十一回，第 1106 页。
⑤ 第十二回，第 145—146 页。
⑥ 第十二回，第 146 页。

穿上满身红雾绕，脱来一段彩云飞。三天门外透元光，五岳山前生宝气。重重嵌就西番莲，灼灼悬珠星斗象。四角上有夜明珠，攒顶间一颗祖母绿。虽无全照原本体，也有生光八宝攒。

这袈裟，闲时折叠，遇圣才穿。闲时折叠，千层包裹透虹霓；遇圣才穿，惊动诸天神鬼怕。上边有如意珠、摩尼珠、辟尘珠、定风珠；又有那红玛瑙、紫珊瑚、夜明珠、舍利子。偷月沁白，与日争红。条条仙气盈空，朵朵祥光捧圣。条条仙气盈空，照彻了天关；朵朵祥云捧圣，影遍了世界。照山川，惊虎豹；影海岛，动鱼龙。沿边两道销金锁，叩领连环白玉琮。诗曰：

三宝巍巍道可尊，四生六道尽评论。

明心解养人天法，见性能传智慧灯。

护体庄严金世界，身心清净玉壶冰。

自从佛制袈裟后，万劫谁能敢断僧？[①]

夸罢了袈裟，再夸其九环锡杖：

铜镶铁造九连环，九节仙藤永驻颜。

入手厌看青骨瘦，下山轻带白云还。

摩呵立祖游天阙，罗卜寻娘破地关。

不染红尘些子秽，喜伴神僧上玉山。[②]

第十六回，又借观音院众僧之口称赞袈裟：

真个好袈裟！上头有：

千般巧妙明珠坠，万样稀奇佛宝攒。

上下龙须铺彩绮，兜罗四面锦沿边。

体挂魍魉从此灭，身披魑魅入黄泉。

托化天仙亲手制，不是真僧不敢穿。[③]

如此，一个佛国净土形象呈现在读者面前。只是这佛国净土，竟然也有许多妖孽作祟，竟也有佛弟子公然索贿——这着实是莫大的讽刺！这说

---

① 第十二回，第 146－147 页。

② 第十二回，第 147 页。

③ 第十六回，第 194 页。

明,一方面,在作者理想化的异域想象之中,仍保有清醒的认识;另一方面,可理解为作者是在借此对明朝中后期社会现实进行影射。① 此外,作品在塑造佛国形象、对佛教进行崇仰的同时,多处涉及了佛与儒、道的关系。前贤已有诸多精深研究,此处仅从具体文本出发,据自己的阅读和思考略作分析。

先看佛道关系。一是崇佛抑道。第十九回,悟空收服八戒时自言保护玄奘西天取经是"改邪归正,弃道从僧"②,是一处显例。作品中更在多处写到佛道抗衡,均终以佛教胜出。如,第二十六回,八戒曾当面嘲弄福、禄、寿三星为"奴才";第四十六回,题目即为"外道弄强欺正法 心猿显圣灭诸邪",外道与正法、圣与邪的描述中已明显现出维护佛教、贬抑道教的立场。经过精彩的斗法过程的描述,三位道仙最终因技穷被灭,佛教完胜,国王为其被灭而"泪如泉涌",则可视为对历史上痴奉道教的几位皇帝的讥讽。此外,道教最高领袖玉帝对悟空无可奈何,其手下也并无识别六耳猕猴的本领,关键时刻还是佛祖如来出面得以解决。它们之间的关系,还是由八戒一语道破:"神仙还是我们的晚辈哩!"③有人据作品中玉帝与如来相互之间的措辞、举止等,得出作品主题是在崇道抑佛的结论,值得商榷。可以做如下理解:"外来的和尚会念经",玉帝奈何不得的孙悟空,还得靠技高一筹的如来出面摆平;但同时,面对作为"地头蛇"的玉帝,来自异域天竺的如来放低姿态,是一种可以被理解的权宜之计。结合佛教传入中国的史实来看,佛教初传时期,确曾主动向本土的道教、方术等加以附会,作品如此处理,无非是佛教传入后迅速本土化的一种形象化反映。二是在崇佛抑道的同时,又流露出让二者握手言和的态度。如悟空的首任师父菩提祖师,即是一个儒道合一的形象符号。王母设蟠桃宴时,邀请的诸宾中排在首要位置的即为西天佛老、菩萨、圣僧、罗汉、观音等,并且这是"旧规"④;玉帝请西天佛老相助降猴,黎山老母和观音、普贤、文殊菩萨合作试禅心,实际上也是佛道之间的合作。最明显的是第二十六回,经过一场人参果树的风波

---

① 详见本节"余论"部分。
② 第十九回,第 233 页。
③ 第五十八回,第 715 页。
④ 第五回,第 54 页。

之后,镇元子与行者竟结为"情投意合"的兄弟,"不打不成相识,两家合了一家"①。第三十三回,三藏搭救道者后说(不识此道者为妖魔所变):"你我都是一命之人,我是僧,你是道。衣冠虽别,修行之理则同。"②就连天竺国灵山脚下,也有道观耸立、大仙接引。

　　次看佛儒关系。作品中对儒家观念的表现甚多,这并不奇怪,因为作者即为深受传统文化影响的封建士大夫。奇怪的是,身为佛门中人的玄奘,却也具有颇深的儒家文化根底,动辄念出几句儒家言语,如"父母在,不远游;游必有方"③"物有几等物,人有几等人"④等,但几乎每次都要受到挪揄和讽刺。当然,这较之历史上真实的玄奘差之甚远。史载玄奘"幼而珪璋特达,聪悟不群。……备通经典,而爱古尚贤,非雅正之籍不观,非圣者之风不习"⑤,的确有着深厚的儒学修养、坚定的求法意志和出众的社会能力,与作品中那个懦弱、愚执的迂腐僧人形象大相径庭。作品中,佛教主要攻击的对象是道教,对于儒家的攻击较少,但是,"只要有机会,佛家总对儒家射上几支冷箭的"⑥,作品中也有表现。除上述对满口儒言的唐僧进行挪揄讥讽外,最为明显的是第九十八回,借如来之口对孔儒之教进行了矮化:"你那东土乃南赡部洲。……虽有孔氏在彼立下仁义礼智之教,帝王相继,治有徒流绞斩之刑,其如愚昧不明,放纵无忌之辈何耶!我今有经三藏,可以超脱苦恼,解释灾愆。"⑦还应注意的是,在第十一回,作者将历史上儒官傅奕抑佛终遭失败的史实糅合进作品之中,唐太宗则成为一代护法名王。前者是史实,后者则是作者的有意处理,因为历史上的唐太宗并非对佛教有真正的理解和支持,相反,他早年对佛教并不感兴趣,"至于佛教,非意所遵"(贞观二十年手诏斥萧瑀),见玄奘后首先询问的是西域的情况,答玄奘手书时说"至于内典,尤所未闲",所以,并非对佛教有虔诚之意,其护佛举动更多的是为之前的杀兄篡位等恶行作一个遮蔽,对玄奘求法起初

---

① 第二十七回,第 327 页;第二十六回,第 326 页。
② 第三十三回,第 404 页。
③ 第二十七回,第 330 页。
④ 第八十八回,第 1077 页。
⑤ (唐)慧立、彦悰:《大慈恩寺三藏法师传》卷一,中华书局,2000 年,第 5 页。
⑥ 季羡林:《玄奘与〈大唐西域记〉》,见(唐)玄奘、辩机原著,季羡林等校注《大唐西域记校注》,中华书局,2000 年,第 35 页。
⑦ 第九十八回,第 1191 页。

也并未支持,相反,玄奘是在"有诏不许"的情况下偷渡出境的。① 唐太宗在他归来后加以扶持,也更多的是在利用,如玄奘甫一归来便命其撰著《大唐西域记》,主要是为了加强对西域的了解,而不是为了弘扬佛教。当然,这种利用是相互的,"不依国主,则法事难立"(释道安语),聪明的玄奘自然懂得这个道理。

再看三教合一。这在作品中也有体现。如,第二回,菩提祖师登坛高坐,"说一会道,讲一会禅,三家配合本如然"②;第四十七回,悟空劝车迟国王"也敬僧,也敬道,也养育人材,我保你江山永固"③,等等。对于儒、释、道的关系,南朝梁武帝就已提出"三教同源"说,此后渐有响应。有唐一代,文化包容,政策宽松,自唐太宗开始实行三教并行的政策,此后虽间有波折(如武宗时的灭佛事件),三教并行的总趋势没有发生大的变化。中唐佛教徒神清作《北山录》也倡三教一致。唐宋之际,三教在"修身养性"方面渐趋于一致。到明时,"三教合一"概念正式提出,在政治层面,有明太祖朱元璋的提倡和扶持,在哲学层面,王阳明的"心学"体系即为儒释道的融会贯通,就连佛教内部,也有元贤、德清等高僧大德力倡三教合一。如此看来,《西游记》中三教合一的体现也是自然和合理的。

总之,通过对佛国净土形象的分析,可以看出:《西游记》的宗教倾向性是明显的,总体上是崇佛、抑道、对儒家偶有揶揄讥讽,同时,对三教合一也有一定期许。这符合一个身处明朝中期之乱世,愤世嫉俗继而"借异域佳酿,浇胸中块垒",却又不自觉地以本土话语进行言说和表达的封建士大夫的文化心态。从文史互证的角度看,《西游记》以玄奘西行求法这一古代中印交流的重要事件为题材,并提供了一些有益的参照,这是文学文本对文化、历史信息的形象化传递和艺术化表达。

(二)"极乐之胜境"

《西游记》中涉及天竺的描写,多次出现"极乐"一词。如,第七十八回,

---

① 然而,《西游记》中的这一文学情节却时被当成历史事实。如,孙景坛《汉武帝"罢黜百家,独尊儒术"子虚乌有——中国近现代儒学反思的一个基点性错误》(《南京社会科学》,1993 年第 6 期)一文中,将唐太宗视为一个虔诚的佛门弟子,"唐僧前往西天取经,即是遵照他的旨意"。

② 第二回,第 15 页。

③ 第四十七回,第 578 页。

三藏回复比丘国国丈道："自古西方乃极乐之胜境"①；第八十六回，樵夫告知唐僧说："这条大路，向西方不满千里，就是天竺国，极乐之乡也。"②在玉华国，见一派繁华景象，玄奘感叹："所为极乐世界，成此之谓也。"③第九十一回，又以叙述者口吻言道："话表唐僧师徒四众离了玉华城，一路平稳，诚所谓极乐之乡。"④这是一个对除佛教之外的天竺社会的正面描述。实际上，提到天竺，无法完全做到脱离佛教背景，"极乐"一词即本为佛教用语。但综观作品，作者在运用这一词汇时虽偶与佛教有关，主要却是用于描绘佛教之外的方方面面。无论是出自玄奘之口还是得之于路人的描绘，异域天竺都是一个风景秀丽、政治清明、经济繁荣、人民安乐的"极乐之胜境"。

《西游记》之所以深受大众喜爱，一个重要的原因是它为后世特别是现代读者提供了一个远离都市喧嚣的自然桃花源。作品中山水清幽，树木葱郁，花草纷繁，物候奇特，天竺国亦是如此。第八十八回，师徒四人进入天竺国下郡玉华县正值深秋之候，但见：

> 水痕收，山骨瘦。红叶纷飞，黄花时候。霜晴觉夜长，月白穿窗透。家家烟火夕阳多，处处湖光寒水溜。白蘋香，红蓼茂。橘绿橙黄，柳衰谷秀。荒村雁落碎芦花，野店鸡声收菽豆。⑤

第九十一回，慈云寺后花园更是"天然堪隐逸，又何须他处觅蓬瀛"：

> 时维正月，岁届新春。园林幽雅，景物妍森。四时花木争奇，一派峰峦迭翠。芳草阶前萌动，老梅枝上生馨。红入桃花嫩，青归柳色新。金谷园富丽休夸，辋川图流风慢说。水流一道，野凫出没无常；竹种千竿，墨客推敲未定。芍药花、牡丹花、紫薇花、含笑花，天机方醒；山茶花、红梅花、迎春花、瑞香花，艳质先开。阴崖积雪犹含冻，远树浮烟已带春。又见那鹿向池边照影，鹤来松下听琴。东几厦，西几亭，客来留宿；南几堂，北几塔，僧静安禅。花卉中，有一两座养性楼，重檐高拱；山水内，有三四处炼魔室，静几明窗。真个是天然堪隐逸，又何须他处

---

① 第七十八回，第 965 页。
② 第八十六回，第 1062 页。
③ 第八十八回，第 1076 页。
④ 第九十一回，第 1106 页。
⑤ 第八十八回，第 1074 页。

觅蓬瀛。①

第九十四回,春夏秋冬四景诗:

《春景诗》:

> 周天一气转洪钧,大地熙熙万象新。
> 桃李争妍花烂熳,燕来画栋送香尘。

《夏景诗》

> 熏风拂拂思迟迟,宫院榴葵映日辉。
> 笛玉音调惊午梦,芰荷香散到庭帏。

《秋景诗》:

> 金井梧桐一叶黄,珠帘不卷夜来霜。
> 燕知社日辞巢去,雁折芦花过别乡。

《冬景诗》:

> 天雨飞云暗淡寒,朔风吹雪积千山。
> 深宫自有红炉暖,报道梅开玉满栏。②

第九十六回,春尽夏初时节:

> 清和天气爽,池沼芰荷生。梅逐雨馀熟,麦随风里成。
> 草香花落处,莺老柳枝轻。江燕携雏习,山鸡哺子鸣。
> 斗南当日永,万物显光明。③

"风壤既别,地利亦殊"④,印度地处热带和亚热带,具有独特的地理环境和物产。作者未能亲历印度,仍以自乡温带四季来揣摩印度的景色,因此作品中才会出现芦花、梧桐、腊梅等在印度鲜少出现的景致。此外,印度具有六个季节,在春夏秋冬四季之外,还有一个雨季和一个凉季,这自然跟印度独特的地理和气候环境有关。即便如此,作者还是依据自己的想象,依托身边的事物,运用本土的话语对印度进行了描绘。

---

① 第九十一回,第 1108 页。
② 第九十四回,第 1145 页。
③ 第九十六回,第 1162 页。
④ (唐)玄奘、辩机原著,季羡林等校注:《大唐西域记校注》,中华书局,2000 年,第 211 页。

　　作品中也对天竺国的清明政治留有着墨。第八十八回,老者对三藏推荐道:"有道禅师,我这敝处,乃天竺国下郡,地名玉华县。县中城主,就是天竺皇帝之宗室,封为玉华王。此王甚贤,专敬僧道,重爱黎民。老禅师若去相见,必有重敬。"① 在舍卫城时,亦称该地"国王有道"。在《大唐西域记》中,玄奘也记载了几位类似的天竺王者,特别是戒日王,其兄长本为"以德治政"的"贤主",其本人即位后统一了北印度,创立了不朽功业,对玄奘礼遇甚高,颇有"甚贤,专敬僧道,重爱黎民"之风。在这样的王者统治下的印度政治自然是正面的:"政教既宽,机务亦简。户不籍书,人无徭课。……赋敛轻薄,徭税俭省,各安世业……国家营建,不虚劳役"②,颇令人向往。回头看《西游记》中的清明政治,则可理解为作者对现实政治的一种渴望。当然,作者在对天竺国的政治进行向往和赞叹的同时,也对一系列昏君进行了鞭挞,如第九十二回,悟空对金平府县供献金灯、劳民伤财之事进行了呵责;再如第九十三回,"话表那个天竺国王,因爱山水花卉,前年带后妃公主在御花园,月夜赏玩,惹动一个妖邪,把真公主摄去,他却变做一个假公主"③。这分明是对那些贪爱山水、不务国事的昏君们的一个警告。

　　此外,在作者的笔下,天竺国经济繁荣,人民安乐。第八十八回,"四众遂步至城边街道观看。原来那关厢人家,做买做卖的,人烟凑集,生意亦甚茂盛"。入城门内,又见那大街上酒楼歌馆,热闹繁华,果然是神州都邑。有诗为证曰:

> 锦城铁瓮万年坚,临水依山色色鲜。
> 百货通湖船入市,千家沽酒店垂帘。
> 楼台处处人烟广,巷陌朝朝客贾喧。
> 不亚长安风景好,鸡鸣犬吠亦般般。

三藏心中暗喜道:"人言西域诸番,更不曾到此。细观此景,与我大唐何异!所为极乐世界,成此之谓也。"又听得人说,白米四钱一石,麻油八厘一斤,

---

①　第八十八回,第 1075 页。
②　(唐)玄奘、辩机原著,季羡林等校注:《大唐西域记校注》,中华书局,2000 年,第 209 页。
③　第九十三回,第 1136 页。

真是五谷丰登之处。① 第九十一回,天竺国外郡金平府"两边茶坊酒肆喧哗,米市油房热闹"②。元宵节灯会更是热闹非常,"乱烘烘的无数人烟,有那跳舞的,躧跷的,装鬼的,骑象的,东一攒,西一簇,看之不尽"③。真个是:

> 锦绣场中唱彩莲,太平境内簇人烟。
>
> 灯明月皎元宵夜,雨顺风调大有年。④

这跟《大唐西域记》中的记载也大致吻合。玄奘到时,正值印度封建社会高度发展的阶段,经济上繁荣,人民生活也较富足,"什物之具,随时无阙"⑤。

(三)"中华大国异西夷"

细读作品,作者对异域天竺进行描述时,一个突出的特点是,几乎处处以中华风物来比附、以本土话语来述说。如,第九十三回、第九十四回,大天竺国也有抛绣球招亲的习俗,婚娶日期的选择也须先看阴阳风气;第九十一回中,对印度灯节热闹场景的描述也近乎中华元宵节的翻版。抛绣球招亲,在古代印度是不可能发生的事情,因为种姓制度森严,只能在本种姓阶层内相互通婚,且受各种限制,不可能会有这般自主选择婚配的方式。至于元宵节的燃灯习俗,虽来源自佛教,却在玄奘时代不见记载,今天的印度灯节也是一个跟印度教而非佛教有关的节日。除以上习俗层面外,以本土情况比附天竺的情况随处可见。如,在大天竺国,玄奘曾感叹:"他这里人物衣冠,宫室器用,言语谈吐,也与我大唐一般。"⑥在铜台府地灵县,所见寇员外置办圆满道场,玄奘亦言:"他那里与大唐的世情一般。"⑦在玉华国,街市上的生意人等,"观其声音相貌,与中华无异",见街市繁华,"细观此景,与我大唐何异!"⑧如此等等。如何解释这一现象? 一则因为作者未能亲历印度,对异域风物的书写只能靠文学想象,而想象也只能以自身接受屏幕上已有的现实事物为基础。这同《大唐西域记》不同。后者是在玄

---

① 第八十八回,第 1075 页。
② 第九十一回,第 1106 页。
③ 第九十一回,第 1109—1110 页。
④ 第九十一回,第 1110 页。
⑤ (唐)玄奘、辩机原著,季羡林等校注:《大唐西域记校注》,中华书局,2000 年,第 216 页。
⑥ 第九十三回,第 1135 页。
⑦ 第九十六回,第 1166 页。
⑧ 第八十八回,第 1075—1076 页。

奘亲历印度之后奉敕撰就，"皆存实录，匪敢雕华"①，以纪实为主。二则在作者的心目中，天竺佛国与大唐王朝颇具类似之处。天竺佛国是"极乐之胜境"，而贞观盛世也是"天下太平，八方进贡，四海称臣"②，简直都是古代社会最为完美的形态了。只是对作者来说，一个路途遥远，一个不可再现，都是可望不可及的理想盛世。

然而，在玄奘一行历尽千辛万苦，战胜八十一难，取得大乘妙文，回归大唐怀抱之后，作品却一改此前对天竺佛国的诸多正面描述，由衷感叹"中华大国异西夷"③，这又是为何呢？

首先，这是作者的中华中心观在起作用。细读文本，第四十六回，车迟国斗法开始之时，国王感叹"那中华人多有义气"④；第九十一回，慈云寺和尚向玄奘拜道："我这里向善的人，看经念佛，都指望修到你中华地托生；才见老师风采衣冠，果然是前生修到的，方得此受用，故当下拜。"⑤第八十八回，在见到玄奘三个徒弟施展神通之后，只见个玉华县："满城中军民男女，僧尼道俗，一应人等，家家念佛磕头，户户拈香礼拜。"果然是：

> 见像归真度众僧，人间作福享清平。
>
> 从今果正菩提路，尽是参禅拜佛人。⑥

本处天竺佛国中人，却被外来求法的和尚所度化了。这既有史实依据，又是作者的中华中心观在起作用。一方面，据《大唐西域记》和《大慈恩寺三藏法师传》的记载，玄奘在取经之路上确有度化俗众或慑服外道改皈佛教的事例。本为求取真经而来，不忘时时处处传教，这才是宗教徒的虔诚。另一方面，作为深受传统文化浸淫的封建士大夫，作者在面对异域事物时不可避免地带有一种"夷夏心态"：崇礼重义、文明发达的中华圣僧，与野蛮落后、粗鄙丑陋的化外之民，怎可同日而语？所以，经历了诸多磨难、见惯了异域风情、归后受到隆重礼遇的玄奘，才发出"中华大国异西夷"的

---

① （唐）慧立、彦悰：《大慈恩寺三藏法师传》卷六，中华书局，2000年，第135页。实际上，《大唐西域记》也有诸多神异成分。

② 附录，第96页。

③ 第一百回，第1212页。

④ 第四十六回，第575页。

⑤ 第九十一回，第1107页。

⑥ 第八十八回，第1079页。

感叹。与其说这是作品中玄奘的感叹,不如说是作者自己的心声。不可否认,直到今天,这种"夷夏心态"仍然不同程度地存在,这从诸多当代文学作品对印度的描述中也可以见到。

然而,这却与作品中表现出的佛教中心观迥然不同。第八回,孟兰盆会上,如来给地处南赡部洲的东土中华作了一个极其负面的评价:"我观四大部洲,众生善恶,各方不一……但那南赡部洲者,贪淫乐祸,多杀多争,正所谓口舌凶场,是非恶海。"所以,"我今有三藏真经,可以劝人为善"①。第九十八回,玄奘终于得以面见如来,又听到一番对东土大唐的贬抑,这次将矛头直指孔儒:

> 你那东土乃南赡部洲。只因天高地厚,物广人稠,多贪多杀,多淫多诳,多欺多诈;不遵佛教,不向善缘,不理三光,不重五谷;不忠不孝,不义不仁,瞒心昧己,大斗小秤,害命杀牲,造下无边之孽,罪盈恶满,致有地狱之灾:所以永堕幽冥,受那许多碓捣磨舂之苦,变化畜类。有那许多披毛顶角之形,将身还债,将肉饲人。其永堕阿鼻,不得超升者,皆此之故也。虽有孔氏在彼立下仁义礼智之教,帝王相继,治有徒流绞斩之刑,其如愚昧不明,放纵无忌之辈何耶! 我今有经三藏,可以超脱苦恼,解释灾愆。……将我那三藏经中,三十五部之内,各检几卷与他,教他传流东土,永注洪恩。②

那么,同一作品所表现的中华中心观与佛教中心观的矛盾,又该如何解释? 可以注意到,作品中佛教中心观的表达,均出自佛祖如来之口;中华中心观的表达,则皆出自天竺人或叙述人之口,而无论天竺人所说还是叙述人所说,无非都是作者自己的表达。在此意义上,我们可以说,《西游记》的真正主人公既不是唐玄奘,也不是孙悟空,而是隐在背后的作者。自然,这又势必牵扯到作者对佛教是否虔诚的问题,在此不作探讨。

其次,对"中华大国异西夷"的分析,除"夷夏心态"的作用外,玄奘的怀乡情结也不可被忽略。如,第十二回,西行求法尚未迈出一步,唐太宗即以

---

① 第八回,第 87 页。
② 第九十八回,第 1191 页。

"宁恋本乡一捻土,莫爱他乡万两金"①相警。第九十四回,玄奘被招亲后难以入寝:"……银汉横天宇,白云归故乡。正是离人情切处,风摇嫩柳更凄凉。"②第九十五回,悟空见唐僧"全不动念",暗自里夸道:"身居锦绣心无爱,足步琼瑶意不迷。"③天竺佛国的庄严妙净、极乐之乡的富足优逸,都抵不过东土家乡的召唤。实际上也是这样。历史上的玄奘在西行求法过程中,在高昌国曾被软硬兼施加以挽留,分别以情辞和绝食相拒,后与高昌王麴文泰结下深厚友谊;在印度也曾受到极高礼遇,那烂陀寺的戒贤法师、羯若鞠阇国戒日王、迦摩缕波国的拘摩罗王等,都曾诚意挽留,都被玄奘一一婉拒,他曾对戒贤言:"此国是佛生处,非不爱乐。但玄奘来意者,为求大法,广利群生。……愿以所闻,归还翻译,使有缘之徒同得闻见。"④作为一介僧人,留在天竺佛国本为莫大的荣耀和满足;然而,玄奘又不是一般的僧人,而是深受传统文化影响、怀有浓烈思乡情结和远大弘法抱负的僧人,他没有乐不思蜀,而是背负沉重的经文,复历艰险归抵国内,潜心译经,笃志讲学,直至离世。

(四)余论

文学是两个梦,即"实现愿望的梦和表达焦虑的梦"⑤。《西游记》也以对这两个梦的实现和表达为意旨,塑造出一个与明代中后期的现实世界有着鲜明对比的佛国净土、极乐胜境。异域天竺,既是经验的现实世界,更是超验的理想世界;在场明朝,却是异域镜像对照下的污浊现实,是作者忧思凝结的批判对象。

《西游记》取材于唐玄奘西行求法这一历史事实,取经故事的基本内核是真实的。《西游记》中神魔世界的原型,也来源于取经过程中所遇到的自然界的种种险阻以及人间社会种种恶势力的阻挠,如《大唐西域记》中所述大清池"龙鱼杂处,灵怪间起",大雪山则"山神鬼魅,暴纵妖祟,群盗横行,

---

① 第十二回,第153页。
② 第九十四回,第1143页。
③ 第九十五回,第1151页。
④ (唐)慧立、彦悰:《大慈恩寺三藏法师传》卷五,中华书局,2000年,第103页。
⑤ [加拿大]诺斯罗普·弗莱:《揭开梦乡奥秘的钥匙》,冯黎明等编《当代西方文艺批评主潮》,湖南人民出版社,1987年,第360页。

杀害为务"等等。①《西游记》中描写的不少事物,如植物中的菩提树、莲花、杨柳枝,动物中的象、鹿,建筑中的宝塔、宫殿等等,也都是异域天竺现实生活中比比皆是的事物。然而,文学反映现实,又高于现实。作为一部纯文学作品,其作者又并未亲历印度,《西游记》带给读者对天竺佛国的认识与其说是经验性的,不如说是超验性的。即使是前述的菩提树、莲花等常见事物,也都含有一定的文化意蕴,都是为表现佛国纯净庄严形象服务的理想象征物。更重要的是,作品中对佛国的虚构和想象,不啻为人类原始乐园情结的释放:那里,生长着"黄金为根、白银为身、琉璃为枝、水晶为梢、琥珀为叶、美玉为华、玛瑙为果"②的宝树,有着"皆是仙品、仙肴、仙茶、仙果,珍馐百味,与凡世不同"③的美食,有着"霞光瑞气,笼罩千重;彩雾祥云,遮漫万道"④的藏经宝阁,有修成佛门正果、悲天悯人、普度众生的如来佛祖、观世音菩萨、诸罗汉等一系列理想寄托"人物",实为一方众生"无有众苦、但受诸乐"的西天极乐净土。当然,要到达这方极乐净土,需要战胜魑魅魍魉的阻挠,狂风、烈火、流沙的挑战,以及财利、权势、美色的诱惑,需要历经八十一难、受尽千辛万苦方能到达。在此意义上,《西游记》中的漫长取经之路,不正是一条人类不断超越自我、笃寻光明之路吗?

"只要一片志诚,雷音只在眼下。"⑤如此,到达佛国净土,实现自我超越,似乎并非不可实现的愿望。那么,作品借助这个异域佛国,又是要表达何种焦虑呢?细读作品,一个同佛国净土有着鲜明对比的现实世界呈现在眼前:第十回中,唐太宗将魏征所写信笺递给阴司判官,望其顾念"交情""方便一二",活脱脱一个官官相护、情大于法的不公社会之缩影;第二十九回,宝象国王问群臣谁去救百花公主回国时,"连问数声,更无一人敢答",这些"木雕成的武将,泥塑就的文官",正是封建王朝庸碌官吏的形象写照。第九十三回,沙僧告诫正狼吞虎咽的八戒要"斯文"时,八戒叫道:"斯文!斯文!肚里空空!"则是对死读八股文章的迂腐秀才们的尖锐嘲讽。第九十八回,佛弟子阿傩、伽叶对辛苦而至的取经人厚颜索要"人事",佛教最高

---

① 对于《西游记》与《大唐西域记》的关系,是一个重要的课题,本书仅做简单涉猎。
② 出自大乘《无量寿经》,未直接见于《西游记》。
③ 第九十八回,第1192页。
④ 第九十八回,第1192页。
⑤ 第八十五回,第1041页。

首领竟加袒护。作品中弄丑作恶的妖怪，凡是有背景的都被接走，以"收服"之名，行保护之实，不啻一部现实版的"官场现形记"。此外，玉华宫宫廷宴的奢华、舍卫城御花园的繁丽、金平府供献金灯的靡费，不也都是对明朝廷奢靡腐败、劳民伤财的影射吗？凡此种种，不都是对"行伍日雕，科役日增，机械日繁，奸诈之风日竞"①的明朝中后期社会现实的讥讽和针砭吗？——于是，作品中，玄奘一行时时念诵《般若波罗蜜多心经》，以期从苦难污秽的此岸世界抵达妙乐清净的彼岸世界②；现实中，面对肆虐的"五鬼""四凶"却"欲起平之恨无力"③的作者，也将自己置身于文学想象世界，通过孙悟空那支威力无比的金箍棒，来横扫那些魑魅魍魉，实现自己的内心解放。在此意义上，那个遥远的天竺佛国，也是作者对社会现实的一种欲望投射，一个西天"乌托邦"。

---

① 《吴承恩集·射阳先生存稿》卷二《赠卫侯章君履任序》，蔡铁英笺校，中国社会科学出版社，2014年，第82页。

② 波罗蜜多，意即"到彼岸"。

③ "五鬼""四凶"分别指宋代和尧舜时期的恶人，作者用来比拟明朝当权者及其帮凶。见《吴承恩集·射阳先生存稿》卷一《二郎搜山图歌并序》，中国社会科学出版社，2014年，第27页。

第二章　破碎的镜像

——近代文学中的印度形象

在古代,由于交通条件的限制,大多数中国人没有亲历印度,更谈不上有什么通讯,再加之佛教徒的渲染,印度形象被夸张和虚构的成分较大,传奇色彩和想象因素浓重。近代以来,两国间交通日益便利,得以亲赴印土的中国人越来越多,对印度进行在场的描述和记忆渐多;通讯业、印刷业的日益发达,报纸杂志的日益普及,以及随着对佛教作为一种信仰的理性认识的增强,印度形象构成中的传奇性、虚构性、想象性因素渐少,荒幻、神奇、神秘色彩渐渐褪去,理性认识和真实观照在印度形象的构成中逐渐占据主要地位。

第一节　近代中印关系概述

近代中国和近代印度有着极其相似的历史命运,均遭受深重的内忧外患,分别沦为半殖民地和殖民地。此时期的中印文化关系,也呈现出与古代迥然相异的特点。由于近代中印关系的特殊性,本书对该部分作详细论述。

一　近代中国

鸦片战争前,清王朝统治下的中国正处于封建社会的末期。建立在封建经济基础上的清王朝,早在乾隆末年即明显地由盛转衰。自嘉庆朝至鸦片战争前夕,政治腐败,经济凋敝,军备废弛,财政困难,内部危机四伏,整个封建制度进入"日之将夕,悲风骤至"[①]的"衰世"。鸦片战争后,腐朽的清政府对内敲骨吸髓、残酷镇压,对外奴颜婢膝、卖国求荣,激起人民群众的奋起反抗,经过轰轰烈烈的太平天国运动和义和团运动的打击,清政府

---

① 龚自珍:《尊隐》,《尊隐——龚自珍集》,康沛竹选注,辽宁人民出版社,1994年,第2页。

的统治已摇摇欲坠。

正当清朝国势江河日下之际，欧美资本主义却突飞猛进地向前发展。英国在17世纪中叶完成了资产阶级革命，18世纪末叶又开始了产业革命，19世纪前期，已经成为一个奔走全球、到处寻找殖民地的头等资本主义强国了。1825年，英国爆发了第一次经济危机，为了摆脱危机，转移国内人民的视线，英国资产阶级狂热叫嚣战争，图谋夺取新的殖民地和开辟新的市场。正如列宁所说："资本主义如果不经常扩大其统治范围，如果不开发新的地方并把非资本主义的古老国家卷入经济旋涡之中，它就不能存在与发展。"[①]当英国在东方侵占印度、新加坡、缅甸、阿富汗等国之后，地大物博、人口众多而政治、经济又十分落后的中国，自然成为它势在必夺的下一个重要目标了。法国、美国、沙皇俄国等也相继将贪婪的目光盯向中国。比西方几乎落后一个历史阶段的、已千疮百孔的中国，在腐朽的清王朝统治下，完全处于被动挨打的局面，刚逃离第一次鸦片战争、第二次鸦片战争的深渊，又陷入中法战争、甲午中日战争的泥沼，随后又遭受八国联军的侵略和瓜分，自辛丑条约签订后，大清王朝已完全沦为"洋人的朝廷"，成为殖民者统治与剥削中国人民的工具，历史上的文明古国逐渐沦为帝国主义宰割下的半殖民地社会。这一历史变局给中国社会带来的变化是前所未有的，"七万里戎来集此，五千年史未闻诸"[②]，是一种客观叙述，也难掩爱国文人的忧愤。

面对这内忧外患的形势，包括一批封建士大夫在内的有识之士开始了救亡图存、强国御侮的改革和革命运动。这时的改革和革命运动，大体经历了如梁启超所说的层层深入的三个阶段：第一期，首先从器物上感觉不足，想学到外国的船坚炮利；第二期，开始从制度上感到不足；第三期，进一步从文化根本上感觉不足，体悟到不可能以旧心理运用新制度，要求全人格的觉醒。[③]于是，分别以洋务运动、维新变法、资产阶级改良和革命运动为代表，先从物质层面上引进了西方的炮船声光电，后继者认为从制度上学习西方才是根本，于是康梁维新和辛亥革命相继肇兴。孙中山先生领导

---

① 《俄国资本主义的发展》，《列宁全集》第3卷，人民出版社，1959年，第545页。

② 黄遵宪：《和钟西耘庶常德祥门感怀诗》，《黄遵宪集》，天津人民出版社，2003年，第117页。

③ 梁启超：《五十年中国进化概论》，《饮冰室合集》文集之三十九，中华书局，1989年，第43—44页。

的辛亥革命终使长期处于封建压迫下的民众看到了一丝曙光,但革命果实却很快被袁世凯为首的复辟逆流所窃取。此后,军阀割据,连年混战,民不聊生,旧中国半殖民地半封建的状况仍未得到根本改变。于是,人们开始认识到"新旧异同,其要点本不在枪炮工艺以及政法制度等等,若是者犹滴滴之水、青青之叶,非其本源所在。本源所在,在其思想"①,新文化运动应运而生。

二　近代印度

南亚次大陆自古以来诸国林立,合少分多。印度历史上曾有过三次统一:孔雀王朝(约公元前 324 年—约公元前 188 年,是印度历史上第一个统一王朝,在阿育王统治时期达到鼎盛,此时期佛教占主导地位),笈多王朝(约 320 年—520 年,中古期统一印度的第一个封建王朝,此时期印度教占主导地位),莫卧儿王朝(1526 年—1857 年,是蒙古人后裔建立的印度最后一个穆斯林王朝,此时期伊斯兰教占统治地位)。但客观地说,以上三个王朝均未实现对印度的完全统一,印度在形式上的完全统一直到英属印度时期(1857 年—1947 年)才真正得以实现。莫卧儿帝国后期,印度内部各邦更是争战不休,各割据势力互相削弱,这种割据局面给印度社会带来深重灾难,也为后来堕入殖民地深渊埋下祸根。经济上,16 世纪下半期到 17 世纪,印度社会经济有了较快发展,其封建社会进入繁荣阶段,后逐渐出现资本主义生产关系的萌芽,商品经济有了较快的发展。但这种发展是以牺牲下层民众的利益为代价的,手工业部门纷纷破产,工人失去工作,农民失去土地,整个印度社会内部危机重重。

印度具有独特的地理环境,三面环海一面靠山:西面是阿拉伯海,东面是孟加拉湾,南面是印度洋,北面背靠喜马拉雅山脉,正好位于西人东来的要冲上。葡萄牙、西班牙、法国、英国等西方列强无不对印度的财富垂涎三尺,它们早在 15 世纪末期即开始叩击印度的门户,1498 年,葡萄牙航海家瓦斯科·达·伽马率船队经好望角抵达印度西海岸,"17 世纪时,荷兰阿姆斯特丹股市的波动,已经与从印度返航的货船是否平安到港息息相

---

① 黄远生:《新旧思想之冲突》,《东方杂志》第十三卷第二号。

关"①。此外,印度莫卧儿王朝后期的内乱对虎视眈眈一直想进攻印度的西北方邻国也是个极大的诱惑,伊朗和阿富汗曾相继入侵印度,令本已不堪内部割据兵祸连年的印度雪上加霜。这种形势,正好为英国侵略印度提供了极好的便利,对此,马克思曾形象描绘道:"大莫卧儿的无上权力被它的总督们摧毁,总督们的权力被马拉塔人摧毁,马拉塔人的权力被阿富汗人摧毁;而在大家这样混战的时候,不列颠人闯了进来,把他们全都征服了。"②实际上,英国人最初是以贸易为名到达印度的③,他们在印度建立的三大海港马德拉斯、孟买和加尔各答渐成为政治、经济和社会活动的新的中心。在征服印度的过程中,英国人同葡萄牙人、法国人、荷兰人有过激烈的争斗,最后英国胜出。1757 年,英国人首先将孟加拉(当时是印度最富庶的地区之一)征服,后又将三国抗英联盟④逐一瓦解。孟加拉被征服是印度命运转折的开始,三国抗英联盟的瓦解特别是马拉特联盟的瓦解消除了英国征服印度道路上最强劲的对手,此后,一直到 1849 年 3 月,英国殖民者吞并旁遮普省,最终完成对全印度的征服。⑤

在反抗殖民主义侵略的过程中,印度同中国一样,改良和革命并举。英迈战争中的迈索尔首领提普苏丹是一个有作为的、抗英最坚决的政治家和军事家,一直被印度人民尊崇为民族英雄。被公认为"近代民族复兴的先知"的罗姆·摩罕·罗易则于 1828 年创立了宗教和社会改革组织"梵社",点燃了复兴印度的火炬,揭开了资产阶级社会和政治运动的帷幕。1875 年由僧人达耶难陀·萨拉斯瓦蒂创立的"圣社",也致力于对印度民众进行思想启蒙。与此同时,争取殖民当局实行经济、政治、司法改革的政治改良运动也在全印烽火遍燃,德干协会、孟买协会、马德拉斯本地人协会等纷纷成立,启迪了人民的民族主义意识。当早期的改良活动家在争取政治改革的道路上刚刚蹒跚起步时,1857 年,全国性的争取印度独立的民族大起义轰轰烈烈地爆发了,给殖民者以沉重打击,对方兴未艾的资产阶级

---

① 刘建、朱明忠、葛维钧:《印度文明》,福建教育出版社,2008 年,第 23 页。

② 《马克思恩格斯全集》,第 12 卷,人民出版社,1998 年,第 245 页。

③ 东印度公司是英国人对印度及其他东方国家进行殖民掠夺的主要代表,它接受英王的特许授权,以贸易之名,行政务之实。1858 年 8 月 2 日,英国议会通过《印度政府法》,从此东印度公司在印度的统治由英王接管。

④ 由海德拉巴、迈索尔、马拉特三个较为强大的土邦组成的抗英联盟。

⑤ 另一种看法为:1857 年莫卧儿王朝彻底灭亡,才意味着英国人最终完成对全印度的征服。

民族运动起了有力的推动作用,极大地提高了广大人民群众的爱国主义觉悟。1885 年,全印民族主义组织——印度国大党成立。此后,印度人民又经过前赴后继的争取和斗争,终于迎来了 1947 年的独立。

三　近代印度形象文献整理

近代时期是中印文化交流的"涓涓细流期"。当时,"欧风美雨"已成为不可阻挡的时代潮,西学东渐的狂飙日甚一日,文化方面,由自然科学到人文科学,无论是有识之士力倡主动学习,还是被动接受,中国基本上都以西学为主,更谈不上对近邻印度的文化输入和输出,两国之间的交往以建立在相似的历史命运基础上的政治关注为主,外交往来根本没有,贸易往来也几近完全断绝。稍晚一些时候,确实又有"货物"从印度运往中国,但这不是一般的"货物",而是毒害中国人民的"鸦片",这贸易也不是一般的"贸易",而是"死亡的贸易"①。当然,操纵这"死亡的贸易"的是英殖民主义者,而不是印度人民。

近代文学横亘于旧文学与新文学之间,以 1840 年鸦片战争为开端,到 1919 年五四运动肇兴为止。② 文学是时代精神的反映,近代文学与政治关系密切;由于近代历史是资产阶级旧民主主义革命的历史,反帝反封建是其根本任务,所以反帝反封建也是近代文学的根本性质。近代文人也往往兼思想家、政治家身份于一身,所以,近代文学作品体现于形式方面的"文学性"并不强,但却激荡着启蒙与救亡的双重思想变奏。这一时期,中国先进的知识分子"抱漆室忧葵之念,存中流击楫之思"③,以强烈的忧患意识体恤国情、观察世界,其中不乏对近邻印度的关注。

此时,中国人了解印度的途径有二:一是西方人的著述。主要是指明清之际的传教士们的著述,如利玛窦的《坤舆图说》、艾儒略的《职方外纪》、

---

①　这是 1881 年年仅 20 岁的泰戈尔在其文章中对鸦片贩卖的表述,见出其对深受鸦片毒害的中国人民的深切同情和对制毒贩毒的英殖民主义者的强烈愤慨。详见泰戈尔《鸦片——运往中国的死亡》,白开元译,《泰戈尔全集》第 23 卷,河北教育出版社,2000 年,第 1 页。

②　但在本书中并不完全遵循这种僵硬和刻板的划分,有适当的前溯和后延。如龚自珍,虽然 1841 年已经去世,但由于其思想的启蒙作用,仍然将其放在近代。再如,康有为于 1927 年去世,但鉴于其在中国近代史上的特殊地位,也将其放在近代。

③　出自王鎏为谢清高的《海录》所作的《序》中的一段话:"方今烽烟告警,有志者抱漆室忧葵之念,存中流击楫之思。外洋舆地不可以弗考也。"

南怀仁和蒋友仁的《坤舆全图》、玛吉士的《外国地理备考·印度国全志》等。二是中国人自己的著述,这当中有亲赴印土后留下的,如陈伦炯的《海国闻见录》①、谢清高的《海录》、王芝的《渔瀛胪志》、王韬的《韬园文录外编》、邹代钧的《西征纪程》、薛福成的《出使英法义比四国日记》《续刻》《庸庵海外文编》、郑观应的《盛世危言》、龚柴的《五洲图考》、载振的《英轺日记》,以及 20 世纪前半叶的孙中山、章太炎、苏曼殊、康有为、梁启超等人的著述。也有依靠稽辑资料而成的,如陈继畲的《瀛寰志略》和魏源的《海国图志》等。

陈伦炯,福建泉州府同安人,生于清康熙年间。早年跟随任广东副都统的父亲出洋多年,后官至总兵和水师提督。利用任职地点在沿海、接触外商较多的有利条件,常"询其国俗,考其图籍"②,《海国闻见录》就是根据亲身经历和从外国人那里得到的见闻写成的,成书于 1730 年,是我国近代较早的地理名著,其中关于印度的描述见于《小西洋》一章中。《海国闻见录》清楚地记述了英、荷、法等殖民者来印度贸易并在印度东西沿海口岸占据土地建立商馆的情况,这是中国人关于外国殖民者在印度从事侵略活动的最早记载。

谢清高,随外国商船周游列国的广东人,"每岁遍历海中诸国,所至辄习其言语,记其岛屿扼塞、风俗物产"③。由他口述、杨炳南笔录的《海录》④是相对沉寂的清前期关心世界地理的少数作品之一,人们曾将其与马可波罗的《马可波罗游记》相提并论。谢清高曾亲历印度,是将印度已沦为英国殖民地的信息最早传播到中国的人物之一。《海录》清楚地反映了当时印度很大部分地区已处在英国统治下的现实,并对与中国有关的方面给予了特别注意。除此以外,对当时孟加拉地区的经济物产、贸易货币、衣着饮食、风俗习惯等都有所记载。⑤

魏源,是中国近代首批"开眼看世界"的先进知识分子的优秀代表。鸦片战争的失败和一系列不平等条约的签订所带来的屈辱,"天崩地解"的惨

---

① 可能到过,存疑。但其集两代人的认识和自己的认真态度,当为亲历。

② (清)陈伦炯撰,李长傅校注,陈代光整理:《〈海国闻见录〉校注》,中州古籍出版社,1985年,序言部分。

③ (清)谢清高口述,(清)杨炳南笔受,冯承钧注释:《海录注》,中华书局,1955 年,第 1 页。

④ 1820 年(或稍后)出版。

⑤ 如特别讲到"螺壳有文彩者"尚被民间用作交易货币,提到寡妇殉夫制度(即萨蒂制度)以及水葬习俗。

痛现实,使这位素抱经世之志的传统知识分子受到极大的震动和刺激。他虽生活在内地,缺乏在沿海做官和出国留洋的经历,但仍以强烈的经世意识和良好的学术素养,提出"知夷情""师夷长技"等主张,被誉为中国近代思想启蒙的伟大先驱。他在林则徐所编译《四洲志》和《澳门月报》等资料的基础上编纂成《海国图志》,在介绍印度方面有重大突破①,使中国人对印度的认识由散乱无序开始走向系统化、整体化。在书中,他既同情印度人民,揭露英殖民主义的荼毒侵略,又对近代中国和近代印度的命运表现出"唇亡齿寒"之悲,呼吁国人提高警惕,以印度为前车之鉴,唤醒了部分士人群众的觉悟。②

陈继畬的《瀛寰志略》,是继《海国图志》后又一个未出过国的中国人写的世界地理著作,共分十卷,关于印度的部分在卷三,题为《五印度》。书中纠正了《海国图志》在地理叙述上的某些错讹之处,再现了英国吞并印度的过程,并注意到印度在英国统治下发生的一些新变化。

黄懋材曾亲历印度,对印度有较为真切的了解,其《印度札记》中,对整个印度的地理形势以及英国殖民政权给印度社会带来的社会生活、司法制度、财经政策等方方面面的变化进行了记述,特别对英国以印度为基地侵略中国的可能性提出了应对之策。

薛福成是清季著名的古文家、外交家,他在《出使英法义比四国日记》《续刻》《庸庵海外文编》里多次提到印度,对印度这个文明古国在近代以来逐渐衰落并沦为殖民地的情况有较为客观的了解。他注意到印度向中国出口鸦片的情况,注意到中国出口绿茶时遇到了印度、锡兰和日本的竞争,还注意到印度人口的增长情况。即使到今天,这些记载和分析依然具有借鉴意义。

马建忠和吴广霈,均游历过印度并留有记载,前者的《南行记》和后者的《南行日记》以丰富的内容,对殖民统治下的印度社会又作了进一步的记载,是 19 世纪中国人关于印度见闻的十分珍贵的资料。

康有为,是近代中国资产阶级改良运动的主将,曾对印度寄予了极大的关注。他同情印度人民,悲叹中国现实,欲以印度为前车之鉴,借探析印

---

① 100 卷中介绍印度的部分是第 19—22 卷、第 29 卷、第 30 卷,共占了 6 卷。

② 但同其海外影响相比,明显不如人意。开始于 1868 年的日本明治维新,其主要动力就来自于《海国图志》。

度的亡国原因来思谋中国的出路。他关于印度的论述,"最典型地表达了中国近代改革家对印度沦为殖民地的看法、对印度人民悲惨遭遇所抱的同情态度以及对印度发展前景的展望。他的论著是中国人认识印度的一个新里程碑"①。

梁启超,是康有为的弟子,是近代中国资产阶级改良运动的另一主将。年轻时即精研佛典,毕生对印度文化保持着浓厚的兴趣,写过众多关于佛教和中印文化交流的文章,诸多著述也表现出对近代以来印度人民命运的深切同情。

章太炎是资产阶级革命派思想家和重要成员,曾参与维新变法宣传,变法失败后抛弃改良主义,走上革命道路。1906 年东渡日本,参加孙中山于 1905 年创立的同盟会,并任同盟会机关报《民报》主编一职。在此期间,他同当时旅居日本的印度革命者钵逻罕等建立了深挚的友谊,并通过《民报》热烈支持印度革命运动。他怀念中印故往友谊,感慨同病相怜,并对中印联合抱有极大热忱。

孙中山,中国近代民族民主革命的伟大先行者,始终关注其他被压迫民族争取独立和自由的斗争,对印度尤其如此。在他关于印度的论述中,充满了对英殖民侵略和统治印度的鞭挞、对印度的同情和信心,并以实际行动对印度革命给予热诚帮助,也主张以中印联合实现民族独立。

"畸人"②苏曼殊也曾关注印度,但他同以上人不同,对印度的政治命运关注不多,而对印度文学和文化有较深理解。在《燕子龛随笔》中,谈到迦梨陀娑的著名戏剧《沙恭达罗》和印度两大史诗《摩诃婆罗多》《罗摩衍那》,誉之为"闳丽渊雅"。他对印度文学有研究和翻译,并著有梵文语法著作《梵文典》。

近代文学中的印度形象便是综合以上著述而得出。不同于古代文学中的文明、富庶、发达的印度形象,近代文学中的印度形象反差巨大:那是一幅在内忧外患双重侵蚀下"破碎的镜像",近代印度曾在客观上沦为英帝国主义侵略中国的工具,但他们仍将其视为"唇齿相依的患难之交"。当

---

①　林承节:《康有为论印度》,张敏秋主编《跨越喜马拉雅障碍——中国寻求了解印度》,重庆出版社,2006 年,第 63 页。

②　苏曼殊的父亲是中国人,母亲是日本人,自谓"身世有难言之痛",后来看破红尘,出家为僧。

然,异国形象一旦生成,便会具有一定的惯性、持续性,所以,在近代文人的笔下,近代印度仍然保有古代印度的部分特征。值得注意的是,佛国形象、佛教文化在梁启超、康有为等近代文人的笔下再次"工具化",不过,已与古代统治者对佛教的消极利用已大为不同,他们将其赋予了济世救民、锄强扶弱的崭新内涵。

第二节　破碎的镜像

在诸多近代文人的眼中,印度这个文明古国渐趋衰颓终至亡国,无疑首先应归咎于英殖民者的外来侵略,利欲熏心且心狠手辣的殖民者才是使印度陷入殖民深渊的罪魁祸首。但除此之外,近代印度自身积弊深重,也是造成落后挨打终于亡国的内因所在。他们的论述切中肯綮,流露出他们对近邻印度的痛心和同情,更是以此为镜鉴,表现出对同样存在亡国之危之母邦中国的深重忧戚。

一　"英囚之笼鸟":外来殖民侵略下的近代印度

"印度万里之国,而英人囚之如笼鸟"[1],从 1757 年到 1849 年,英国人经过近一个世纪的征战,完成对印度的征服,使这个文明古国沦为其殖民地。中国近代文人则以敏锐的视角、犀利的笔触,对英殖民主义者侵略印度的过程、侵略本性、殖民手段以及奢靡无耻的生活予以了全面揭露。这既是对近代印度形象的一个反观,也是近代文人以印度为前车之鉴、警醒和激励国人的心态显现。

殖民过程

对于英殖民主义者针对印度的殖民侵略过程的揭露,近代文人留下的记载最多,以徐继畬和孙中山为代表:

> 欧罗巴诸国之居印度,始于前明中叶,倡之者葡萄牙,继之者荷兰、佛朗西、英吉利,皆以重资购其海滨片土,营立埠头。蛮人愦愦,不

---

[1]　《海外亚美欧非澳五洲二百埠中华宪政会侨民公上请愿书》,《康有为全集》第八集,中国人民大学出版社,2007 年,第 419 页。

察萌芽。英吉利渐于各海口建立炮台,调设兵戍,养锐蓄谋,待时而动。迫孟加拉一发难端,遂以全力进攻,诸蛮部连鸡栖桀,等于拉朽折枯,于是五印度诸部,夷灭者十八九。哀哉![①]

　　印度之经营,乃自一公司始,资本裁七万镑耳。中间有葡萄牙之先进,复遇法、荷之东印度与为竞争。适印度小国互相攻击,而皆借助于外人。克雷夫,印度公司中一书记也,凭其智力,煽构印度诸王,假以资粮器械,已则乘之收其实权。自十七世纪以来,迄于一八五七年之叛乱,印度统治皆委之于公司,英国政府初不过问也。暨乎叛乱勘定,一八五八年英国始声言并合印度,一八七七年英国始以维多利亚女王兼印度皇后。[②]

在这里,徐继畬和孙中山均对英殖民主义者对印度蓄谋已久、步步为营实施侵略活动并最终建立殖民统治的过程有着清晰的认识,只不过前者着重叙述侵略实施的步骤,后者着重强调英殖民者用以征服印度所用的两个卑鄙手段:第一,充分利用印度当时诸邦割据、纷争不断的现实,"凭其智力,煽构印度诸王",先后使印度诸土邦王公俯首。可以看出,英殖民者的所谓"胜利"主要"不是来自战场,而是来自密室,来自卑鄙手段,来自那些拿国家主权作交易的卖国贼的拱手相送"[③]。第二,由东印度公司出面完成对印度的征服,政府则躲在幕后,待征服完成后再择机出手接管,既享受殖民之实,又不负侵略之恶名。[④]

　　孙中山的见解是犀利和深刻的,但他在这里也有误读,即错误地将1857年发生的印度民族大起义定性为"叛乱",是对当时起义的背景不甚了解所致。印度近代史上的这次著名的起义斗争,有其特定的历史基础和现实诱因。早在18世纪后半期,由印度各封建王公领导或下层人民直接组织的各种反英起义就时有发生。1813年以来,英印政府实行了一系列新的殖民政策,使印度进一步沦为英国商品的倾销市场和廉价的原料供应地。以纺织业为主的传统手工业纷纷破产,工人大量失业;农民的土地被兼并后又面临这些破产工人的流入,生活更加艰难。在英印军队中数量占

①　(清)徐继畬:《瀛寰志略》,田一平点校,上海书店出版社,2001年,第76页。
②　《孙中山全集》第4卷,中华书局,1985年,第68页。
③　林承节:《印度史》,人民出版社,2004年,第213页。
④　林承节:《中印人民友好关系史1851-1949》,北京大学出版社,1993年,第93页。

近八成的印籍士兵,在经济待遇方面屡遭克扣,政治地位上也饱受少数英国官兵的歧视和控制,1857 年初的"涂油子弹"事件①更严重伤害了他们的宗教感情。此事件为导火索,点燃了印度下层民众积蓄已久的抗争情绪,爆发了轰轰烈烈的民族大起义。从起义的性质上说,应该是一次影响深远的反抗殖民压迫、谋求印度独立的民族起义。然而,英印政府为掩盖事实、欺骗舆论,故意将这场起义说成是一场军事叛乱。由于殖民者所散布的消息具有相当的迷惑性,这场起义又没有印度资产阶级改良活动家的参与,曾系统接受西学教育、对西方资产阶级改良抱有幻想、之前曾受军阀叛乱干扰甚深、并未亲自到过印度的孙中山,也受到了蒙蔽,出现了对这一重要事件的误读。其实,早在起义爆发后不久,远在伦敦的马克思就已对这次起义作出冷静判断:"以后还会出现另外一些事实,这些事实甚至能使约翰牛也相信,他认为是军事叛乱的运动,实际上是民族起义。"②后来,孙中山也对他此前的认识作了更正。

殖民本性

1757 年,英殖民者克来武率兵攻占孟加拉首府加尔各答,后完全控制孟加拉地区,之后便大肆抢掠,仅其个人就从印度抢走价值 23 万英镑的金银财富。据统计,自 1757 年到 1815 年的半个世纪间,英殖民者从印度这个殖民地身上榨取的财富价值远超十亿英镑。赤裸裸的抢掠使印度陷入长期贫困,而英国通过掠夺,为其国内经济的发展提供了大量的财富支援,也大大扩大了其海外市场。这一切,都源于殖民主义的本性。对此,谢清高在《海录》中一针见血地指出:

> (英国人)急功尚利,以海舶商贾为生涯。海中有利之区,咸欲争之。贸易者遍海内,以明呀喇、曼哒啦萨、孟买为外府……又养外国人以为卒伍,故国虽小,而强兵十余万,海外诸国多惧之。③

---

① 1856 年,英印军队试行新式来复枪,但这种枪所用的子弹涂有动物油(牛油或猪油),使用前需要用嘴咬开,而印度士兵大多为印度教徒或伊斯兰教徒,前者视牛为神圣,后者视猪为不洁,他们认为这是对其宗教感情的亵渎,拒绝使用。但英国人仍于 1857 年初强制推行,招致这些印度士兵的强烈不满。

② 《马克思恩格斯全集》第 12 卷,人民出版社,1962 年,第 270—271 页。

③ (清)谢清高口述,(清)杨炳南笔受,冯承钧注释:《海录注》,中华书局,1955 年,第 73 页。

"急功尚利""有利之区,咸欲争之",正是为实现急剧扩张而四顾不暇的殖民主义的本质所在。对此,徐继畬也有认识,在他眼里,这些贪婪的英殖民者,"盖四海之内,其帆樯无所不到,凡有土有人之处,无不睥睨相度,思朘削其精华"[1]。梁启超则更为深入具体地揭露出英国殖民者盘剥印度的实质:"自前世纪以来,学术日兴,机器日出,资本日加,工业日盛,而欧洲全境遂有生产过度之患,其所产物不能不觅销售之地。"[2]所以,他认为印度这颗"大英帝国皇冠上的明珠"不过是英国"赖之为销售产物之所"。的确,英殖民主义者后期殖民扩张的重心,已转变为为其商品寻找市场和原料产地。而东方的印度,无论在地理位置、人力资源、市场潜力等方面都是绝佳的选择,所以,"英得印度而富强遂甲天下"[3]。

殖民本性的驱使,使英国迅速成长为资本主义工业世界的"日不落"帝国。而英殖民者在印度所过的奢靡无耻的生活,也是其殖民本性得以暴露的一个切入点。对此,谢清高在《海录》中以"楼阁连云,园亭绮布,甲于一国"[4]来形容英官吏及富商家属居住区的奢华。与此相比,印度下层人民却颠沛流离、苦不堪言,在加尔各答和孟买,高楼闹市之外,街屋低狭,秽垢不堪。鲜明的场景对比中,流露出对殖民者的痛恶和对印度人民的深切同情。

殖民手段

对于英殖民者所用殖民手段的揭露,近代文人的分析也非常详致、深刻。概括说来,主要有以下几种。

第一,武装侵略、贸易控制、传教渗透三位一体,向来是殖民主义者最惯用的手段。对此,魏源在《海国图志》中以贸易——武力——宗教的次序给予了全面揭露:

> 英吉利在印度国权力势重,始系商贾结伙为公班衙。其贸易人等,到印度沿海各口,建立商馆买卖。因土君力索磨难,必须防范,是以操演军法,逐一过人,百击百胜。虽本国距印度几万里,能遥制之

① (清)徐继畬:《瀛寰志略》,田一平点校,上海书店出版社,2001年,第237页。

② 《饮冰室合集》,文集第4册,中华书局,1989年,第58页。

③ 《饮冰室合集》,文集第16册,中华书局,1989年,第63页。

④ (清)谢清高口述,(清)杨炳南笔受,冯承钧注释:《海录注》,中华书局,1955年,第23页。

也。所养骑、步、炮手各等兵,共计三十万,其中仅十分之一为英人。恒布真教,劝人弃菩萨而崇拜真主上帝,又引导各民悦服救世主耶稣,故上帝增广其土地而坚其国家矣。①

第二,分而治之。这是英殖民者对于地广人众、宗教形势复杂的印度进行殖民统治的又一阴险手段。对此,梁启超有着清醒认识"当侵略之始,攻印度者印度人也;当其勘定之后,监印度者印度人也"②,前者指的是英国人利用印度内乱实施和推进侵略活动;后者指的是,当侵略活动完成后,保留部分原土邦,让原土邦王公充当殖民统治的傀儡,英国人则"隐于幕后,持而舞之"③。

第三,高压统治。对此,曾亲历印度的康有为的记述最为详细、全面。在他的笔下,"印度万里之国,而英人囚之如笼鸟"④,具体表现在:一是英人垄断军政权力,并依仗其特权在各行各业中占据控制地位,印人"文官高不能至县令,武官高不能至千总,律医工商,头等者非印人所能为也……万里印度之地,如一大牢焉"⑤。二是司法制度体系腐败泛滥,印人毫无民主可言,谢清高记道:"然怙奢尚利,贿赂公行,图事文饰,无财不可以为说也。"⑥三是英人与印人间壁垒森严,凡是英国人,即使是儿童、妇女或雇工,也可以对印度人颐指气使;反之,即使最富有、最有才干的印度人,也得对英国人俯首相避。四是印人毫无通信、言论自由,若有通信者多被拆检,即使对印度土邦各首领也严苛之至,"今印度诸王为英人监视,一步不能行,一钱不能用,一客不能见,实一囚耳"⑦,印度土邦首领不受信任、被半禁锢的状况可见一斑。对这一情况,日本维新"教父"福泽谕吉也是清楚的,其《文明论概略》中也多处提到,如"兹引印度的例子,作为日本的殷鉴。英国人统治印度,手段之毒辣,简直不忍形容……"⑧

① (清)魏源:《海国图志》卷十九《西南洋》,陈华等点校注释,岳麓书社,1998 年,第 682—683 页。

② 《饮冰室合集》,文集第 6 册,中华书局,1989 年,第 36 页。

③ 《饮冰室合集》,文集第 6 册,中华书局,1989 年,第 33 页。

④ 《海外亚美欧非澳五洲二百埠中华宪政会侨民公上请愿书》,《康有为全集》第八集,中国人民大学出版社,2007 年,第 419 页。

⑤ 《中国以何方救危论》,《康有为全集》第十集,中国人民大学出版社,2007 年,第 31 页。

⑥ (清)谢清高口述,(清)杨炳南笔受,冯承钧注释:《海录注》,中华书局,1955 年,第 23 页。

⑦ 《致岑春煊书》,《康有为全集》第十集,中国人民大学出版社,2007 年,第 298 页。

⑧ [日]福泽谕吉:《文明论概略》,商务印书馆,2016 年,第 193—194 页。

第四，施行高压统治的同时又施以小恩小惠。对此，章太炎对英殖民主义者的这一嘴脸予以了无情揭露和嘲讽：

> 既取我子，又毁我室，而以慈善小补为仁，以宽待囚房为德，文明之国以伪道德涂人耳目，大略如是。[①]

此外，针对日本人大隈重信对英国的殖民行为的粉饰、鼓吹英皇的"仁爱"等可耻言行，章太炎直斥其"宽仁大度云云，只为英人辩护，使印度人入其彀中，如止小儿之啼，诱以饴饼，其欺人亦甚矣！"[②]

第五，推广西方教育。这是思想文化方面最重要的殖民政策。英殖民者认为实现西方教育的目的在于，"在英国人和被他们统治的亿万印度人中间造就一个中间阶层，这些人从血统和肤色说是印度人，但其趣味、观点和智能是英国式的"[③]。他们企望这个中间阶层成为英国殖民统治的可靠和有力助手，并成为实现西方文明成功渗透的中介。对此，康有为深有体察，他认为如果各印度学校皆被禁止学习本国语言，会失掉传统文化之根基，渐被同化于殖民文化，这种以强制推广西方语言为主的殖民政策比政治上的高压统治更为危险。

二　"守旧之古邦"：内在封建禁锢下的近代印度

对于印度的亡国原因，康有为曾在不同场合有不同表述，如"崇道无为而见亡"、亡于"不修其政"、印度"泄沓相寻，坐受侵削，无新无旧，竟以灭亡"等，但最能代表其心声的还应是在《京师强学会序》中的悲慨：

> 昔印度，亚洲之名国也，而守旧不变，乾隆时英人以十二万金之公司，通商而墟丘印矣。[④]

即印度亡于守旧不变，这种分析切中了要害。对此，梁启超在《论不变法之害》一文中也直接指出：

---

① 《记印度西婆耆王纪念会事》，《章太炎全集·太炎文录初编》，上海人民出版社，2014年，第374页。

② 《记印度西婆耆王纪念会事》，《章太炎全集·太炎文录初编》，上海人民出版社，2014年，第375页。

③ G.M.Young, ed., *Macaulay's Speeches?*, London, 1935, p.359.

④ 《京师强学会序》，《康有为全集》第二集，中国人民大学出版社，2007年，第89页。

印度,大地最古之国也。守旧不变,夷为英藩矣。[①]

的确,印度、中国这两大古国源远流长自成体系的文化传统,在孕育和促进自身发展、对人类做出伟大贡献的同时,也形成了具有极大保守品格的惰性力量。厚重的传统积淀,在赋予两国人民取之不尽的文化营养的同时,也使他们背上了沉重的思想包袱。中古后期,"亚细亚生产方式"也在客观上放慢了世界文明中这两大"早熟的儿童"[②]成长的步伐。以康有为、梁启超为代表的维新派,正是痛感于近代中国社会发展停滞、坐受欺侮的现实,以印度守旧不变终至亡国为前车之鉴,表达自己的变法主张。那么,康有为、梁启超所论印度的"守旧不变",具体体现在哪些方面呢?

社会陋俗

具体来看,印度社会沿袭已久的种姓制度、萨蒂、溺婴、童婚等社会陋俗,是印度守旧不变的一个重要方面。魏源在《海国图志》中就有一段对印度人在种姓制度、萨蒂习俗、社会习恶甚至体貌、品行等方面的负面称引,摘录如下:

> 印度人身体懦弱,四肢百体相称,面黑容温。……庶民各分品等……各匠自为一品,子接父业,否则父母弃之,亲友疏之,馁毙沟洫。固执己见,不向教化,仍蹈前辙,陷习恶。所拜之菩萨、神像千万,节期相接无已。其僧大有权势,教其愚民将婴儿投河,或饲鳄鱼。如有僧将死,寡妇于其墓堆薪自焚。英官尽其弊而罚之。印度之行,外屈节从权,内巧狯诡谋,说谎骗人。[③]

种姓制度,是源于印度教的一种古老的社会制度规范,至今还在印度乡村社会留有浓重痕迹。按照这种制度,印度人一般分为四等:婆罗门,即

---

①　《饮冰室合集》,文集第 1 册,中华书局,1989 年,第 2 页。

②　对于马克思笔下"正常的儿童""粗野的儿童""早熟的儿童",除第一种已确指希腊文明外,对于后两种,一直有争议。近来,有文章认为"粗野的儿童"实指印度文明,笔者有两篇文章与之商榷。详见陈炎:《如何理解马克思笔下的三种"儿童"》,《光明日报》,2014 年 5 月 5 日;笔者的文章为《也谈马克思笔下的三种"儿童"》,《中国社会科学报》,2015 年 2 月 2 日;《复辨马克思笔下的三种"儿童"》,《中国社会科学报》,2016 年 5 月 17 日。

③　(清)魏源:《海国图志》卷十九《西南洋》,陈华等点校注释,岳麓书社,1998 年,第 680—681 页。

掌管祭祀的上层知识阶层;刹帝利,即政治阶层的国王、武士等;吠舍,即平民阶层;首陀罗,即从事各种体力劳动的下层人民。除此之外,还有旃荼罗,即"不可接触的贱民"。对此,前人也多有记载,法显在《法显传》中早已对旃荼罗有所认识,"旃荼罗名为恶人,与人别居。若入城市则击木以自异,人则识而避之,不相搪突"[1]。玄奘在《大唐西域记》中对印度的种姓制度也有专门介绍,但未加评价。到了近代文人的笔下,却一再受到挞伐。康有为在《大同书》等著述中一再对印度的种姓分等制度进行剖析批判,"夫人类之生,莫本于天,同为兄弟,实为平等,岂可妄分流品而有所轻重、有所摈斥哉?且以事势言之,凡多为阶级而人类不平者,人心患而苦,国必弱而亡,如印度是矣"[2],梁启超也批判种姓制度是印度"贵族政治流弊之极点"[3]。

"萨蒂",本源于印度的一个古老神话。传说萨蒂本为大神湿婆的妻子的名字,因萨蒂的父亲对作为女婿的湿婆一直不予接受,并在一次宴请群神时故意未邀湿婆出席。深爱着湿婆的萨蒂闻讯后对父亲大为不满,自焚肉身以示抗议。然而,一个如此凄美的爱情传说,却演变成印度社会根深蒂固的一种"萨蒂"习俗,即印度妇女须投身火海以殉其亡夫。这种殉夫制度约公元 400 年已经出现,是印度社会歧视、排斥妇女的一大典型酷俗,至今在一些偏远的农村地区仍有留存。另外,溺婴、童婚等现象在落后的印度社会也比比皆是。泰戈尔在其短篇小说《莫哈玛娅》中曾对"萨蒂"这一戕害女性的社会陋俗进行谴责,在《河边的台阶》等作品中对童婚等现象予以批判。对此类现象,魏源也在《海国图志》中辑录道:

> 俗尚火葬,妇与夫尸同烧,嬖妾争先蹈焰。贵家恐养女辱门,辄杀之,无恻隐之心。而婆罗门僧亦无警醒之言,反砺磨愚民,行溺女之罪,近日英国严禁此弊。[4]

对印度这一系列歧视妇女的现象,康有为在《大同书》中也愤慨不已,"若夫印度之焚柴殉葬,锁阁不下……抑女旧俗,苛暴无伦"[5]。

① (东晋)法显撰,章巽校注:《法显传校注》,中华书局,2008 年,第 46 页。
② 《大同书》,《康有为全集》第七集,中国人民大学出版社,2007 年,第 40 页。
③ 《饮冰室合集》,文集第 6 册,中华书局,1989 年,第 72 页。
④ (清)魏源:《海国图志》卷十九《西南洋》,陈华等点校注释,岳麓书社,1998 年,第 674 页。
⑤ 《大同书》,《康有为全集》第七集,中国人民大学出版社,2007 年,第 26 页。

在传统的中国封建士大夫眼中，人与人之间等级的高下是天经地义的，男女有别也是封建伦理秩序的司空见惯之事，所以，他们对印度低等种姓和妇女受到压迫虽表示一定同情，但对种姓制度和萨蒂陋俗本身并无批评之声，谢清高甚至在《海录》中将萨蒂陋俗描述为"更有伉俪敦笃，夫死跃入火中以殉者"，以中国传统视野来观照，认为这是出于夫妻情深所致，更是一种误读。而魏源和康有为等开明知识分子，受西方的民主制度、自由理念等影响颇深，认为平等和自由是人与生俱来的权利，种姓压迫和对妇女的歧视、排斥都是必须革除的社会流弊，因而对此进行了严厉抨击，这是前所未有的。这无疑是近代开明知识分子人道主义情怀的主观流露。

社会分裂

土邦纷争而造成内部分裂，被英国殖民者所利用，也是造成印度守旧不变终至亡国的一个重要方面。魏源《海国图志》中多处对这一事实进行陈述，如：

> 英官力击土人，厚施贿赂，教其将帅奸计投降，土军即时四散，而英官操权。[1]

康有为也认为，分裂是导致印度亡国的一个重要原因，只不过他的着眼点在于各土邦之间的内斗，"印度以列国纷争而亡"，"吾居印度久，粗考其近代史"，方得其所以致亡之由，乃"各省自立故"，并详细分析道：

> 盖一统既散，无能定于一者。列国并立，争利必战，盖必不能免之势也。然多分则自为削弱，内争则必假外力，又必不能避之理也。于是三万万之印民，百卅万里之印地，遂召强英之吞灭矣。嗟乎！印度之灭，非英人能灭之，实印人分争而自灭之也。[2]

这是康有为前期的看法，到了戊戌变法失败之后，他开始认识到印度因内争所致的分裂状态被英国人利用这一现实，这样，对印度灭亡原因的探析就又深入了一步。梁启超对印度社会的四分五裂状态被英国人利用的现实看得也很清楚，"亡印度者，印度之酋长也。……必自芟自刈自夷自戮，

---

① （清）魏源：《海国图志》卷十九《西南洋》，陈华等点校注释，岳麓书社，1998年，第680页。

② 《致黎元洪电》，《康有为全集》第十一集，中国人民大学出版社，2007年，第188页。

开门揖盗,拱手以让于他人,然后他人乃得雍容谈笑,致其死命而收其成功","昔者灭国者如虎狼,今日灭国者如狐狸"[1],后又作出进一步分析:

> 英人之所以成就此伟业者……以印度之力灭之也。昔法人焦百礼之欲吞印度也,曾思得新法两端,一曰募印度之土人,教以欧洲之兵律,而以欧人为将帅以指挥之,二曰欲握印度之主权,当以其本国君侯酋长为傀儡,使率其民以服从命令。呜呼! 此后英人之所以蚕食全印者,皆实行此魔术而已。[2]

事实也正是这样,封建内讧、诸侯割据,是印度的千年痼疾。莫卧儿帝国末期,由于各省省督纷纷自立,再加上到处是起义者坐地称王,国家又陷于四分五裂状态,英殖民主义者正是狡猾地利用了这一点。对此,马克思作了一个形象的总结:"大莫卧儿的无上权力被他的总督们摧毁,总督们的权力被马拉塔人摧毁,马拉塔人的权力被阿富汗人摧毁;而在大家这样混战的时候,不列颠人闯了进来,把他们全都征服了。"[3]康有为在此强调这个事实,实际上还是出于对当时国内"十八省分立说"的忧虑。而梁启超对"十八省分立说"的态度从最初力倡、动摇怀疑到最终放弃,正与对印度分裂的镜鉴密切相关。

除此之外,他们还从客观上造成印度革命力量的损失出发,对印度种姓压迫和歧视妇女这两大社会弊端予以抨击。对此,康有为认为,"夫印度自摩弩立法,严阶级,别男女",所以,印度人虽有近三万万人,但妇女被排斥后就去掉一半,再除去诸低等种姓,剩下婆罗门、刹帝利不过一二千万人,"全国命之所寄,在此一二千万人中。其余二万万人,虽有智勇,无能为役。此其国所以一败涂地而不可振救也。盖不平之法,自弃其种族,甚矣!"[4]估算准确、分析透辟,找到了近代印度走向沦亡的一大症结所在。同样,福泽谕吉也对印度的这一症结有清楚认识,其《文明论概略》中也多次以印度的分裂为镜鉴。

由此可以总结,康有为、梁启超为代表的近代中国人对印度亡国于"守

---

① 《饮冰室合集》,文集第 6 册,中华书局,1989 年,第 33 页。
② 《饮冰室合集》,文集第 6 册,中华书局,1989 年,第 36 页。
③ 《马克思恩格斯全集》第 12 卷,人民出版社,1998 年,第 245 页。
④ 《大同书》,《康有为全集》第七集,中国人民大学出版社,2007 年,第 6 页、39 页。

旧不变"的论述,其核心是守封建制度之旧,不变的是种姓制度、萨蒂等社会陋俗。所以,印度为代表的东方国家的出路在于变法维新,"能变则全,不变则亡,全变则强,小变仍亡"①。显然,积贫积弱如印度的中国,亡国之忧也在于因循守旧,唯一的出路只有彻底实行变法维新。

三　历史的辩证:近代印度社会的双面镜像

从1849年吞并旁遮普省,到1947年印度独立,英殖民者在印度整整统治了近一个世纪。英殖民统治给印度社会带来的影响是双重的。对于这种双重影响和变化,中国近代文人同样有着敏锐的感受和丰富的记载。

一方面,英国的殖民统治给印度社会带来了深重的灾难。对手工业者来说,英国商品的大量涌入击垮了印度一些已获得相当发展的传统手工业部门,破坏了现有生产力,同时使成千上万的手工业者失去了其赖以谋生的手段。对农民来说,土地兼并和高利贷也使大量农民失去土地,不得不承受地主的苛重剥削,对此,泰戈尔在其叙事诗《两亩地》中通过主人公乌本之口予以了控诉。马克思曾总结道:"印度人失掉了他们的旧世界而没有获得一个新世界,这就使他们现在所遭受的灾难具有了一种特殊的悲惨色彩。"②此情势下,印度社会衰颓不堪,人民生活也苦不堪言,这在本章第二节中已有大量引述。

另一方面,殖民统治客观上也为近代印度带来了一些积极的变化。在经济领域,商品经济在冲垮和摧毁印度社会长期保持的自然经济的同时,一定程度上却促进了印度近现代工业的发展,交通、通讯等的进步也打破了印度国内各地区之间的闭塞保守局面。在思想文化领域,正像商品进军深深触动自然经济的根基一样,西方文明的冲击也深深触动印度传统观念的根基,为未来新思想、新观念的产生和发展孕育了土壤。这一切,造就了印度历史上一场前所未有的"社会革命"③,没有这场革命,客观上印度社会的较快发展也难以实现。

对这些客观变化,部分中国近代文人有所体察并留有详细记载。如,对印度沿海港口迅速发展为商业都市这一现实,他们记述道,"英吉利印度

① 《上清帝第六书》,《康有为全集》第四集,中国人民大学出版社,2007年,第17页。
② 《马克思恩格斯全集》第12卷,人民出版社,1998年,第139页。
③ 《马克思恩格斯全集》第12卷,人民出版社,1998年,第142页。

埔头孟加拉最盛,孟买次之,麻打拉萨又次之。英吉利本国商船与欧罗巴诸国之船,每岁往来以数千百计。其税银每岁得千余万",其中,以孟加拉港口加尔各答最为引人注目:

> 城内馆舍宏敞,逵衢矢直,高楼对起,皎如白雪。城外万艘鳞集,百货所萃,富盛为五印度之最。①

加尔各答"水路舟车,百货辐辏",街道"坦平广阔,殊称人意","欧洲各国之人悉萃于此","为西南洋第一大码头也","毂击肩摩,俨然一大都会"。另一大商业都市孟买也毫不逊色,西印度的货物多由此输出和输入,"海舶甚巨,有载二万二千五百担者,粤东最大之洋艘皆从港脚来也"。在孟买市内:

> 崇楼广厦,栉比如云。官舍局所,皆以石甃成,高耸云汉,尤称雄壮。街市宽敞,几与英之伦敦相埒。②

> 车尘辐辏,百货骈集,市屋高洁,殆胜加尔各答。③

比起近代中国,近代印度的资本主义发展较快,通讯、电力、文化生活等方面都是超前的。黄懋材对印度的火车、电报、煤气灯、自来水、博物院、动物园、画馆、花园、球场等新鲜事物多有着墨,对当时印度都市的初露繁荣感触颇深,也注意到少数印度上层的生活方式已开始西化。马建忠和吴广霈在加尔各答、孟买等地游览了公园、动物园、博物馆,观看了法庭判案、银行办公,欣赏了英国歌剧,还参观了船坞。自然,这些地方只是英国殖民者和少数印度富人的天堂,广大下层群众则依然生活在破旧的街区和污秽不堪的贫民窟中。

除以上经济上的变化外,在文化教育方面也有了一些积极变化,如康有为注意到印度"新学日盛";在政治权利方面,梁启超看到印度"有了地方议会",感觉印度人"智日进,权亦日进"④。

还应提到的是,英国殖民统治的确立和巩固在客观上为印度带来了空前的统一。与古代异民族的入侵不同,英国人是同较先进的工业文明一起

① (清)徐继畲:《瀛环志略》卷三,上海书店出版社,2001年,第68页。
② (清)马建忠:《南行记》,《小方壶斋舆地丛钞》再补编,第18页。
③ (清)吴广霈:《南行日记》,国学扶轮社辑《古今说部丛书》,第9集,1915年,第28页。
④ 分别见于《饮冰室合集》,文集第3册,中华书局,1989年,第4页、第14页。

进入印度的,他们为实现对印度的全面掠夺而修建的铁路、公路以及邮电通讯等设施第一次把次大陆各个孤立闭塞的地区联系起来了。相应地,在强化统一政府职能、抑制反社会力量等方面也有了明显的改善。此外,英语的输入和渐趋普及也使南北印度习不同语言的人们在思想交流上逐渐便利起来。所以,在系结各分裂势力方面,英国人的征服与统治较之古代异民族对印度的征服与统治更为有力和持久。正是在这一背景下,"统一印度""印度民族"这样的概念才逐步产生并得到认可。甚至可以说,"后来民族主义以及民族解放运动的出现和发展都是以英国人的征服所带来的统一结果为前提的"①。此外,印度人的传统生活方式也发生了很大变化,一些社会陋俗如萨蒂制等被明令废除,这无疑是一些积极的变化。

对英殖民统治的统一局面客观上给印度社会带来的这些积极变化,近代文人在其记述中均有所涉及,但并未从理论上予以总结和分析,与其说是历史的局限,毋宁说是因为他们不愿意这样做,这些受传统文化影响至深的文人们不愿意看到一个东方文明古国统一局面的取得竟然要靠殖民主义者来完成,所以,在他们的笔下,被殖民者统一后表面繁华的印度仍难掩其"牢""笼""给孤园"的殖民地实质。一些印度的有识之士对此也有着清醒的认识,民族解放运动早期最著名的活动家、国大党奠基人之一达达拜·瑙罗吉就曾明确指出,英国人的统治固然给印度带来了暂时的统一和表面的秩序,但其代价是印度人民尊严的尽失和财富的无休止外流,他尖锐地比喻道:"英国统治者站在印度的大门口,让世界相信,他们在保卫印度免受外来人的侵犯,而实际上,却通过后门陆续地把他们在前门守卫着的那些珍宝尽行偷走。"②进一步,他把英国人在印度的榨取和以往外来入侵者的掠夺作了对比,认为英国人的榨取更为严酷,他们是"最坏的外来入侵者"③,因为以往的入侵者是一种间断性的、突袭性的掳掠,像屠夫一样东砍一刀西剁一刀,英国入侵者则实行长期盘剥榨取,是用锐利的手术刀直取心脏,根本不给印度恢复创伤的机会。④ 对于英国人的这种残忍榨取手段,后来的革命者拉·鲍斯也在其《革命之印度》一书中予以了揭露。

---

①　尚会鹏:《印度文化传统研究——比较文化的视野》,北京大学出版社,2004年,第287页。

②　D. Naoroji, *Poverty and Un-British Rule*, London, 1901, p.212.

③　D. Naoroji, *Poverty and Un-British Rule*, London, 1901, p.224.

④　参阅林承节《印度史》,人民出版社,2004年,第291-292页。

以上就是英殖民统治下近代印度社会的双面镜像,一面困苦不堪、凋敝衰败,一面光鲜亮丽、繁华初显,这正是殖民政策的双重性给近代印度带来的扭曲性反映。对此,马克思曾于1853年在《不列颠在印度的统治》和《不列颠在印度统治的未来结果》两篇文章中提出了殖民主义双重历史使命的科学论断:"英国在印度要完成双重的使命:一个是破坏的使命,即消灭旧的亚洲式的社会;另一个是重建的使命,即在亚洲为西方式的社会奠定物质基础。"①换言之,殖民主义者在坏事做尽的同时,"充当了历史的不自觉的工具"②,这就是历史的辩证法。但应该清醒的是,绝不能因为这种双重性而美化殖民主义,东方民族在经受西方殖民侵略的过程中大都出现过这种类似的表面繁荣。这不是东方自生的文明,而是一种文明的"侨居"③现象,它最终给东方带来的不是永久的繁荣,反而隐藏着持续的危害。

四 激赏与唏嘘:近代印度人民抗英斗争的两极观照

在近代文人的观照视野中,处于内忧外患双重侵蚀下的印度人民也有着迥然相异的分野。这固然是印度人阵营分裂的客观体现,更多地则是近代文人民族情感的主观流露:钦佩赞赏和愤怒斥责的两极变化中见出中国文人的民族气节,同情惋惜中则见出其人道主义情怀和对同胞命运的深重忧戚。

其一,勇武不屈的反抗者。完成对印度的征服使英国人的自傲感大大膨胀,而没有意识到自己的宝座下其实堆满了干柴,随时有爆裂燃烧的可能。1857年,轰轰烈烈的民族大起义终于爆发,给统治者以沉重打击。对此,康有为曾痛快淋漓地写道:"印人二十六万兵,一夜起而尽屠英人。血战两年,死人二千万,卒为英有,其战祸至烈矣。"④吴广霈则对英勇反抗的印度部分未被征服的土邦人民流露出钦佩之情,对"北方小国未归英辖者"有着鲜明的赞赏:

异哉!于一国披靡莫敢之枝梧中,独有数十里之人,强项不服,真

① 《马克思恩格斯全集》第12卷,人民出版社,1998年,第246页。
② 《马克思恩格斯全集》第12卷,人民出版社,1998年,第246页。
③ 参阅[日]福泽谕吉《文明论概略》,商务印书馆,2016年,第204页。
④ 《大同书》,《康有为全集》第七集,中国人民大学出版社,2007年,第127页。

可谓庸中佼佼……英之所谓顽民,印之所谓义珉与。①

章太炎对此也感慨道:"印度人思独立,其端绪近起四五年间,然确固不挠之气,世无能过之者"②,并通过《民报》预言,在"精勤任恤,确固不挠"的印度人民的艰苦斗争下,"印度之独立可期!"孙中山也赞印度虽然亡国却种族不灭,并为甘地领导的印度不合作运动感到欢欣鼓舞,称之为"印度的觉醒",赞扬印度革命的潜在力量,相信印度人民的不屈斗争终会取得胜利。

其二,懦缩苟安的亡国奴。部分中国文人为印度的沦亡而痛心,但他们将原因归咎于印度人懦弱、贪生怕死、守旧拒新。他们认为,印度人民如果能团结一致抵御外侮,就不会终致沦亡。魏源在《海国图志》中已有"印度人身体懦弱……固执己见,不向教化,仍蹈前辙,陷习恶。……印度之行,外屈节后权,内巧狲诡谋,说谎骗人"③的负面称引。马建忠和吴广霈则先把矛头指向印度统治者,说他们受禄于英,奴颜卖国,仰英人鼻息,觍颜苟活,又谴责印度人民闭目塞听,与世隔绝,终至亡国,并深以印度人民既已亡国却仍若无其事为憾痛。对印度人民的苦难,梁启超也深感同情和惋惜,但更为可悲的是,部分印度人盲目崇拜英国人的一切,对民族文化传统抱虚无主义态度:

> 吾尝见印度人,辄曰:"英国之政治,高美完满,盛德巍巍,胜于吾印往昔远甚。"乃至英人之一颦一笑一饮一啄,皆视为加己数十等也。④

他对这种心态和行为予以痛斥,认为印度人民若果都如此,国家必将衰落萎缩终至亡国。载振则在《英轺日记》中直接批评道:

> 今印度之人,无贵贱,无穷达,咸闭聪塞明,而莫自觉,是智困也。因循惰偷,凡事束缚而永弗能自拔,是力困也。智力俱困,而犹熙熙然相安于无事,是心死也。如印度者,可以鉴矣。⑤

---

① (清)吴广霈:《南行日记》,国学扶轮社辑《古今说部丛书》,第9集,1915年,第19页。
② 《印度独立方法》,《章太炎全集·太炎文录初编》,上海人民出版社,2014年,第380页。
③ (清)魏源:《海国图志》卷十九《西南洋》,陈华等点校注释,岳麓书社,1998年,第680—681页。
④ 《新民说·论自尊》,《饮冰室合集》专集之四,中华书局,1989年,第69—70页。
⑤ (清)载振、唐文治:《英轺日记》,台北:文海出版社,1971年,第60页。

智困、力困、心死，国焉不亡？但他们没有看到最深层的原因。印度沦为英国殖民地，归根结底是封建势力败退于正在兴起的资本主义势力，是落后的封建制度俯首于正在向上发展的资本主义制度。沦为半殖民地的中国社会也何尝不是如此。"亡国之音哀以思，其民困"，康有为从印度人的乐声中感知到印度人民所身处的苦难，他心情沉重地写道，印度人民"苦难万千，不能一一数"，"吾尝游印度……闻其乐，哀涩呜咽，断续不成声，信乎亡国之乐也"[①]。并将印人对他的倾诉一一记在心头并诉之于笔端，"印之王者不得与英人齿。有大事印王不得观，胥执鞭守门，印王欲入则呵之"[②]。亡国奴的处境就是如此：百姓如猫狗，土邦王公也不过是英国统治者的阶下囚。康有为痛心疾首，不禁喟然长叹："伤哉，亡国之惨也！"既是对印度人民悲惨命运的深切同情，又是对同胞命运的深重忧戚。对此，章太炎也悲愤扼腕："今之印度一大给孤园也。仁人志士观此，宜无不流涕摧心者！"[③]

以上康有为、梁启超、章太炎等对印度亡国惨状的描述是我国近代史籍中最早的关于殖民统治下印度的记录。中国人民从中看到印度人民备受屈辱的苦境，也从大起义的爆发和民族运动的兴起中感知到印度人民渴求自由的心声。尤其难能可贵的是，康有为在印度是受到官方礼遇的。如，英印总督不但邀请他参加接见印度诸王公的典礼，散会后还与他握手交谈，但他并没有因此而对统治者施以美化。[④] 这些记录，既是近代文人深沉的人道主义情怀的袒露，也是其以印度亡国之痛来镜鉴近代中国的忧国忧民心态的展现。

同时期的印度人民也对中国伸出了同情和援助之手，印度民族主义的先驱拉姆·莫汉·罗易在1821年出版的印度第一家民族主义报刊《明月报》中，就详细报道了中国人民深受苦难的情况并表示同情，这是印度民族主义者对中国人民最早表示的友好情谊。泰戈尔、甘地、提拉克等著名人士也都曾对英殖民主义者用鸦片毒害中国人民的强盗贸易予以谴责。

①　《覆教育部书》，《康有为全集》第十集，中国人民大学出版社，2007年，第115页。
②　《论强国富民之法》，《康有为全集》第七集，中国人民大学出版社，2007年，第201页。
③　《记印度西婆耆王纪念会事》，《章太炎全集》第4卷，上海人民出版社，2014年，第374页。
④　参阅林承节《中印人民友好关系史1851－1949》，北京大学出版社，1993年，第70－71页。

第三节　英国侵略中国的基地

"昔者灭国者如虎狼,今日灭国者如狐狸。"[①]印度人民没有意识到,在狡诈的英殖民者的蓄谋下,他们在英殖民主义者荼毒中国这个老朋友的过程中曾客观充当了不光彩的角色。但这是印度人民被英殖民主义者所狡诈利用的后果,中国人民从来没有把这笔账记在印度人民头上。

一　鸦片产地

鸦片战争是中国社会迈入半殖民地深渊的开始。鸦片曾给近代中国造成巨大灾难。伴随鸦片的大量输入,中国的白银大量外流,国内银荒严重,最终的负担还是转嫁到劳动人民身上。鸦片贩子贿买各级官吏,走私活动猖獗,清朝统治阶级更加腐化,"浸透了天朝的整个官僚体系和破坏了宗法制度支柱的营私舞弊行为,同鸦片烟箱一起从停泊在黄埔的英国趸船上偷偷运进了天朝"[②]。此外,由于烟毒泛滥,吸食者逐渐延及普通劳动群众,使社会生产力受到严重迫害。当时流传民间的一首《炮子谣》形象地道出鸦片烟的危害和中国人民对鸦片流毒的痛恨。[③]

然而,这罪恶的鸦片却主要来自印度。从 18 世纪初开始,英国商人即向中国输入鸦片。1757 年,英国在印度的殖民机构——东印度公司占领了孟加拉,强迫当地农民扩大鸦片的种植。后来,它又先后获得在印度的鸦片专卖权及制造鸦片的垄断权。东印度公司将它制成的鸦片在印度市场上公开拍卖,由鸦片商运往中国进行倾销。自 1800 年起,鸦片开始大量输入中国。据不完全统计,在 19 世纪最初的二十年中,英国每年平均自印度向中国输入鸦片四千余箱,30 年代迅速增加,到 1838—1839 年激增至

---

① 《饮冰室合集》,文集第 6 册,中华书局,1989 年,第 33 页。

② 《鸦片贸易史》,《马克思恩格斯选集》第 2 卷,人民出版社,1972 年,第 26 页。

③ 《炮子谣》诗主体部分:"请君莫畏大炮子,百炮才闻几人死? 请君莫畏火箭烧,彻夜才烧二三里。我所畏者鸦片烟,杀人不计亿万千。君知炮打肢体裂,不知吃烟肠胃皆熬煎。君知火箭破产业,不知买烟费尽囊中钱。"作者为晚清大儒陈澧。

三万五千五百箱①。英国在印度大量销售棉纺织品,印度种植鸦片购买英国纺织品,英国再用印度的鸦片换取中国的丝和茶,运销世界各地——这真是一种典型而又畸形的三角贸易关系! 1881 年,年仅 20 岁的泰戈尔在《鸦片——运往中国的死亡》一文中将罪恶的鸦片贸易定性为"死亡的贸易",字里行间曾渗透出对中国人民的深切同情和对英帝国主义的强烈愤慨。

　　对此,中国人也有察觉并逐渐有了清晰认识,谢清高即是其中较早的一位。他不但洞察到了在英殖民主义统治时期印度与中国贸易的特殊性质,也看到了印度商人在殖民统治下独立地位的丧失,"来中国贸易俱附英吉利船,本土船从无至中国,中国船亦无至小西洋各国者"②,印度已完全沦为英殖民者的原料产地和商品输出市场了。对 18 世纪以来东印度公司以印度为基地强加给中国的鸦片贸易,他更在《海录》中予以了特别关注:

> 鸦片有二种……皆中华人所谓乌土也。出于明呀喇属邑,……其出曼达拉萨者亦有二种……皆中华人所谓红皮也。出孟买及唧肚者则为白皮,近时入中华最多……迩年以来,闽粤亦有传种者,其流毒未知何所底止也。③

这实际上不但揭露了孟加拉、马德拉萨、孟买等为主要鸦片生产基地,还对鸦片的分类和详细制作过程作了详细记述,这可以说是受害多年的中国人第一次亲临鸦片产地作实地调查并表达出愤慨和谴责。

　　魏源在《海国图志》中,也对于英人强迫印度农民种植鸦片、运销中国以牟取暴利的罪恶勾当加以揭露:"印度地产鸦片烟,英吉利关税岁入千万计,其兵船入犯中国者,十九皆孟加腊之人"④,"鸦片为最巨之贸易,英吉利独擅其利。初时尚稀,近则遍地皆种"⑤。

　　徐继畬对印度被用作向中国输出鸦片的基地作了更详细的分析"五印

---

　　①　李伯祥等:《关于十九世纪三十年代鸦片进口和白银外流的数量》,《历史研究》1980 年第 5 期。

　　②　(清)谢清高口述,(清)杨炳南笔受,冯承钧注释:《海录注》,中华书局,1955 年,第 25 页。

　　③　(清)谢清高口述,(清)杨炳南笔受,冯承钧注释:《海录注》,中华书局,1955 年,第 24—25 页。

　　④　(清)魏源:《海国图志》卷十九《西南洋》,陈华等点校注释,岳麓书社,1998 年,第 729—730 页。

　　⑤　(清)魏源:《海国图志》卷十九《西南洋》,陈华等点校注释,岳麓书社,1998 年,第 669 页。

度货物,惟棉花、鸦片最多,近年竟以鸦片为主,每岁出运数万余箱。宇宙浮孽之气,乃独钟于佛国,何其怪也"①,薛福成也多次提到来自印度的鸦片对中国的毒害,从中印贸易极度不平衡的状况分析得出结论说,印度来的货物中肯定包括鸦片,并指出英国也有人反对这样做,中国竟然还有人赞成,言语间难掩唏嘘和愤慨。

二　英国兵营

印度幅员辽阔,人力、物力资源雄厚,在英殖民者的操控下,从印度派出的军队曾参加过侵略中国和其他亚洲、非洲国家的战争,印度因此曾被称为"东方海上的英国兵营"。到了帝国主义时期,作为英帝国的兵员和物资供应地,印度在英国的世界战略中的地位更为突出。英国发动第二次鸦片战争和镇压太平天国运动以及后来镇压义和团运动的军队中,都有相当部分的印度兵。对此,谢清高在《海录》中已注意到,在印度加尔各答和马德拉斯等地的驻军中,除英军外,还有大量的"叙跛兵"(即印度土兵),但他还未意识到这些印度士兵有可能被用来侵略中国。魏源在《海国图志》中则明确指出这一点:

> 英吉利在印度国权力势重……所养骑、步、炮手各等兵,共计三十万,其中仅十分之一为英人。
>
> 印度地产鸦片烟,英吉利关税岁入千万计,其兵船入犯中国者,十九皆孟加腊之人。②

然而,令殖民者没有想到的是,部分印度士兵在接触到中国革命现实、意识到自己是在被利用之后,毅然掉转枪口,帮助中国人民对付英殖民者这个共同的敌人。印度独立运动的领导人甘地也曾撰文《中国的命运》,呼吁印度人民制止英殖民者利用印籍士兵屠杀中国人民的残暴、卑鄙行为:

> 我不知道印度对处在困难中的中国能够帮什么忙。……如果我们在管理国家事务上有任何发言权,我们决不会容忍印度士兵像猎杀兔子那样射杀无辜的中国学生和平民的可耻景象出现。③

---

① (清)徐继畬:《瀛寰志略》,上海书店出版社,2001年,第77页。
② (清)魏源:《海国图志》卷十九《西南洋·五印度总述》,陈华等点校注释,岳麓书社,1998年。
③ 林承节:《中印人民友好关系史 1851—1949》,北京大学出版社,1993年,第310页。

此后,国大党在甘地影响下通过一项《中国的斗争》的决议,对中国人民反抗外来侵略的斗争予以声援,对英殖民者派遣印度军队参与镇压中国的民族解放运动进行抗议。患难见真情,金克木先生在其《中印人民友谊史话》中曾对此有精当的总结:

> 印度人民一八五七年的反英大起义和我国反抗英国侵略的第二次鸦片战争,实际上起了相互支援的作用,我国太平天国革命时,英国派到我国来镇压革命的印度士兵中有一些人倒转枪口和太平军并肩作战。这是中印人民联合反抗共同敌人的光辉史迹。我国义和团起义时,有个被派到中国来的印度士兵在日记中记下他对帝国主义暴行的愤慨和对我国人民的同情。[①]

三　侵略跳板

印度三面环海,处于亚欧非的交通要道上,从 19 世纪中期以来,就被英国当作在亚洲和东非扩大侵略的基地。1840 年鸦片战争前后,每次英国对中国发起战争,其远征舰队并非发自英伦三岛,而是在印度的加尔各答编组出征。英殖民主义者吞并印度后,英属印度进一步变成侵略中国的跳板。

中国文人对英国以印度为基地侵略中国的可能性也有所警惕,黄懋材针对英国人在印度大吉岭设立行政机构、修建军事设施、驻扎军队并打算修建铁路的种种动向,作出分析道,“余观英人不惜重费新建铁路,又令闽广之人住居其地,无非垂涎于藏地通商耳”[②],并认为经济渗透之后极有可能伴随政治渗透,应该“防履霜之渐,思未雨之谋”,整顿边防并与近邻尼泊尔修好,以防不测。魏源在《海国图志》中则进一步指出印度被英国人利用对中国进行侵略的可能性:

> 东印度为英夷驻防重镇,凡用兵各国皆调诸孟加腊。每卒月饷银约二十员,又与我属国缅甸、廓尔喀邻近,世仇。故英夷之逼中国,与

---

① 金克木:《中印人民友谊史话》,中国青年出版社,1957 年,第 91 页。林承节在其著作中对此有非常详细的叙述和分析,详见《中印人民友好关系史 1851—1949》,北京大学出版社,1993 年,第 46—55 页。

② (清)黄懋材:《印度札记》,《得一斋杂著四种》,上海古籍出版社,1979 年。

中国之筹制英夷,其枢纽皆在东印度。①

郑观应也在《盛世危言》中察觉到英国占印度之后窥伺我西藏的野心,"英之国势积渐而趋重印度,欲强印度,即藉此进窥滇、藏"②,薛福成在其《强邻环伺谨陈愚计疏》中对此也有察觉。吴广霈对印度被殖民的历史较为熟悉,在对印度这样一个东方大国终被英人完全控制备感唏嘘的同时,更对包括英国在内的西方列强极有可能借助印度之地实施对中国滇藏的侵略感到忧虑。而康有为则在《蒙藏哀词》(1913)中,对英国以印度为基地侵犯西藏的过程有敏锐的察觉并作了详尽剖析:

> 其始启西藏也,乃其绘地技师波者,摹绘藏边之图,诱哲孟雄王于印度而囚之,因取其地为保护国,瞰吾藏空虚,遂图进藏。当是时,廓尔喀者,藏之教俗种人也,与藏多交亲,而新变法治兵,英人资以窥藏,适庚子乱后,吾国力大衰暴露。值印督寇仁年少气盛,有立边功而封贵爵之心。辛丑、壬寅之间,乃筑三城于藏边,以俯临吾藏,日运兵械,暗实军储于其城中,乃请取藏。③

南社文人叶玉森则不但对英国妄图以印度为基地谋西藏独立之事有清醒认识,更对这一阴谋必将破产之结局进行揭示。其诗作《印度故宫词》首先以昔盛今衰之印度进行对比铺陈,后慨叹道:

> 我闻如是宜歌哭,藏卫又传新佛国。
> 自大何堪踵夜郎,前车未免忘天竺。
> 万劫娑婆一梦同,山河破碎衲能缝。
> 棕奴自恋东方乐,莫向西风问故宫。④

其词作《胡捣练》亦对此进行了影射:

> 栴檀零落贝多枯,龙象沉沉生气。忘掉句丽前事,梦幻无魔帝。
> 更无佛影堕恒河,此劫怕难逃避。一袭袈裟破碎,独立黄金地。⑤

---

① (清)魏源:《海国图志》卷十九《西南洋》,陈华等点校注释,岳麓书社,1998年,第666页。
② (清)郑观应:《盛世危言》,华夏出版社,2002年,第457页。
③ 《蒙藏哀词》,《康有为全集》第十集,中国人民大学出版社,2007年,第12页。
④ 叶玉森:《印度故宫词》,见《南社丛选》,胡朴安选录,沈锡麟、毕素娟校注,解放军文艺出版社,2000年,第774页。
⑤ 参阅旺梦川《南社词人研究》,上海古籍出版社,2015年,第254—255页。

如今,西藏问题仍然被一些别有用心的人利用来挑起骚乱,以上文人的记述则是西藏本属中国的铁证之一,也是把握今天中印关系的重要参考资料。

第四节　唇齿相依的患难之交

狡诈的英殖民者,让近代印度充当了他们侵略中国的"帮凶",目的自然首先是加强其对中国的侵略,但除此之外,这也是他们离间中印这两个东方大国之间友好关系的一个阴谋。然而,中国人民不仅从来没有把这笔账记在印度人民头上,相反,在近代文人的笔下,"唇齿相依""唇亡齿寒""形同肘腋""休戚与共""亲如肺腑"等表述不断出现,不断反映和夯实着近代中印关系的特殊性。这种形象积累一直到现代仍是如此,如后来谭云山称中印为"姊妹国家",陶行知则称印度为"被压迫民族的友人"。到了当代,这种唇齿相依的关系被两国学者发展为"中印大同(CHINDIA)"[1]的美好设想。

一　肺腑之亲:天然的亲缘关系

近代文人中,对印度了解深刻、谈论最多且多次游历印度的,当属康有为。他对中印关系的表述最具代表性,关于中印间的天然相似,他列举道:

> 同处亚洲相若,同为大陆数千里相若,同为襟海之半相若,人民繁众相若,教化甚深相若,文明若古相若,乃至律例、风俗相若,人性和柔相若,甚且由北地入主中国相若,一统其国相若,专制政权相若。[2]

康有为依次从地理位置、陆海环境、人口数量、文明久长、民风民俗、大一统历史、政体特点等方面,列举中国和印度的先天契合。的确,在中国和印度这两大古老文明产生交流之前,已经存在一种契合。地理环境方面,两国同倚世界最高山峰喜马拉雅山,印度河也发源于中国的西藏,山水相依,使两国古老文明有一种天然的共生关系;同样拥有广袤的幅员、从容迂回的

---

①　详见本书第四章。

②　《与同学诸子梁启超等论印度亡国由于各省自立书》,《康有为全集》第六集,中国人民大学出版社,2007年,第334页。

纵深;同样拥有绵长的海岸线,中国东临太平洋,印度南临印度洋,东西各接阿拉伯海和孟加拉湾;同样人口众多,文明发源较早,同属世界四大文明古国之列;至于民风民俗,两国人民同样贵道依仁,真诚善良[①];"由北地入主中国相若",当指印度文明的缔造者之一雅利安人,最初是由印度西北部进入印度,与当地土著一起,合力创造出伟大的印度文明,而中国元清时期的情况也与此类似,只不过比雅利安人入主印度要晚两千多年;中印两大文明同属东方,同受亚细亚生产方式的制约和影响,在漫长的历史发展过程中,专制制度一直占主导地位。

梁启超也曾在为欢迎泰戈尔来访所作的演讲《印度与中国文化之亲属的关系》中特意谈到"中印两国从地位和性格上来看,正是孪生的弟兄两个"。中印联合的首倡者之一章太炎也有类似观点:

> 东方文明之国,荦荦大者,独吾与印度耳! 言其亲也则如肺府,察其势也则若辅车……[②]

可以看出,不管是康有为,还是章太炎,均致力于论证中印文明之间存在一种天然的亲缘关系。关于文明的发展,向来有进化学派与传播学派的争论,梁漱溟先生曾论道:"人类文化史之全部历程,恐怕是这样的:最早一段,受自然(指身体生理心理与身外环境间)限制极大,在各处不同时期而有些类近,乃至有些类同,随后就个性渐显,各走各路。其间又从接触融合与锐进领导,而现出几条大路。到世界大交通,而融会贯通之势成,今后将渐渐有所谓世界文化出现。在世界文化内,各处仍自有其情调风格之不同。"[③]即文化既有独立产生、发展的可能,又在发展中相互影响。从中国和印度的情况看,的确符合这一规律。

中国和印度之间这种天然的亲缘关系,在分别沦为半殖民地和殖民地的近代社会,成为相互镜鉴对方、联合戮力抗敌的重要基础。

二　兄弟之邦:友好的历史交往

中印间有着友好的历史交往基础。如第一章所述,中印间从古代起就

---

① 详见本书第一章"圣贤叠轸　仁义成俗"部分。
② 《印度中兴之望》,《章太炎全集》第4卷,上海人民出版社,2014年,第379页。
③ 梁漱溟:《中国文化要义》,上海世纪出版集团,2005年,第40页。

一直保持着友好的交往。对印度颇有研究的梁启超曾把印度视为"最亲爱的兄弟之邦"。他说,印度是走在中国前头的极伟大的民族。西方人到中国是觊觎中国的土地和钱财,拿染满鲜血的炮弹来做见面礼,拿机器产品来吸膏血。而印度却完全不同:

> 遂认印度为文化的哥哥,承她以重要礼物相赠者有两种,一为绝对自由,一为绝对的爱。何以叫绝对自由,不受历史遗传性支配,不被声色迷惑,不为名利奔走,完全不做人之奴隶,只做己之奴隶,以求真正之自由。何以叫绝对的爱?人类多半互相猜忌,互相怨尤,有很多事情,常人觉得可恨,在有绝对爱的人视之,只觉可怜,只求救度,绝无怨恨可言。佛经中有句常语,叫"悲智双修"。求如何能得自由,即出于智也;求如何能得爱,即出于悲也。八千卷藏经,只此四字,可以包括。……在 15 世纪以后,印人来中国者愈多,不似今世西洋人来中国,为争利权,为伸张势力,……其来也,全为求人类幸福而来也。刚才说悲智二字,固印度奉中国之主要礼物,犹有其他许多副产品赠我者,则为文学美术科学是也。……副产品重要者,约可分十二项……

接下来对这十二件副产品进行列举,即音乐、建筑、绘画、雕刻、戏曲、诗歌和小说、天文历算、医学、字母、著述体裁、教育方法、团体组织。[①] 梁启超的这段话非常坦诚,也非常准确地概括了中印间的交往,特别是印度施与中国的文化财富。章太炎对此也有同感,曾对历史上印度施以中国的惠德予以回顾。

的确,回顾古代中印间的交往,不能不被这种久长且深湛的兄弟之谊所触动。物质交往方面,印度的动物、琉璃、胡椒、甘蔗等传入中国,中国的丝绸、钢、茶等也传入印度;在技术交往方面,印度的天文、历算、医药、制糖术、杂技、幻术、瑜伽等相继传入中国,中国的四大发明也相继传入印度;精神文化交往方面,佛教的传入对中国文化的影响至深,梁启超"五大影响说"(国语实质的扩大、语法及文体的变化、文学情趣的发展、歌舞剧的传入、字母的仿造)和胡适"三大贡献说"(佛寺禅门成为白话文、白话诗的重

---

① 梁启超:《印度与中国文化之亲属的关系——为欢迎泰戈尔先生而讲》,《中国学者论泰戈尔》,阳光出版社,2011 年,第 91—95 页;季羡林:《中印文化交流史》,中国社会科学出版社,2008年,第 141 页。

要发源地;中国浪漫主义的文学是印度文学影响的产儿;对中国文学体裁的巨大影响)是这种影响的科学概括,中国化佛教的回传也给印度保留了这一宝贵的文化遗产。此外,中印间文学、艺术(音乐、绘画、雕塑)等方面的交流也数不胜数。客观地说,同古代中国进行文化交往的外来文化中,印度应是最多、最重要的。这种兄弟般的友好历史交往,成为中印关系最为厚实的基石。

三 患难之交:相似的历史命运

近代中国和近代印度有着相似的历史命运。章太炎对此深有体察,并认为应对现在处于危难中的这一"亲昵之国"施以鼎力回报:

> 讫宋世佛教转微,人心亦日苟偷,为外族并兼,勿能脱,如印度所以顾复我诸夏者,其德岂有量耶? 臭味相同,虽异族而有兄弟之好。迩来二国皆失其序。余辈虽苦心,不能成就一二,视我亲昵之国沦陷失守,而鳌力不足以相扶持,其何以报旧德![1]

在政治命运上,近代印度和近代中国分别身处殖民地和半殖民地社会,两国人民均无多少尊严与自由可言,沦为亡国奴的印度人民和面临亡国危险的中国人民有着相同的救亡渴望。并且,最早打开中国大门的是英殖民者,两次鸦片战争的罪魁祸首也是英殖民者,而英殖民者也是最早对印度进行侵略的成员之一,且最终取得了在印度的完全统治地位。经济上,印度、中国本是东方精美手工业产品的著名故乡,如今都成了殖民者的商品销售场所和原料供应地。这两个国家传统的棉纺织业、丝织业受到重创,千百万手工业者失去生计;农业卷入商品市场,带来土地兼并和高利贷盛行,致使无数农民失去土地或陷入高利贷罗网。"中国和印度人民在受害的性质和趋势上是相同的,区别只在于程度。"[2]

在反抗外来侵略、谋求民族独立方面,两国人民也都选择改良与革命并举。中国经过洋务运动、百日维新、新文化运动等改良运动,使国人的思想得到启蒙,民主、科学意识得到普及,后经过辛亥革命,将维持两千多年

---

① 《送印度钵逻罕保什二君序》,《章太炎全集》第 4 卷,上海人民出版社,2014 年,第 375－376 页。

② 参阅林承节《中印人民友好关系史 1851－1949》,北京大学出版社,1993 年,第 45 页。

的封建王朝推翻；为维护民族独立，先后经历两次鸦片战争，与英、法、美、俄、日等外来侵略者进行了英勇的战斗，太平天国运动、义和团运动等也都具有反帝爱国性质。印度的改良运动也烽火遍燃，罗姆·摩罕·罗易于1828年创立了宗教和社会改革组织"梵社"，1875年僧人达耶难陀·萨拉斯瓦蒂创立的"圣社"，也致力于对印度民众进行思想启蒙，对印度社会和宗教进行改革。德干协会、孟买协会、马德拉斯本地人协会等，也启迪了印度人民的民族主义意识。为争取民族独立，印度先后爆发英迈战争、民族大起义等，给殖民者以沉重打击，后在甘地、尼赫鲁等的率领下，经过前赴后继的争取和斗争，终于迎来独立。

所以，无论是本国的封建势力、外来的殖民势力所强加给两国人民的灾难，还是两国人民主动奋起抗争以推翻封建势力、争取民族独立，中印两国都存在这种相似性，并相互给予了宝贵的同情和支持。较之古代时期两个文明古国的友好交往，这种患难之交更为可贵。

四　唇齿相依：迫切的现实需要

早在唐时，中印两近邻间便已有相互支援的记载。《新唐书》载，"开元时，中天竺遣使者三至；南天竺一，献五色能言鸟，乞师讨大食、吐蕃，丐名其军"，又记"大食与乌苌东鄙接，开元中数诱之。其王与骨咄、俱位二王不肯臣。玄宗命使者册为王。"[①]这是古代两大文明间军事合作的最初记录。

为改变帝国主义和封建主义强加给自己的命运，近代中印之间进行联合抗争，更有着迫切的现实需要。郑观应早在《盛世危言》中即预言，"恐将来印度与中国同时有事，英势难分兵守卫"[②]，章太炎也认识到，"居今日而欲维持汉土，亦不得不藉印度为西方屏蔽，以遏西人南下之道"[③]，即认为印度可在客观上延缓英殖民主义者对中国的侵略。对此，魏源也有洞察：

> 英夷之逼中国，与中国之筹制英夷，其枢纽皆在东印度……故我之联络佛兰西、弥利坚及购买船炮，其枢纽皆在澳门与南印度……故

①　《新唐书》卷二百二十一上《西域传上》，中华书局，1975年，第6239、6240页。
②　（清）郑观应：《盛世危言》，华夏出版社，2002年，第457页。
③　《支那印度联合之法》，《章太炎全集》第4卷，上海人民出版社，2014年，第385页。

> 我之联络俄罗斯,其枢纽在中印度……具载往牒,近征商舶,事异凿空,形同肘腋,指示发踪,谁端衔策?①

现实也印证了这一点,如 1857 年印度民族大起义爆发时,英国殖民当局惊恐万分,把正派往中国的侵略军中途截留派往印度参与镇压。与此同时,中国人民反抗英殖民主义的斗争也牵制了英军的大批兵力,客观上削弱了英殖民主义者对印度民族大起义的镇压力量,对印度民族大起义也起到了支援作用。这无疑是一种唇亡齿寒、唇齿相依的关系。这种特殊的关系,还体现在两国人民有着共同的联合反抗殖民统治的未来期望。如果说,以上是两国人民客观上的"同命运",那么,关于中印联合争取民族独立的未来期望却是自觉意识上的"共呼吸",而这一使命的最初倡导者和实践者就是革命派,最突出的代表是章太炎和孙中山。

章太炎曾期望中印彼此独立后再结为"神圣同盟",共同为亚洲的和平作出贡献,这后来发展为中印联合的思想,成为当代倡导"中印大同"的近代先声。除此之外,还对中印联合的途径进行探讨,"联合之道,宜以两国文化相互灌输",看到了文化在两国间实现沟通的重要作用。后又撰文《印度中兴之望》《印度独立方法》等,对印度革命进行介绍,表达同情和支持。1907 年 4 月,他与钵逻罕等人在东京成立"亚洲和亲会",这是在组织上把亚洲各被压迫民族的革命者结合在一起的最初尝试,是中印革命者的共同创举。这表明,"中印革命者已开始认识到两国人民以及所有被压迫民族同呼吸共命运的道理"②。印度友人钵逻罕曾对他讲了一个比喻,摘录如下:

> "吾闻千年以往,有印度、日本二沙门,同时至支那。支那沙门延之入,与语甚欢。因曰吾三国,其犹折扇耶?印度其纸,支那其竹格,日本其系柄之环绳也。异日二国中兴,与日本相约结处于亚洲,当如此折扇矣。"悲夫!今纸与竹格皆糜烂,独环绳在耳,其能复折扇之旧形欤?不可知也。③

---

① (清)魏源:《海国图志》卷十九《西南洋》,陈华等点校注释,岳麓书社,1998 年,第 666—667 页。

② 林承节:《中印人民友好关系史 1851—1949》,北京大学出版社,1993 年,第 88—89 页。

③ 《送印度钵逻罕保什二君序》,《章太炎全集》第 4 卷,上海人民出版社,2014 年,第 376 页。

即将中、印、日的联合比喻为一把折扇,印度是纸,中国是竹格,日本是系柄之环绳。章太炎很欣赏这个比喻,在后来的谈话中也曾流露出依靠日本重振亚洲的期望。但随着日本帝国主义者意在发动侵略战争之狰狞面目的暴露,这种理想主义泡沫很快破灭。在这方面,孙中山和印度拉·鲍斯、泰戈尔等也曾对日本抱同样希望,但这种希望同样遭到破灭。

孙中山先生也认为,在当时英国侵略亚洲的大形势下,中印间有着一种休戚与共的关系,都是大亚洲主义的不可或缺者。印度无意间保护了中国,正是由于列强争夺印度殖民地而使中国维持一种半独立自主的状况。所以,"受屈人民当联合受屈人民以排横暴者","在亚洲,则印度、支那为受屈者之中坚"①。后来,孙中山先生辞世后,中国国民党与印度国大党建立了合作关系,国大党领导人之一奇·达斯在悼文中曾赞扬中山先生不仅是中国革命的伟大领袖,也是"亚洲人民之精神领袖"。

印度人民同样意识到中印间这种唇齿相依的关系和联合抵抗殖民侵略的必要性。钵逻罕、罗易、辨喜、泰戈尔、甘地、提拉克、伊克巴尔等知名人士也对中国革命表示了同情和支持,对中印联合争取民族独立抱有信心。

第五节　古代印度形象的复制与改写

异国形象一旦生成,在后人的集体想象中便留有一定的惯性和持续性,所以,在近代文人忧怆的心态之外,仍有些许"文明梵竺"记忆的残存。这些姑且称为"残存"的记忆,却正是一个文明古国虽历经磨难却保有其恒久生命力的体现。而康有为、梁启超等人依托佛教改造中国社会的努力,则是不同于古代统治者对佛国形象的再利用,而是一种积极的形象重塑。

一　文明梵竺:记忆的残存

"夫印度者,大地之骨董,教俗、文字、器用至古,为欧美文明祖所自出,

---

① 《孙中山全集》第 8 卷,中华书局,1986 年,第 403 页。

文明所关至大也"①,在康有为对印度的有关撰述中,以对政治情势的关注为多,这是他为数不多的对印度文明进行的总体评价之一,却深刻透辟。梁启超则对印度文明有精深的研究,多次称印度为"世界最古之国",并认为,佛陀和佛教是这个最古之国送给全世界的最宝贵的财富,"距今两千五百年前,我们人类里头产出一位最伟大的人物,名曰佛陀"②,"真可以说佛教是全世界文化的最高产品"③,并以印度文明作为东方文明的主要代表:"救济精神饥荒的方法,我认为,东方的——中国与印度——比较最好。东方的学问,以精神为出发点;西方的学问,以物质为出发点。"④

印度文学传统久长,成就斐然。在古代,由于懂梵文的中国人较少,少有作品被译介过来,所以在梳理古代时期的印度形象时,少有记载。到了近代,译自梵文或通过西文转译的作品渐多,引起近代文人的注意,印度形象的构成中开始有了印度文学这一本不该缺席的重要元素。近代学者苏曼殊是国内梵语文学研究的先行者之一,1913年,在其《燕子龛随笔》中就曾高度评价两大史诗的宏伟,"印度 Mahabrata,Ramayana 两篇,闳丽渊雅,为长篇叙事诗,欧洲治文学者视为鸿宝,犹 Iliad,Odyssey 二篇之于希腊也"⑤,将印度两大史诗与古希腊两大史诗相提并论。此外,苏曼殊还著有《梵文典》,可惜已失传。

对于印度的地理环境和物产情况,薛福成在《出使英法义比四国日记》中又有"五印度地方万里,物产丰饶,在昔未闻有强盛之国"⑥的记述,魏源在《海国图志》中也称引印度"地隶阿细亚洲西南,地广,壤沃,产丰,甲于诸国"⑦。对于民风民俗,则援引称赞孟买等地"其俗好善施济,扶困持危""家居温厚""含笑温和"等。谢清高《海录》中所记录的乌土国,"朴实仁厚,独有太古风。民居多板屋,夜不闭户,无盗贼争斗。国法极宽,有过犯者罚之而已,重则圈禁旬日而释,无杀戮扑楚之刑,实南洋中乐国也"⑧,魏源在

① 《印度游记》,《康有为全集》第五集,中国人民大学出版社,2007年,第509页。
② 《研究文化史的几个重要问题》,《饮冰室合集》文集之四十,中华书局,1989年,第3页。
③ 《治国学的两条大路》,《饮冰室合集》文集之三十九,中华书局,1989年,第119页。
④ 《东南大学课毕告别辞》,《饮冰室合集》文集之四十,中华书局,1989年,第12页。
⑤ 苏曼殊:《燕子龛随笔》,柳亚子编《苏曼殊全集》,中国书店,1985年,第58页。
⑥ (清)薛福成:《出使英法义比四国日记》,岳麓书社,1985年,第86页。
⑦ (清)魏源:《海国图志》卷十九《西南洋》,陈华等点校注释,岳麓书社,1998年,第667页。
⑧ (清)谢清高口述,(清)杨炳南笔受,冯承钧注释:《海录注》,中华书局,1955年,第20页。

《海国图志》中认为其时属东印度之境的古柯枝国。所有这些，明显留有古代仁爱印度的形象痕迹。

从以上列举不难看出，地方博远、物产丰聚、仁义成俗、律法宽松、文明发达的古代印度形象在近代文人的笔下再次呈现。除此之外，随着游历印度的中国人的增多，一些对印度风土进行描摹的作品也不断增多，如尤侗的《外国竹枝词》二首：

柯　枝

柯枝不见一枝荣，止有胡椒万斛盈。

却怪天公没分晓，半年雨落半年晴。

天　竺

宝髻青螺锦罽裁，曼殊王子渡江来。

五方杂奏铙铃乐，语鸟常闻念善哉。①

第一首中，作者对柯枝盛产胡椒②、常年多雨的特点有所了解，的确是这样，印度有 6 个季节，每逢 6—9 月的雨季，掠过印度洋、阿拉伯海和孟加拉湾的西南季风受到喜马拉雅山脉的阻隔，于是，印度次大陆上空经常乌云翻滚，电闪雷鸣，豪雨滂沱。第二首中，不但突出了"曼殊""善哉"等佛教意象，还对印度音乐艺术繁盛、出产能言鹦鹉等进行了描述。另外，"天竺"称谓与"柯枝"等并列出现，则说明作者对当时诸邦林立但同属印度的现实是了解的。又如，近代中国首踏印度土地的黄懋材，留有《印度杂兴》的诗篇，照录如下：

武帝雄心通大夏，显宗异梦感金精，

轺车持芦唐元策，贝叶繙经魏慧生。

重涉昆明三藏路，遍游天竺百王城，

我来不为求经律，万里舆图聚米成。

---

①　（清）尤侗：《外国竹枝词》，中华书局，1991 年，第 15、17 页。

②　柯枝即科钦，印度西南海岸港口，离古里不远，二者均为郑和下西洋时的重要补给站，盛产胡椒。郑和下西洋时，带回的主要物产即胡椒。朱棣曾以此发放俸禄，引起官员特别是下层官员的不满。

　　　　慧光耿耿照真丹,正法千年数未完,
　　　　路入罽宾悬渡险,城居舍卫梵宫宽。
　　　　恒河东去多歧派,外道西来变异端,
　　　　鹿苑鸡峰几尘劫,休将往事问阿难。

　　　　鹰瞵虎视久争雄,割据何年西复东,
　　　　大帅全权资坐镇,小邦归命就藩封。
　　　　铸金立马功臣像,扁镉调鹦故汗宫,
　　　　最是海疆扼形胜,迢迢万里电雷通。

　　　　东竺名都甲谷他,经营百载公班衙,
　　　　膏腴沃野三千里,阛阓连云十万家。
　　　　五岛迤南侵缅甸,群山置北界支那,
　　　　岂惟鸦片居奇久,近日亚山广蓺茶。①

他从回顾中印交往历史入手,对印度作为佛教发源地的神圣、近代以来诸侯割据的现实、名都加尔各答的繁盛依次作了描摹。印度的名山秀水很多,西姆拉是其著名的避暑胜地,吴广霈在游览时即兴赋诗:

　　　　发脉昆仑第一支,天梯石栈极参差。
　　　　悬崖百丈迎人绿,想见如来面壁时。
　　　　怪闻灵崖谷转雷,千条急瀑走山隈。
　　　　洞中黑壤随泉出,疑是乾坤太古灰。
　　　　倦鸟愁猿奈若何,断崖才过又危坡。
　　　　仆夫笑指云深处,记取双轮一一过。②

对“云开雪山”这一西姆拉最扣人心弦的奇景,他赞道“雪日争耀,如堆银,如凝晶,如罩玻璃,如披素练”,并即兴长歌一曲,以志其景。康有为在游历印度期间,也曾留有不少写景抒怀诗作:

　　　　水亭悄悄对方塘,十七禅龛古道场。

----

① 引自林承节《中印人民友好关系史 1851—1949》,北京大学出版社,1993 年,第 28—29 页。
② (清)吴广霈:《南行日记》,国学扶轮社辑《古今说部丛书》,第 9 集,1915 年,第 22 页。

想见法王入定日,法云乱坠雨花香。

我来印度访佛迹,只此犹留丈八身。
梦入汉明知此事,撒花供奉雨缤纷。①

以上作品,明显是作者们在游历心态下所作。然而,"一个形象最大的创新力,即它的文学性,存在于使其脱离集体描述总和(因而也就是因袭传统、约定俗成的描述)的距离中"②,这类偏离于主流叙述、不以政治关注为主的作品的出现,对"文明梵竺"的记忆是一种唤醒,对令人心情沉重的近代印度形象而言,也不失为一种活泼、生动的缓释和消解。

二　欲向文殊叩法门:"工具化"佛国形象的再现

近代时期,由于先后沦为殖民地和半殖民地,印度和中国间的文化交往几近断绝,自宋以后便渐趋衰微的佛教交往更难寻踪迹。然而,表面上的直接往来虽极少,近代中国文人对佛教的运用却开辟了中印交往的另一番天地。

近代以来,中国专制社会日趋没落,要求变革的呼声也日益高涨。变革,需要精神资源和思想武器,从何处寻找这些精神资源和思想武器,成了近代思想家们思考和争论的重心之一。有的埋头古代,从传统的儒、道、法家哲学寻找变革动力,却时常招致泥古崇圣的骂名,不得成功;有的顺应欧风美雨的时代潮,欲从西学中尽拣民主与科学的精华,却也因尽弃传统、偏执一端,不得要领;有的则将目光投向了同为东方的近邻印度,从这个伟大佛国传来的佛教文化系统中寻找思想资源,在近代社会变革的纷繁喧嚣中留下了悠远的回响,康有为、梁启超、谭嗣同、章太炎等先进知识分子即属于这一类别。概括说来,这些近代先进知识分子主要借助佛学体系中"众生平等""慈悲救世""勇猛无畏"等思想养料,作为改革社会、启迪人心的主要思想资源,目标则分别对应封建体系中的专制、自私狭隘和面对外来侵略时的懦缩苟安。针对性极强,目的性明显,所以,这是一种佛国形象的工

---

① 《印度游记》,《康有为全集》第五集,中国人民大学出版社,2007年,第549页。
② [法]莫哈:《试论文学形象学的研究史和方法论》,载孟华主编《比较文学形象学》,北京大学出版社,2001年,第29页。

具化再利用。

这几位近代思想家中,梁启超对佛教文化的理解最深,其系列论述如"距今两千五百年前,我们人类里头产出一位最伟大的人物,名曰佛陀""佛教是全世界文化的最高产品",等等,对之评价极高。面对封建专制的腐朽跋扈,"众生平等"是他认为最可利用的佛学资源,成为其改造国民奴性、塑造健全人格的思想武器。他在《论佛教与群治之关系》一文中论道:

> 他教者,率众生以受治于一尊之下者也。惟佛不然。故曰:"一切众生,皆有佛性。"又曰:"一切众生,本来成佛,生死涅槃,皆如昨梦。"其立教之目的,则在使人人皆与佛平等而已。①

"人人皆与佛平等",改造目标直指封建专制独裁统治。其诗作《奉酬星洲寓公见怀一首次原韵》中又有"横流沧海非难渡,欲向文殊叩法门。……凌弱媚强天梦梦,自由平等性存存"②的句子,表达了欲实现打破凌弱媚强的专制统治、捍卫自由平等这一人性的本原内容,途径之一便是佛教。这是典型的"应用佛学",表现出鲜明的经世致用特征。

康有为曾几游印度,对佛教也有较深的理解。最后一次,他偕女儿康同璧游舍卫城时,面对断壁残垣,思往昔之隆盛,见今朝之衰败,触物伤怀,"华严弹指,虽佛不能免浩劫焉,何况国土",思绪万千,遂得《中印度舍卫祇树给孤独园佛殿拓影记》诗,其中有"霸图佛迹俱零落,指点山河落日明""迦叶曼殊膜拜处,更无香火首频回"诗句,对佛教衰败的客观叙述之外,难掩其对中印两昔古国却至衰落的痛惜之情。然而,穷则思变,在其阐发最高社会理想的著作《大同书》中,他将心目中的大同世界与佛教中的极乐世界相提并论,并期冀以佛教的"去苦求乐"作为实现大同理想的主要途径和标志,实质上是欲以佛教的慈悲救世思想作为改造现实的专制社会、实现资产阶级改良目标的主要工具。他的这一愿旨,也在《〈大同书〉成题词》中得以袒露:

---

① 梁启超:《论佛教与群治之关系》,《饮冰室合集》,文集第 10 册,中华书局,1989 年,第 49 页。

② 全诗为:"莽莽欧风卷亚雨,棱棱侠魂裹儒魂。田横迹遁心愈壮,温雪神交道已存。诗界有权行棒喝,中原无地著琴尊。横流沧海非难渡,欲向文殊叩法门。万千心事凭旌旗,旗向同胞未死魂。凌弱媚强天梦梦,自由平等性存存。每惊国耻何时雪,要识民权不自尊。乾有亢龙坤有战,系辞吾契易之门。"

人生只求乐，天心惟有仁。先除诸苦法，渐见太平春。

一一生花界，人人现佛身。大同犹有道，吾欲度生民。①

　　章太炎是资产阶级革命派人士，不但对封建专制的种种痼疾予以痛斥，还对部分改良派和革命投机分子暴露出的"污邪作伪""志在干禄""私心暧昧""自慕虚荣"等丑行劣态，予以毫不留情的抨击。他在《东京留学生欢迎会演说辞》中公开祭出佛学旗帜，疾呼"用宗教（指佛教）发起信心，增进国民的道德"，"为了普度众生，头目脑髓，都可以施舍于人"，又在《建立宗教论》一文中道：

　　　　非说无生，则不能去畏死心；非破我所，则不能去拜金心；非谈平等，则不能去奴隶心；非示众生皆佛，则不能去退屈心；非举三轮清净，则不能去德色心。②

这些本为中国化佛教法相唯识宗和华严宗的说教行持，章太炎用来作为劝导国人弃恶从善、升净人格、培育美德的极佳工具。

　　谭嗣同是最为激进的维新派人士，他痛斥清朝统治者对内荼毒人民、对外卖国求荣的罪行，抨击封建纲常名教，发出冲决封建罗网的号召。他在对中外宗教理论作出比较，特别是认真考察佛学思想在日本维新运动中所发挥的作用之后，也最终选择了佛教作为救国济民的良方。变法失败后，为警醒国人变法图强，则拒绝逃离、坐待追捕，义无反顾地献出自己的生命：

　　　　各国变法，无不从流血而成。今中国未闻有因变法而流血者，此国之所以不昌也。有之，请自嗣同始。③

　　　　望门投止思张俭，忍死须臾待杜根。

　　　　我自横刀向天笑，去留肝胆两昆仑！④

慷慨陈词间，不见一字有佛语，但大乘佛教中"我不入地狱，谁入地狱"的大无畏牺牲精神和凛然大义，至为显明。

---

　　① 《〈大同书〉成题词》，《康有为全集》第十二集，中国人民大学出版社，2007年，第136页。

　　② 《建立宗教论》，《章太炎全集·太炎文录初编》，上海人民出版社，2014年，第440页。

　　③ 《戊戌政变记·殉难六烈士传·谭嗣同传》，《饮冰室合集》专集之一，中华书局，1989年，第109页。

　　④ 《狱中题壁》，《谭嗣同全集》，生活·读书·新知三联书店，1954年，第496页。

　　自然,佛教并非完全适应于中国近代社会,佛教教义中也并没有直接鼓励或启示人民进行社会改良或革命的系统理论,一些出世教义甚至也曾被用作消极厌世甚至抵制革命的工具。对此,这些近代思想家基本保持了清醒的立场,他们从改造社会、开启民智、救济民心的现实出发,对佛教思想进行自觉扬弃。应该指出的是,他们对佛陀、佛教和佛国形象的"工具化"再利用,已明显不同于古代统治者为建立和巩固其封建统治的负面利用,而是运用外来文化救济精神饥荒的正面利用,是借助佛教文化推进改良维新的爱国义举。而这,无疑也是中印文化交往中浓墨重彩的一笔。①

　　如此,近代文学中的印度形象,由浅入深,渐趋清晰和明朗。既是对近代中印社会现实的形象折射,也是两国人民友好交往的集中体现。林承节先生曾精当地总结道:"从古代到现当代,中印间有三个友好高潮期。古代文化交往,其一;20 世纪上半期的患难之交,其二;50 年代以来两国总理共同倡导和平共处五项原则为标志的两国睦邻友好,其三。第二个高潮起了承上启下的作用。当然,第二个高潮不同于第一个。那时期是两个和平繁荣的泱泱大国之间的文化交往,这时期却是两个受压迫受苦难的民族在共同反帝斗争中的相互支持;那时是昌盛之谊,这时则是患难之交。后者当然不如前者那样显扬,但却更加难能可贵。"②

---

　　① 道教也有类似功用,如近代陈撄宁曾利用"仙学"从事救国活动。详见卿希泰、唐大潮《道教史》,江苏人民出版社,2006 年,第 345—355 页。

　　② 林承节:《中印人民友好关系史 1851—1949》,北京大学出版社,1993 年,序言部分。

第三章 接受的复调

——现代文学中的印度形象

现代时期始于1919年的五四爱国运动,止于1949年新中国的诞生。在中印交往的历史长河中,现代文学的三十年是一个过渡期。在古代,两国间主要是以佛教为载体的文化交往,线索清晰;到了近代,以建立在相似历史遭遇基础上的政治关注为主,启蒙与救亡是主旋律与最强音;当代是以经济上同生共存、政治上中印大同的前景展望为主。而现代,则是联系古代、近代与当代的一个桥梁:它既有对古代两国间文化交流的记忆恢复,又是近代以来两国间相互政治关注的持续,还是当代两国间关系发生复杂变化的肇始。

总起来看,现代时期中国文人对印度的接受,可以基于政治关注引发的"甘地热"和泰戈尔访华所引发的文化层面的"泰戈尔热"为代表。前者的接受群体以政治人士为主,印度形象的塑造载体主要是现代中前期影响较大的报纸杂志;后者以文人、思想家群体为主,印度形象的塑造载体则主要是他们的创作或言谈。政治关注与文化论争相交织,积极评价与负面接受相错杂,使现代时期对印度形象的接受呈现出明显的"复调"[①]特征。

第一节 现代中印关系概述

现代时期,中国和印度仍对彼此的争取民族独立和解放的斗争给予相互关注、同情和支援。此时期,中国发生了五四爱国运动和持续十四年的抗日战争。轰轰烈烈的五四爱国运动阖上了中国数千年封建、蒙昧的大门,开启了中国以新民主主义革命来争取民族独立、探索现代进程的新天地。抗日战

---

①　复调,原为音乐学术语,俄国文论家巴赫金借用于小说理论,来说明"复调小说"创作中的"多声部"现象。他在《陀思妥耶夫斯基诗学问题》一书中指出:"有着众多的各自独立而不相融合的声音和意识,由具有充分价值的不同声音组成真正的复调。"——鉴于现代时期政治关注与文化交往俱存、正面赞扬与负面评价间杂的印度形象塑造语境,本书作者借用该术语来概括诸种不同接受心态和不同解读。

争的胜利则是中国人民近代以来的一百多年中第一次取得反对外来侵略斗争的胜利,极大地增强了中国人民的民族自尊心和自信心,是争取民族独立和解放进程中永远彪炳史册的一笔。在文化方面,1915年,以陈独秀为主的一批先进知识分子总结辛亥革命失败的教训,祭出"民主"与"科学"的大旗,掀起了以彻底反封建为目标的新文化运动。新文化运动动摇了几千年封建文化的统治地位,促成了思想领域的空前解放,为马克思主义的传播和革命运动的发展准备了有利条件,也引发了现代文化界著名的东西文化论战,对现当代中国思想文化的走向产生了深远的影响。

该时期,印度人民也在反抗殖民统治、争取民族独立的道路上艰难跋涉。在英殖民主义者的操纵和挑拨下,印度先后卷入两次世界大战,印度教徒和伊斯兰教徒之间的矛盾也日趋尖锐和激化。1919年4月发生的英军屠杀印度群众的"阿姆利则"惨案,激起了印度人民的极大愤慨。甘地及国大党及时调整了斗争策略,领导印度人民,经历了艰苦卓绝的斗争,特别是两次非暴力不合作斗争,极大动摇了英殖民政府的统治。二战结束后,印度民族革命运动继续发展,实力急剧衰落的英国在印度的殖民统治更加难以维持。1946年印度皇家海军起义爆发,1947年英国提出蒙巴顿方案,印巴分治成为事实,8月15日印度自治领宣告成立,结束了英殖民主义者的统治,印度人民一个世纪的不屈不挠的反殖斗争终于取得了胜利。

此时期,中印之间的交流集中于政治层面和文化层面。在政治领域,两国人民仍然持续关注、同情和支持彼此的反殖民反封建斗争。中国方面,集中表现在一批报纸杂志对甘地及国大党领导下的印度革命的持续关注和声援,仍希望以印度为借鉴,从印度人民斗争的实践中汲取有益的经验教训。如广州出版的革命杂志《前锋》在1923年创刊号上即发表太雷写的评述印度的文章,当大战结束、印度反英斗争狂澜初起后,《申报》就对斗争作及时追踪报道,《向导》杂志也拿印度人民的奋起为榜样,来鼓舞自己的同胞,"四万万被压迫的同胞呀!你们醒来吧!现在不是酣睡的时候了!……就是被外国宰制默不一声的印度也轰轰烈烈的表现勇猛前进的活动了。我们应当怎样?难道还要踌躇吗?"[①]并发表专论驳斥英殖民当局对印度人民的盘剥和压迫。印度方面,甘地、尼赫鲁等政治领袖对中国

---

① 《向导》第十二期,一九二二年十二月六日。

人民的抗日战争予以了宝贵声援和实际支持,他们号召印度人民为中国人民捐款捐物,并派遣援华医疗队支持中国人民的抗战,对中国人民争取民族独立的斗争给予了极大鼓舞和实际帮助。此时期,泰戈尔访华是两国人民在文化领域进行交流的一件大事,两国间中断已久的文化交流重新得到沟通,在此基础上,中国人民对印度的文化记忆得到恢复和巩固。

该时期中国人心目中印度形象的生成,便以上述政治和文化层面的交往为基础。一方面是"圣雄"甘地所代表的印度政治形象,另一方面是"师尊"泰戈尔所彰显的印度文化形象,两相结合,可对现代时期中国人笔下的印度形象有个较为清晰和完整的认识。

第二节　"甘地热"及现代印度的政治形象

莫罕达斯·卡拉姆昌德·甘地(1869—1948)是印度民族独立运动的领袖,印度现代史上影响最为深远的人物,独立印度的主要缔造者之一,在印度被尊为"国父""圣雄",具有崇高的威望。1869年,甘地出生于一个虔诚的印度教家庭,家庭比较富有,曾赴伦敦大学就读并获律师资格。在英国完成学业后赴南非工作,在那里参加了反对英国殖民统治的斗争。1893—1914年,他在南非领导印侨以非暴力方式与南非当局的种族歧视制度作斗争,并逐渐形成了他的理论——甘地主义。一战爆发后,他回到印度参加反对英国殖民统治的斗争,成为印度国大党的领袖,先后领导和发动了两次非暴力不合作运动。二战后,他赞同英国人提出的印巴分治方案,希望结束教派间的流血冲突。但是,他本人却成为牺牲品。1948年1月30日,甘地在德里做晚祷时,被一名印度教狂热分子开枪杀害。

现代印度,称之为"甘地非暴力斗争的试验场"并不夸张。甘地及其思想的影响贯穿印度的整个现代时期,直到当代仍有众多的追随者、实践者和研究者。相应地,在现代中国出现的"甘地热",便在很大程度上代表了该时期中国人在政治层面上对印度的关注、接受和理解。

一　"甘地热"

形成与发展

"甘地"的汉译名字与戴季陶有关。甘地本名莫罕达斯,"Gandhi"是他的姓氏,戴季陶将其介绍给中国人时,经过审慎思考,最后译为"甘地"二字,以突显其甘于从地狱中救世救人的宏誓大愿,此译名一直沿用至今。五四时期,戴季陶将甘地的文章译为中文后登载在《建设》杂志及《星期评论》上。20世纪20年代以来,甘地的名字在中国很响亮。据统计,从20年代到40年代,中国出版有关甘地及其思想的书籍达27种,仅罗曼·罗兰的甘地传记就有三个译本,而甘地的自传则有四个译本。当时的《东方杂志》刊登有关文章不下六七十篇,并一度辟有"甘地与新印度"的专栏;当甘地遭逮捕在狱中绝食时,中国各界名流曾联名致电英印总督要求释放。1948年当甘地遭暗杀后,又有纪念文章13篇。① 当代诗人余光中也有诗作《甘地之死》,对甘地遇难进行缅怀。

1920年,印度国大党确立了甘地的领导地位并开始不合作运动,引起了中国思想界的密切关注,各报纸杂志连续登载有关消息和评论。当时在中国知识界享有盛誉的综合性刊物《东方杂志》不但进行实况报道,还刊发了一批最早的专论,专题介绍运动的背景、不合作策略以及运动的领导人甘地及其甘地主义。由此,引发了小股"甘地热"。

1921年,《东方杂志》刊登了印度学生抵制公立学校、参加甘地领导的不合作运动的图片。1922年,甘地因曹里曹拉发生暴力事件突然中止了不合作运动,后遭到英殖民当局逮捕。中国知识界对运动的中止深表惋惜,对英殖民当局逮捕甘地的粗暴行径则愤然予以了谴责。1924年,甘地因病被释出狱。中国报刊又发表文章表示欣慰与慰问,《东方杂志》还特地刊登了一幅木刻版画,题为《最近出狱之甘地》,以表达对他的敬佩。从1921年到1925年,"甘地热"持续升温,中国思想界展开了一场关于甘地和甘地主义的大论争。《东方杂志》《向导》《新建设》《少年中国》《前锋》《中国青年》《国闻周报》等报纸杂志频频刊发关于甘地、甘地主义的种种意见和看法。这场激烈的论争说明,中国的民主主义者和革命人士心系近邻印度的前途,对印度独立运动中出现的问题予以了特别关注。尽管争论不断,歧见迭出,有些意见和看法甚至十分尖锐和对立,但都希望印度的独立运动能够顺利开展并最终取得成功。

1928年起,经过数年沉寂的印度民族运动又开始走向新高潮。1929

---

① 参阅薛克翘《中印文化交流史话》,商务印书馆,1998年,第148页。

年国大党拉合尔年会决议把党章上规定的印度人民的斗争目标"司瓦拉吉"①明确地改为"完全独立",定 1 月 26 日为独立日,并决定由甘地来领导开展全国性的文明不服从运动,以争取实现全印人民的这个崇高愿望。1930 年 3 月 12 日,甘地率领 78 名志愿人员开始"食盐进军"②,揭开了这场较第一次非暴力不合作运动规模更大、影响更深广的文明不服从运动(即第二次非暴力不合作运动)的帷幕。运动遭到英殖民当局的残酷镇压,甘地再次被捕入狱。但印度人民继续不屈不挠坚持斗争,迫使英殖民当局决定在伦敦召开圆桌会议,谋求谈判解决问题。1931 年 3 月,为参加圆桌会议,甘地曾一度中止这场运动。在伦敦谈判失败回到印度后,他和国大党其他领导人决定恢复运动,英殖民当局却先发制人,于 1932 年初把甘地等人又一次投入监狱,并宣布国大党为非法党派。1934 年 10 月,国大党决定停止不服从运动,宣告了此场运动的最终失败。这一时期,以《东方杂志》为代表的中国报纸杂志对甘地和国大党领导下的印度斗争的关注,在刊发数量上不少于第一次不合作运动时期,在论述深度上则大大超过以往,"甘地热"达到沸点。1948 年,甘地遇害后,中国文化界纷纷发表纪念文章,追思其英勇事迹,直到今天,甘地还是众多中国人心目中的一个印度符号。

"圣雄"甘地

中国人大都对甘地的人格极尽崇仰,但对其具体形象的理解较为矛盾,"这可能是因为甘地这个人相当集中地表现了印度的文化传统以及东西方现代文化的矛盾统一。他如同印度文化一样难于理解而容易产生矛

---

① 司瓦拉吉,源于吠陀经典,即自治、自主之义。1895 年,国大党激进派领导人巴尔·甘加达尔·提拉克提出争取"司瓦拉吉"的政治纲领,号召人民赶走外来统治者,恢复印度的独立。后在 20 世纪初的民族革命运动中提出"四点纲领",即司瓦拉吉、司瓦德西(自产)、抵制和民族教育,其中司瓦拉吉是目的,其他三项是实现这一目的的手段。甘地赞同并给予"司瓦拉吉"以独特的解释,即"司瓦拉吉"不仅是指政治自主、自治,而且包括人的精神完善。

② 1930 年,英印殖民当局制定了《食盐专营法》,大幅度提高食盐的价格和税收,引起了人民的强烈不满。在这种形势下,甘地毅然领导了"食盐进军"的斗争。3 月 12 日,他率领从萨巴马蒂真理院挑出的 78 名成员,徒步到遥远的海边去煮盐,以迫使殖民当局让步,后取得一定胜利。这是甘地领导的诸多印度民族斗争中的一个重要事件。

盾看法"①。综合起来看,代表观点主要有以下两种。

一是对甘地的钦敬、赞美。由于发动了两次非暴力不合作运动,在现代中国知识界多人心目中,甘地是一个人格伟岸、安贫乐道、爱国爱民、意志坚定、领导力与影响力超群的"圣雄"。

对于甘地的人格,最高的评价认为他可以同古代的佛陀相比肩,"印度自从释迦牟尼以后,没有比甘地更伟大的人格了"②,最富感染力的描述则将其奉为"东方的圣洁":

> 摩诃末甘地(Mahatma Gandhi)这个含有神圣意义的名字,又在东方放出惊人的异彩,引起全世界的注意了……他是当代的伟人,东方的圣洁……他仿佛是礼拜堂的钟声,他的灵感的福音,回响于全印度人民内心的底里。③

此外,《大公报》也刊载《大哉甘地》一文,对其斗争精神和伟岸人格予以赞颂,"夫甘地反抗强权,企图建国,前后努力,已逾四十年,其历史颇与我国孙中山先生相仿佛","其态度静默而雄伟,其行动坚毅而勇敢,谓为消极,绝对不然,谓为软弱,尤乖真相"④。《印度民族运动领袖甘尼地》一文首次登载了甘地头像,在对甘地的生平作介绍时说,甘地是"不合作运动的首创者","谋印度旧道德之复活,使印度人视同一家","谋鼓舞民众反抗政府,虽手无寸铁,而能为英政府所惧惮",是一位坚贞不屈且富于斗争智慧的爱国主义者。他屡有善举,主张禁欲,鄙弃富贵安乐,"尽斥其余财以清贫自守"⑤,其伟岸人格在印度民众中有极强的感召力。这不禁让人想起《论语》中孔子对高徒颜回的称赞:"一箪食,一瓢饮,在陋巷,人不堪其忧,回也不改其乐,贤哉回也!"在鄙弃富贵、安贫乐道之人格方面,甘地与颜回的确存在着一定的契合之处。

对于甘地的领导力,当时的中国知识界也是赞不绝口,如化鲁在《甘地主义是什么》一文中称他是"印度思想界的领袖""Saint(圣人)","因为受

---

① 金克木:《略论甘地在南非早期政治思想》,《印度文化余论——〈梵竺庐集〉补编》,学苑出版社,2002 年,第 97 页。

② 《东方杂志》第十九卷第十号。

③ 《东方杂志》第二十七卷第六号。

④ 《大公报》,一九三一年一月二十九日。

⑤ 《东方杂志》第十八卷第八号。

了他的劝告,印度数千万的回教徒与印度教徒都熄灭了他们的仇恨,因为受了他的鼓动,印度人焚烧了无量数的洋布,改用手织的土布",“他不用寸铁而能鼓起一种无形的革命,使英政府穷于应付"①。他是“歆动三万万民众来摇荡大英帝国根基的领袖"②,又像是“印度的托尔斯泰"③。在这些媒体杂志看来,“圣雄"甘地首次为印度民族运动制定出统一而有效的斗争策略,领导热情空前高涨的民众,把民族运动推进到一个前所未有的新阶段。运动虽然最终失败,却积累了宝贵的斗争经验,增强了各阶层的凝聚力,并极大地动摇了英印政府的殖民统治。

　　二是部分人的相反看法。这部分人尽管对甘地的精神和品格表示钦敬,但在政治上却对他不屑一顾。当然,这是在不合作运动初始前后的情况。他们认为,宗教、道德和政治各有其背景和特点,不应相混同,笃信宗教、道德完善的甘地未必具有高超的政治才能。实际上,当时甘地及甘地主义在印度国内甚至国大党内部也受到同样质疑,即将宗教与政治捆绑在一起实为荒谬而唐突,太具幻想色彩,他所领导的非暴力不合作运动提倡手工纺织,这种对现代文明的排斥不啻复古和倒退。总之,甘地虽然人格“非常高尚",主义“极其正当",但“他完全是一个宗教家,没有政治家的才具"④。还有人认为甘地提倡非暴力是怯懦行为。但是,这种看法随即遭到批驳,如:

　　　　甘地曾说:“我宁愿试身横暴千万次,不愿我民族志行丧馁。其与忍辱偷存,不如以武力卫国而死。"⋯⋯懦夫决不配去躲身在甘地旗帜下。甘地决不肯和他们共戴天日。⑤

　　　　甘地虽然用无抵抗的手段来反对暴力,但他决不主张静止无为听其自然。他是很有战斗的勇气的。他为了不协同运动,到处奔走演说,要不是具有革命家的奋斗的精神是万万干不了的。⑥

　　这表明,大多数中国人对甘地的政治理念看法有异,但对其人格的看

---

① 《东方杂志》第十九卷第一号。
② 《少年中国》第四卷第十一期。
③ 《东方杂志》第十九卷第十号。
④ 《东方杂志》第二十一卷第十七号。
⑤ 《少年中国》第四卷第十一期。
⑥ 《东方杂志》第十九卷第十号。

法仍然较为一致,"圣雄"的形象特点仍然鲜明。

甘地主义面面观

在争取印度民族独立的斗争中,甘地逐渐形成和发展了一个完整的、独具特色的思想体系,人们称之为"甘地主义"。甘地主义的目标是争取印度民族独立和社会进步,真理和非暴力学说则是其核心内容。在长期斗争的实践中,甘地认识到原先那种脱离群众的上层资产阶级政治改良活动的缺陷和局限性,以印度教传统与非暴力抵抗手段相结合,充分发动群众特别是农民群众,从而使印度的民族运动真正奠基于群众运动之上。此外,甘地认为,要实现民族独立和社会进步,最根本的应实现印度人自身精神的完善和印度社会的和谐。

甘地主义对印度人民争取民族独立的斗争产生了重大影响,印度国大党接受甘地主义为指导思想,发动和领导了第一次(1919—1922)、第二次(1930—1934)全国性的大规模抗英非暴力不合作运动。甘地主义内涵丰富,其形成和发展过程也较长,所以,中国知识界对甘地主义的理解及评价也较为复杂。一方面,甘地主义思想体系中的非暴力抵抗成分具有鲜明的反抗殖民统治、争取民族独立以及社会平等思想,这在印度民族民主运动时期,无疑具有革命性与进步性。但另一方面,由于甘地主义把非暴力视为"宗教式的善"、唯一可行的斗争方式,因而又有限制群众运动和民族独立运动健康发展的局限性的一面。所以,尽管唤起了群众的斗争热情并取得过局部胜利,但从两次运动的最终结果看,都先后遭到失败。下面,就中国现代知识界对甘地主义的理解和看法,分别予以评述分析。

一是对甘地主义的理解方面。《东方杂志》的专论《甘地主义是什么》这样分析道:"所谓甘地主义是什么呢？浑括的说起来,就是代表东方静的文明的人格的生活罢了。甘地的思想与台峨尔所倡导的爱的生活,同出于宗教的根源,但是他更积极的主张灵的崇高与理想主义的革命。"[1]这样的概括大致不错,甘地主义的确与甘地的宗教观密不可分,它强调人的精神完善,倡导东方古老文明生活方式,非暴力革命方式的选择也的确具有理想主义色彩。但对于甘地主义指导下的不合作运动,《东方杂志》则表现出

---

① 《东方杂志》第十九卷第一号。

理解的模糊：

> 近年来，印度发生一种平和的革命运动，以平和的不抵抗的手段对付统治者之迫压。加入此种运动者，不购英货，不与英人交际，不受英国教育，不为英人雇佣，不加入英人设立之各种机关，一切均用消极态度，与英人对抗，即所谓"不联合运动"是也。此种新奇之革命运动，近来势力日益扩大，加入者日益众多，几使英政府穷以应付。盖武力革命不难用军队压平，而此种消极的革命方法，则殆无法禁阻也。①

可以看出，他们对非暴力不合作运动的具体表现形式有较多了解，只是类似的革命手段在当时国内并不常见，较之暴力革命难以见到立竿见影的胜利，故称之为"新奇""消极"。

二是对甘地主义的看法方面。可分持积极看法和消极看法这两派。每派中又有不同分野。

首先，积极看法的一派。他们大多对甘地主义有正面评价，甚至将其誉为"庄严伟大的思想，人间各种精心的结晶，并且是反抗压迫的最坚强、最锐利的武器，能使几亿的敌人披靡败北"②，但就甘地主义思想体系中的非暴力不合作这一斗争策略而言，在肯定的角度和程度上是有区别的。

其一，认为非暴力不合作运动（包括后期的文明不服从运动）一定会给印度带来胜利。持这种观点者对广大群众以各种方式参加不合作运动表示热烈赞扬，认为它打破了被英印殖民当局利用的宗教隔膜和对妇女的排斥，汇聚了印度的巨大力量，"虽非流血革命，而其势力硕大无朋，竟使英国当局难以应付……加入此种运动之人几包括印人之全体，无男女老幼之别，无宗教等级之差，团结一致，以与英抗，英人虽智巧，其将如之何哉？"③对于第一次不合作运动的暂时停止，他们也并未悲观，认为"革命的火炬已燃了就不会熄灭。不借炸弹而用思想的弹丸，不借武力而用纺织，不借憎厌而用爱心，使印度得到自由，全人类也得到自由"④，"甘地的革命在常人看来或者去成功尚远，但这是早晚的事。……印度的独立我们只静悄悄地

---

① 《东方杂志》第十八卷第八号。
② 《东方杂志》第十九卷第十号。
③ 《东方杂志》第十九卷第十四号。
④ 《东方杂志》第二十卷第二十一号。

听着就是"①。对于第二次文明不服从运动,中国报刊也充分肯定这一运动的巨大意义:

> 这次不合作运动虽仍遵守非暴力主义的原则,但因其从破坏法律、私制食盐、拒纳捐税各方面入手,其形势自然更较严重。不但如此,因印度革命恢复不合作运动的缘故,这才重又深入到民众中间,纠正了数年以来议会运动的缺点。②

有几篇文章还把 1929 年国大党拉合尔年会和这次不服从运动称为印度民族运动的"一大转折""一个新进展"③。1930 年 1 月 26 日是国大党宣布的印度独立日,时在印度国际大学执教的谭云山先生曾得以亲历,他满怀欣喜地描述了这一盛况,并坚信印度人民必将很快迎来其民族独立的胜利:

> 这实是印度的一个新纪元。北自喜马拉雅山,南至科摩林角,红绿白三色独立旗帜满地飘扬,自大城镇以至小乡村,无处不有庄严的纪念会与轰烈的整队游行。"独立万岁""祖国万岁"等呼声,涌动了印度洋海,震撼了喜马山峰。④

其二,对不合作运动的必要性持谨慎态度。他们认为,非暴力不合作策略是在印度"民族散漫""武备取缔"以致于武力反抗"在事实上几乎不可能"的情况下,印度人民所采取的"迂回的道路",换言之,是在权衡利弊得失之后作出的策略性选择,而非实现民族独立所必须依赖和最终采取的手段。

其三,对不合作运动能否实现政治目标表示怀疑。这以孙中山为代表,他一方面从经济角度肯定不合作运动在反抗殖民者的经济盘剥方面的积极作用,但又认为此运动并不能使印度人民真正摆脱殖民者在政治上所施行的压迫。他的结论很明确:民族独立的取得必须依靠武装革命,非暴力方式最终是行不通的。⑤

---

① 《少年中国》第四卷第十一期。
② 《东方杂志》第二十八卷第三号。
③ 《东方杂志》第二十六卷第二十一号;第二十七卷第三号。
④ 《东方杂志》第二十七卷第十三号。
⑤ 参阅林承节《中印人民友好关系史 1851—1949》,北京大学出版社,1993 年,第 143—144 页。

其次,消极看法的一派。与上述意见截然不同,持此观点的人对甘地主义思想体系中存在的诸多问题进行批评,具体表现在:一,排斥非暴力不合作的斗争方式。他们认为这种斗争方式无异于"诵五经退贼兵",人格感化"每每只足以感化被压迫者,使他们不反抗,并不能感化压迫人者使他们不压迫。这种感化的哲学,只是使老虎好吃人,为被吃的超度,使他不怨恨老虎而已"①。鲁迅在《华盖集续编》中虽然也赞叹甘地为"坚苦卓绝的伟人",却对其斗争方式嘲讽有加,认为如果在中国像甘地那样以绝食来抗争,是不会有什么结果的。的确,甘地曾用其人格感召力量,将不同阶层、不同群体团结起来,形成独立斗争的巨大力量,但这种结合并不牢固,在他被捕后便不可避免地产生分化。② 二,批评对西方现代文明的拒斥。对于甘地提倡手工纺织,大多数人从经济斗争和发动群众的角度予以肯定,但对其排斥西方文明、现代文明的一面则批评有加。此外,有人对第二次文明不服从运动从破坏盐法开始并不理解,认为这是舍本逐末、装模作样,离真正的革命相去甚远。

从以上对甘地及甘地主义的看法和论争中可以看出,印度人民争取民族独立的斗争时时牵动着中国人民的心,现代时期的"甘地热"便是典型体现。1947 年 8 月 15 日,印度自治领宣告成立,印度人民近两个世纪不屈不挠的反殖斗争终于取得了胜利。印度人民更不会忘记甘地,在 8 月 14 日午夜印度制宪会议上,首任总理尼赫鲁充满激情地向世界宣告了印度的新生,并以印度人民的名义,向独立印度的缔造者、印度民族运动的伟大领袖甘地致以最崇高的敬意:

> 在这个日子里,我们首先想到了印度自由的奠基人,我们的民族之父。他体现印度古老的精神,高举自由火炬,照亮了我们周围的世界。

并表示印度人民将在甘地的不朽精神鼓舞下,笃力建设一个强大的新印度。③

---

① 《中国青年》1926 年第 114 期。见《中国青年汇刊第五集》,中国青年社,1927 年。
② 参阅林承节《中印人民友好关系史 1851—1949》,北京大学出版社,1993 年,第 146 页。
③ 参阅林承节《印度史》,人民出版社,2004 年,第 387—388 页。

走下圣坛的甘地

以上对甘地和甘地主义的诸多看法,是中国知识界通过媒介间接认知又通过媒介间接传达出的,对其进行碎片重组后,政治层面的甘地形象呼之欲出了。那么,在与甘地有过实际接触的中国人心目中,又有一个怎样的甘地形象呢?

现代时期,中国青年曾圣提和魏风江曾在甘地身边学习、生活过一段时间,感受到他慈父般的爱。曾圣提的名字中"圣提"(shanti)即是梵文"和平"之义,是甘地给取的。他亲身感受到甘地对于中国人民停止军阀混战、团结一致抗击日本侵略者的期许,感受到甘地对中印友谊的真诚期望,后来写有回忆录《在甘地先生左右》,对这段学习生活作了追忆。魏风江也曾在萨巴马蒂真理学院短暂学习,亲身感受到甘地及甘地夫人的关爱以及甘地对中国抗日战争的关注和信心。魏风江归国后写了《我的老师泰戈尔》(内有《泰戈尔嘱访甘地》一章)和《在甘地先生家里》等一系列回忆文章,其中有一段回忆道:

> 以前看照片上的甘地,是一个不会笑的"神";现在我亲眼见到了他,才知道他是一个满面笑容的"人",有时还会笑出声来。以前以为他谈的必然都是圣经贤传,现在知道他也是一个很有人情味的人。他所关心的是人们的吃、穿和教育,是一个切切实实的实干家啊![①]

1940年,著名画家徐悲鸿在国际大学曾见到甘地,并为甘地画了两张速写像。忆起这段往事时,徐悲鸿说:"甘地先生看上去极为强健,动作敏捷,不像七十多岁的老人。大笑时像儿童一样天真。"[②]被称为"传递先生"[③]的陶行知则对甘地对中国人民抗日战争的关注、同情和支持印象深刻。他印象中的甘地干瘦、沉静、庄重,过着极其简朴的生活,对此,在其著述中流露出对甘地的无限钦敬。

早在20世纪初,甘地尚在南非时,就曾对中国侨民提供帮助,关心中国人民的进步事业,回到印度后更为关注。1926年"五卅惨案"发生后,他曾撰文《中国的命运》呼吁印度人民制止英殖民者利用印籍士兵屠杀中国

---

①　魏风江:《我的老师泰戈尔》,贵州人民出版社,1986年,第147页。

②　廖静文:《徐悲鸿对印度的美好回忆》,《南亚研究》1985年第2期。

③　陶行知曾两次访问印度,将中印间彼此的信息传达给对方,被称为"传递先生"。

人民的卑鄙、残暴行为,文章中说:

> 我不知道印度对处在困难中的中国能够帮什么忙。……如果我们在管理国家事务上有任何发言权,我们决不会容忍印度士兵像猎杀兔子那样射杀无辜的中国学生和平民的可耻景象出现。[1]

此后,国大党在甘地影响下通过一项《中国的斗争》的决议,对中国人民反抗外来侵略的斗争予以同情,对英殖民政府派遣印度军队镇压中国的民族解放运动进行抗议。抗日战争爆发后,甘地始终明确坚持反对日本侵略中国的立场,深切关注中国局势,对受难的中国人民深表同情。1942 年 7 月 8 日,他发表致全体日本人的公开信,表示将不惜一死赶赴日本,以阻止其对中国的罪恶侵略。

这就是走下圣坛的甘地,亲切、沉静、简朴,对中国人民存有深情厚谊并施以切实的支持。中国人民也没有忘记甘地。1943 年 2 月,甘地在狱中绝食的消息令中国人民感到严重不安,各界名流再次联名致电印度总督,要求立即释放甘地。《新华日报》等报纸杂志也纷纷表达中国人民的焦虑和担心。1943 年 8 月 9 日,是甘地等国大党领导人被捕一周年,《新华日报》发表《敬慰甘地尼赫鲁先生》的社论,其中除对甘地、尼赫鲁仍在狱中"令人萦念"外,也表达了中国人坚定支持印度人民的独立事业的立场:"这些话我们说过多次,今后我们仍将用更加热烈的情绪,为我们的东方兄弟重复一千遍一万遍。"[2]

1948 年 1 月 30 日,甘地不幸遇难,未能实现访问中国的愿望。中国政府发去了唁电,各报刊刊发悼文多篇,《东方杂志》出了《纪念甘地专辑》,并配发有反映甘地生活、斗争的照片多幅。照片的总说明是:

> 印度的国父圣雄甘地于一月三十日遇刺逝世,噩耗传出,薄海同悲。甘地不唯是印度民族运动的先导者,他粪爱的真理,主张容忍,抨击暴力,也是这个强权世界一片黑暗中的明灯。甘地的肉身可以死亡,但甘地的精神与理想,将与人类共存在。[3]

---

① 引自林承节《中印人民友好关系史 1851—1949》,北京大学出版社,1993 年,第 310 页。
② 《新华日报》,1943 年 8 月 9 日。
③ 以上参阅林承节《中印人民友好关系史 1851—1949》第十九章,北京大学出版社,1993 年。

二 "甘地热"辐射效应之一:"尼赫鲁热"

贾瓦哈拉尔·尼赫鲁(1889—1964),出身于婆罗门贵族家庭,曾就读于英国剑桥大学,1912 年获律师资格,同年投身于争取印度民族独立的政治运动,1921 年成为甘地推进非暴力不合作运动的战友。1929 年担任国大党主席,在反对英国殖民统治、争取民族独立的斗争中屡遭逮捕,斗志弥坚。1947 年 8 月 15 日,尼赫鲁出任印度独立后的首任总理。

作为甘地的亲密战友和接班人,尼赫鲁自然也受到中国人民的关注,这是"尼赫鲁热"在中国出现的第一个原因,可以说是"甘地热"的一个辐射效应。但不止于此,和甘地一样,尼赫鲁对中国人民同样抱有友好的感情,对中国人民的抗日战争给予了深切同情和极大支持。他首先提议举行"中国日",号召印度人民抵制日货,动员印度人民为中国抗战捐款捐物,组织援华医疗队赴中国,并不顾处于二战爆发前夜的印度时局,坚持亲赴中国访问,以表达对中国抗战的支持。伴随着他对中国的访问,"尼赫鲁热"持续升温,各大报都发表文章,介绍他的生平、政治主张、在国大党中的地位,对他的积极领导作用都作了热烈赞扬。这是"尼赫鲁热"形成并发展的第二个原因。

除以上两个原因外,"尼赫鲁热"的形成与发展,还因其自身即为印度民族运动的杰出领导人,其人格、气节、意志都深受中国人民的钦佩。1940 年 10 月底,尼赫鲁因步甘地后尘、发表不合作宣言而遭到英殖民当局逮捕,中国各界深表关切,毛泽东、周恩来、叶剑英等联名致电慰问,《新华日报》也刊发社论《慰问尼赫鲁先生》,文中称赞尼赫鲁"是印度民族的好男儿,他有气节,有骨格,为了自己民族的解放而受尽千辛万苦。他曾被捕过七八次,而愈挫愈奋,越磨越坚"。国民党方面的报刊也同样表示愤慨和抗议。英国当局不顾印度人民和世界人民的抗议,竟判处尼赫鲁四年监禁,在印度激起了抗议示威,中国人民同样义愤填膺,"尼赫鲁犯了什么罪? 恐怕是由于他反对印度参战,主张印度独立,换句话说,大概是因为他不会高喊'大英帝国的胜利万岁'"①。各界发电慰问,有力地支持了印度反殖斗争,1941 年底,尼赫鲁提前获释。

---

① 《新华日报》,1940 年 11 月 3 日。

但真正把"尼赫鲁热"推向高潮的还是他对中国的访问。1939年8月,尼赫鲁访问中国,当时日本侵略者正对中国后方实行大规模空袭,来中国访问是有一定危险的。加之第二次世界大战的爆发迫在眉睫,印度国内政治形势动荡不安,国大党许多人建议他另择时机访问中国,尼赫鲁却坚持道,"我要去中国,因为这个伟大国家从多方面牵动着我的心","我要去中国,因为中国今日是争取自由斗争的大无畏精神的象征,是战胜难以言状的不幸和灾难的决心的象征,是在共同的敌人面前团结的象征,我要把敬意、祝贺带给它"。至于危险,他说,"如果我们的亿万中国同志能勇敢地面对危险和风险,我这个印度人也应当与他们共命运"[①]。甘地赞同他的中国之行并致电祝福他获得成功,泰戈尔也对此寄以很高期望,认为此行能够"体现亚洲新精神和印度的最好的人道主义传统"[②]。

中国方面把尼赫鲁视为国宾,接待是极其隆重的,成立了由193个团体和民众代表组成的接待委员会。各大报就其来访发表专论,《中央日报》介绍他奋斗不息的经历,《云南日报》介绍了他在印度民族运动中的重要地位,称他是"印度民众的伟大领袖","一生都在努力使印度从英国统治下解放出来"[③]。《新华日报》赞扬他是"我们民族的亲切朋友",是"抗战以来,以印度被压迫民族解放运动的领导资格,亲自来到中国表示亲密团结的第一人",他的来华"表明全印度的人民是同情着我们的抗日战争","表示着伟大的印度民族是中国抗战中的巨大援助者"[④],《大公报》也对此表示"无限的感佩"[⑤]。

尼赫鲁的中国之行也收获了宋庆龄、宋美龄、戴季陶等人的友谊。宋庆龄曾视尼赫鲁为"中国的一位伟大的朋友",并曾把自己和孙中山的一张合影送给尼赫鲁,尼赫鲁视为珍宝,一直收藏于自己的房间。1941年,宋美龄曾给狱中的尼赫鲁这个"真正的同志"送去一瓶自制的果酱,并说它"象征着生活的甜酸苦辣,若没有苦辣,生活岂不枯燥乏味?"给狱中的尼赫鲁以莫大的安慰。戴季陶也和尼赫鲁有着深厚的友谊,曾送礼物给尼赫

---

① 引自林承节《中印人民友好关系史1851—1949》,北京大学出版社,1993年,第275页。

② 《新华日报》,1939年9月5日。

③ 《云南日报》,1939年8月14日。

④ 《新华日报》,1939年8月24日。

⑤ 《大公报》,1939年8月26日。以上参阅林承节《中印人民友好关系史1851—1949》,北京大学出版社,1993年,第275—276页。

鲁,其中最值得一提的是他手抄的宋朝丞相文天祥的著名诗篇《正气歌》,尼赫鲁对这份礼物异常珍视,认为这不仅是代表个人的友谊,"更重要的,表明了中国对印度的感情"。①

作为对尼赫鲁访问中国的回访,1942 年 2 月,蒋介石也对印度进行了访问,他回国前发表的《告印度国民书》中这样说道,"时至今日,世界和平已为野蛮之侵略暴力所威胁,我中印两国不仅利害攸关,实命运相同。因此我两大民族惟有共同一致,积极参加反侵略阵线,并肩作战,以实现世界真正之和平,竭尽吾人应尽之职责。"②印度民族主义力量对蒋介石访印评价甚高,《告印度人民书》在印度也产生了重大的政治影响,在中国,也得到包括共产党在内的一致支持。

三　"甘地热"辐射效应之二:"患难之谊"的续写

对"印度之莺"的关注

在甘地精神的感召下,印度人民踊跃参加不合作运动。他们不怕被捕入狱,相反,以能入狱报国为荣,1932—1934 年间,被捕曾达 12 万人,殖民监狱人满为患,英殖民当局不知如何是好,"全印充满着的是激烈的革命空气,呈露出来的是紧张而严重的形势,这真吓得英政府目迷神眩,脚慌手乱"③。正处于艰苦卓绝斗争中的中国人民,对甘地所领导的印度广大群众的大无畏革命精神也给予了热烈赞扬,妇女则成为他们关注和赞扬的焦点。

在印度,妇女的地位是低下的,许多领域存在着歧视和压迫妇女的传统制度与陈规陋习。这在近代印度的形象中已有所反映。现代以来,印度妇女能够挣脱束缚、投身斗争,在中国人民看来,是一个了不起的变化。印度人民"不屈不挠的奋斗精神是极足佩服的,男的就不用说了,就是女的也都投身革命,谋其民族独立,脱离英人的羁绊"④,"有许多地方,女子都群聚千人,检查盐店,检查洋货,焚烧洋布等等"⑤,以往妇女很少参加政治斗

---

①　参阅林承节《中印人民友好关系史 1851—1949》,北京大学出版社,1993 年,第 382—385 页。

②　《中央日报》,1942 年 2 月 23 日。

③　《东方杂志》第二十七卷第八号。

④　《东方杂志》第二十八卷第七号。

⑤　《东方杂志》第二十八卷第十三号。

争,"可是这回她们居然做起主角来,委实有了很大贡献"①。《东方杂志》还特地刊登了五幅印度妇女参加运动的照片,显示了女队员带领妇女参加斗争的飒爽英姿。这要归功于"几位印度文明的女革命家"的带头作用,她们分别是指甘地夫人卡斯杜白、奈都夫人、比蒂、米拉本和卡拉马·黛维。

甘地夫人卡斯杜白一直追随甘地参加斗争。第一次不合作运动和第二次文明不服从运动都是如此。她加入国大党志愿服务队,不畏艰险,不辞劳苦,踊跃参加纠察工作。中国报刊上多次提到她的名字和事迹,称赞她鼓舞印度妇女参加斗争。1944 年,当她在狱中逝去的消息传来,各大报都遥致哀悼。《新华日报》还刊发了甘地夫人小传,介绍其生平事迹。

奈都夫人更为突出。1918 年,《新青年》在刊登泰戈尔诗歌时,就曾同时刊登奈都夫人的诗篇《村歌》《海德辣跋市》《倚楼》。那时,中国知识界只关注她的诗人身份。第一次不合作运动开始后,奈都夫人脱颖而出,成为一位杰出的女政治家,1925 年当选为国大党主席。《东方杂志》在刊登了她的爱国主义诗作《献给印度》后赞道,"她的诗歌本来是清新美妙,像山谷间一股喷涌而出的泉水。现在可变了,热情燃烧着,有如汹涌的波涛","她决心报效祖国,把祖国——母亲的内部整理得井井有条,团结一致……这是何等伟大的怀抱!"②第二次不合作运动开始后,奈都夫人始终在第一线号召和鼓舞群众特别是广大妇女参加运动。《东方杂志》再次发表专文《印度的万能女子——奈都夫人》,称她是"性格刚强、不畏险阻、热心爱国的人……她为祖国谋解放,与印度的指导者甘地的夫人共同合作,在政界占极重要的位置。她主张妇女参政。妇女参政运动中,她自是一个急先锋……她不但是一个政治家,一个诗人,一个剧作家,一个指导者,一个社会活动家,一个改革者,她实在如她的友人所给她的荣誉,乃是'印度之莺'、'印度的万能女子'、'青年印度的预言者'"③。

以上可谓极高的评价。的确,第二次不合作运动中,奈都夫人表现十分英勇。1931 年 5 月,她率领两千志愿人员,执行甘地被捕前制定的徒步150 英里进占达拉沙拉盐场计划。这支徒步队伍虽遭大头棒劈头盖脸的毒打,血流成河,但只要还有人没倒下,就继续前进。其场面之惊心动魄,

---

① 《东方杂志》第二十七卷第八号。
② 《东方杂志》第二十三卷第八号。
③ 《东方杂志》第二十六卷第十六号。

举世未闻。她因此被捕。《东方杂志》援引奈都夫人曾发表过的一篇著名演讲来热烈赞美她的勇敢①。1942 年 7 月 15 日,《新华日报》的一篇文章又一次对她作了突出介绍:

> （这位）印度的母亲,常用最通俗的印度化的文字,灌输人民以进步的民主的思想……她经常到各地去旅行,亲身体验各种痛苦生活,把她的文章和印度人民密切地联系起来。……这位六十一岁的老太太,她的精神永远年轻,她那火样的爱国热情永远温暖我们的兄弟民族——印度的心。②

除此以外,中国人民对 1941 年曾访华的黛维夫人也给予了关注。《新华日报》曾发表《黛维夫人访问记》,对印度妇女打破封建束缚、积极参加民族运动表示钦佩。

总结这一切,"我们可以看到印度民族的觉醒是多么可歌可泣,多么悲壮惨淡! 我们更可看出,革命的怒潮正在方兴未艾,大有再接再厉,前仆后继,百折不挠的气势。那样伟大的革命精神,我们敢说决不是武力所能慑伏的。"③的确,为争取民族独立和进步而英勇斗争的中国人民,始终用钦敬的目光注视着同样英勇的印度人民,这正是对中印间近代"患难之谊"的现代续写。

"印华":中印友谊的结晶

中国的抗日战争得到世界上所有被压迫人民和被压迫民族的同情和支持。"在亚洲,最有力的支持来自印度国大党和印度人民。"④印度共产党、其他民族主义组织和各群众团体对中国抗战也都抱同情和支持态度。甘地、泰戈尔、尼赫鲁等著名人士以各种方式强烈谴责日本法西斯的野蛮侵略行径,印度各界不遗余力地支持中国的抗日战争,包括捐款捐物、抵制

---

① 其中有"来吧! 你即使能把我们屈作囚人,却休想把我们征服。你休想触及我们的灵魂。印度是决不会以自居怯者的和平为满足的"诗句。

② 《新华日报》,1942 年 7 月 15 日。

③ 《东方杂志》第二十七卷第八号。

④ 林承节:《中印人民友好关系史 1851—1949》,北京大学出版社,1993 年,第 257 页。

日货、游行集会、举行多个"中国日"①等。中国各大报纸杂志都及时登载这方面消息,把这种支持称为"兄弟般帮助""真正的患难之交"。在印度人民整体形象构成中,包括柯棣华大夫在内的援华医疗队的身影不应缺席。

印度援华医疗队,是在尼赫鲁组织下成立的,这是一支由五名印度医生组成、旨在对处于抗战初期的中国人民进行实际援助的医疗队。医疗队1938年9月抵达中国,先后在国民党和共产党的抗战队伍中工作,为中国人民反对日本帝国主义侵略的斗争作出了很大贡献,传达和巩固了中印人民的友谊,成为中印友好关系史中浓墨重彩的一笔。对于印度援华医疗队的到来,中国人民首先深表感激,"(他们)带来被压迫民族对我国争取民族独立的抗战的同情,带来许多迫切需要的药物,他们并且将在中国从事救护,直到抗战胜利为止,……这是多么令人感动,多么值得感谢的深谊厚情啊!"②其次,认为这是中印两大民族间实现联合的一个重大事件,"印度朋友长途跋涉,饱经风霜,带来了国际人士的伟大同情,亲切地表现了中印两大民族的联合。特别是印度人民给我国抗战以精神上物质上的鼓励,我们表示无限的钦敬与谢意"③。另外,认为中印民族运动合作互助有重大实际意义,对亚洲和世界人民反侵略斗争都是有力的推动和帮助。

印度援华医疗队也没有辜负印度人民的重托,他们出色地完成了支援中国抗战、巩固中印友谊的任务。在此过程中,他们也同中国人民建立了深挚的友谊,在选择中文名字时,曾主动建议在每人的名字后加一个"华"字,表示对中国的热爱。这样一个"华"字,凝结着他们对中国人民的深厚的情感。最令中国人民不能忘怀的,是医疗队队员柯棣华大夫。柯棣华曾任白求恩国际和平医院的首任院长,与边区军民同甘共苦,被誉为"第二个白求恩",后来,他成了中国女婿,聂荣臻亲自为他儿子取名为"印华"。由于边区营养短缺,他的健康每况愈下,但他坚持不离开前线,终因积劳成疾,于1942年12月9日为中国人民的正义事业奉献出了年仅32岁的生命。消息传来,每一个中国人都沉浸在巨大的悲痛中,边区军民为这位杰

---

① 印度人民举行了多个中国日,表达对中国人民的抗日战争的同情、支持和帮助。活动形式包括对日本帝国主义进行政治示威、游行抗议、抵制日货,号召对中国人民进行钱财、物资捐助等。

② 《新华日报》,1938年10月1日。

③ 《新中华报》,1939年2月16日。

出的国际主义战士唱起悲壮的挽歌：

> 你从温暖的印度洋岸边，
> 到中国北方抗拒严寒；
> 你为明天的世界，
> 在中国苦战了五个秋天。
> 你竟在长夜的尽头，
> 流干了生命之泉。
> 啊！亲爱的柯棣华同志，
> 你巨大的形象，将在我们的行动中复活，
> 将在我们的行动中复活。
> 在我们的记忆里长存到永远。①

中华民族从来就是一个坚持正义、知恩图报的民族。二战期间，正在浴血奋战的中国人民对印度民族主义力量及其行动也同样给予了同情与支持。各大报纸都对印度开展反战活动的消息进行积极报道并予以声援，如学生、市民集会、游行，工人罢工等。在报道甘地、尼赫鲁驳斥揭露英印总督企图诱使印度人民改变立场的宣言的文章时，《新华日报》用的标题是《反战！反战！！反战！！！印人唾弃印督宣言，要求完全独立》。② 1940年9月4日，在印度开展反帝活动一周年之际，《新华日报》发表题为《印度在斗争中》的社论，赞扬印度人民的斗争已经使印度发生了地位上的变化："第二次帝国主义战争时的印度已经不是第一次世界大战时的印度了。……印度已从大英帝国的资产，逐渐成为它存在的障碍，从帝国主义战争的后备，变为民族革命战争的一支先锋队伍。"③为答谢印度多次举行"中国日"的盛情，1942年3月17日，中国也举行了"印度日"盛大活动，《大公报》出了《中印文化合作运动特刊》，并配发题词多篇，其中，"唇齿之情，犄角之势，合作交欢，胜利可制"④的题词格外醒目，唤醒和续写着人们对近代时期"唇齿相依的患难之交"之印度形象的记忆。

---

①　引自林承节《中印人民友好关系史 1851—1949》，北京大学出版社，1993年，第356页。

②　《新华日报》，1939年10月21日。

③　《新华日报》，1940年9月4日。

④　林承节《中印人民友好关系史 1851—1949》，北京大学出版社，1993年，第375页。

四　另一种声音

不可否认的是,在这纷繁的"复调"接受中,还有一种不和谐的声音。这声音也来自两个方面。

一是批评印度在西藏问题上的某些做法。西藏问题是英殖民者在中印人民的友谊之园中埋下的一束荆棘。1949年前,对于印度在西藏问题上的某些做法,如尼赫鲁、辨喜、泰戈尔等人经常将西藏与中国置于同等地位,当时的中国政府和舆论界是反对的。辨喜、泰戈尔是因为对真实历史没有多少了解,尼赫鲁则更多地承袭了英殖民主义时期的政策遗留。

二是对印度独立道路有不同看法。在反法西斯斗争中,中印结成统一战线,共产党和国大党之间的分歧退居次要地位。但在打败法西斯后,二者间不同目标、不同道路的分歧渐趋凸显。共产党看来,印度人民应该广泛发动群众、采取武装斗争的形式推翻英国殖民统治,彻底完成反帝反封建的任务;而国大党看来,中国应在国民党领导下,建设一个资产阶级民主国家。所以,二战后至中华人民共和国建立期间,双方有一些误解和芥蒂。当英殖民政府慑于印度民族主义力量的不懈斗争和当时国际形势已发生的深刻变化,不得不承认印度的独立权利时,中国国内报纸杂志的态度也分化为两端:一端为此热烈欢呼,一端却并不相信英国真的会让印度独立,这分别代表了国民党和共产党的态度。1947年8月15日,印度终于获得独立,蒋中正向友人尼赫鲁发出贺电:"一切为独立、平等及进步而奋斗之人民,均将因印度之成功而获得鼓励",首任驻印大使罗家伦写了一首热情洋溢的长诗《为印度自由而高歌》①,而《新华日报》则对英国以和平方式移交政权仍持怀疑态度,认为这并非走向真正独立的、前进的道路。

独立后的印度的内外政策及实践表明,它确是在建设独立自主国家的道路上一步步前进,在国际舞台上也发挥着越来越重要的作用。1956年,周恩来总理访问印度时说:"在伟大的甘地和尼赫鲁总理领导下,印度人民在争取独立的斗争中取得了辉煌的胜利……中国人民欢呼印度人民争取独立的胜利……我们两国取得独立的道路并不一样,但是我们维护独立、

———————————

①　诗的结尾:"好一个奇迹,独立而用不着战争,历史会告诉你,那从前未有过的事情。站在时代巨轮上的御者,提高勇气向前,加倍你的努力。当你正要逼近山巅,你一定可以达到你的理想:崇高、美丽、尊贵、庄严。"

建设祖国和保卫和平的共同目标却是一致的。这些共同的目标为我们两国的亲密合作提供了深厚的基础。"①这表明,对国大党领导下取得的印度独立,中国人民已一致地报以欣慰并期待着新时期更为亲密的合作。②

第三节　"泰戈尔热"及现代印度的文化形象

中印间两千年的文化交往到近代几近中断。直到 1924 年,两国人民的交往仍主要集中于政治领域;在文化领域,虽然中国知识界已开始翻译介绍印度文学作品,但两国文化人士间仍无正常交往。1924 年,印度著名诗人、诺贝尔文学奖获得者罗宾德拉纳特·泰戈尔对中国的访问是个转折点。这次访问恢复和畅通了两国文化交往的通道。在近 50 天的行程中,泰戈尔在杭州、南京、济南、北京、太原、上海等地作巡回演讲,表现出对中国人民的友好情谊、对中国文化的赞同欣赏,中国人民也对这位邻邦友人给予了热情接待。③

如果说,甘地是现代印度的政治符号,那么在现代文人的心目中,泰戈尔就是现代印度的一个文化符号,是一个继承和发展了印度古代传统、融汇了东西方优秀文明的伟大生命。现代文人对泰戈尔的认识和理解,在很大程度上代表了现代印度的文化形象。

一　"泰戈尔热"

形成与发展

1913 年,泰戈尔获得诺贝尔文学奖,成为获得该奖的东方第一人,自然引起中国文学界及整个文化界的关注。1913 年《东方杂志》第十卷第四号上刊登了钱智修的文章《泰莪尔氏之人生观》,最早对泰戈尔的生平和基本人生观作了介绍,并附有一幅泰戈尔像。1915 年 10 月,陈独秀用文言文翻译了《吉檀迦利》中的四首短诗,以《赞歌》为题发表于《青年杂志》(1915 年第 1 卷第 2 号)上,这是泰戈尔的作品首次在中国报刊上出现。之后,他的作品越来越多地被郭沫若、冰心、郑振铎、王统照等翻译、介绍给中国读者。与此同时,对其文学思想、哲学思想和艺术思想的研究也逐渐开

---

① 《新华半月刊》1957 年第 1 期。
② 参阅林承节《中印人民友好关系史 1851—1949》的相关章节。
③ 详见笔者《泰戈尔笔下的中国形象》,硕士学位论文,青岛大学,2007 年。

展起来,瞿世英、郑振铎于 1921 年在《晨报》副刊上发表了《太戈尔研究》的连载文章,冯友兰、胡愈之、梁漱溟等也有相关著述发表。1922 年,有两本关于泰戈尔哲学的专著出版,一为张闻天的《泰戈尔哲学》,另一为冯飞的《塔果尔及其森林哲学》,二者都对其哲学思想、文艺思想及社会理想作了探讨。至此,"泰戈尔热"初步形成。值得注意的是,"泰戈尔热"在中国的早期形成,与此前欧洲和日本的"泰戈尔热"是有关联的。

　　1923 年 4 月到 7 月,在梁启超所在的讲学社和徐志摩的筹划、邀请下,泰戈尔确定来中国访问。此消息给中国知识界带来了兴奋和激动,以《东方杂志》《小说月报》为代表的诸多报纸杂志陆续刊登了一批关于泰戈尔生平及作品的介绍性文章。其中,《东方杂志》于 1923 年 7 月刊出泰戈尔专号,刊有《喀布尔人》《隐士》等泰戈尔作品和王希和的研究文章《太戈尔学说概观》,并印有泰戈尔像、手迹和画作。《小说月报》则于 9 月、10 月连续刊出两期《泰戈尔专号》(上、下),刊有《诗人的宗教》《新月集》《吉檀迦利》等泰戈尔作品,欢迎、介绍和研究文章则有郑振铎的《欢迎太戈尔》《太戈尔传》《关于太戈尔研究的四部书》,徐志摩的《泰山日出》《泰戈尔来华》《泰戈尔来华的确期》,王统照的《泰戈尔的思想与其诗歌的表象》等。由此,"泰戈尔热"开始升温。

　　1924 年 4 月 12 日,泰戈尔抵达上海,开始了在中国的访问。在近 50 天的行程中,他在杭州、南京、济南、北京、太原、上海等地作巡回演讲,一时间,观者如堵,评说如潮,中国各团体、各名流争相交流、评价,各报纸杂志更对其行程作追踪报道,也在中国现代思想史上掀起了一场激烈的论争。至此,"泰戈尔热"达到极值,并在泰戈尔离开中国后持续热络,一直到现在还余温不断,各种研究、评论文章中对这次访问予以关注或涉及,成为泰戈尔研究、中印文化关系研究中一段绕不过去的历史。由此,泰戈尔对中印文化交往的意义绝不限于现代时期,对这个文化符号的发掘和阐释,将是持久的和弥新的。

东方诗哲

　　作为获得诺贝尔文学奖的东方第一人,泰戈尔在中国人心目中的形象构成基础主要是其诗人身份。与此同时,他又是一位哲学家,在他的作品中,时见哲理的火花闪耀,他的佳作也大都是哲理与抒情相结合的范例。王统照称其为"名满世界而永久不朽的诗哲",首译其诗歌的陈独秀也较早地注意到这一点:

达噶尔,印度当代之诗人,提倡东洋之精神文明者也,曾受 Nobel Peace Prize,驰名欧洲。印度青年尊为先觉,其诗富于宗教哲学之理想。Gitanjali 乃歌颂梵天之作。①

"东方诗哲"形象的主要接受和塑造群体是文学家们。他们或出于对泰戈尔文学成就的崇仰,或被其作品中表现出的哲思所征服,对其大加赞赏甚至奉为偶像加以膜拜。在欢迎、崇仰泰戈尔这一点上,这个接受群体是一致的,但关注角度和表现程度又有所不同。

从关注角度看,一是对其作品风格倾心属意。现代时期译介泰戈尔的诗集,有《新月集》《飞鸟集》《园丁集》等,这些诗集本身代表了泰戈尔的诗歌所具有的自然、质朴、清新的风格,又多出自冰心、郑振铎等名家的传神译笔,得到当时文人们的交口称赞。人们觉得,它好似一阵清风,吹进躁动不安的现代文坛,使人有种耳目一新之感。冰心则在 1920 年发表的一篇题为《遥寄印度哲人泰戈尔》的散文中表示了对其作品风格的欣赏,"我读完了你的传略和诗文,心中不作别想,只深深的觉得澄澈……凄美"②。常任侠也在《怀念诗人泰戈尔与圣蒂尼克坦》中赞叹道:

> 诗翁泰戈尔清越的声音送入每个听众的耳里,他的诗篇如初升的新月,万里清光,照彻宇宙,也如盛放的百花,异香馥郁,飘散园林。③

1915 年,留学日本的郭沫若曾痴迷和忘情于泰戈尔的诗作,他说:"最先对泰戈尔接近的,在中国恐怕我是第一个",阅读泰戈尔作品时,"真好像探得了我'生命的生命',探得了我'生命的泉水'一样。每天学校一下课后,便跑到一间很幽暗的阅书室去,坐在室隅,面壁捧书而默诵,时而流着感谢的眼泪而暗记,一种恬静的悲调荡漾在我的身之内外。我享受着涅槃的快乐。"④这对他日后弃医从文并对其创作风格的形成产生了很大影响,以致他将自己这一阶段的作品称为"泰戈尔式"。

二是对其人格极尽崇仰。中国现代文化界对泰戈尔的思想和文化观念存在不同解读,但对其纯洁、无私、坚韧、伟岸的人格都是钦佩有加、交口

---

① 《青年杂志》1915 年第 1 卷第 2 号。在这里,陈独秀将文学奖误为和平奖。
② 《冰心著译选集》(上册),海峡文艺出版社,1986 年,第 33 页。
③ 常任侠:《怀念诗人泰戈尔与圣蒂尼克坦》,《南亚研究》1981 年第 2 期。
④ 《郭沫若全集》第 15 卷,人民文学出版社,1990 年,第 270 页。

称赞。这以徐志摩为代表。在《泰戈尔来华》中,他对泰戈尔和谐的人格倾尽赞美:

> 我们所以加倍的欢迎泰戈尔来华,因为他那高超和谐的人格可以给我们以不可估量的慰安,可以开发我们原来瘀塞的心灵泉源,可以指出我们努力的方向与标准,可以纠正现代狂放恣纵的反常行为,可以摩挲我们想见古人的忧心,可以消平我们过渡时期张皇的意气,可以使我们扩大同情与爱心,可以引导我们入完全的梦境。①

他强调,泰戈尔身上最值得钦慕的,"就是他不朽的人格。他的诗歌,他的思想,他的一切,都有遭遗忘与失时之可能,但他一生热奋的生涯所养成的人格,却是我们不易磨翳的纪念"②。1928 年,徐志摩由欧洲返国途中,专程来印度圣地尼克坦拜访泰戈尔,连称"伟大,伟大,真是伟大"③。

三是为其作品中所表现出来的哲思所吸引。对"欧风美雨"的吹打已习以为常的现代文人,面对扑面而来的与中华文明类似却又有别的东方之风,立即沉醉于其中。其一,"爱的哲学"可说是泰戈尔创作思想的红线,"泰戈尔的哲学,可以说以爱为归宿"④。他的创作"以一切亲子之爱、夫妇之爱、恋人之爱、爱国主义之爱、自然崇拜者之爱、醉心于神者之爱为吟咏的诗材而成为旷代的诗人"⑤。在这方面,作为泰戈尔私淑弟子的冰心曾在《遥寄印度哲人泰戈尔》中直抒胸臆,"泰戈尔,谢谢你以快美的诗情,救治我天赋的悲感;谢谢你以超卓的哲理,慰藉我心灵的寂寞"⑥。其二,泰戈尔的诗作哲思对身处苦难中国的有志之士起到了镇定与舒缓作用。如1915 年郭沫若在日本留学时,一方面为自己寻找出路,一方面忧国忧民,看不到国家前途,自杀的念头经常出现在他脑海。但读了泰戈尔的诗作以后,"我真好像探得了我'生命的生命',探得了我'生命的泉水'……享受着涅槃的快乐"⑦。张闻天对此感受更为深刻:

---

① 《小说月报》第 14 卷第 9 号。
② 《小说月报》第 14 卷第 9 号。
③ 谭云山:《印度丛谈》,上海申报馆,1935 年,第 12 页。
④ 《小说月报》第 15 卷第 4 号。
⑤ 《小说月报》第 15 卷第 4 号。
⑥ 《冰心著译选集》(上册),海峡文艺出版社,1986 年,第 33 页。
⑦ 《郭沫若全集》第 15 卷,人民文学出版社,1990 年,第 270 页。

　　　　他的歌充满了有生气字的眼和燃烧的思想。他的字眼,快乐着我们的耳,他的思想,渗灌到我们的心里。他的诗同时是充满心中的光明,是激动人的血的歌,是鼓动人心的圣歌。①

　　从对泰戈尔作品特别是诗歌作品风格的欣赏,到对他人格的崇仰,再到被其作品中的哲思所吸引——这批现代文人们对"东方诗哲"的理解层层递进,这也符合接受规律。

　　从表现程度看,一是对泰戈尔极尽崇仰、顶礼膜拜,甚至一定程度上出现了"神"化的泰戈尔形象。这以徐志摩、郑振铎、胡愈之等一批泰戈尔的忠实膜拜者为代表。徐志摩对泰戈尔极为崇敬,将泰戈尔来华比作泰山日出,他用诗人特有的笔调写道:

　　　　一方的异彩,揭去了漫天的睡意,唤醒了四隅的明霞。光明的神驹,在热奋地驰骋。……纯焰的圆颅,一探再探地跃出了地平,翻登了云背,临照在天空。歌唱呀,赞美呀,这是东方之复活,这是光明的胜利。②

　　胡愈之也把泰戈尔描写成"理想乐园里的东方之鸟"从而使"很多中国人被诱惑",郑振铎则在1921年的《欢迎泰戈尔》一文中写道,"他是给我们以爱与光与安慰与幸福的,是提了灯指导我们在黑暗的旅路中向前走的,是我们一个最友爱的兄弟,一个灵魂上的最密切的同路的伴侣。他在荆棘丛生的地球上,为我们建筑了一座宏丽而静谧的诗的灵的乐园"③。

　　二是虽欣赏泰戈尔的文学成就,但较为冷静、客观。这表现在一部分学者型文人身上。如柳无忌先生曾客观地道出泰戈尔对中国现代文学的影响,认识到泰戈尔对于恢复中印文化交流的重要意义:

　　　　泰戈尔曾经是我们一派新诗人的灵感的源泉,东方文化的伟大支持者,在他身上,实现了中印文化的交流……他对中国新文学运动的初期有着深刻的影响。他的诗歌的节奏,他对人生的深刻见解,他的思想,他的伟大的精神的感召,深深地印在中国作家的心灵上,其痕迹

----

① 《小说月报》第13卷第2号。
② 《小说月报》第14卷第9号。
③ 《小说月报》第14卷第9号。

也遗留在他们的作品中。①

文化斗士

"东方诗哲"的主要接受群体是文学家,"文化斗士"这一形象的主要接受群体则是现代时期特别是五四时期的思想家和政治家。将泰戈尔定位为"文化斗士",主要包括两方面内涵。

一方面,泰戈尔不是那种将自己缩在书斋中的文人,他一直用手中的笔来发表对政治、社会问题的看法。在这方面,他恰似中国的鲁迅。在印度国内,他既是启蒙运动、文化复兴运动与宗教改革运动哺育成长的一代新人,又是三大运动的参与者。他曾经担任宗教和社会改革组织"梵社"的秘书,主编报刊,发表关于宗教和社会改革的文章及讲演。在反对英殖民统治方面,泰戈尔从小就参加爱国集会,参与爱国行动,发表具有爱国主义思想的诗歌作品。1919年,为抗议殖民政府屠杀爱国群众的暴行,泰戈尔声明放弃英国女王授予的爵士封号,"1919年发生了阿姆利则惨案,泰戈尔勃然大怒,拍案而起"②。在他长达70年的诗歌创作生涯中,始终回荡着爱国主义的激情。他的《印度命运的赋予者》《金色的孟加拉》也被独立后的印度和孟加拉国分别选定为国歌。但泰戈尔从不囿于褊狭的民族主义,而是一位有着博大胸怀的世界主义者,深沉的人道主义精神使他一生都对中国、非洲、捷克等遭受苦难的国家和地区民族寄予深切同情,对日、德等法西斯主义予以痛斥。

这一切,中国知识界是了解的,并因此而对泰戈尔报以一致的尊敬。钱智修在最早介绍泰戈尔的文章中称他为"献身于国家献身于人类的福利者"。1924年,泰戈尔访华时,孙中山在给他的信中也称赞他"不仅是一个曾为印度文学增添光辉的作家,而且还是一个在辛勤耕耘的土地上播下了人类未来福利和精神成就的种子的杰出劳动者"③。

另一方面,泰戈尔的文化观(特别是东西文化观)曾在中国文化界激起强烈反响。近现代以来,西学东渐的浪潮一浪高过一浪,面对西方文化的

---

① 柳无忌:《印度文学》,中国文化服务社,1945年,第53页。

② 季羡林为《泰戈尔诗选》所写的前言,冰心、石真、郑振铎、黄雨石译《泰戈尔诗选》,人民文学出版社,1979年。

③ 引自薛克翘《中印文化交流史话》,商务印书馆,1998年,第146页。

强力冲击,东方文化何去何从,成为东方知识分子关注的焦点。泰戈尔则在国际讲坛上围绕东西文化问题发表过许多演讲,1924年访华期间,也曾发表数篇体现其文化观的演说,如《中国与世界文明》《文明与进步》《真理》等。提倡东方精神文明、反对西方物质文明是他在各种场合演说的基调之一,这在中国文化界激起了强烈反响。在泰戈尔访华前后,我国文化界发表的百余篇文章中,大半涉及文化问题。因此,泰戈尔的文化观自然受到接受者的关注。

在这方面,泰戈尔得到了鲜花和荆棘的双重簇拥。以梁启超、梁漱溟、张君劢为代表的东方文化派盛赞泰戈尔的东方文明论,并利用他为当时的科玄论战中玄学派一方助阵。对泰戈尔持鲜明批判立场的则主要是一些早期的共产主义者,如陈独秀、瞿秋白、沈泽民、恽代英等,他们作为政治家,从中国现实出发,着重批判泰戈尔"东方精神文明论",认为它抹杀阶级斗争,宣扬抽象人性,在政治上腐蚀人们的思想,起消极作用,同中国的国粹派一样"迷恋骸骨","这种思想若是传播开来,适足以助长今日中国守旧派的气焰,而是中国青年思想上的大敌!"[①]鲁迅也曾将其喻为"美而有毒的曼陀罗花"而施以冷眼甚至"诅咒"[②],雁冰《对于泰戈尔的希望》则以现实斗争为出发点,期望他在中国的访问能够给中国人民带来积极的斗争精神:

> 我们也是敬重泰戈尔的;我们敬重他是一个人格洁白的诗人;我们敬重他是一个怜悯弱者,同情于被压迫人们的诗人;我们尤其敬重他是一个鼓励爱国精神,激起印度青年反抗英国帝国主义的诗人。[③]

于是,伴随他的访问,争论文章接连不断,以致于个别人竟在其演讲过程中,公开散发反对他甚至下逐客令的传单。胡适为了安慰烦恼而失望的泰戈尔,特地将自己一首带有佛意的诗《回向》送给他:

> 他从大风里过来,
>
> 向最高峰上去了。

① 泽民:《泰戈尔与中国青年》,《中国青年》1924年第27期。

② 鲁迅在《爱罗先珂童话集·〈狭的笼〉译者附记》中的一句话。相关分析详见王燕《从"撒提"说开去——鲁迅的泰戈尔评价刍议》,《苏州科技学院学报》2011年第2期。

③ 《觉悟》副刊,1924年4月14日。

山上只有和平，只有美，

没有压逼人的风和雨。

……

瞧啊！

他下山来了，

向那密云遮处走。

管它下雨下雹！

他们受得，

我也受得。①

亲密友人

作为中国人民的老朋友，泰戈尔热爱中国文化，对中国人民始终充满友好的感情。这集中表现在他对中国人民的同情、支援以及对中国文化的欣赏。

泰戈尔年轻时即对中国遭受英帝国主义的鸦片荼毒给予深切同情，1881 年，年仅 20 岁的他即写下了《鸦片——运往中国的死亡》一文。抗日战争爆发后，泰戈尔更对中国人民的悲惨境遇深感同情，并对日本帝国主义的残暴行为愤慨不已。他认为在文化上中国是日本的老师，学生侵略老师的家园是大逆不道的。1938 年 1 月，泰戈尔听说杀人如麻的日本侵略者竟然跑到佛寺中去祈祷胜利，这简直是对佛陀慈悲精神的嘲弄，一向崇敬佛陀、对中国人民怀着友好感情的诗人怒不可遏，挥笔写下了题为《敬礼佛陀的人》，对侵略者进行了辛辣的讽刺和强烈的谴责。诗人不仅以诗篇声援中国人民，而且亲自参加援华抗日活动，曾抱病率领国际大学艺术团在加尔各答进行义演。他呼吁印度人民向中国提供各种形式的物质援助，并率先慷慨解囊，为援华基金捐款 500 卢比。1938 年 7 月，日本"诗人"野口米次郎写信给泰戈尔，为日本的侵华政策辩解，鼓吹"为了要在亚洲大陆上开创一个新世界，这是不可缺少的手段"，泰戈尔复信予以驳斥，并指出："中国是不可战胜的。在中国政府的领导下，中国文明展示着无与伦比的

---

① 白吉庵：《胡适传》，人民出版社，1993 年，第 216 页。

财富。空前团结的中国人民开创了中国的新时代。"①他把对正义的呼唤、对邪恶的批判发诸笔端，其正义举动极大激发了广大印度群众支援中国人民的热情，也给处于艰苦抗战中的中国人民以莫大的鼓舞。1938 年 4 月，泰戈尔写了一封热情洋溢的信，给处在逆境的中国人民以很大鼓舞。② 蒋介石和谭云山曾分别复信予以感谢，并表示他的来信给予中国人民以宝贵的慰藉、鼓励和希望。

泰戈尔对中国文化有着深度认识和把握。在访华期间，中国人热爱生活、热爱世界的现世乐生精神，和谐的人际关系和崇德向善的精神文明，等等，都使泰戈尔感受颇深，在多个场合表达了由衷的赞美和钦羡。同时，也对印度自身出世离欲的文化传统所造成的人与人之间的隔阂深表遗憾。他曾对中国学生魏风江说，中国人的节日大都与"人"有关，而印度大都与"神"有关。谈话中还曾提及日本缺少人情味，独对中国具有心理上的亲近感。③ 这种心理上的亲近使他经常视中国为自己的"故乡"，自称"或许前生为中国人"④，也曾感慨："我不觉得什么缘故，到中国便像回到故乡一样！莫非我是从前印度到过中国的高僧，在某山某洞中曾经过我的自由生活？"⑤无不体现出对中国文化的欣赏和向往。

泰戈尔来华期间，各方面受到了中国友人无微不至的照顾，亲身感受到了中国人民的友好情谊，结交了大批中国朋友。其中，最亲密的当是徐志摩。他既是泰戈尔来华后的陪同，又兼翻译，更在生活起居方面给予了泰戈尔细心周到的安排。5 月 8 日，时在中国的泰戈尔迎来了他的 64 岁生日，新月社特意为诗人安排了一个祝寿会。祝寿会上，新月社专门用英语排演了泰戈尔的传奇剧《齐德拉》，给诗人穿上中国衣服。梁启超还为他取了一个中国名字——竺震旦。竺即天竺，是古印度的名称，震旦则是中国

① ［印］泰戈尔：《致日本诗人野口的信》，白开元译，《泰戈尔全集》第 22 卷，河北教育出版社，2000 年，第 311 页。

② 信中在对日本进行斥责外，对中国抗战抱有很大期望，简要摘录如下："希望着你们的国家对暴力抵抗，在勇敢的牺牲中，孕育着伟大的意义，使得你们的民族，能获得新生的国魂。……我只有全心全意为你们祈祷，使能渡过这莫大的磨炼，再一次证明那人道的真正英雄主义的伟力。""胜利的种子，从这场恶斗中，正撒播在你们的国土上，很快很快地，必要证明它们是永生的。"

③ 参阅魏风江《我的老师泰戈尔》，贵州人民出版社，1986 年。

④ 孙宜学：《泰戈尔与中国》，广西师范大学出版社，2005 年，第 55 页。

⑤ 孙宜学：《泰戈尔与中国》，广西师范大学出版社，2005 年，第 70 页。

的古称。对这个象征中印传统友谊的名字,泰戈尔非常喜欢,这次祝寿会也给他留下了不灭的记忆。

魏风江在国际大学求学时,曾得到泰戈尔的指导和爱护,也常尊他为"伟大人物",再后来的接触中,感到诗人既高大,又平易近人,和蔼可亲,非常愿意找机会多和诗人谈话,聆听教导。[1] 陶行知在泰戈尔访华时聆听过演讲,对其文学上的成就、教育思想以及爱国主义精神十分钦佩,1938年,他在第二次访印时给泰戈尔的信中这样写道,"您发表的光辉演说永远是我国人民高贵的财富,将永远铭记在心。"1939-1941年,徐悲鸿曾访印,与泰戈尔结下了亲密而诚挚的友谊,他曾为泰戈尔作了一幅素描,画像中的泰戈尔须鬓皆白,目光深邃,手持书笔,沉思于菩提树下。

以上即是对现代时期中国文化界心目中的泰戈尔形象的一个简单勾勒。这当中既有出于对泰戈尔文学成就的崇仰而产生的"神"化,有出于政治环境和文化论争目的而对其进行的"矮"化,也有对这位亲密友人的追忆;对泰戈尔来华有洞见,有利用,也有误读。[2] 季羡林先生对泰戈尔有一段精辟的评论,或许最能代表现代文人眼中的泰戈尔形象:

> 泰戈尔在性格和作品中都表现出了一种双重性。他有光风霁月的一面,也有怒目金刚的一面。他能退隐田园,在大自然里冥想,写出那些爱自然、爱人类、爱星空、爱月亮的只给人一点美感的诗歌。但是他也能在群众大会上激昂慷慨地挥泪陈辞、朗诵自己的像火焰一般的爱国诗歌;当他看到法西斯、军国主义以及其他魑魅魍魉横行霸道的时候,他也能横眉怒目、拍案而起,写出刀剑一般尖锐的诗句和文章。[3]

1941年8月7日,泰戈尔撒手人寰。中国人民为失一挚友而无限哀痛,各大报刊刊登悼文,各界举行追悼会,深切缅怀他对中国的友好感情和对促进中印友好的贡献。蒋介石发去唁电,"耆贤不作,声委无闻,东方文明,丧失木铎,引望南邻,无任悼念。"[4]1942年初,他在访问印度时特意参观圣地尼克坦国际大学,对泰戈尔为中印友好所作的贡献表示敬意。

---

[1] 参阅魏风江《我的老师泰戈尔》,贵州人民出版社,1986年,第26页。

[2] 将在本书第五章中予以探讨。

[3] 季羡林:《泰戈尔与中国》,《社会科学战线》1979年第2期。

[4] 引自林承节《中印人民友好关系史1851-1949》,北京大学出版社,1993年,第301页。

二 "泰戈尔热"辐射效应之一:印度文化记忆的恢复

近代以来,中印两国间的文化交往几近中断。中国方面来说,无论是有识之士力倡主动学习,还是被动接受,基本上都以"西学"为主,根本谈不上对近邻印度的文化输入和输出,两国之间的交往以建立在相似的历史命运基础上的政治交往为主。现代中国以新文化运动为肇始的文化革新也以西方为学习和效仿的对象,对另一东方大国印度显然重视不够。但正是泰戈尔特别是他对中国的访问,恢复和畅通了近代以来中印两国间中断已久的文化交流,唤醒了中国文化界对于邻国印度这个伟大的老朋友的文化记忆。

河海灵光

河流,是一国文明的摇篮和载体,各国文明的基因库中几乎都有河流的影子,河流的形象在一定程度上成为一个国家形象的缩影。以西方国家为例,德国有莱茵河,法国有塞纳河,英国有泰晤士河,美国有密西西比河,等等。以江河为依托、以农牧业为主要经济方式的东方文明总体形象的建构更离不开河流的滋润。如中国的黄河、长江,两伊的幼发拉底河、底格里斯河,埃及的尼罗河,等等。印度也是如此。印度河是印度北部大河,其大部流程为宽阔、缓慢的水流,流经世界上土壤最肥沃、人口最稠密的地区之一,孕育了举世闻名的印度河文明。恒河更被印度人民尊为"圣河""印度的母亲",它的两岸有着独特的风土人情,即使经过千百年的文明洗礼,那里的古老习俗依然被世世代代沿袭下来。众多基于恒河的神话传说已使其成为印度人民心中一个不可磨灭的情结符号。据说印度人一生中至少要在恒河中沐浴一次,让圣河洗净所有的罪业。除境内河流纵横外,印度也是一个海洋环绕的国度,其西、东、南三个方向分别为阿拉伯海、孟加拉湾、印度洋。这些大海深洋曾因"海上丝绸之路"等商贸往来而给印度文明带来了生机和繁荣,也曾成为西方殖民者探险印度进而实施殖民掠夺的主要通道。

中国古代典籍中"国临大水"的记载,已有对印度河流和海洋的初步认知。现代以来,随着中印文化交流的日渐恢复,恒河、印度洋等这些印度文明的符号再次在中国人的记忆中活跃起来。曾深受泰戈尔影响的郭沫若,在其 1920 年创作的《晨安》一诗中，又一次抑制不住对印度文明的崇仰而忘情高呼：

> 晨安！雪的喜玛拉雅呀！
> 晨安！Bengal 的泰戈尔翁呀！
> 晨安！自然学园里的学友们呀！
> 晨安！恒河呀！恒河里面流泻着的灵光呀！
> 晨安！印度洋呀！红海呀！苏彝士的运河呀！
> ……①

在这首新体诗中，诗人昂首青空，极目远眺，情思奔涌，以雄浑奔放的自由抒情诗体，向自然界的神奇造化、人类社会的伟大创造、古今中外的诸神众贤致以"晨安"的问候。短短的几行诗里，他所问候的对象不限于欧、美，对中国、印度、埃及、日本等东方文明更为倾情，泰戈尔、恒河、印度洋等印度符号最为鲜明。泰戈尔 1913 年获得诺贝尔文学奖，1915 年留学日本的郭沫若曾深受其诗风哲思的影响，对于孕育泰戈尔的伟大印度文明极尽崇仰，是非常自然的。

　　如果说，泰戈尔是重启中印现代文化交流的印度第一人，那么，谭云山就是步其后尘的中国开拓者。1931 年，谭云山在前往印度的航程中，面对烟波浩渺的印度洋，掩不住内心的激情，以《印度洋上》为题赋诗一首：

> 好一片伟大的印度洋，
> 好一片伟大的波浪！
> 是这般地狂啸怒号，
> 是这般地汹涌激荡！
> 天空中照着一个熊熊的太阳，
> 洋面上浮现着一层灿烂的金光！
>
> 哦！你这伟大民族的象征呀！
> 你这伟大的文明古邦！
> 但是——

---

① 《郭沫若全集》文学编第一卷，人民文学出版社，1982 年，第 65 页。

谁想,谁想,

谁想你这伟大的民族呀!

会向这洋底沉沦?

谁想你这文明的古邦呀!

会向这洋底埋葬?

看呀!

是洋潮在涨?

是泪潮在涨?

是血潮在涨?

是革命的高潮在涨?

努力吧,

你这伟大的民族呀!

复活吧,

你这文明的古邦!①

诗作中,作者以金光灿烂的印度洋喻指拥有伟大文明的印度民族,有对印度文明失落的痛心,更有对革命胜利后印度文明复兴的期冀。此诗虽不是出自专业诗人之手,却蕴藏着深沉炽烈的感情。1928年,谭云山辞别年轻的妻子,前往印度国际大学教授中文。他与泰戈尔互相欣赏,友谊深笃,也与印度这个文明古国结下了半个多世纪的因缘,为中印友好作出了杰出的贡献,被誉为"现代玄奘"。

著名画家徐悲鸿也与泰戈尔有着深挚的友谊。1939年,他接受泰戈尔邀请前往印度国际大学中国学院讲学,期间曾举办个人画展,并为泰戈尔做有多幅画像。1940年,继续在印度逗留,在宁静优美的大吉岭完成了诸多画作,其中包括寓意中印人民携手努力以取得反殖斗争胜利的大型作品《愚公移山》,并在加尔各答再次举办个人画展。1939年,他曾与国际大学的学生同游恒河,以画家的审美敏感赋诗寄情:

茂林尽处百千家,极目寒江啼晚鸭。

———

① 谭云山:《印度周游记》,新亚细亚学会,1933年,第185—187页。原诗较长,此处只录第一章。

最爱盈盈东逝水,清名让与恒河沙。①

缓缓流逝的恒河水,承载着如诗似画的古老印度文明,在这伟大的文明面前,一切都如此渺小,正如一己之清名与不可尽数的恒河沙相比。恒河,在佛教传说中,又往往同佛陀出生、行化联系在一起②,声俗欲求在佛法解脱面前,更显渺小。如此解读,更见素来笃情艺术世界的徐悲鸿对清心释累之佛国文明的向往。

世界大文

想象丰富、瑰丽奇幻的印度文学,已经引起近代文人的注意。1913年,泰戈尔获得诺贝尔文学奖,成为获得该奖的东方第一人,更引起国人对印度文学的关注。随着传播渠道进一步顺畅,中国现代文人对印度文学的认识更为深入、全面。1921年,腾若渠在《东方杂志》上发表《梵文学》一文,对两大史诗及其他著作作了介绍。1924年,郑振铎撰就《印度的史诗》一文,较细致地介绍了两大史诗的内容并作评述:"这两篇史诗可算是最变幻奇异的,在文学艺术上说来,他们又是可惊异的精练的,在篇幅上说来,又是世界上所有的史诗中最长的……他们都是世界文学中最伟大的作品。"③胡适则对印度文学的想象力赞不绝口,"中国固有的文学很少是富于幻想力的;像印度人那种上天下地毫无拘束的幻想能力,中国古代文学里竟寻不出一个例"④,鲁迅的认识更具代表性,他在《摩罗诗力说》里也曾盛赞印度古典文学:

天竺古有《韦陀》四种,瑰丽幽夐,称世界大文;其《摩诃婆罗多》暨《罗摩衍那》二赋,亦至美妙。厥后有诗人加黎陀萨(Kalidusa)者出,

---

① 原诗见于徐悲鸿送给泰戈尔的一幅画作,无题,落款处有"卅九年岁始游于恒河之上遣兴"之语。

② 《大智度论》卷七云:"问曰:'如阎浮提中,种种大河,亦有过恒河者,何故常言恒河沙数等?'答曰:'恒河沙多,余河不尔。复次,是恒河是佛生处,游行处,弟子现见,故以为喻。复次,……东方象头出恒河,底有金沙;……是四河中,恒河最大;四远诸人经书皆以此恒河为福德吉河,若入中洗者,诸罪垢恶,皆悉除尽。以人敬事此河,皆共识知,故以恒河沙为喻。复次,余河名字屡转,此恒河世世不转,以是故以恒河沙为喻。'"后又言佛能知恒河沙数。

③ 《小说月报》1924年第5期。

④ 胡适:《白话文学史》,上海古籍出版社,1999年,第119页。

以传奇鸣世,间染抒情之篇……①

可以看出,鲁迅为代表的现代文人对印度文学的关注主要集中在《吠陀》和两大史诗。《吠陀》是印度最古老的诗歌总集,是印度哲学、宗教、文学的总源头。两大史诗《摩诃婆罗多》与《罗摩衍那》则是印度文学继吠陀文学之后的又一高峰,它们不仅是文学作品,同时还是宗教圣典、政治伦理教科书和知识百科全书,这些现代文学的大师们自然对它们是熟知的。此外,对于佛经文学的影响,鲁迅曾刻意强调:"尝闻天竺寓言之富,如大林深泉,他国艺文,往往蒙其影响。即翻为华言之佛经中,亦随在可见。"②在学术著作《中国小说史略》中,鲁迅多处指出印度文学对中国文学的影响。对印度文学、文化的巨大成就,他曾总结道:

> 印度则交通自古,贻我大祥,思想、信仰、道德、艺文无不蒙贶,虽兄弟眷属,何以加之。③

梵佛游迹

遍布印度各地的佛教遗迹,是重拾佛国记忆的最好线索。一些著名的佛教文化遗址,如鹿野苑、舍卫城、那烂陀寺等,均成为中国现代文人笔下经常出现的佛教符号。居士李俊承却独辟蹊径,在其《印度古佛国游记》中有对古佛国灿烂往昔的追忆,有对中国僧人往来佛国所传事迹的感慨,但最令人意外而又备感兴趣的是,他在该游记作品中记载了一位"鸟巢禅师"的奇闻轶事,即一位赴印度求法的中国僧人,因没有住处而栖居树上,后被印度人奉为菩萨的故事。这又是一段中印佛教文化交流的佳话。

泰姬陵,位于阿格拉城堡东南的亚穆纳河畔,是伊斯兰文化的一处重要遗址,也是现代文人亲赴印土后几乎必游之地。这座宏伟壮丽的伊斯兰风格建筑,是印度莫卧儿王朝第五代皇帝沙·贾汉为纪念其已故皇后泰姬·马哈尔而建。它由殿堂、钟楼、尖塔、水池等构成,建材全部选用纯白色大理石,镶嵌以玻璃、玛瑙,具有极高的艺术价值,是莫卧儿时期伊斯兰教建筑中的杰

---

① 《鲁迅全集》第一卷,人民文学出版社,2005 年,第 65 页。《摩罗诗力说》作于 1907 年,但考虑到鲁迅对印度文化评价的完整性,将其放在现代部分。虽然鲁迅在该文中对印度文化的赞美是为了引出对文明古国由盛而衰的慨叹,但不能仅因此否定他对印度文化成就的积极评价。

② 《〈痴华鬘〉题记》,《鲁迅全集》第七卷,人民文学出版社,2005 年,第 103 页。

③ 《破恶声论》,《鲁迅全集》第八卷,人民文学出版社,2005 年,第 35 页。

作,享有"完美建筑""大理石之梦""写在云际的诗篇""印度的珍珠"等盛誉。泰戈尔也曾在其诗作《爱者之贻》中将泰姬陵比作"一滴爱的泪珠"。对这样一座体现印度文明精华的建筑奇迹,中国人的评价也毫不吝啬:

> 泰姬陵在总体设计上,强调数学计算的精密,几何学构成的均衡,光学效应的变化,宇宙学图解的清晰;在审美基调上,追求华贵的简洁,静穆的辉煌,水晶般的纯净,女性式的柔美。[①]

陈翰笙则在亲游泰姬陵、被其宏伟气势所征服的同时,对封建帝王的靡费奢侈也予以了谴责:

> 沙后穹窿墓,萧萧枞树风。红砂张翼殿,白塔卫幽宫。
> 池水滔滔逝,岚云蔼蔼笼。斯陵工费巨,咏叹古今同。[②]

史载,美妙绝伦的泰姬·马哈尔在生下第14个孩子后香消玉殒,沙·贾汉便耗资4000万卢比,每天动用工匠两万余人次,历时22年之久,才完成这座旷世杰作。"咏叹古今同",不知这些已然消逝于历史尘埃中的古代专制帝王之事,能给今天的人们带来多少镜鉴。

苦难泪滴

在对文明古国的印度记忆进行重拾的同时,中国现代文人又对这一高度发达的文明遭到侵蚀而备感失落和痛心。如徐志摩在印度时,下层人民的穷困和悲惨生活给了他强烈的印象,《在不知名的道旁》描写出他所亲眼所见的一对乞讨母女的凄凉景象:

> 什么无名的苦痛,悲悼的新鲜,
> 什么压迫,什么冤曲,什么烧烫?
> 你体肤的伤,妇人,使你蒙着脸?
> 在这昏夜,在这不知名的道旁,
> 任凭过往人停步,讶异的看你,
> 你只是不作声,黑绵绵的坐地?

---

① 王镛:《印度美术史话》第十一章《莫卧儿建筑》,人民美术出版社,1999年,第178页。
② 引自林承节《中印人民友好关系史1851—1949》,北京大学出版社,1993年,第415页。

　　　　还有蹲在你身旁悚动的一堆，

　　　　一双小黑眼闪荡着异样的光，

　　　　象暗云天偶露的星晞，她是谁？

　　　　疑惧在她脸上，可怜的小羔羊，

　　　　她怎知道人生的严重，夜的黑，

　　　　她怎能明白运命的无情，惨刻？

　　　　聚了，又散了，过往人们的讶异。

　　　　刹那的同情也许；但他们不能

　　　　为你停留，妇人，你与你的儿女；

　　　　伴着你的孤单，只昏夜的阴沉，

　　　　与黑暗里的萤光，飞来你身旁，

　　　　来照亮那小黑眼闪荡的星芒！①

在诗中，诗人以在昏黑的夜晚所看到的一对孤苦母女为对象，抒发对她们悲苦命运的哀悯。"体肤的伤"使妇人蒙着脸，社会的压迫和冤屈却使她已麻木绝望，只是"不作声""黑绵绵的坐地"。"可怜的小羔羊"，过早地感知到人生的苦难和命运的无情，那闪荡着异样光芒的"小黑眼"更留给诗人无尽的晞嘘。

　　陶行知在 1936 年第一次访问印度时，也是抱着对这一文明古国学习的目的去的，希望能从这"伟大的文化中学到宝贵的一页"。他分别拜会了甘地和泰戈尔，对这个文明古国在这两位巨人的影响下所发生的变化感触至深，但目之所及"新印度"的"旧景象"，也深深刻在他的脑海里，归国后作诗五首，分别是《二十万人同进牢》《阿黑煞的农人》《不可亲近的人》《印度三姊妹》和《印度高利贷》，其中《不可亲近的人》写道：

　　　　你看这把扫帚，四面八方扫干净。

　　　　自己受了牺牲，人说不可亲近。

　　　　你看扫地的人，和扫帚同一命运。

---

①　《徐志摩选集》，人民文学出版社，1983 年，第 138 页。

　　干净人受了恩惠,还说不可亲近。

　　千年恶名谁定? 他们失掉自信。
　　人说不可亲近,就算不可亲近。

　　多谢甘地提醒,前途稍放光明,
　　要想洗去恶名,还得联合拼命。①

诗作中"不可亲近的人",是指印度种姓制度之外的"贱民",他们从事全社会最为低贱的行业,如诗中的清洁工们。诗人以扫帚喻及使用扫帚之人(即清洁工),揭示出为社会作出牺牲的"贱民"们所受到的不公正待遇,暗含了对印度种姓制度的抨击,体现出诗人的人道主义情怀。诗作的最后有一丝亮色,那就是对甘地带领下的印度人民的前途表达了信心。

　　的确是这样,印度人民所受殖民者的暴力镇压,农民的极端贫困,贱民的备受歧视,妇女的遭受摧残,均在这些现代文人的作品里得到揭示。他们透过印度的表面繁荣,看到社会的黑暗,表露出对印度人民的同情和信心,这是中印两国人民心心相印的又一生动诠释。

三　"泰戈尔热"辐射效应之二:印度文化研究的热络

　　如前所述,中国人对近邻印度予以关注的历史久长,积淀深厚,这在诸多中国典籍中得以体现。但这些关注和记载都是零星的、不系统的,至少不是有意识进行的专门研究。对印度进行有意识研究的起点,应该从近代时期开始。从戊戌变法到辛亥革命,康有为、梁启超等改良派和孙中山、章太炎等革命派为谋求中国的出路,选择印度为前车之鉴,对印度政治、经济、文化、社会等方面主动进行有针对性的研究,可视为中国人进行印度研究的先声。20世纪初,对印度文学、哲学、佛学等的研究也陆续开始。20年代前期,已有一批关于印度的专题论文在各种杂志上发表。1916年,北京大学开设了先后由许季上、梁漱溟讲授的印度哲学课程,开始了高校内印度学课程的设立。20年代末30年代初,又有一些大学开设佛学、文学、语言学等课程,如吕澂曾于20年代末在支那内学院讲授印度哲学和佛学,

---

① 《陶行知全集》,湖南教育出版社,1985年,第346页。

汤用彤则于 1929 年在该学院开设印度哲学史和巴利文课程,陈寅恪于 1931 年在清华大学开设佛典翻译文学课程等。

1924 年泰戈尔对中国的成功访问,在中国知识界激发起了解印度、加强中印友好交往的热情。与此同时,对印度文学、哲学、历史、中印关系等多方面的研究也渐趋热络。

文化研究

对印度文学的研究始于 20 世纪初,鲁迅、苏曼殊等已有了对印度两大史诗《摩诃婆罗多》《罗摩衍那》的介绍和评价。1921 年,滕若渠发表于《东方杂志》的《梵文学》一文,是国内对印度文学进行系统介绍的开始。许地山的《印度文学》(1931 年)、柳无忌的《印度文学》(1944 年)是国内较早问世的印度文学史专著。三四十年代起,印度古代故事集《五卷书》,印度神话、寓言、童话作品,以及以《沙恭达罗》为代表的迦梨陀娑作品等相继译介过来。除梵语文学外,也有些学者从事梵语语言的研究,如周一良的《中国的梵文研究》等。

梁漱溟是现代中国系统研究印度哲学的带头人,他的《印度哲学概论》(1919 年)是我国学者撰写的第一部印度哲学专著。后来所作的关于东西文化及其哲学的系列讲演稿也汇集出版,定名为《东西文化及其哲学》(1921 年),其中有一部分是讲印度哲学和西洋、中国哲学之比较的。20 世纪二三十年代起,汤用彤、许地山、黄忏华、王与楫、张正藩、姚宝贤、金克木、石峻等大批学人在印度哲学研究领域奋力耕耘并收获颇丰。与印度哲学研究紧密相关的是对印度佛学的研究,较为突出的学者有章太炎、梁启超、吕澂、谭云山等。

对印度历史的研究也始于 20 世纪初,在一定程度上是与中国的政治形势联系在一起的。最先开始进行的是对包括印度在内的"外国亡国史"的研究,以为中国提供前车之鉴,目的则是不要"有人也抹着泪眼儿替中国编亡国史"①。刘炳荣的《印度史》(1926 年)是中国学者的第一部印度通史,向达的《印度现代史》(1929 年)则是以英属印度时期为研究对象的专史,此外,还有对印度民族运动专史的研究等。

---

① 《杭州白话报》1903 年第 15 期。

　　许公武的专著《中印历代关系史略》(1942 年)聚焦于中印友好关系的研究。关于中印文化交流方面,则以梁启超、鲁迅、胡适、苏雪林、周一良、季羡林等对佛教与中国文化的关系的研究为主。向达的《印度现代史》专列一节《印度在中国文化史上的影响》,论述了中印两国文化交流的密切关系。[①]

学术交流

　　泰戈尔来华的另一个成果是,促进了两国学者交往、学术交流,推动了中印学会的成立。中印学会,是一个促进"中印这两个姊妹国家"之间文化交流的组织,"以研究中印学术,沟通中印文化并融洽中印感情,联合中印人民,以创造人类和平,促进世界大同为宗旨"。[②]该学会的中方主要发起人是谭云山和蔡元培,印方则是泰戈尔。在中印学会的帮助下,在国际大学创办了中国学院,谭云山任首任院长,这个学院此后成为中印学术、文化交流的最重要的基地之一。

　　20 世纪初,中国赴国外留学的学生数量日益增多,主要目标国家是日本和欧美国家,没有人去印度,这种状况直到泰戈尔访华之后,才开始得到改变。

　　第一个自愿去印度留学的中国学生是曾圣提。在谈到选择印度为留学目的地的原因时,曾圣提说:

　　　　(泰戈尔)带给我们以飞鸟集,伽檀吉利等带着浓厚印度风的诗,
　　　　和他老人家手撰的短篇小说,那些作品,使我陷入大森林,大雪山,大
　　　　隐士,甚至大胡子,大头巾,大佛像……等等惊奇的幻梦里。[③]

从被泰戈尔的诗作所吸引,对印度文化产生新奇、向往和热爱,到亲历印度进行学习,研究印度文化,这是一个受"泰戈尔热"影响的典型例子。曾圣提最初在国际大学就读,后来去了甘地办的萨巴马蒂真理学院学习,跟随

---

　　①　详阅林承节《中印人民友好关系史 1851—1949》第二十四章,北京大学出版社,1993 年。

　　②　印度的中印学会于 1934 年 5 月成立,设在国际大学,泰戈尔担任首任主席,尼赫鲁后来担任名誉主席。中国的中印学会于 1935 年 5 月在南京成立,蔡元培、戴季陶分别当选为理事会主席、监事会主席。

　　③　曾圣提:《在甘地先生左右》,真善美图书出版公司,1948 年,第 32—33 页。

在甘地身边,1925 年回国,1979 年重返印度直至去世,留有《在甘地先生左右》并译为英文。

第一个由中印学会选派到印度国际大学学习的是魏风江。当时大多数想出国留学的学生都将欧美作为首选,他却选择了印度——有着悠久历史、多彩文化的国度。在国际大学,魏风江曾与印度总理英迪拉·甘地是同班同学,后也曾在甘地办的萨巴马蒂真理学院学习,1939 年回国任教,留有《我的老师泰戈尔》《印度的建筑艺术》《印度的宗教》等。

第一个去印度从事文化交流的中国学者是谭云山。1928 年 9 月,他来到印度国际大学,在教授中文、学习梵文的同时,研究佛学和印度文化。他不断地给国内报刊写文章,介绍印度的情况。1931 年写有《印度周游记》。1935 年,另一本对印度政治、经济、思想、文化、宗教、社会习俗等各方面情况进行全面介绍的著作《印度丛谈》出版。谭云山是我国近代以来第一位对印度了解最全面、最深入的学者,他使中国人民较多地了解了印度,增进了中印友谊,被称为“现代玄奘”。1937 年 4 月,谭云山成为国际大学中国学院的首任院长。1979 年,获得国际大学授予的文学博士学位,住在印度直至离世。

1938 年后,中国学者去印度从事教学、研究的日渐增多,其中有徐悲鸿、陈翰笙、常任侠、金克木、徐梵澄、吴晓铃、季羡林等。经济学家、历史学家、革命家陈翰笙后来写了一系列论述印度社会经济的论文,如《印度农村阶级》《印度的土地改革》等,为国内研究印度经济起了开辟道路的作用。梵文学家金克木被印度悠久的文明、灿烂的文化所吸引,1941 年赴印度求学,经过六年的潜心学习和考察研究,回国后在印度学、佛学等方面留下了大批精深的研究成果。考古艺术学家常任侠于 1945 年应邀去国际大学中国学院任教,与师觉月等一批印度友人建立深挚友谊,著有《中印艺术因缘》《阿旃陀石窟艺术》等著作和《印度的文明》等译作。徐梵澄于 1945 年赴印度任泰戈尔国际大学教授,1951 年至南印度室利阿罗频多学院,从事翻译、著述和讲学近三十年之久,留有《五十奥义书》《薄伽梵歌》《云使》等大批著译作品。吴晓铃也曾于 1942 年至 1946 年在国际大学中国学院任教,留有《小泥车》《龙喜记》等戏剧译著。季羡林则于 1935 年赴德国攻读东方语言学,在德十年,在梵文、巴利文、吐火罗文研究等方面取得了卓越的成就。1946 年回国后,组建北京大学东方语言文学系,在印度语言文学、佛教史、中印文化交流史、印度史研究等方面硕果累累。

此外,杨瑞琳、巫白慧、巴宙、李开物、陈祚农、裴默农、法舫法师、周达甫、周祥光、杨允元等一批曾赴印度学习的中国留学生,后来在印度历史、文学、哲学、宗教等研究领域均有不凡的成就。[①]

四 "泰戈尔热"的余温

一代巨擘泰戈尔并没有随时间的推移而被中国文化界遗忘。进入当代以来,"泰戈尔热"的余温仍然持续。[②] 主要呈现以下几个特点。

一是对泰戈尔作品的翻译介绍越来越多。与过去主要转译自英文的现象不同,直接译自孟加拉原文的译作逐渐增多,这对更深入、全面、准确地理解泰戈尔起到了很大的促进作用。原因主要在于,国内懂孟加拉语的专家数量逐渐增多,他们对泰戈尔作品的翻译热情也一直不减,部分还是年过七旬的老同志,随着通讯、交通等条件的日趋便利,两国间的文化交往进一步增强,他们中的许多人得以亲赴印度、孟加拉搜集泰戈尔作品原文。1961 年泰戈尔诞辰 100 周年之际,人民文学出版社编辑出版了 10 卷本的《泰戈尔作品集》;2000 年河北教育出版社出版了由刘安武、倪培耕、白开元主编的 24 卷本的《泰戈尔全集》,使泰戈尔成为少数出版中文版全集的外国作家之一。2011 年是泰戈尔诞辰 150 周年,一套新版的《泰戈尔作品全集》也已出版。

二是以泰戈尔为研究对象的研究成果越来越多。关于泰戈尔文学创作的研究已有大量的论文和专著出现,如唐仁虎等著《泰戈尔文学作品研究》。关于泰戈尔的比较研究主要关注泰戈尔与中国的关系,代表性的有季羡林的《泰戈尔与中国》、倪培耕的《泰戈尔对中国作家的影响》等论文,另有张光璘编选的《中国名家论泰戈尔》、孙宜学编著的《泰戈尔与中国》、沈益洪编的《泰戈尔谈中国》、王邦维等编著的《泰戈尔与中国》、姜景奎主编的《中国学者论泰戈尔》等著作,以及张羽的博士论文《泰戈尔与中国现代文学》,等等。泰戈尔文艺思想研究方面,代表性成果有张闻天的《太戈

---

① 本节主要参阅林承节《中印人民友好关系史 1851—1949》,北京大学出版社,1993 年,第 228—230 页、第 412—421 页、第 430—454 页;薛克翘:《中国印度文化交流史》,昆仑出版社,2008 年,第 486 页。

② 为保持"泰戈尔热"研究的系统性、完整性,将当代以来的情况放在此处。

尔之"诗与哲学"观》、郑振铎的《太戈尔的艺术观》、金克木的《泰戈尔的〈什么是艺术〉和〈吉檀迦利〉试解》、朱维之的《禅与诗人的宗教》、华宇清的《试论泰戈尔的文艺思想》等论文，另外倪培耕等人编选并翻译的《泰戈尔论文学》一书，收入了泰戈尔主要的文学论文和有关著述，并附有题为《泰戈尔美学思想概观》的长篇前言；唐仁虎等著《泰戈尔及其作品研究》中有由魏丽明撰写的专章较为系统地论述了泰戈尔的文艺思想。侯传文的《话语转型与诗学对话——泰戈尔诗学比较研究》则是首部以泰戈尔诗学研究为中心，对印度、西方、中国三大诗学体系进行全面观照的比较诗学著作。

三是对泰戈尔进行跨学科研究的成果越来越多，切入角度也越来越新。前者如关注泰戈尔文学创作与绘画、音乐创作之间的关系的研究已经出现，后者如以生态文明的视角对泰戈尔的生态观进行研究，等等。

为什么一位外国作家能够引起中国人如此持续不断的关注和研究？1956 年周恩来总理在印度访问国际大学时说的一段话，或许能解答这个疑问：

> （泰戈尔）不仅是对世界文学作出了卓越贡献的天才诗人，还是憎恨黑暗、争取光明的伟大印度人民的杰出代表。中国人民对泰戈尔抱着深厚的感情。中国人民永远不能忘记泰戈尔对他们的热爱。中国人民也不能忘记泰戈尔对他们的艰苦的民族独立斗争所给予的支持。[①]

第四节　"复调"原因初探

综上，中国文化界对现代印度形象的观照，形成了一种"接受的复调"。从观照对象上看，既有对"甘地热"和"泰戈尔热"的重点关注，又有对其辐射效应的选择提及。从观照角度上看，既有政治关注，又有文化交往；政治关注中有不同声音，文化交往中也有不同看法。下面，具体就文化界对甘地和泰戈尔的接受作初步探讨。

受接受美学影响，异国这个"他者"在形象学研究中不再只是一个需要认识的对象，而是一个巨大的、待阐释的文本。接受效果的产生，受到接受

---

① 《新华半月刊》1956 年第 6 期。

主体(即接受群体、文本阐释者,即形象塑造者一方)、接受对象(也叫接受客体、待阐释文本,即形象被塑造者一方)、接受语境和接受媒介等方面的影响和制约。

一　接受主体

接受主体不同,他们各自的接受屏幕和接受心态也不同,自然影响对异国这个文本的接受。现代时期,对甘地进行接受的主要群体是革命的知识分子和民主主义者,也包括部分中间派,他们以《东方杂志》《向导》《新建设》《少年中国》《前锋》《中国青年》《国闻周报》等报纸杂志为阵地,借对甘地和甘地主义的探讨来思考中国的出路。对于中国的出路,因为革命派和民主派所持的观点不同,所以,虽都对甘地的人格表示钦敬,但对其领导力、对其将政治与宗教伦理混同一起的做法意见并不一致,在对甘地主义的核心不合作策略的理解和态度取舍上的分歧更为明显,民主派赞同"非暴力"这一途径,革命派自然对其强烈反对或冷眼旁观,中间派则静观其变。

对泰戈尔进行接受的群体除这批革命的知识分子(包括部分早期马克思主义者)外,还有当时论战正酣的玄学派和科学派,也有一部分自由主义者。在革命的知识分子看来,泰戈尔宣传以东方精神文明战胜西方物质文明、靠"爱"来实现民族独立实在荒唐,无异于"诵五经退贼兵",他们希望泰戈尔多以爱国主义、反抗殖民统治的精神鼓舞中国青年,而不是用宣扬空洞的说教将他们引向脱离现实的道路。对玄学派来说,由于他们的文化观在诸多方面与泰戈尔产生共鸣,便在对泰戈尔加以崇仰的同时,有意或无意地利用了泰戈尔来为论战服务。在科学派的眼里,恰于论战期间来访的泰戈尔大谈东方文明和"爱",无疑是玄学鬼们请来的援兵。自由主义者的态度则较为复杂,他们钦敬泰戈尔的文学成就和崇高人格,又不愿过多卷入当时的科玄论争,在涉及泰戈尔的文化观时往往语焉不详或顾左右而言他。

二　接受对象

从接受对象来看,甘地和泰戈尔二人的思想体系本身精深驳杂,增大了接受的难度。甘地敏感、坚韧,成长于印度教传统家庭后又接受系统的西方教育,身为西方律师却坚守东方信条,本身在性格和行为方式上就存在一定的矛盾性,"这可能是因为甘地这个人相当集中地表现了印度的文化传统以及东西方现代文化的矛盾统一。他如同印度文化一样难于理解而容易产生矛盾看法"①。甘地主义则是一种社会哲学,是在 20 世纪上半叶的现代印度这个特定的历史环境和文化背景下的产物,它既继承了印度传统宗教与伦理学说,又吸收了许多西方现代社会学说,如托尔斯泰所宣称的"不以暴力抗恶"、美国作家梭罗的"公民不服从",以及西方各种人道主义观点的思想因子,是一种东西方思想的融会贯通。而且,甘地主义在斗争实践过程中又不断得到完善和发展。所以,甘地及甘地主义本身丰富驳杂,难以在短时期内得到清晰和完整的认识。

　　作为一个待阐释文本的泰戈尔更为复杂、丰富。从纵向看,他生活在印度社会文化由传统向现代转型的时期,而且这种转型已经由缓慢进入加速阶段,该时期思想活跃,新旧杂陈,多元并举,众声喧哗,泰戈尔的思想及创作,都体现了这种转型期的特点。从横向看,泰戈尔生活的时代,是东西方文化碰撞交流的时代,他属于文化上的两栖者,从印度的森林文明和西方的海洋文明中汲取全面的营养,因此既有大山的静穆,也有海洋的浩瀚,是一个深厚积淀了印度数千年文明智慧,融会贯通了东西方两大文化源流的伟大生命。② 所以,宗教情感和人文主义的矛盾,在其思想上产生内在的张力,表现在作品风格上则被冠以浪漫主义、神秘主义、唯美主义、现实主义、现代主义、生态主义等各种称号。从自身来看,理想与现实,情感与理智,内倾与外显,宁静与躁动,始终是其性格中的二元对立,对此,他自己也有清醒的认识,当有人问他最大的优点和缺点是什么时,他的回答都是"自相矛盾"。对这样的一个"文本"进行阐释,难度可想而知。

三　接受语境

　　甘地与泰戈尔近乎同一时代人,都处在印度社会从传统到现代的转型期,都处在印度人民反对殖民统治、争取民族独立的斗争关键期。他们在

---

① 　金克木:《略论甘地在南非早期政治思想》,《印度文化余论——〈梵竺庐集〉补编》,学苑出版社,2002 年,第 97 页。

② 　参阅侯传文《话语转型与诗学对话——泰戈尔诗学比较研究》,中国社会科学出版社,2010 年,第 3—4 页。

中国产生巨大反响则都是在 20 世纪初期的二三十年代。在政治语境方面,当时的中国正是军阀混战时期,各军阀之间你争我夺,竞相投靠帝国主义分子,各帝国主义国家乘机扩张在华势力。孙中山在南方重整旗鼓,以图北伐。中国共产党则刚成立不久,并成功地推动孙中山改组国民党,采取"联俄、联共、扶助农工"的三大政策,建立以国共合作为核心的统一战线。这时中国面临的任务是动员全国人民积极参加即将到来的国民革命高潮。所以,在这样的政治接受语境下,没来过中国的甘地处于被动的"被阐释"地位,革命派、民主派、中间派从其思想体系中各取所需,造成阐释的多向度。而亲临中国的泰戈尔在主动推销自己的文化主张、以求被积极阐释的过程中,却由于对这一语境并不了解,谈话中只顾宣传自己的主张,很少考虑到中国国情,爱国主义和民主主义的内容不突出,因而时常遭到误读、质疑和批评。

在文化语境方面,具体到五四时期,形成泰戈尔接受中的具体语境就是当时的东西方文化论争。1915 年,陈独秀和杜亚泉围绕东西文化孰优孰劣问题拉开了论战帷幕,1919 年后转为新旧文化之争,由比较东西转为探讨新旧。进入 20 年代,出现了更为复杂的局面。世界大战的惨状打破了西方文化无比优越的神话,中国应走怎样的道路重新成为热门话题,东西文化之争再度兴起。在泰戈尔访华前夕,由张君劢和丁文江开始的科学与玄学论战波及整个文化界,这实际是东西之争和新旧之争的进一步发展。在这样的文化接受语境中,各派的出发点不是为了客观认识泰戈尔本人,而是借此回答中国的现实问题并应付论敌的挑战,所以泰戈尔无意中成了他们利用的靶子,遭到误读也是自然的。由于此文化语境对甘地的接受影响不大,故此处对其不作探讨。

四 接受媒介

接受媒介的局限性,也影响了对甘地、泰戈尔这两大文本的阐释。

其一,语言媒介的局限。作为政治家的甘地,因为没有来过中国,中国现代文化界对他的了解,基本都通过英语世界这一媒介。去过印度与甘地有过实际接触的人也很少,据说康有为曾与甘地会面过,但具体内容不得而知。其他人中,曾与甘地会面过的陶行知是个教育家,他的关注焦点在于教育;而谭云山、曾圣提、魏风江等其他几位与甘地接触过的均将目光主要关注于文化。章太炎只是通过在南非的朋友得到一点关于甘地的零星信息。所以,中国方面对甘地的了解,绝大多数都是通过英文转译后所得的信息。作为文学家的泰戈尔,其母语是孟加拉语,他的大部分作品都是用孟加拉语创作的。由于当时我国没人懂孟加拉语,泰戈尔的作品、演讲和论著也只能通过英语转译,其中肯定有误解与误译。

其二,第三方文化过滤的局限。由于近现代的中国和印度主要的交往对象均是西方,所以,对没来过中国的甘地和来中国之前的泰戈尔,中国方面对他们的了解,基本上是通过西方媒介,多了一层文化过滤,过滤掉了他们反抗殖民统治、争取民族独立的一面。具体到泰戈尔,他来中国以后,接待他的梁启超、胡适等又是带着自己的思想倾向向听众介绍他,很少提及他反抗侵略和民主主义的一面,把他的全部思想和作品几乎说成就是一个对谁都适用的"爱"字,这又多了一层文化过滤。两相交叠,遭到误读也是必然之事。

在以上诸因素的共同作用下,"复调"的接受效果产生了。它一方面增加了接受的难度,另一方面却拓宽了阐释的空间。而这,正是东方国家间的形象学研究要注重外部研究的原因之一。①

---

① 详见本书最后一章。

第四章　遥远的近邻

——当代文学中的印度形象

　　1947年8月15日，印度宣布独立。1949年10月1日，中华人民共和国成立。1950年4月1日，两国间建立正式外交关系。从此，中印关系进入一个新的时期。该时期，两国之间的交往以友好为主要基调，并曾出现过50年代的"蜜月期"；但60年代初至70年代初，两国间关系一度冷淡、紧张，甚至发生过局部边境战争。相应地，在当代中国人的心目中，印度也时如亲密的友邻，又时为遥远、陌生的"他者"。在两国友好时，偏重于只从文化的角度去看对方；1962年边境战争以后，却几乎完全抛开文化而只从地缘政治的角度去看对方。但从总体上看，当代中国人仍对已友好相处两千年之久的印度和印度人民抱有善意的期待和大同的构想，而这，也是两千年来中国人心目中印度形象塑造的当代积淀和远景预期。

　　诗人彭俐在其诗作《印度香》里用"梦里的星子一样，亲切又遥远"来描述他所感受到的缕缕清香，那么，就用"遥远的近邻"来对当代文学中的印度形象作一概括吧。①

第一节　当代中印关系概述

　　概括说来，当代中印关系经历了以下几个时期。

　　高潮期（20世纪50年代）。1950年4月1日，中印两国正式建交、互派大使，印度成为世界上社会主义国家之外第一个与中国建交的国家。建交伊始，中印关系就呈现出良好的发展势头，在国际舞台上的合作更令人瞩目。中国支持印度果阿的斗争，印度则支持中国恢复在联合国的合法席位。1954年，两国政府签订《关于中国西藏地方和印度之间的通商和交通

---

① 尹锡南先生和周宁先生曾用"遥远的紧邻""遥远的近邻"来描述印度，此处也借用来描述当代文学中的印度形象，特此说明并致谢。

协定》，并签订了两国间第一个贸易协定。1954 年 6 月，周恩来总理首次访印，与尼赫鲁总理联合提出了著名的"和平共处五项基本原则"①。同年 10 月，尼赫鲁总理对中国进行正式访问，成为新中国接待的首位外国政府首脑，毛泽东主席曾以屈原"悲莫悲兮生别离，乐莫乐兮新相知"②诗句与其在中南海官邸话别。在 1955 年 4 月的"万隆会议"上，中印两国共同合作，为亚非国家的团结反帝事业作出了巨大贡献。中印友好协会和印中友好协会也分别于 1952 年和 1953 年成立。这期间，"秦尼印地巴依巴依（中印人民是兄弟）"的声音响彻两国大地。可以说，20 世纪 50 年代是当代中印关系史上的"蜜月期"。

低潮期（20 世纪 60 年代初至 70 年代初）。1959 年，中印两国在边界问题上产生严重分歧。1962 年 10 月，发生边境战争，双方各自撤回大使。虽然两国仍保持名义上的外交关系，但各方面交流几乎全部中断。然而，从中印两千余年友好交往的历史看，这不过是短暂的一瞬。

恢复期（20 世纪 70 年代中后期）。1973 年，印度援华医疗队巴苏大夫访问中国，两国关系出现转机。1976 年双方恢复互派大使，中印关系逐步改善，政治、文化、科技交流渐趋恢复正常。1979 年 2 月，邓小平副总理会见来访的印度外长瓦杰帕伊，并就中印关系发表了重要讲话。

平稳发展期（20 世纪 80 年代和 90 年代）。1981 年，黄华副总理兼外长访问印度，就边界等问题达成谅解。1988 年，印度总理拉吉夫·甘地力排众议，在时隔 34 年之后实现印度总理的首次访华，欲在和平共处五项原则基础上恢复、改善和发展睦邻友好关系。1991 年，李鹏总理访问印度。1993 年，印度总理拉奥回访中国，签署了《关于在中印边境实际控制线地区保持和平与安宁的协定》，极大地改善了中印关系。1996 年，江泽民主席访印，与印方确定建立面向 21 世纪的建设性合作伙伴关系。遗憾的是，印度人民党上台之后渲染"中国威胁论"，并以此为借口于 1998 年 5 月进行多次核试验，使两国关系出现挫折和反复。1999 年，印度外长辛格访华，双方达成"互不视对方为威胁"的共识，两国关系又步入改善与发展的

---

① 即互相尊重主权和领土完整，互不侵犯，互不干涉内政，平等互利，和平共处。
② 屈原：《九歌·少司命》，董楚平撰《楚辞译注》，上海古籍出版社，1986 年，第 62 页。毛泽东引用此诗句之事，见《毛泽东外交文选》，中央文献出版社，1994 年，第 174 页。

轨道。①

加热期(2000年至今)。进入新世纪以来,中印关系进入了一个新的发展阶段,高层间互访不断,多领域、全方位的合作也日益频繁。2000年印度总统纳拉亚南访华,唐家璇外长同年回访印度。2002年,朱镕基总理访印。2003年印度总理瓦杰帕伊访华,签署了发展两国关系的纲领性文件《中华人民共和国和印度共和国关系原则和全面合作的宣言》。2005年,温家宝总理访印并宣布建立面向和平与繁荣的战略合作伙伴关系。2006年,胡锦涛主席访印并确定2006年为"中印友好年"。2008年、2010年,辛格总理和温家宝总理实现互访。2011年"中印交流年"、2012年"中印友好合作年",双方举行了包括"纪念泰戈尔诞辰150周年"在内的一系列友好交流活动。2013年,李克强总理和辛格总理实现互访。2014年是"中印友好交流年"和"纪念和平共处五项原则发表60周年",举行了一系列友好交流和纪念活动。同年7月,由中印学者合力编撰的《中印文化交流百科全书》交付出版②。

概括看来,当代时期的中印关系可以2000年为界分为两个大的阶段。之前,两国关系以政治交往为主,受边界问题等影响较大;之后,两国间关系步入良性发展轨道,文化交流日益活跃。该时期的印度形象,便成为两国间关系变化的晴雨表,既受政治因素的影响,又保持文化交往的鲜活。

第二节　悲莫悲兮生别离

一　批评与呵责

1959年,中印两国在边界和领土问题上发生争议,1962年发生了边境战争,双方各自撤回大使。在此后的十多年时间里,两国关系基本中断,边界摩擦、西藏问题纷扰时有发生。后经过双方努力,1976年恢复了大使级外交关系。1998年,印度人民党上台不久,就连续进行了5次核试验,并公开宣称中国是印度"潜在的头号威胁",为其核试验寻找借口。此举伤害

---

① 以上参阅薛克翘《中国印度文化交流史》,昆仑出版社,2008年,第506—516页。
② 2015年,又出版了详编两卷本。

了中国人民的感情，两国关系受到影响。伴随这两个小的时段给中印关系带来的消极影响，该时期以主流媒体《人民日报》为代表的中国舆论对印度不乏批评与呵责之声。

1959 年 5 月 1 日，《人民日报》在头版发表的社论中，指出尼赫鲁总理对西藏叛乱的观点和态度值得研究。这充分表明了中方对印方在西藏问题上的立场的关注和重视程度，也体现出中印关系的微妙变化。60 年代，时值中印发生边境战争、两国关系陷于停滞的阶段，《人民日报》的言论多为揭穿印度政府所谓"不结盟"的真相以及批驳印度扩张主义者的所谓"特殊关系"论是控制和侵略邻国的赤裸裸强盗理论等，带有较浓厚的意识形态色彩。而通讯《为了中印人民的友谊》出现在 1963 年 10 月，反映的是中国红十字会将被俘印军伤病人员交给印度红十字会的情景，表达了中国政府的人道主义立场和改善两国关系的善意。综合起来分析，该阶段对印度的报道基调以负面为主，表现出对印度主动挑起边境战争、破坏两国关系的愤慨和抨击，同时对印度投靠美英、亲近苏联的行径表示不满，展现的是一个"亲美亲苏，不顾本国民众生活困厄，频频挑衅邻国"的印度形象，表明了当时中印矛盾激化、印度一再制造分歧攻击中国，而中国政府以两国人民利益为重、一再忍让的正义立场。对于 1998 年印度人民党上台后做出对中印关系产生不利影响的言行，《人民日报》也在对印度国内选情的倾向性关注中表达了自己的态度。[①]

从以上看，除以隐含态度表达对 1998 年印度人民党所谓"中国威胁论"的不满外，以《人民日报》为代表的中国舆论对印度形象的负面报道和解读，均出现在两国关系交恶的"低潮期"，这符合形象学研究中"形象"是在"文学化，同时也是社会化的过程中得到的对异国认识的总和"[②]这一限定中"社会化"的意指成分。但"文学化"呢？即以《人民日报》为代表的中国主流舆论对印度的报道看法是否忽略了该时期在构建印度这个"社会集体想象物"过程中作为"社会集体"的一部分的文化界人士对印度的看法呢？

两国关系交恶的"低潮期"，即 60 年代初至 70 年代初，大部分时间处

---

① 参阅谢曦《〈人民日报〉有关中印新闻的框架建构研究》，硕士学位论文，厦门大学，2008 年。
② 孟华主编：《比较文学形象学》，北京大学出版社，2001 年，第 4 页。

于"文化大革命"这一时间段内,而"'文革'期间,与域外的文化交流,几乎处于隔绝的封闭状态。少量的文化交流(文化团体的访问、演出,文学作品的译介),主要出于政治意识形态的考虑。"①与印度的文化交流也不例外。在这种语境下,中国文人对近邻印度的了解和表达甚少,"社会集体想象"基本以政治界对印度的看法为主。而《人民日报》作为党的机关报、主流政治界的一面旗帜,它对印度报道的态度自然在很大程度上代表了政治界对印度的看法,也成为中国人在两国关系的这一特定时期对于印度的"社会集体想象"中"社会集体"的代表。

"文学创作、文学问题与政治问题、政治活动之间的界限,在'文革'期间已难以分清"②,所以,即便在这一时期有极少数文人对印度有所创作,也难免淹没于"文学政治化"的喧嚣中,不会偏离集体描述的轨道。

所以,从《人民日报》这一主流媒体对印度的报道中,能够较为准确地总结出在两国关系交恶阶段中国人对待印度的态度。这也是形象学研究要格外注重外部研究的又一个例子。

二　猜忌与漠视

随着中印关系不断缓和,中国主流媒体不再有对印度的批评与呵责之声,换之以友好的基调进行客观报道和解读。但在此之外,一些非主流媒体却仍不时传达出对印度的猜忌与漠视,这也在一定程度上影响了中国人(包括作家)对印度形象的整体建构。主要表现在以下两个方面:

其一,对印度的认知明显不够。从本书第一章可以看出,古代时期,中国方面对印度的重视胜于印度方面对中国的重视,当然,很大程度上是由于佛教的影响。到了当代,相比之下,中国对印度的重视却不及印度对中国的重视,多年来中国对这位邻居的认知和探求还远远不够,至少从现状看,对印度的崛起和潜力还未给予足够的关注。主要表现有两点:

一是对印度的"大国梦"持怀疑轻视态度。中国经济的高速增长、物质生活的极大改善,使部分人的民族自信心过度膨胀,而通过非主流媒体所得到的信息是,近邻印度的发展存在诸多问题,要想赶超中国绝非易事。

① 洪子诚:《中国当代文学史》,北京大学出版社,1999年,第187页。
② 洪子诚:《中国当代文学史》,北京大学出版社,1999年,第184页。

正是这种非主流媒体的报道信息给了部分亲历印度的中国人以先入之见。如彭程在《印度片段》中的感受是,"在印度,感觉时光仿佛倒流了至少十几年"①。肮脏的街道、纷乱的交通、拥挤的人群、不切实的民主,都给他留下了糟糕的印象。再如素非在《见识印度》中这样具体描述道:

> 我得承认,我是带着偏见来印度的。……那些声称印度将会超过中国的报道不知道是怎么搞出来的。第四大城市,看起来还比不上我故乡小城体面。马路狭窄肮脏,人民衣衫褴褛(这么说有些不公平,这里天气很热,少穿衣服不穿鞋也可能只是为了凉快)。菜市场里摊贩也不太多,每个水果摊都只卖一种,要么香蕉要么葡萄要么桔子,都是熟透开始腐烂的,对苍蝇倒很有吸引力;超市的物价则高得惊人,一盒曲奇饼干售价高达 230 卢比……②

不体面、肮脏、贫困,或许这些在印度是客观存在的事实,但重要的不是现实差距有多大,而是部分人抱有的这种对印度的心态,如果任由这种心态蔓延到"社会集体"层面,忽视中国近邻这头悄然崛起的大象,结果是不言而喻的。庆幸的是,素非在对印度"超过中国"的这一切予以嘲讽的同时,保持了清醒的头脑。当她在环保会议上看到来自印度各地的民间保护团体(其中包括许多女性)大声发表意见甚至公开指责在座政府官员的不作为时,"忍不住要得出另一个结论,衡量一个国家是强是弱,街道是否宽敞整洁,市场瓜果是否新鲜,大概还不是最重要的指标"③。

二是对印度的民主制度抱有成见。1947 年印度独立至今 60 余年中,印度一直在维护和加强自己的民主制度。印度人也一直以此为自豪。由于相异的政治传统,加上对印度式发展速度的不佳印象,中国非主流媒体对印度的民主多持怀疑和漠视态度,很少听到对它的赞赏。这一观念的成因,除了对印度的政治运作缺少了解外,也在于自身抱有的某些成见。④这也影响了部分当代作家的印度形象建构。如蒋子丹在《如是我见——尚未终结的南印度之旅》中不无嘲讽地写道:

---

① 彭程:《印度片段》,《文学界》2008 年第 9 期。
② 素非:《见识印度》,《视野》2008 年第 2 期。
③ 素非:《见识印度》,《视野》2008 年第 2 期。
④ 参阅张力《中国与印度——相互认识的必要》,张敏秋主编《跨越喜马拉雅障碍——中国寻求了解印度》,重庆出版社,2006 年,第 353 页。

　　在漫长的等待时间里我得知,前不久印度政府正式宣布中国是它在亚洲的头号对手,这个国家认为他们的国家应该取中国而代之成为亚洲老大。官方出版的旅游地图上赫然印着"欢迎来到世界上最大民主国家"的客套话,跟我们眼前的境遇似乎并不太协调。①

　　其二,对印度的认知角度存在偏颇。尽管中国的官方媒体对印度报道比较客观、全面,也很具有权威性,然而,对中国普通公众的印度观产生影响最大的却多是面向市场的都市生活类报刊以及网络媒体。这些非主流媒体往往津津乐道于印度的宗教和种姓冲突、印巴冲突、天灾人祸以及五花八门的社会新闻。这些社会乱象的报道具有很广泛的受众,能够激起他们的兴趣,所以,普遍成为中国非主流媒体中竞相猎奇的题材。

　　久而久之,那些以猜忌或漠视眼光、仅仅是根据中国公众兴趣报道的印度新闻便形成当代国人眼中印度形象的一个侧面——

　　一个不断追求大国梦想但又总是力不从心的国家,一个除软件外在其他方面比中国落后许多年的国家,一个在任何事情上都喜欢和中国较劲的国家,一个要与美国联手遏制中国的国家,一个肮脏和充满社会动荡的国家,一个穷兵黩武的核国家,一个种族骚乱不断和天灾人祸频仍的国家……②

　　显然,这些都并非一个真实的印度,缘于部分非主流媒体的少数描述偏离了当代文人对印度形象的整体建构。但这种偏离也并非毫无价值,因为,一个形象的创新性,从一个侧面反映出这个特定群体所观照的"他者"在哪些方面游离于"社会集体想象",从而有利于镜鉴"自我",实现"自我"的完善与超越。这正是形象学研究的旨归之一。

三　"阿三"套话的演变

　　"阿三",是一个关于印度人的套话。"套话",是比较文学形象学研究术语,是异国形象的一种特殊而又大量存在的形式。该词在法文中原指印刷业中的"铅版",后转义为"套话",主要是指一个国家在较长时间段内反复使用的、用来对异国或异国人进行描述的约定俗成的词组,是体现"自

---

①　蒋子丹:《如是我见——尚未终结的南印度之旅》,《作家》2004年第2期。

②　唐璐:《中国媒体对印度报道的偏好及其对公众的影响》,《南亚研究季刊》2004年第1期。

我"对"他者"进行集体想象的最小单位。如欧洲人常用来指称犹太人的"鹰钩鼻",中国人用来指称西方人的"洋鬼子",用来指称俄国人的"老毛子",用来指称日本人的"小鬼子",等等。"阿三",或"红头阿三",则是中国人指称印度人的这样一个套话,它出现于近代时期,活跃于现代时期,在当代仍有一定的生命力。由于形象是在"文学化,同时也是社会化的过程中得到的对异国认识的总和"①,那么,对"阿三"这一套话的演变过程做一考辨,实质上是对特定历史语境下中印关系的一个微小而生动的折射。

(一)近代:社会化源起

套话的最初产生,往往是在民间社会,对其最初使用的个体或群体最初起源的考辨,也往往是模糊的。"阿三"也是这样,已经无法查考是谁在哪个确切的时间最先使用,只能根据现有的有限记载对其产生的历史语境和符指关系作出分析。查考相关资料发现,这个关于印度人的套话的出现,均跟近代以来上海地区出现的印度籍巡捕密切相关,在具体解释上又有不同,主要有以下几种说法。

其一,跟印度籍巡捕的地位有关。巡捕,是近代殖民地租界的一个特殊群体,《辞海》对"巡捕"一词的注释是:"帝国主义在旧中国'租界'内设置的警察,是压迫人民和维护其特权的重要工具。"②印度籍巡捕,即是上海处于殖民地时期的产物。1842 年,中英《南京条约》签订,上海和广州、福州、厦门、宁波一起被殖民者强迫开辟为通商口岸,次年,中英又签订《五口通商章程》《中英善后条约》,英国人取得在通商口岸租赁土地及房屋的特权,后以此为基础建立租界,这些租界后来逐渐成为殖民者的"国中之国"。既然是"国中之国",自然要有武装力量及其他镇压工具,巡捕便是其中之一。刚开始,巡捕由清一色的西人担任,称为"西捕",后来,刑案随人口激增,西捕数量不足,便渐允许华人充任巡捕,称为"华捕"。随着华捕数量的增多,殖民者的恐惧也日益增强,日益增多的华捕被他们视为潜在的威胁之一。自 1884 年开始,英殖民者选择从印度(当时的英殖民地)输入印度籍巡捕。由于印度籍巡捕在入职时间上晚于西捕和华捕,近代印度又完全沦为殖

---

① 孟华主编:《比较文学形象学》,北京大学出版社,2001 年,第 4 页。
② 《辞海》,上海辞书出版社,2010 年,第 126 页。

民地,在处于半殖民地的部分中国人眼中,印度人是亡国奴,所以,印度巡捕的地位不但低于西捕,也低于华捕,列第三位,上海人又习惯在称呼前加"阿"字,久而久之,便有了"阿三"的称呼。这一说法较为普遍,但也受到质疑①。

其二,跟洋泾浜英语和上海方言有关。这又有两种说法:一是由"阿sir"的谐音而来。英语中"先生"读作"Sir",上海口音读如"三",而"三"为单音节词,上海方言一般在单音词前置"阿"(或后置"子""头"等)组成词组使用。于是上海人见了印度籍巡捕时称"阿 Sir",发音听起来好像"阿三"。② 二是由"I say"的谐音而来。在上海的印度籍巡捕每天早晨在出操训练时,总是先由一名英国捕头讲几句话,该英国捕头常以"I say"作为语言起始或停顿,而印度籍巡捕们一听到便保持立正姿势,以示洗耳恭听。由于"I say"的口语发音和"阿三"很接近,围观的上海人又不知其意,便渐以"阿三"指代这些印度籍巡捕。③ 也有人认为"I say"是印度籍巡捕见到英籍捕头时的常用口头语,且总是毕恭毕敬,当时的上海人便以"I say"的谐音"阿三"来称呼他们,带有浓重的嘲讽意味。④

其三,跟印度籍巡捕的外貌体征和行为做派有关。汪仲贤在《俗语图说》中认为,"'阿三'者,猢狲之雅篆也。"⑤如同其他民族一样,中国人在初接触外国人时,首先注意到的是他们最刺激自己感官的"相异性",也就是他们最不同于本民族的怪异外貌体征。历代以来,中国对西方人的体貌感知,以深目、高鼻、多须为主要特征,无论在正史还是野史中都是如此,前者如《汉书·西域传》《魏书·西域传》《隋书·南蛮》,后者如《文献通考·四裔考》《博物志·五方人民》,等等。陈寅恪曾总结道:"世之考论我国中古时代西胡人种者,止以高鼻深目多须为特征。"⑥在上海的印度籍巡捕,大多为高鼻深目、狭面黑肤、满脸虬须的锡克族人,这在中国人眼里,无疑属于另类"胡人"。这些本为中国人视为另类"胡人"的印度巡捕,在当地中国

---

① 吴志伟:《旧上海租界的印捕风潮》,《档案春秋》2009 年第 4 期。

② 薛理勇:《旧上海租界史话》,上海社会科学院出版社,2002 年,第 46 页。该著中列举了"阿三"套话的几种来源说法,且重点提到了《沪谚》一书。笔者查检了胡祖德《沪谚》(上海古籍出版社,1989 年),并未发现有相关信息。作者在再版例言中说"谚语之无甚意义者,悉删去",也许是这个原因。

③ 李番义:《旧上海英租界的印度巡捕》,《上海档案》1985 年第 4 期。

④ 吴志伟:《旧上海租界的印捕风潮》,《档案春秋》2009 年第 4 期。

⑤ 汪仲贤撰文、许晓霞绘图:《俗语图说》,云南美术出版社,2005 年,第 75 页。

⑥ 陈寅恪:《寒柳堂集》,生活·读书·新知三联书店,2001 年,第 160 页。

人面前往往颐指气使、骄横无比,尤其是那些小摊贩与人力车夫,经常成为他们欺侮的对象。基于此,在部分上海人的眼中,这些长相怪异甚至令人生畏、举止粗野间或流于滑稽的印度籍巡捕便同"猢狲"联系在一起,名为"雅篆",实为表达厌恶和讥讽。之所以称为"红头阿三",则是因为印度锡克人习惯头缠红巾罢了。

以上对这个套话来源的说法,虽然无法肯定哪一个是确切来源,但有一点是肯定的,那就是这个套话的产生,寄寓了对印度籍巡捕(后期还有门卫)的厌恶和讥讽。首先,在人种学层次上,这些印度籍巡捕怪异的相貌体态,使中国人从心理上就产生了恐惧感、拒斥感,也就是说,在形貌特征上,即已将他们视为非我的"他者"。其次,在举止行为上,他们动辄对上海人特别是处于社会底层的那些脚夫们颐指气使,从而使后者产生情感上的厌恶乃至痛恨。第三,在深层的文化心态方面,则是对传统华夏中心观的一种继承。中国早期的夏商周几代均对"蛮夷"有血缘、地理或文化的区分,"夷夏之辨"观念逐渐形成并清晰,此后历代皆有传承。地处中国西南方向、其间有高山大洋相阻隔的印度,自然也被部分怀有民族中心主义的中国人视为极不开化的蛮荒之地。由于"三"字在上海俗语中多含贬义,如"瘪三""猪头三""三脚猫""三只手""十三点"等,被这类人拿来使用后,"阿三"的称谓便不胫而走。

总之,"形象是加入了文化的和情感的、客观的和主观的因素的个人的或集体的表现"[1],"阿三"和"红头阿三",这个集凶恶的外貌特征、低劣的历史地位与凶残的"看家狗"形象于一体的符号,便集中代表了上海人对印籍巡捕的厌恶甚至痛恨。

然而,锡克人在反抗外来侵略的斗争中作战勇敢,在印度本国人心目中的整体形象是正面、高大的,泰戈尔曾以《被俘的英雄》一诗进行称颂。中国人心目中其迥异负面形象的生成,最终还得归罪于狡诈的英殖民者。实际上,除从印度输入巡捕外,英殖民者还将印度作为侵略中国的基地和跳板,其远征中国的舰队,不是来自英伦三岛,而是来自作为其殖民地的印度海岸,入侵中国的士兵中也有相当数量的印度兵。更甚者,其用于长期荼毒腐蚀中国的罪恶产品——鸦片,也以印度为生产和贩卖的主要基地。

---

[1]　孟华主编:《比较文学形象学》,北京大学出版社,2001年,第115页。

魏源在《海国图志》中已明确指出这一点。

　　然而,这并非印度人民的选择,罪魁仍为狡诈凶残的英殖民者。对于鸦片带给中国人民的危害,1881 年,年仅 20 岁的泰戈尔曾写下《鸦片——运往中国的死亡》一文,饱含对中国人民的同情,直斥英殖民者的罪恶。1925 年,印度独立运动的领导人甘地也曾撰文《中国的命运》,呼吁印度人民制止英殖民者利用印籍士兵屠杀中国人民的残暴、卑鄙行为。此后,国大党在甘地影响下通过一项《中国的斗争》的决议,对中国人民反抗外来侵略的斗争予以声援,对英殖民者派遣印度军队参与镇压中国的民族解放运动进行抗议。

　　由以上可以清晰看出,中印间本无芥蒂,近代语境下"阿三"套话的社会化产生,最直接根源在于英殖民者用于加强其殖民侵略的狡诈和对中印这两个东方兄弟的离间。同时,由英殖民者一手导演的这场悲剧,在中印两千多年间的友好交往历程中,只不过是短暂一瞬。

(二)现代:社会化向文学化的过渡

　　进入现代时期,印度仍然处在英帝国殖民统治之下,仍被英殖民者作为其侵略中国的基地和跳板,大批印度籍巡捕仍然被派遣至上海的租界内服役。此时期的中国,刚刚逃离鸦片战争、甲午战争、八国联军侵华战争的阴霾,又陷入日本帝国主义侵华战争的灾难。辛亥革命后,北洋军阀和国民党政府的统治也未能给中国带来根本性的变化。此背景下,"阿三"这个套话仍然具有社会性,仍在普通上海人的语言特别是口头语言中被广泛使用。与此同时,该套话逐渐引起了文人的注意,开始了其文学化的进程。现代文人的作品中使用这一套话的有很多,其中,蒋光慈的《少年漂泊者》和鲁迅的《伪自由书·王化》可为代表。

　　蒋光慈的《少年漂泊者》作于 1925 年,描写佃农出身的少年汪中,在父母双亡之后四处飘零,经历艰难曲折后终于走上革命道路的故事。在作品中,几处集中出现了"红头阿三"这一套话:

　　　　巡捕房派巡捕把工会封闭,将会长 C 君捉住,而我幸而只挨受红头阿三几下哭丧棒,没有被关到巡捕房里去。我在街上一见着红头阿三手里的哭丧棒,总感觉得上面萃集着印度的悲哀与中国的羞辱。①

在这里,"阿三"这个套话继续传递着其本初使命,即印度籍巡捕的代称以及对这一指代意义的厌恶。但不止于此,作者在使用这一套话时已赋予其更深切的含义。作品中,"印度的悲哀"与"中国的羞辱"并举,两大东方文明古国如今却沦为难兄难弟,这份历史的沉重虽非"抱恨的漂泊的少年"能够完全读懂,却也给他敏感的心灵烙上了"同病相残"而非"同病相怜"的阴影。于是,主人公个体心灵的敏感和自尊与对民族命运的感喟与忧戚,便不可避免地交织在一起。还应值得注意的是,作者在使用"红头阿三"这个套话时始终与"哭丧棒"这一特定的象征物联系在一起。"哭丧棒",当然是对持棒者的讥讽和咒骂。在鲁迅《阿Q正传》中也出现过"哭丧棒",阿Q厌恶假洋鬼子,所以把他的手杖咒为"哭丧棒"。如此,作者的本意已不在于表达多少厌恶和诅咒,更重要的是,对自身已为亡国奴的印度籍巡捕却对同为弱者的中国兄弟施加淫威表达深深的悲哀。显然,"阿三"这一社会化符号已转变为文学化符号。

鲁迅在《伪自由书·王化》中,也几次使用"阿三"这一套话。《伪自由书》作于1933年1月末至5月中旬,是鲁迅为《申报》副刊《自由谈》而撰写的短评合集,《王化》则是其中较为犀利的一篇,初投给《申报》后被国民党新闻检查处查禁,后化名何干发表于1933年6月1日《论语》半月刊。在文中,作者先列举了几种当局所谓施行"王化"之举:判定与人私奔的溥仪弟媳"交还夫家管束"、派出"宣慰使"处理新疆维吾尔族反抗暴政之事、救济流亡的蒙古王公、对西藏施行怀柔政策。之后,着重对当局以武力镇压广西瑶民之事进行揭露:

　　　　而最宽仁的王化政策,要算广西对付瑶民的办法。据《大晚报》载,这种"宽仁政策"是在三万瑶民之中杀死三千人,派了三架飞机到瑶洞里去"下蛋",使他们"惊诧为天神天将而不战自降"。事后,还要挑选瑶民代表到外埠来观光,叫他们看看上国的文化,例如马路上,红头阿三的威武之类。
　　　　而红头阿三说的是:勿要哗啦哗啦!

---

　　① 蒋光慈:《少年漂泊者》,远方出版社,2007年,第80页。

……

　　等到"伪"满的夫权保障了,蒙古的王公救济了,喇嘛的经咒念完了,回民真的安慰了,瑶民"不战自降"了,还有什么事可以做呢?自然只有修文德以服"远人"的日本了。这时候,我们印度阿三式的责任算是尽到了。①

在此处,"阿三"的所指意义也发生了转移,即由原指印度籍巡捕演变为指称当权的国民党政府。"红头阿三的威武"代表的是"上国的文化",讥讽国民党当局在少数民族面前以"上国"自居,而这种文化的代表则是殖民地色彩浓重的大棒威慑;"印度阿三式的责任"是殖民地租界巡捕的责任,喻指国民党当局维护封建伦理,内外软硬兼施,在人民面前滥用威权的行径。"印度阿三式的责任算是尽到了",则是对国民党当局自欺欺人的"精神胜利"进行嘲讽。显然,鲁迅是借此对国民党当局以"王化"之名进行自我粉饰和标榜予以揭露和批判,特别对采用飞机轰炸方式对少数民族进行野蛮屠杀的行径表达愤慨。

　　需要指出的是,鲁迅对"印度阿三"这一套话的使用,与其对印度文化的整体态度是密切相关的。一方面,鲁迅曾高度赞美印度文化,"印度则交通自古,贻我大祥,思想、信仰、道德、艺文,无不蒙贶,虽兄弟眷属,何以加之"②;另一方面,却又称印度为"影国"③,意即名存实亡的文明古国,力劝青年人多读外国书——印度的除外④。这看似矛盾。实际上,鲁迅对古老的印度文明是抱以尊重的,只不过同中国极相类似,近代以来由于抱残守缺而渐至衰朽,在力倡新文化的鲁迅眼中,便成为中国引以为鉴的重要参照。据此再回头细读《王化》一文,对中印两文明古国哀其不幸、怒其不争的心态便至为明显了。

　　以上以蒋光慈、鲁迅的作品为例,对"阿三"这一套话在现代语境下的转变作了约略解析。可以看出,在这些现代作家眼中,"阿三"已不再是一个单一的社会化符号,不再仅是对印度籍巡捕的单一指代,而是逐渐进入文学领域,演变为一个文学化符号,其指代意义也衍扩至整个印度民族、印

①　《伪自由书·王化》,《鲁迅全集》第五卷,人民文学出版社,2005 年,第 143－144 页。

②　《破恶声论》,《鲁迅全集》第八卷,人民文学出版社,2005 年,第 35 页。

③　《摩罗诗力说》,《鲁迅全集》第一卷,人民文学出版社,2005 年,第 66 页。

④　《青年必读书》,《鲁迅全集》第三卷,人民文学出版社,2005 年,第 12 页。

度文化。然而,无论是蒋光慈对中印间"同病相残"的痛心,还是鲁迅对两文明古国的"怒其不争",这在当时颇具代表性的观点却对当时的中印关系都有不小的误读。实际上,现代时期,中印两国人民仍然持续关注、同情和支持彼此的反殖民反封建斗争。中国方面,集中表现在一批报纸杂志对印度革命的持续关注和声援,仍希望以印度为借鉴,从印度人民斗争的实践中汲取有益的经验教训。如广州出版的革命杂志《前锋》在1923年创刊号上即发表评述印度的文章,当大战结束、印度反英斗争狂澜初起后,《申报》就对斗争作及时追踪报道,《向导》杂志也以印度人民的奋起为榜样来鼓舞自己的同胞,并发表专论驳斥英殖民当局对印度人民的盘剥和压迫。印度方面,甘地、尼赫鲁等政治领袖对中国人民予以了宝贵声援和实际支持,他们号召印度人民为中国人民捐款捐物,并派遣援华医疗队支持中国人民的抗战,对中国人民争取民族独立的斗争给予了极大鼓舞和实际帮助。这说明,本作为社会化符号的"阿三"套话,与作为文学化符号的"阿三"套话之间,存在着不小的疏离。

(三)当代:文学化的残存和被消费的符号

1943年1月,印籍巡捕的"使命"随着英租界的被取缔而寿终正寝,然而,"阿三"这个套话却没有消失,而是在当代语境中顽强地存活了下来。当代时期,已经远离"阿三"这个套话产生的历史语境,文人们已经意识到,"阿三"这个套话具有侮辱性质,便不再在主观上进行使用。然而,"一个'单一形态和单一语义的具象'一旦成为套话,就会渗透进一个民族的深层心理结构中,并不断释放出能量,潜移默化地影响着后人对他者的看法"[1]。形象一旦产生,便具有一定的延续性和滞后性,作为印度形象的这个套话在文学领域仍然具有一定的残存。袁鹰在《从忍气吞声到扬眉吐气》中曾忆起对中国老百姓挥舞警棍趾高气扬的"阿三",曹聚仁作品中对"红头阿三"作为帝国主义追随者的描述亦一仍其旧,他们运用这一套话共同唤醒了上海租界时期中国人的屈辱记忆:

> 我们乡下人到上海,第一个印象便是"面黑如漆、头缠红巾"的红头阿三,后来知道这叫做"巡捕",现在的警察。……即华人呼为"红头

---

[1]　孟华主编:《比较文学形象学》,北京大学出版社,2001年,第190页。

苍蝇"是也。①

"红头苍蝇",自然是给"红头阿三"的又一厌恶性称谓,重复和激活了这一套话所具有的本初含义。然而,当代作家再次运用这一套话,主要用意并不在此,曹聚仁、周而复曾不约而同地将这一套话与租界时期外滩公园"狗与华人,不得入内"的屈辱记忆联系在一起:

> 乡下人进城,第一步就踏错了草地,那就是黄浦滩公园。头上包着布的红头阿三,挥着打狗棍来赶乡下佬:"去! 去!"他要乡下佬抬头看看那草地上的木牌:"狗与华人,不得入内"。(列位看官,这绝对不是虚话。)②

> 我的大学生活是在上海度过的。我参加左翼文艺活动,也是在上海开始的。那时我走进上海的租界,仿佛到了另一个国家,看到那些帝国主义分子和追随者趾高气昂,飞扬跋扈,连他们雇佣的奴仆象"红头阿三"和"安南巡捕"这些人,也看不起中国人。因为帝国主义分子把中国人和狗同等看待,外滩公园门口曾经挂了一块牌子:"犬与华人,不准入内"。③

显然,在这里,"阿三"只是使读者忆起"狗与华人,不得入内"这一屈辱记忆的一个引子。后者作为一例典型的殖民话语,不但给作为集体的中国人造成视觉上的强烈冲击,更在其心灵上刻下屈辱的永久烙印。

然而,历史毕竟翻过了那一页。如果说,"阿三"这个套话自进入文学领域后,在现代作家的笔下已成为一例表现屈辱记忆的殖民话语,那么,在当代作家的笔下,便具有了典型的后殖民文学色彩。这是因为,当代时期已经远离套话产生的社会化语境,却仍然以其文学化的视觉冲击和记忆唤醒顽强地存活下来。但在中印关系已发生根本变化的当代语境下,"阿三"这一套话的所指意义也在不断发生变化。作家江天的小说《红头阿三》,便表现了这种变化:

---

① 曹聚仁:《巡捕——红头阿三》,曹雷、曹宪铺编《上海春秋》,上海人民出版社,1996年,第38—39页。

② 曹聚仁:《巡捕——红头阿三》,曹雷、曹宪铺编《上海春秋》,上海人民出版社,1996年,第211页。

③ 周而复:《江南忆》,《文汇报》1989年9月10日。

　　　　陆教授更没有料及的是,这豪宅今日看大门的,竟然是个包红头巾穿长袍的大黑胡子。这长相,这穿着,不就是老上海的人们当年称之"红头阿三"的吗? 是红头阿三,是红头阿三。瞧那红头巾,瞧那长袍,瞧那大黑胡子,就是红头阿三,就是红头阿三。一忆起红头阿三,陆教授不禁不寒而栗,57 年前的一桩旧事立马涌上脑际……①

陆教授接着忆起当年自己的姐姐被印度巡捕掳走的惨痛一幕,那一幕曾给他心理上造成永久的伤害。当年那凶神恶煞的"红头阿三"和眼前的彬彬有礼的印度籍门卫之间,反差过大,心理上一时难以接受。一方面,这是近代半殖民地时期中国人民心理上的共同阴影,以"阿三"的形象残存下来;另一方面,今昔对比的结果也表明,中印人民早已结束那段由英殖民者一手制造的不愉快回忆。

　　然而,"阿三"这个套话虽然逐渐淡出纯文学视野,却同时以非主流的形式在坊间语言和商业语境中存活下来,仍拥有相当市场。良人曾将"阿三"与泰戈尔、瑜伽一起,视为独特的印度符号:

　　　　三十多年的改革开放,古老的中国对异国他乡的人们已不再神秘;奥运的火炬,更将中国的辉煌映现于世。可是印度,这个同样古老的国度,除了泰戈尔、瑜伽、红头阿三,与近来极其卖座的电影《贫民窟的百万富翁》,我还知道的是印度同学读书刻苦。②

　　然而,这个印度符号却在一定程度上被当代中国人过度消费了。"日产以低价老牌车吸引印度阿三""印度阿三大爆发""幻影车神:魔盗激情阿三开挂欢乐多"和"印度神油,天竺少女和红头阿三"等题目,不断冲击着人们的视野,目的则只有一个:利用这个套话符号来博取眼球、吸引消费。这个结果,肯定是这个套话最初的使用者们所没有预料到的。之所以被频繁用于娱乐消费和商业消费,表面上看,是因为"阿三"这个套话在中国当代语境下几乎已经无人不知,由此成为消费文化的极佳选择。若进行冷静分析,则仍跟国人的文化心态有关,人们在谈论印度时往往怀有一种自大心态,而这种心态恰可被用来进行娱乐消费和商业消费。这种心态的形成,原因也是多方面的。首先,中国缺乏对印度进行认知的热情。进入当代语

　　①　江天:《红头阿三》,《新作家》2006 年第 6 期。
　　②　良人:《尘土中的金砖——印度行闲谈》,《朔方》2013 年第 5 期。

境,相比之下,中国对印度的重视远不及印度对中国的重视,多年来中国对这位邻居的认知和探求还远远不够,至少从现状看,对印度的崛起和潜力还未给予足够的关注。其次,对印度的认知角度存在偏颇。尽管中国的官方媒体对印度报道比较客观、全面,也很具有权威性,然而,对中国普通公众的印度观产生影响最大的却多是面向市场的都市生活类报刊以及网络媒体,这些非主流媒体往往津津乐道于印度的宗教和种姓冲突、印巴冲突、天灾人祸以及五花八门的社会新闻等。加之地缘政治的影响和两国关系的变化,"阿三"套话成为颇受欢迎的消费符号也就不难理解了。

此外,"阿三"这个过去多含贬义与嘲讽的套话语词,到了今天却时有亲切之义,也就是说,人们在用"阿三"指代印度人时,不再是千篇一律的嘲讽与讥笑,而时有略带调侃的亲切感,甚至有中国诗人以"印度阿三"来作为自己的笔名。这正如中国人称呼西方人为"大鼻子",起初是出于相貌厌恶和异族排斥心理。但随着国人与西方人接触渐多,对西方人的外貌和习性逐渐熟悉,陌生感和排斥感逐渐消失,而只是一个略含调侃、友善与亲切的指代词了。这也证明了套话的确具有"时间性",即套话产生以后,并不会在历史的任何时刻都有效,它可能随历史的变迁、社会环境的变化而消逝,或者即便还在被继续使用,但"套话"作为语词符号的能指与所指之间的对应关系已发生变化。这也是一个值得注意的现象。

第三节　乐莫乐兮新相知

"度尽劫波兄弟在,相逢一笑泯恩仇。"①当代时期,两国间的龃龉、冲突毕竟不是主流。20世纪50年代,两国在政治、经济、文化等各方面展开的全面交往与合作,承续和巩固了两千多年来的友好关系。1976年,两国恢复正常交往后,彼此的友谊得到恢复、巩固和发展。相应地,在中国政治家的字里行间,印度仍是一个伟大的民族、中国人民的好朋友;在当代旅印作家的游记作品中,仍塑造出一个五彩斑斓、异彩纷呈的印度;在一批致力于印度研究的学者型文人心目中,更有着浓重而持久的"印度情结"。新时期以来,中国学人对"中印大同(CHINDIA)"的乌托邦构想,更为集中和深

_____

① 鲁迅《题三义塔》诗句。

切地表达了对两国人民深化友好合作、携手创造未来辉煌的期许和愿望。

一 外交辞令中"模式化"的印度

当代中国政治家对印度向来重视有加,如毛泽东、周恩来、邓小平、江泽民、李鹏、朱镕基、胡锦涛、温家宝、习近平、李克强等,多次在重要的场合发表关于印度的谈话。由于政论性文章的特殊性,这些谈话大多不具文学色彩,更称不上文学作品,但由于这些政治家们的谈话对整个当代时期两国间政治关系起着决定性作用,对当代文人心目中印度形象的建构具有一定影响,所以,本书选择并摘录部分政治家涉及印度、针对中印关系的谈话,也可作为从另一个角度对印度形象的透视。

开国元首毛泽东对中印关系高度重视。1950 年 5 月 20 日,在接受印度驻华大使呈递国书时的答词中说:

> 中印两国,国境毗连,在历史及文化上均有悠久而密切的关系,近世纪来,又都为挣脱自己民族的厄运,进行过长期而勇敢的斗争。存在于贵我两国人民间的了解、同情与关怀是深切的。现在中印两国正式外交关系的建立,不但将使已存在于两国人民间的友谊日益发展与巩固,而且与此而俱来的亚洲两大国家人民的真诚合作,必将大有助于亚洲与世界的持久和平。①

这份答词抚今追昔,高瞻远瞩,既对古代中印间的友好交往做了回顾,又对近代时期两国人民的患难之谊予以珍视,更对两国间的未来合作抱以真诚期望。1951 年 1 月 26 日,毛泽东又在印度驻华大使馆举行的印度国庆招待会上的祝词中强调,"印度民族是伟大的民族,印度人民是很好的人民"②,"印度是中国的友好国家,一千多年来是如此,今后一千年一万年,我们相信也将是如此"③,更在饭后对主人谈及中国的"归西"典故(即中国人去世后希望到印度投胎),语惊四座。1954 年尼赫鲁访华时,毛泽东再次强调"印度是一个有希望的民族,是一个伟大的民族",并以屈原"悲莫悲

① 《毛泽东外交文选》,中央文献出版社,1994 年,第 133—134 页。
② 《毛泽东外交文选》,中央文献出版社,1994 年,第 148 页。
③ 《建国以来毛泽东文稿》,中央文献出版社,1993 年,第 8 册,第 268 页。

兮生别离，乐莫乐兮新相知"诗句与尼赫鲁在中南海官邸话别。[①] 1970 年 5 月 1 日，在天安门城楼，他在同印度驻华临时代办米什拉握手时说："印度是一个伟大的国家，你们是一个伟大的人民……我们总是要友好的，不能老是这么吵下去嘛。"[②]这语重心长的话顿时变成头条国际新闻，人称"Mao smile"（毛泽东的笑容）。

　　周恩来是中国领导人中最积极的中印友好使者，在 1954 到 1960 年短短的几年中曾 6 次赴印。1954 年 6 月 27 日晚，周恩来向印度人民发表了以回顾、珍惜和发扬中印友谊为主要内容的广播演说：

> 　　从远古以来，在中国人民和印度人民之间就有了深厚的友谊。将近三千公里的边界把中国和印度联结在一起。一个世纪又一个世纪，在我们两国之间，历史记录了和平的文化交流和经济来往，但是从来没有记录过战争和仇恨。近代以来，中国和印度同样受到了外国殖民主义的侵略和压迫，但是中国人民和印度人民从来没有停止过为自由和独立而进行的斗争。由于同样的原因而受到的痛苦，为了同样的目的而进行的斗争，都加深了中印两国人民之间的同情和了解。在中华人民共和国和印度共和国成立以后，由历史所培育了的中印两国人民间的传统友谊又有了新的发展。我们都已经建立了自己的新的国家。我们共同的愿望，就是要在和平环境中建设各自的伟大的祖国。这种共同的愿望，构成了进一步发展中印两国人民间的友谊的基础。[③]

这份演说虽然较长，但却字字珠玑、情真意切，不忍删减。1954 年 10 月 20 日，在招待尼赫鲁总理宴会上的讲话中，周总理再次回顾了两国间的珍贵友谊，对尼赫鲁和甘地带领下的印度人民对中国人民的解放事业给予的同情和支持报以感谢。1956 年 11 月 29 日，周总理在印度国会演讲时，同样对印度人民的友情和热情表达了感谢，只不过此次语言富有诗意：

> 　　你们的土地的广大和富饶，你们的文化的丰富和优美，尤其重要的是，你们的人民对和平的忠诚和对中国的友情，都是一见就永远不能忘怀的。……当我第一次踏上你们的土地就听到的声音："印地秦

---

① 《毛泽东外交文选》，中央文献出版社，1994 年，第 174—176 页。
② 郭书兰编：《中印关系大事记》，中国社会科学院亚洲太平洋研究所，1987 年，第 107 页。
③ 《人民日报》，1954 年 6 月 28 日。

尼巴依巴依"（印中人民是兄弟），恰当地表达了今天充塞在我们心里的感情。……①

邓小平则在 1982 年 10 月 22 日会见印度社会科学理事会代表团时有过"中印两国之间的问题并不是很大，既不存在中国对印度的威胁，也不存在印度对中国的威胁，无非就是一个边界问题"②的简短却重要的讲话，并就南南合作过程中中国和印度的带头作用作出阐述。他指出不应把边界问题扩大化，在 1988 年 12 月 21 日会见拉·甘地总理时，也曾有过"中间相当一段时间的情况是彼此不愉快的，忘掉它！一切着眼于未来"③的表态。

其他领导人，如江泽民、李鹏、朱镕基、温家宝等，在对印度的讲话中无不秉承此基调，只是强调要开展涵盖政治、经济、文化、科技、国际合作等领域的全方位合作，建设中印面向和平与繁荣的战略合作伙伴关系，呼吁双方采取更加理性而务实的态度，增进彼此信任，加强互相沟通，注重解决实际问题。

相对而言，温家宝更为关注两国间进行文化交流的重要性。在 2005 年初的一次记者招待会上，曾特意援引印度古典"奥义书"里面的话来回答关于中印关系的提问④，并以"华夏天竺，兼爱尚同"来预期"中印大同"的合作前景。2010 年 12 月 16 日访印时，他再次强调了文化在两国关系中的重要性：

> 中印是合作伙伴，不是竞争对手。龙象共舞，从文化开始。文化交流是心与心的对话与沟通，影响会更深远。……文化是沟通两个民族的桥梁。中印交往的历史上溯 2000 多年。世界上没有哪两个国家像中国和印度这样，彼此拥有古老的文明而又相互借鉴。当我们肩负继续推进中印战略合作伙伴关系的重任时，必须重视两国文化交流……中印两国文化都有自己的灵魂，这个灵魂是什么？我认为，最重要的有两点，一是我们两个古老民族多灾多难，在漫长的历史进程

---

① 《人民日报》，1956 年 12 月 1 日。
② 《邓小平文选》第 3 卷，人民出版社，1993 年，第 19—20 页。
③ 《人民日报》，1988 年 12 月 22 日。
④ 详见本章结尾部分。

中历尽艰险而不屈不挠、自强不息。二是我们都是多民族、多宗教、多语言的国家,文化具有很强的包容性。①

"龙象共舞,从文化开始",加快推进中印文化交流既是中印两国领导人的共识,也是中印人民的共同愿望。2013年李克强总理访印期间,曾前往孟买看望中国人民的老朋友柯棣华大夫的亲属,并表示"中国人民永远不会忘记在中国最危难的时候印度朋友的真诚帮助,柯棣华大夫的光辉形象将永远留在中国人民心中"②。在离开印度前的讲话中,他引用甘地的话意味深长地表示:

> 圣雄甘地曾说"中国和印度是同舟共济、患难与共的同路人",中印要发展永恒的友谊,做真诚的朋友。我们在历史、文化、社会等方面的差异远远小于我们的共同点。天空中的几朵云彩是遮不住中印两国友好的灿烂阳光的。③

总结概括以上政治家涉及印度的谈话,亦即对印外交辞令,内容不外于以下几个方面:珍惜两千多年来两国间的友好交往历史;缅怀近现代两国在反殖反帝、争取民族独立斗争中的相互同情与支持的兄弟般情谊;力求在互谅互让平等协商的原则下解决边界争议,加强在经济、文化、科技等领域的全方位合作;遵循两国共同倡导的和平共处五项原则,寻求与加强在国际事务中的合作,造福两国人民、亚洲人民和全世界人民。可以说,在中国政治家的眼中,这是一个"模式化"的印度。这种"模式化"印度形象的形成不是偶然的,从古至今,有哪一个国家取得中国如此多的领导人进行如此多的友谊回顾、由衷赞叹和未来期许? 唯有印度。除政治交往的需要、外交辞令的严谨外,这也在一定程度上定下了当代时期两国间友好交往的基调,特别是中国方面对待印度的态度。

二　当代作家游记中"五光十色"的印度

游记,是受中国文人特别青睐的一种文学体式,众多的游记作品也为

---

① 《龙象共舞,从文化开始——温家宝总理与中印文化界人士座谈侧记》,新华网,2010年12月18日。

② 《让中印传统友谊薪火相传,生生不息》,新华网,2013年5月22日。习近平主席在访问印度时也曾看望柯棣华的妹妹。

③ 《天空中的几朵云彩遮不住中印友好的灿烂阳光》,国际在线,2013年5月21日。

比较文学形象学研究提供了丰富的文本资源。游记在塑造异国形象中具有特殊功能,它既能折射出社会集体想象,"说出了撰写者的精神、心理结构,常能揭示出对异国的先入为主的看法——集体描述"①,又由于生动、鲜活,能创造出新形象,或至少带来新的因素。相应地,当代作家以游记为主要载体所塑造出的印度形象,既在一定程度上沿袭和复制了以往游记中的印度形象,又在表现的广度和深度上超出以往。如果说,《法显传》《大唐西域记》等为代表的古代文学中的印度游记是在崇仰佛理、向往佛国心态下而作,近现代文人的印度游记是以政治层面的启蒙和救亡、文化层面的探揽和交流为目的而作,那么,当代作家的印度游记,则既有浅层次的印度自然景观的描摹,也有人文意象、文化哲理的深层次挖掘,更有以印度文化为参照对当代中国文化的反思,由浅入深,由点及面,给我们展示了一个五光十色、个性十足的印度。

友好印度:热情洋溢、情同手足

东晋高僧法显和唐高僧玄奘曾分别在其《法显传》和《大唐西域记》中几次提到在佛国印度受到的礼遇。一千多年后,冰心也在《印度之行》中这样描述她所受到的欢迎盛况:

> 我们只觉得每到一处⋯⋯人的巨流包围了上来,握手,拥抱,套花环,献花束,在响彻云霄的"中印友好万岁","和平万岁","中华人民共和国万岁","毛泽东万岁"的口号之中,我们被簇拥上披花插旗的汽车,开到各种各样的公共场所,我们被推拥上台,被介绍,受欢呼。我们脖颈上被套上无数美丽芳香的花环,我们接受许多大大小小的礼品。我们头上衣服上被洒满了香水,女团员的额上被点着鲜红的吉祥痣⋯⋯印度人民对于中国人民的热爱,那真是山样高海样深啊!②

这种场面描述,在周而复、夏衍、金克木、季羡林等人的作品中,一再被重复着,这是初始欢迎的盛况,而在饮食起居方面印度友人所提供的照顾更是无微不至。在周而复的笔下,从热情的上层领导人如总理尼赫鲁、总统普拉沙德、副总统拉达克里希南,到事无巨细、彬彬有礼的宾馆服务生,到热

① 孟华:《试论游记在建构异国形象中的特殊功能》,《中华读书报》2002年9月8日。
② 冰心:《印度之行》,《冰心著译选集》,海峡文艺出版社,1986年,第389页。

情诵迎中国客人诗篇的印度诗人,无不使他感受到印度人民这兄弟般的情谊。在热带城市马德拉斯,他写道:

> 马德拉斯邦人民对中国政府和人民的友情比天气还热,热得使人们感到烫手,仿佛可以触摸到的火焰一般。[1]

季羡林先生也有同感,"我们已经访问了十一个印度城市,会见过成千上万的印度各阶层的人士。我自己认为,对印度人民的心情已经摸透了;决不会一见到热烈的欢迎场面就感到意外、感到吃惊了",然而,到了加尔各答,一下飞机,"我就又感到意外、感到吃惊起来了"[2]。

这批当代文人们在印度享受到的这种上宾礼遇,首先应归功于当年法显、玄奘、义净等高僧大德们历尽艰险赴印取经、传播中印友谊的壮举。冰心她们现在尝到的幸福果实正源于这一批又一批历史朝圣者在印度播下的友好的种子。此外,他们到达印度的时间正处于中印之间的"蜜月期",所受到的盛大欢迎和照顾,也带有一丝泛政治化的色彩。

美丽印度:风光旖旎、山川秀美

辽阔坦荡的原野,静谧深沉的河流,树荫浓密的木本曼陀罗,公路上悠然自得、慢慢踱步的公牛,美丽的孔雀,成群的猴子,热闹新奇的婚礼,奇特的用餐习俗,壮观神圣的恒河沐浴……这一切,在当代作家的笔下,汇集成一个美丽无比的印度。夏衍在《南印度之行》中这样描摹:

> 铁路两旁的树木花草,越来越繁茂而多样了,成排的椰林,金黄的向日葵花,几乎有一个人高的龙舌兰草。头上顶着水罐的女人们缓缓地走向村庄,露着赭黑色上身的农民们使劲地用锄头在翻掘被太阳吸干了水分的黄土,——这种强烈的色彩,辛苦的劳动,使我很自然地想起了梵高的油画。[3]

这段对印度景色的描摹充满了静与动的协调,散发出浓浓的乡土气息。蒋子丹在《如是我见——尚未终结的南印度之旅》中,虽对印度的民主制度颇有微词,但却被其秀美风光所折服,在她的眼里,缺席想象中的"天竺圣境"

---

① 周而复:《往事回首录》(之二),中国工人出版社,2004年,第145页。
② 季羡林:《天竺心影》,百花文艺出版社,2007年,第100—101页。
③ 夏衍:《南印度之行》,《世界知识》1954年第5期。

变为实实在在的在场阅读：

> 大早上起来，推开沉重的百叶木门，大家全都被眼前的美景惊呆
> 了。露台临近一片开阔的湖水。晨雾袅袅的湖面上有一对对不知名
> 的白色大鸟在追逐起落。几只印度味十足的藤制大游船停泊在湖边，
> 用它们优美的剪影剪开晨曦和雾幔，若隐若现若即若离，仿佛来自传
> 说中的天竺圣境。我们在被夜露浸润得湿漉漉的凉台上，久久伫立，
> 体会着一种物我两忘的超然。①

黄运全则在《印度印象》中对恒河浴者重点着墨，被"圣河"洗净俗罪后
的浴火重生，伴以夜灯下恒河的梦幻之美，不禁使人沉浸于"静穆的伟
大"②：

> 夜浴灯火如期跟黄昏交接
> 河拉开镜头拍下梦幻灯海
> 舞动神灯的汉子融化为道道光环
> 不远处一群亡灵走向浴火重生
> 生者与死者相约狂欢在篝火晚会
> 浴者来兮恒河兴奋不已
> 浴者散去恒河归于平静③

章德益的诗作《印度之美·写给一位顶水罐的少女》，对头顶水罐这一
印度千百年来沿袭已久的习俗进行描摹。他写道，这个头顶水罐的印度少
女是"从泰戈尔的诗行里走来/从恒河岸的画境里走来/从印度古远的背景
里走来/从一条时空之河的上游走来"，头顶的水罐也凝结成"印度之心"的
意象，在对异域风情的解读中，流淌着欲与古老印度文明进行超越时空的
对话之悠悠情思：

> 哦 印度
> 你就是一只
> 顶在人类头上的

---

① 蒋子丹：《如是我见——尚未终结的南印度之旅》，《作家》2004 年第 2 期。
② 温克尔曼对于古希腊艺术的评价。
③ 黄运全：《印度印象》，《扬子江诗刊》2008 年第 3 期。

　　　　古老而又年青的水罐

　　　　满蓄着神秘而又恒久的智慧之水

　　　　以千百年源远流长的幽邃之波

　　　　滋润着东方的哲学与人类的光明①

魅力印度:异彩纷呈、唯美神秘

　　黑格尔在《历史哲学·东方世界·印度》开篇指出:"印度,同中国一样,是一个既现代又古老的神奇国度,一个始终一成不变而又获得至为完善的自我发展的神奇国度。它一直是富于想象力的人们的热望之地,而且对我们而言似乎还是一个仙境,一个魔界。与只是呈现至为平实的'知性'的中国不同,印度是幻想与感性之域。"②这就是印度的魅力,中国当代作家同样有着类似的感受。

　　王川在散文《唯美印度》中,惊诧于印度的彩衣、美女、图案、雕饰等唯美符号,几乎表现在一切形而上和形而下的领域:

　　　　可以用很多形容词来加在印度的头上,但可能都不太准确。伟大?那是许多国家共有的名词。神秘?也许对于埃及来说更为贴切。浪漫是属于法国的,典雅是属于希腊的,热情是属于西班牙的,冷静是属于英国的,只有唯美才是印度特有的定冠词。它是十亿印度人数千年来孜孜不倦所追求的,它在这块次大陆的土地上无处不在,甚至已经渗透进了每一个印度人的心灵,每一个细胞,每一个时期——从阿育王直到甘地。③

　　杨朔则在《印度情思》中置身于五颜六色的鲜花,极其漂亮的赭堡,乖觉的孔雀、大象、小鸟、松鼠、猴子、神鸢等幻化成的新奇世界里:

---

　　①　章德益:《印度之美·写给一位顶水罐的少女》,《长江文艺》1998年第4期。

　　②　刘建:《神魔小说与印度密教·序二》,薛克翘《神魔小说与印度密教》,中国大百科全书出版社,2016年,第1页。此处为刘建先生据黑格尔《历史哲学》英文版所做的新译。原译为:"像中国一样,印度是又古老又新近的一种现象;它一向是静止的,固定的,而且经过了一种最实足的闭关发展。它向来是想像所神往的地方,而在我们的瞻望中,至今像是一个仙境,一个妖异的世界。与中国相反,中国代表者(应为'着'——笔者注)只是最平凡的'悟性',印度却是狂想与锐感的区域。"详见黑格尔《历史哲学》,王造时、谢诒征译,商务印书馆,1936年,第221页。

　　③　王川:《唯美印度》,《中华散文》2006年第11期。

　　穿过这种幻景,我从云头里飘然落到地面上。这就是印度。好一个新奇的去处:到处是诗意,是哲理,是神话,最能引起人的美妙的幻想。[①]

　　王蒙的《印度纪行》中对印度神像、石窟等倾尽赞美,在他眼里,这些印度艺术的美不在于让人单纯产生敬畏,而是充满着活生生的人性之美,"印度的神像其实就是完美的人像,丰满,浑圆,曲线,充溢着生命的动人的光辉"。面对气势恢宏、洁白肃穆的泰姬陵,他感叹道:

　　这里,纯洁代替了污秽,规整代替了混乱,美妙代替了丑恶,安宁代替了慌张,和谐代替了冲突,肃穆代替了轻浮,宽敞代替了拥堵。人怎么可能想出、做出、完成和保存这样的创造?[②]

这就是印度艺术独特的美。海帆则是用心灵来观察印度的,她在《印度诱惑》中这样描述泰姬陵:

　　走向泰姬陵的时候,你眼睛看到的是视觉上的对称与平衡,而心里感觉到的却是超越时空的肃穆与永恒。不论这是美的丰满,还是美的深沉,只要进入我们内心深处,就会立刻成为永恒。[③]

　　的确,审美也是一种终极关怀,它在一定意义上承担了哲学和宗教给人带来的精神慰藉和享受,并经常同哲学、宗教无法截然分开。印度即是如此,印度人对艺术的热爱同样超乎想象。一些人生活贫困,却不妨碍他们成为精神上的百万富翁,他们或通过宗教修行或在对艺术的探寻中寻找自己的精神家园,寻求心灵的永久慰藉。

人文印度:传统与现代交相辉映

　　晏苏曾在《印度纪行》中以"两个印度"为题来概括他眼中的传统与现代交相辉映的印度:"在印度的日子里,我总是恍惚觉得,我好像是在两个印度之间徘徊。"[④]的确,当代作家中,亲历印度所留的游记中,经常能够看到这"两个印度"的形象,如袁南生的《感受印度》:

---

①　杨朔:《印度情思》,《杨朔散文选》,人民文学出版社,1978年,第262页。
②　王蒙:《印度纪行》,《中华散文》2002年第4期。
③　海帆:《印度诱惑》,中国旅游出版社,2005年,第18页。
④　晏苏:《印度纪行》,《阳关》2000年第6期。

　　如今,无论走在印度哪一个大城市,麦当劳餐厅中身着牛仔装的摩登青年与大街上披着传统纱丽的妇女,鳞次栉比的现代建筑与遍布城乡的庙宇神龛,风驰电掣的轿车与高视阔步的神牛,清晰可闻的上网拨号声与退迩阵阵的祈祷声……也许正表明当代印度正处在新旧交替、传统与现代共存的历史过渡时期。①

　　城市风格方面,许多作家都提到新旧德里的对比,如周而复提到德里旧城的古朴、典雅、凝重与新德里的现代化,金克木也感叹,"从完全现代化的政府所在地的新德里到德里或说老德里,尽管是连着的,却完全是两种风貌,是两个世界,两个时代"②。马恒祥则将印度的几座主要城市称为"凝固的乐章":

　　　新德里、加尔各答和孟买,是印度最重要的三座城市。我把这三个城市的主要建筑物,大体上分为三个类型:一是古代的;二是近代的;三是现代的。这三个不同时代的建筑物,让我领略了这个国家发源于印度河文明的古国神韵,殖民地时代的屈辱和沧桑,还有大国意识的强烈表现和民族复兴的渴望。③

的确,每座城市都是一部立体的历史作品,是城市文明变迁最坚实的见证,也是发掘人文地理资源的重要载体。在这方面,对比国内各地以发展经济为名而大兴土木、破坏文化遗产的做法,许多当代作家感慨不已。

　　除此之外,在教育领域,印度既有高度发达的现代教育理念,也同时保留古代时期静修林"古儒"教育方式;在文化观念上,传统宗教信仰与现代科学观念同时并存;在价值取向上,既保存有古老的出世传统,又对中国文化的入世精神加以吸收、借鉴;在文化取舍上,既有对古印度文明之精髓的继承和发扬,又有对其进行的现代阐释和改造……一个传统与现代交相辉映的印度,向当代文人们展现出其历久弥新的人文魅力。

　　自然,当代印度社会仍存在诸多现实的社会问题,如贫富差距悬殊、宗教冲突不断、人口增长过快,等等。对于这些,当代作家均在其游记作品里有所记述,并对印度人民抱有信心与期望,正如杨朔在《印度情思》中所表达的:

---

①　袁南生:《感受印度》之《前言·感受印度之谜》,中国社会科学出版社,2006年。
②　金克木:《游学生涯》,东方出版中心,2008年,第299页。
③　马恒祥:《印度,一个中国作家的印象》,《时代文学》2006年第6期。

　　月亮地里,远处旷野上闪着一点野火,有人吹起怪凄凉的管子。印度人民真实的生活可远不像理想的那样美好。我知道,这个吹管子的人,睡在绳子结的床上,能吃到红高粱饼,放点辣子,就是好的。不过我也知道,印度人民像自己的祖先一样,永远抱着美好的理想;而且有毅力,有勇气,他们会为建造他们千秋万世所想望的美好的人生而奋斗,而抗争。[①]

　　如此,众多作家以游记的方式塑造了一个五光十色、丰富多彩的当代印度。不难发现,这与政治家、主流和非主流媒体塑造的印度形象有着较大的疏离。原因主要有下面几点:

　　其一,创作环境不同。当代以来,随着创作环境的日益宽松、文学传播方式的日益迅捷,文学越来越显示出其富有想象力和创造力的一面。从这个意义上说,"友好印度、美丽印度、魅力印度、人文印度",这样的形象序列的出现不是偶然和随意的,而是从一个角度再现了当代文学特别是游记文学的发展从泛政治化回归于文学本体再走向文化超越的演进历程。

　　其二,形象塑造主体不同。外交辞令中"模式化"印度形象的塑造者主要是政治家,他们的谈话要以国家利益为重;负面化印度形象的主要塑造者则是代表国家利益的主流媒体和往往游离于集体想象的非主流媒体,且前者的产生基本在两国关系的交恶期。而作家群体的观察视角显然不同,他们更习于从文化的角度去认知和解读对方。

　　其三,文类不同。政论性文章的特点是准确通俗、严肃庄重,评论性文章较之已有所灵活,但在内容和语体风格方面仍受一定的框架制约。游记作品则生动、鲜活,因而最有可能塑造出个性化的形象,又由于是作者"亲见""亲历"后所作,故最易获得读者的信任。也正是在这个意义上,游记作品往往会反作用于"社会集体想象",它不断地对那些约定俗成的社会规范进行挑战和解构,颠覆那些"先入之见",从而部分地改造了形象塑造的传统。当代时期"五光十色"的印度形象正是在此基础上生成。

三　学者型文人的"印度情结"

　　在塑造印度形象的当代中国文人中,有一个特殊的群体,那就是一批

---

①　杨朔:《印度情思》,《杨朔散文选》,人民文学出版社,1978年,第268页。

专治印度学的学者们。他们同游历过印度的作家们一样，对印度社会的方方面面有着切身的体会和感悟，但他们又不同于其他作家仅满足于对印度进行浮光掠影的表面阅读，而是对这个作为自己研究对象的国度有着深层的理解，被其悠久的文明和灿烂的文化所吸引甚至沉迷于其中。在他们的笔下，印度形象的构成中更多了些许浓重的文化意蕴。而这，也是他们在经年研究的积累中所生成的"印度情结"的体现。

季羡林先生是著名的印度学专家，对印度情有独钟，在其国外游记散文中，涉及印度的占有很大的比重。他向往和想象中的印度曾经"只是一堆灰白色的影子"，"一片热带的炎阳下，一带椰子林，林子里有黑皮肤、鼻子上穿了洞装上宝石的妇女们在来往游动"①。但亲临印土之后，才明白此前对这个一直向往的国度的想象，完全是不着边际的幻想：

> 大象浑身上下披挂着彩饰，黄的是金，白的是银，累累垂垂的是珊瑚珍珠，错彩镂金，辉耀夺目，五色相映，光怪陆离……在印度神话中，我们有时遇到天帝释出游的场面，难道那场面就是这个样子吗？在梵文史诗和其他著作中，我们常常读到描绘宫廷的篇章，难道那宫廷就是这样富丽堂皇吗？印度的大自然红绿交错，花团锦簇，难道这大象就是大自然的化身吗？②

连用几个"难道"来表达自己面对幻想与现实的交错时的惊愕和感慨。在参观泰姬陵时，他再次在这一印度历史的伟大作品中迷失了自己：

> 反正我自己仿佛给这个白色的奇迹压住了，给这纯白的光辉网牢了，我想到了苏东坡的词："琼楼玉宇，高处不胜寒"。我自己仿佛已经离开了人间，置身于琼楼玉宇之中。③

然而，回到现实中，想起那个费尽周折才将一粒刻有"印中友谊万岁"的大米送到他手里的淳朴敦厚的学徒工，他又感叹道："泰姬陵是美的，是不朽的。然而，人们心里的真挚感情不是比泰姬陵更美，更不朽吗？"④作为治印度学的学者，自然更对印度古代佛教的圣地——那烂陀寺青睐有加，在

---

① 季羡林：《季羡林散文全编》（一），中国广播电视出版社，1999年，第153页。
② 季羡林：《天竺心影》，百花文艺出版社，2007年，第77页。
③ 季羡林：《天竺心影》，百花文艺出版社，2007年，第29页。
④ 季羡林：《天竺心影》，百花文艺出版社，2007年，第32页。

回忆了《大唐西域记》和《大慈恩寺三藏法师传》里关于那烂陀寺生动、详尽的描述之后，眼前出现了壮丽宏伟的那烂陀寺，看到了玄奘在这里出言锋利、如悬河泻水般辩服众贤——无疑，这是为之朝思暮想、倾心已久的印度幻象。幻象转瞬间消逝，唯有在一片废墟中徘徊瞻望，抚今追昔，感慨万端。

在印度，季先生受到了印度人民的热情接待。离开印度之后曾备感落寞，更时常回溯、沉浸于印度友人的深情厚谊：

> 人虽然已经离开了科钦，但又似乎没有完全离开。科钦的水光椰影，大会的热烈情景，印度主人的一颦一笑，宛然如在眼前，无论如何也从心头拂拭不掉。难道真能成为"明日隔山岳，世事两茫茫"吗？……偶一抬眼，瞥见那一条陈列在书架上的科钦市长赠送的象牙乌木龙舟，我的心就不由地飞了出去，飞过了千山万水，飞向那遥远西天下的水城科钦。①

读到这里，不由得想起泰戈尔结束对中国的访问时，有人问他有没有落下什么东西，他不无凄怆地答道："没有了，除了我的一颗心。"这是多么相似的心情！如果说，那是泰戈尔深挚的中国情思的表露，那么，这无疑就是季先生浓重的印度情结的释放。

金克木先生毕生致力于梵语文学和印度文化的研究，渊博、率性加上本已有的诗人身份，往往直抒胸臆：

> 无端佛国寄萍踪，再倩游丝系转蓬。
> 亲舍望穷千里目，觉心记取五更钟。
> 庐名梵竺前修远，梦忆邯郸影事空。
> 纵有因缘皆苦谛，何劳残雪舞回风。②

诗中渗透着浓浓的佛梵哲思，正如他在《倒读历史》中所言"过去是未来的镜子。别人是自己的影子"③，所谓因缘、苦谛，不过是风舞残雪罢了。但金先生未一味沉溺于空寂之境，还着重回忆了与师觉月等几位印度友人的笃情交往，并特别提及在德里生病时，有一比丘送上鲜奶，"那浓厚的奶味

---

① 季羡林：《天竺心影》，百花文艺出版社，2007年，第80—81页。
② 金克木：《梵竺因缘——〈梵竺庐集〉自序》，《游学生涯》，东方出版中心，2008年，第283页。
③ 金克木：《倒读历史》，江苏文艺出版社，2007年，第100页。

是我永远不会忘记的"①。而从他对严肃、博学、朴素、善良的老居士的描摹中,隐约看到了鲁迅笔下的藤野先生。

饶宗颐先生曾受聘为印度班达伽东方研究所研究员,游学足迹遍及全印。饶先生对泰姬陵情有独钟,对这座印度莫卧尔王朝第五代国王沙·贾汉为其爱妃倾力打造的"永不凋谢的花冠",赋有《泰姬陵》诗一首:

> 雄心剩欲寄温柔,倾国生来有底愁。
> 竞逐名花憔悴损,玉钩残梦冷于秋。
> 名陵风月异朝昏,眉妩遥山带泪痕。
> 莫道霸图今已矣,御街坠叶为招魂。②

诗中显现历史的沉重。薛克翘先生则在其《象步凌空:我看印度》中,对这个倾心已久的"神秘印度"和"浪漫印度"进行了漫谈式、全景式观照,抚今追昔的同时,也对中印友好抱有深深的期冀。刘建先生也在其学术随笔《加尔各答纪行》一文中,袒露对印度灿烂文化的朝觐心态,平和客观的叙述下,难掩对这个文明古邦的深挚情怀。姜景奎先生《印度掠影》中则关注宗教特别是印度教的信仰和仪式,感受到了法律上早已废除但现实生活中仍处处可见的种姓制度的残余。郁龙余、孟昭毅先生在其《天竺纪行》中,则更侧重于对印度学术文化的感受,表露出从学术角度推进中印文化交流的心愿。

四　"中印大同(CHINDIA)"的乌托邦构想

中印友好交往源远流长,中国文人与印度文化神交已久,这不仅体现在自佛教传入以来他们直接受到佛教观念的影响,这种影响在他们的思想和创作中有着集中的反映,还体现在两国文化传统本身存在诸多契合之处,如作为两民族宝贵的精神财富和文化精髓的"天人合一"和"梵我一如"的内在相通就是实现中印大同的哲学基础。近现代以来,孙中山、章太炎等力倡中印联合,是两民族遭受异族侵略统治期间的同声相应、同气相求。当代时期,两国政治、经济、文化和社会语境相继发生重大变化,新时期如何巩固和发展两国间的友谊与合作进而实现真正意义上的"中印大同",成

---

① 金克木:《德里一比丘》,《游学生涯》,东方出版中心,2008年,第296页。
② 饶宗颐:《泰姬陵》,《选堂诗词集》,新文丰出版股份有限公司,1993年。

为两国有识之士的共同愿望和努力方向。

"大同",是一个理想境界的符号。"中印大同",则是新时期中印关系的乌托邦构想。乌托邦(utopia),是英国人文主义学者托马斯·莫尔(Thomas More)在其同名著作中构筑的一个无法实现的理想社会,自问世以来,成为历代人们为之奋斗却不得的一个虚幻所在,久而久之,人们聚焦于其"不能实现"这一意义上使用,却渐渐忽略了其脱离乱世危象、崇尚理想化追求的一面。比较文学形象学也借用这个意象符号,认为形象作为"社会集体想象物"并不是统一的、固定的,它对异国形象存在认同作用和颠覆作用这两种力量,存在于"意识形态"和"乌托邦"之间。某一形象塑造者笔下的异国形象是意识形态的,即指作为"自我"的形象塑造者对视为"他者"的异国形象持贬斥、否定态度;当形象塑造者被异国形象所吸引,而对"自我"存在质疑甚至否定态度时,这样的异国形象叫作乌托邦。① 本研究选择使用"乌托邦",既可理解为"中印大同"的定语词,也可理解为它的同位语词,但并非指这一构想遥远虚幻和不可实现,而是为突显对实现这一构想的期待。从形象学意义上看,也并非指中印学者对对方的文明范型持否定、质疑和颠覆态度,而是指这些有识之士不满足于两国关系目前时远时近的状况,而对未来实现真正意义上的"大同"合作抱有真诚、炽烈的希望。

"CHINDIA",是 2005 年印度中央政府商务部部长兰密施(Jairam Ramesh)受到尼赫鲁思想的影响所创的英文新字,作为回应,深圳大学郁龙余教授在 2006 年也创造出一个中文新字"龘",音"liang",意为"龙象和合",可算是中印两大文明之间交往的佳话。谭中先生将"CHINDIA"译为"中印大同",作为中印关系的一个形象化喻指符号,并强调指出,这种关系不应理解成狭隘的政府之间的往来,而是要把人与人之间的交往、思想与思想之间的对话、传统与传统之间的对比、生活方式与生活方式之间的交融都包括进来。② 他认为,中印两大文明同在喜马拉雅山的摇篮中诞生,两千多年形成一种"背靠背"的关系:同源共生的文明肇兴,交光互影的思想邂逅与互渗,确凿清晰的文化交往,带有理想色彩的未来合作期望。郁

---

① 详见孟华主编《比较文学形象学》,北京大学出版社,2001 年。

② 参阅谭中主编《CHINDIA/中印大同:理想与实现》,宁夏人民出版社,2007 年,第 5 页。

龙余先生则通俗解释道,"中印大同",就是中国和印度之间实现"大团结、大联合、大合作、大交流、大互惠、大发展、大相爱、大坦诚、大智慧、大慈悲、大福祉、大光明"[①]。

如此看来,"中印大同",其实如一根红线般贯穿于中印关系的演变过程,只是在不同时期,其侧重点和表现有所不同。在古代,侧重和表现为两国间物质文化和精神文化的相互影响与融合;近现代,侧重和表现为中印在反抗外国侵略、争取民族独立斗争中的相互同情与支持;当代以来,侧重和表现为中印在建设独立国家、造福两国人民的进程中,还将继续开展更广泛、深入、持久的合作。

但不可否认的是,"中印大同"的未来理想化实现,还面临来自内部和外部的不同意见甚至怀疑,正因为此,"乌托邦"这个意指符号部分回归了其原初的使用意义,虽然我们不愿看到。从外部看,尽管有不少西方学者乐见中印崛起的和平、和谐与和顺,但另有不少人依然按习惯的思维定势考虑问题,他们热衷于维持中印间的所谓"现状",忌惮打破现状的平衡会给他们带来威胁和灾难。从内部看,中国和印度也有人对中印共同崛起持观望、怀疑态度。中国人的怀疑观望,主要来自两国间的商贸摩擦以及对印度文化知之甚少;印度人的怀疑观望,主要来自英国殖民政策的遗毒以及由此产生的对中国的不信任,并集中体现在西藏问题上。泰戈尔在《鸦片——运往中国的死亡》一文指出:"在中国的鸦片贸易中,隐藏着龌龊卑鄙的动机,其阴暗的偷窃心理比抢劫还要可恶。"[②]英国人的这种"阴暗的偷窃心理"同样表现在西藏问题上。他们利用各种手段,在西藏窃取了种种利益,而印度独立后的新政府,往往不加分辨地全盘继承这一切,这就为日后中印边境问题埋下隐患。如果印度政府能像泰戈尔批判英国人的鸦片贸易那样批判英国人在西藏的偷窃行为,中印之间就根本不存在什么边境问题,不会出现1962年的边境战争,对中国的不信任也无从谈起。殖民主义的尸体被埋葬很多年了,但是它的毒素还在危害中印人民,对此,郁龙余先生曾援引印度著名的共命鸟的故事:一只鸟有两个头,一个头找到了甘露,另一个头也争着要。第一个头不给,第二个头就故意找毒药吃,结果

---

① 谭中主编:《CHINDIA/中印大同:理想与现实》,宁夏人民出版社,2007年,第5页。

② 《泰戈尔全集》第23卷,河北教育出版社,2000年,第1页。

这只鸟就一命呜呼了。中国和印度就如一只当今世界的共命鸟,有了甘露应该分享,而不要去吃殖民政治或冷战政治的毒药。这是古代智慧给我们的启示。[①] 况且,质疑和反对意见毕竟不是主流,摆脱了殖民枷锁的中印人民能够掌握自己的命运,有着两千多年友好交往的深厚基础,有着广阔的包括经济、文化在内的全方位合作空间,"龙象和合,龙象不争,龙象共舞,龙象无敌,龙象福泽天下"的大同愿景和构想一定能够实现。

"中印大同"构想的提出和实现,不应忘记中印文化的友好使者、被誉为"现代玄奘"的谭云山先生,正是他一生笃志于恢复和发展中印间的友好关系,倡导和促进了"中印学会"的成立,架起了现当代以来中印间友好交流的桥梁。众所周知,研究中印关系,印度的泰戈尔是一座绕不过去的高峰,而中国的谭云山又何尝不是这样一座高峰。1958 年,他在游历印度最南端时,面对浩瀚的大洋,曾直抒对中印前景的期望,从中也能听到"中印大同"的呼声:"我生亦何幸,旅印三十年。今浴三海洋,喜乐亦无边。胸怀广宇宙,意志超凡尘。忍辱为救世,慈悲度众生。天下本一家,印中为弟兄。共倡五原则,和平遍大千。"[②]

金克木先生曾援引一段《奥义书》里面的诗句,作为其著《中印人民友谊史话》的结束语。在这里也援引它,送上对两国友好的祝颂:

> 愿我俩同受庇佑。
> 愿我俩同受保护。
> 愿我俩共同努力。
> 愿我俩的文化辉煌。
> 永远不要互相仇恨。
> 唵! 和平! 和平! 和平![③]

① 参阅郁龙余《认识印度文化的意义》,《亚非研究》2008 年第 1 辑。

② 谭云山:《南浴科母灵地角印度洋滨》,全诗共二十句,此处所录为该诗的后半部分。

③ 金克木:《中印人民友谊史话》,中国青年出版社,1957 年,第 97—98 页。本书完成之时,中印洞朗边境对峙已月余,愿两国珍惜传统友谊,和平解决争端。

第五章　启示与反思

第一节　文学形象与文化交流

比较文学意义上的形象(image),并非普遍意义上的文学形象,而特指一国文学中对"异国""异族"形象的塑造和描述,法国当代比较文学学者达尼埃尔－亨利·巴柔(D.H.Pageaux)将其定义为"在文学化,同时也是社会化的过程中得到的对异国认识的总和"[1]。其实,早在比较文学学科诞生之日起,异国形象的研究就受到关注,并一直是法国学派所偏爱的研究领域。1896 年,贝兹(Bates)即在《关于比较文学的性质、任务和意义的批评研究》一文中指出,作为一门新学科,比较文学的主要任务之一是"探索民族和民族是怎样互相观察的:赞赏和指责,接受或抵制,模仿和歪曲,理解或不理解,口陈肝胆或虚与委蛇"[2]。首先明确提出形象研究原则的则是让－马丽·卡雷(K.M.Carre),他将形象定义为"各民族间的、各种游记、想象间的相互诠释"[3],实际上把对异国形象的研究置于"事实联系"研究的中心环节。其学生基亚(M.F.Guard)在《比较文学》(1951)一书中,将"人们所看到的外国"专辟一章,为卡雷的理论作详细说明的同时,对异国形象研究的前景也作了预见。20 世纪 60 年代,在有关比较文学"危机"的争论中,形象学研究也遭到不少质疑和批评。但经巴柔、让－马克·莫哈(J.M.Moura)、保罗·利科(Paul Ricoeur)等学者的探索和努力,异国形象研究在跨学科性、借鉴当代人文社会科学中的新理论、新方法等方面有了重大突破,终于成为比较文学研究领域中体系完备、独具特色的重要一脉。巴柔在《从文化形象到集体想象物》(1989)和《形象》(1994)二文中对异国

---

[1]　参阅孟华主编《比较文学形象学》,北京大学出版社,2001 年,第 4 页。

[2]　[德]胡戈·狄泽林克:《论比较文学形象学的发展》,方维规译,《中国比较文学》1993 年第 1 期。

[3]　孟华主编:《比较文学形象学》,北京大学出版社,2001 年,第 19 页。

形象进行了进一步的诠释,认为"一切形象都源于对自我与'他者',本土与'异域'关系的自觉意识之中,即使这种意识是十分微弱的。因此,形象即为对两种类型文化现实间的差距所作的文学的或非文学,且能说明符指关系的表述"①。除强调异国形象产生于形象塑造者与被塑造者之间关系的相互指涉外,更基于具体的形象塑造者对异国形象的感知与其隶属的群体或社会的想象密不可分这一现实,提出了"社会总体想象物"的概念,并归纳出形象塑造者面对被塑造者文化现实的三种基本态度或象征模式,即狂热、憎恶和亲善。此外,巴柔还对形象学研究中"套话"与形象的关系作了考辨,认为"套话"研究成为形象研究过程中最基本、最有效的部分。莫哈则在《试论比较文学形象学的研究史及方法论》(1992)一文中对异国形象作了更为明确的限定,认为"文学形象学所研究的一切形象,都是三重意义上的某个形象:它是异国的形象,是出自一个民族(社会、文化)的形象,最后,是由一个作家的特殊感受所创作出的形象"②,并提出"意识形态"和"乌托邦"的话语模式,指出作为社会集体想象物的形象总是建立在意识形态和乌托邦两极间的张力上,以实现其整合功能和颠覆功能。利科则在其《从文本到行动》(1986)一文中将休谟和萨特的理论分别定位于传统形象学和当代形象学的主要理论依据,认为当代形象学意义上的异国形象更接近于萨特的创造性想象,而非传统理解中对异国进行实际感知的产物。将形象学研究介绍到国内的孟华教授则在《形象学研究要注重总体性与综合性》一文中对当代形象学对传统形象学的革新作了总结(即当代形象学更加注重"自我"与"他者"的互动性,更加注重对"主体"的研究,更加注重文本内部研究,更加注重总体分析),并创造性地将物理学中"场"的概念移植到形象学研究领域,提出"形象场"概念,即形象研究涉及诸多复杂的关系,而这些关系往往又相互作用,需要研究者在文学、文化人类学、史学、社会学、心理学、民俗学等学科交汇处进行综合性考察。

　　总之,形象是比较文学形象学(imagologie)研究的核心内容。而比较文学是一门研究文化交流的学问,作为比较文学一个分支的形象学,最终也以对"自我"与"他者"间文学、文化关系的关注为指归。同时,在对本土

---

① 孟华主编:《比较文学形象学》,北京大学出版社,2001年,第155页。
② 孟华主编:《比较文学形象学》,北京大学出版社,2001年,第25页。

与异域、自我与他者的关系进行相互指涉的过程中,异国形象也实现了其言说"他者"和言说"自我"的双重功能,正如巴柔所言,"'我'注视他者,而他者形象也传递了'我'这个注视者、言说者、书写者的某种形象"①。所以,对文学作品中的异国形象进行系统的发掘、整理和研究,对形象塑造者和被塑造者双方都有着重要的参考价值,从而有利于双方认识文化差异、理解文化共存、促进文化交流。从这个意义上说,比较文学形象学研究同钱锺书先生主张的"因文知世",即从文学作品描写的现象出发去了解当时的历史和社会,有异曲同工之妙。利用丰富的中国典籍,运用形象学视角,对中印关系进行一次整体、系统的观照,则是一次有意义的尝试。

古代时期是中印友好交往的黄金时期。该时期的印度地广壤沃、物产丰饶,圣贤叠轸、仁义成俗,杂技幻术神异奇妙,医术、天文、历算等先进发达,同时,该时期以佛教为主要载体的文化交流奠定了两国间友好交往的坚实基础,中国文人对佛国印度进行了缺席想象、在场阅读和倾情创作。总之,在中国文人的记忆中,古代印度是一方文明、发达的"梵佛圣域"。

清末、近代以来,中印两国相继沦为半殖民地、殖民地,两国间的交往以对彼此政治命运的关注为主。在中国文人的心目中,近代印度是一幅处于内忧外患双重侵蚀下的"破碎的镜像",也曾在客观上沦为英帝国主义侵略中国的基地,但基于两国间深厚的友好交往基础,也基于两国间相似的历史命运,他们仍将近代印度视为"唇齿相依的患难之交"。由于形象的滞后性,也有部分对于古代印度形象的复制和改写,突出的表现就是近代思想家们对佛国形象的再次"工具化"利用,但这次利用已迥然不同于古代统治者的利用。

现代以来,两国人民为争取民族独立和解放而衍生的相互同情和支持,以及由泰戈尔访华而恢复的从近代以来中断的文化交流,在中国分别引发了以政治关注为主的"甘地热"和以文化交往为主的"泰戈尔热"。对甘地和泰戈尔及其背后的印度社会、印度文化的不同接受态度和不同理解,使这时期的印度形象呈现出明显的"复调"特征。

进入当代时期,两国关系忽冷忽热,文化交流时断时续。冷淡时期中国媒体传递出对印度的批评与呵责、猜忌与漠视,热络时期政治家谈话中

---

① 孟华主编:《比较文学形象学》,北京大学出版社,2001年,第157页。

"模式化"的印度、当代作家游记作品中"五光十色"的印度、学者型文人的"印度情结",以及有识之士对"中印大同"的乌托邦构想,最终造就了当代中国人心目中的印度形象——那是一个既亲切又陌生、既友好又莫测的"遥远的近邻"。

目前,在国内外尚无对中国文学中的印度形象进行整体观照的研究成果出现,在这方面,本书是一种新的努力和尝试。第一,既对印度文化的部分精髓进行了借鉴和超越,又对自身文化的一些长处实现了继承和创新,在中印这两个东方大国之间实现了形象言说"自我"与言说"他者"的双重功能。第二,通过研究可以发现,中国文学中的印度形象这一"他者"只是基于中印文化差异的另一参照系,而非基于文化不平等心态下的变形"他者",这既是中国与印度两个东方大国间友好关系的表现,也是对相异文化间非此即彼、二元对立之固有模式和观念的一种解构。第三,着眼于东方国家之间的形象学研究与东方、西方之间的形象学研究有着诸多区别,所以,在研究过程中需要根据东方国家的实际来运用,而不是在本体论和方法论方面对来自西方的形象学理论进行机械套用,这也是中国的东方学研究体现自身特征的一个重要方面。

一　言说"他者":观照、借鉴与超越

中国文学中的印度形象研究,形象塑造主体("自我")是中国文人及其背后的中国文学、中国文化;形象塑造客体("他者")是印度,包括印度社会、历史、文化等方方面面。中印交往源远流长,中国人又向来有崇史重文的传统,通过中国文学这面镜子,来折射从古至今印度社会、历史、文化等方方面面的演变,是从一个新的角度对印度进行研究的一个可行性尝试。由于古代印度人不重视书面记载,认识、了解和研究古代印度更需要中国典籍的帮助。同时,通过对印度这个"他者"的观照,中国文化也可从中得到有益借鉴,实现选择性超越。

观照

观照,是言说"他者"的第一个目的,也即通过本研究,我们看到了一个怎样的印度。

古代,中国文人对印度文化始终充满仰慕之情。在他们的心中和笔

下,古代印度是一方同古老华夏同样文明、发达的"梵佛圣域"——地处中国西南几千里处,气候湿热,国临大水(印度河和恒河);物产丰饶,犀牛、大象、孔雀、鹦鹉等动物,莲花、贝多、甘蔗、沙罗树等植物和琉璃、砗磲、织品、刀剑等奇珍异物应有尽有;圣贤叠轸、仁义成俗,君主开明,律法和税负极少,民风淳朴,路不拾遗已成风尚,人们少私寡欲、尊师好学、各安其业;各种杂技、幻术妙不能言,荒幻神异,令人咋舌;科技、艺术先进发达,天文、历算、医药最为突出,其中医药方面的金篦术曾在中国唐宋时广为流传,音乐、绘画、雕塑、瑜伽术、制糖术等也都曾传入中国并留下悠远回响。最为重要的是,古代印度的佛教传入中国,在以后的千百年间,对中国文化的方方面面产生了巨大的影响,创造了世界文化交流史上的一大奇迹。

近代,印度形象的构成中传奇性、虚构性、想象性因素渐少,荒幻、神奇、神秘色彩渐渐褪去,理性认识和真实观照在印度形象的构成中逐渐占据主要地位。在近代文人的笔下,近代印度是一幅饱受内忧外患侵蚀的"破碎的镜像"——外来殖民统治使印度人民过着"笼鸟"般的亡国奴生活,毫无尊严与自由可言;内部守旧不变,社会分裂,积弊深重。但英国人的进入印度,在客观上给印度带来了一些积极的变化。狡诈的英殖民者将印度作为向中国输出鸦片的主要产地、进行侵略的兵营、侵略中国的跳板,但中国人民却没有把这笔账记在印度人民头上,而是将其当作唇齿相依的患难之交、为争取民族独立而并肩战斗的最可信赖的战友。

现代,"圣雄"甘地和"师尊"泰戈尔,这印度的两大巨人,成为印度的标志和骄傲,也分别成为中国人心目中的印度政治符号和文化符号。前者高举"非暴力不合作"的旗帜,在政治领域带领勇敢、坚韧的印度人民砥砺前行,领导和发动了轰轰烈烈、影响深远的第一次、第二次非暴力抗英运动。运动虽然最终未能取得成功,却在根本上唤醒了印度人民争取民族独立的意识,动摇了英殖民主义者的统治根基。后者作为获得诺贝尔文学奖的东方第一人,以其深沉的人道主义精神、炽热的民族主义和世界主义情感、不竭的创作生命力和多样的创作技巧,在文化领域为印度在全世界赢得了荣耀和尊敬,这当然包括中国。

当代以来,受时局变化的影响,印度形象也在两极间摇摆。冷战思维、边界纷争使印度一度变得遥远、陌生,但短暂的冷漠、冲突之后,印度又恢复了其友善、丰富的一面:在政治家眼里,它是一个与中国有着几千年友好交往基础,并且期待摒弃前嫌、实现更深广合作的伙伴,呈现出"模式化"的特征;在作家眼里,它风光旖旎、山川秀美,人民热情洋溢、待中国人民亲如兄弟,传统与现代交相辉映,一切都那么神秘而又亲切,是一个异彩纷呈、五光十色的国度;在学者们的眼里,它是一个令人魂牵梦绕的文化家园,是一个可以并应该与中国携手实现"中印大同(CHINDIA)"构想的亲密伙伴。

这当中,有基于确切记载或经实地考察后得出的较为符合印度实际的实像,也有基于集体或个人的文化心态变化而想象产生的印度虚像——在这实像与虚像的重叠、演进中,一个历史悠久、文化灿烂、饱经沧桑的东方大国的轮廓较为清晰和明朗地显现出来。

借鉴

"它山之石,可以攻玉。"[①]从"他者"印度身上得到有益借鉴,是言说"他者"的第二个目的。那么,从这个"他者"印度身上,我们能够得到哪些借鉴呢?

古代时期,物质方面,印度的琉璃、胡椒、甘蔗等传入中国,丰富了中国的物种;技术方面,印度的天文、历算、制糖技术、杂技、幻术、音乐、绘画、瑜伽等相继传入中国;医药方面,由印度僧人实施或传授的"金篦术"曾在唐宋时期广为流传;精神文化方面,佛教的传入开启了中印文化交往的大幕,"佛教传入中国,是东方文化史上,甚至世界文化史上的一件大事,其意义无论怎样评价,也是不会过高的"[②]。在以后的千百年间,佛教对中国文化的方方面面产生了巨大的影响。[③]印度的寓言、童话和民间故事也大量涌入中国,连同佛教观念一起,极大地影响了中国文学、史学、音韵学、艺术(音乐、绘画、雕塑)等。

近代时期,遭受内忧外患双重侵蚀终沦为殖民地的印度现实,给了忧国忧民的中国有识之士以极大震撼和前车之鉴。其一,对英殖民者统治印

---

① 《诗经·小雅·鹤鸣》,程俊英、蒋见元《诗经注析》,中华书局,1991年,第530—531页。
② 季羡林:《中印文化交流史》,中国社会科学出版社,2008年,第18页。
③ 以梁启超"五大影响说"和胡适"三大贡献说"为代表。前者包括:1.国语实质的扩大;2.语法及文体的变化;3.文学情趣的发展;4.歌舞剧的传入;5.字母的仿造。后者包括:第一,佛寺禅门成为白话文、白话诗的重要发源地;第二,中国浪漫主义的文学(指《封神榜》《西游记》等小说)是印度文学影响的产儿;第三,对中国文学体裁的巨大影响。当然,后者不仅指佛教。

度的目的、过程、手段予以了揭露,也为处于殖民陷阱边缘的中国人民提了一个醒。其二,对英殖民者把印度作为侵略中国的基地和跳板的险恶用心有着清醒的认识,并对英殖民者通过印度侵略中国的阴谋予以了高度警惕。其三,改良派将印度因守旧不变、社会分裂、陋习重重等弊端而终致沦亡视为中国的前车之鉴,发出固国强兵、革除旧弊、变法图强的宏愿。如吴广霈所言:

> 前辙之摧,后车可鉴。世有英杰,慎勿高谈仁义,狭视事功。……故居今之世,有国者亦惟能新我政令,革其故常,率可变者悉与之俱变,即隐借此以维持其必不可变者焉……保疆却敌,端在内政之修,非徒恃贾勇于疆场。而戎政不修,示弱媚敌者,卒也同归倾覆。①

其四,革命派也从印度的革命斗争中吸取经验教训,如章太炎主编的《民报》支持印度革命运动,在解释为何大量刊登宣传印度民族革命的文章时,直言"使汉族同志得以参观,亦令梵种义声暴著海内","原印度独立,与吾国情状正同。……以四千年圣哲之邦,奄为他人所有,凡有血气,谁不痛心!"②

现代时期,中国文人仍然关注印度的反殖民反封建斗争,仍希望以印度为借鉴,从印度人民斗争的实践中汲取有益的经验教训。这期间,"圣雄"甘地及其领导下的印度人民给了处于困境中的中国人民以极大的精神鼓舞和实际的道义支援;"师尊"泰戈尔则恢复了近代以来中断的两国文化交往的渠道,为一边倒经受"欧风美雨"洗礼的中国文化界送来了东方的声音,从此,中国文化的大花园里不再只有一种色彩。在"西方中心论"仍有一定市场的今天,系统发掘、整理东方国家的文化资源,对其进行系统、科学的研究,更显必要。

当代时期,应向印度学习、借鉴的领域更广、内容更多。其一,在对民主内涵的理解和实现民主的途径方面,当代中国应该以更加开放和包容的心态加深对印度的认知,并有选择地向印度学习。其二,在教育制度和教育方式上,也应灵活借鉴。如,当代作家笔下,较多地提到至今印度的中小学生享受免费午餐,提到在采用先进发达的现代教育方式的同时,仍然不抛弃古已有之、以大自然作为课堂的教育方式。其三,在现代化开发大潮

---

① (清)吴广霈:《南行日记》,国学扶轮社辑《古今说部丛书》,第 9 集,1915 年,第 16—26 页。
② 《民报》,影印合订本,第 4 册,第 21 号。

的喧嚣声中,如何重视和有效保护传统文化遗产,也应成为我们着重学习的一个方面。当代作家较多地在作品中惊诧和感叹于印度新老城市、现代文化与传统文化的均衡发展。而我们,在这方面似乎没有多少可以引以自豪的地方。其四,印度的生态文明值得我们借鉴和学习。人与自然和谐相处,是印度生态传统的重要理念。许多作家都在作品里提到,在印度街头巷尾,均能看到悠然自得、闲庭信步的牛、大象、孔雀等,人和车都要为这些动物让路;田野里、公路旁到处是保护得很好的植被。这对经济发展已经走在印度前头但却忽视了环境保护和物种保护的中国来说,应该是一个极好的榜样。还要值得一提的是,许多作家感慨道,在印度,虽然有众多的生活在贫困线以下的人,但却丝毫不影响他们成为精神上的百万富翁,他们安贫乐道,怡然自得,各安其业。这或许是一种值得我们学习和借鉴的生活方式,因为,生态文明的最深层次内涵应该包括人内心深处的和谐、宁静,这与物质上是否富有不应有太大关联,"归去来兮。田园将芜胡不归。"①

鲁迅先生曾说过:"印度则交通自古,贻我大祥,思想、信仰、道德、艺文无不蒙贶,虽兄弟眷属,何以加之。"②的确,从以上简单的梳理即可以看出,我们受惠于印度这个老朋友的极多。

超越

"投我以木瓜,报之以琼琚。匪报也,永以为好也。"③从"他者"身上得到借鉴之后,能够在更高层次上为我所用并返惠于"他者",是言说"他者"的第三个目的。当然,这里所说的"超越",也包括中国自有的、对印度本无借鉴但最终却使印度受益的许多方面。下面,分门别类予以概括介绍。

物质交流方面,中国的蚕丝和丝织品、桃、梨、杏、白铜、瓷土、肉桂、黄连、大黄、土茯苓、茶等中国物品传入印度,这在诸多史籍中有确切的记载。④

技术交流方面,其一,中国的四大发明(印刷术、造纸术、指南针、火药)

---

① 《归去来兮辞》,严可均校辑《全上古三代秦汉三国六朝文·全晋文》卷一百十一,中华书局,1958年,第2097页。

② 《破恶声论》,《鲁迅全集》第八卷,人民文学出版社,2005年,第35页。

③ 《诗经·卫风·木瓜》,程俊英、蒋见元《诗经注析》,中华书局,1991年,第192页。

④ 对于中国蚕丝和丝织品传入印度,详见季羡林《中国蚕丝输入印度问题的初步研究》,《中印文化交流史》,中国社会科学出版社,2008年,附录部分。

传入印度,史籍中亦有明确记载。① 其二,中国古代的制糖术、炼钢术曾传入(回流)印度。据季羡林先生考证,中国古代没有熬制白糖的技术,后来出现了但有所不足,于是,"太宗遣使取熬糖法,即诏扬州上诸蔗,拃沈如其剂,色味愈西域远甚"②。这说明,中国从印度学习了蔗浆熬糖某一方面的技术,结合中国固有的技术,进一步加以发展,遂熬制出在色和味两个方面都远远超过印度的糖。再后来,大概到了元代,中国人又糅合了从埃及传入的炼糖术,把熬糖技术大大推进,到了明代,在世界上已经处于领先地位,明末清初的许多文献中都记载有中国的白砂糖输出国外的情况,如日本、南亚、东南亚等,印度也在其中,季羡林先生认为,"CINI 在印度的一些语言中有'白沙糖'的意思,而这个字的本意是'中国的'"③。这是一种典型的文化倒流现象。类似的还有钢,梵文 cinaja 就是钢,其中 cina 的意思是"支那、中国",ja 的意思是"生"。说明中国的钢,曾传入印度。④ 其三,除白糖、钢铁外,医药、卜算、阴阳、百工等其他中国技艺也有传入印度的极大可能,对此,中国史籍亦有记载:

> 医、卜、阴阳、百工、技艺悉如中国,盖前世所流入也。其王敬天朝,闻使者至,遣官具仪物,以千骑来迎。⑤

季先生认为这是异常重要的几句话,只是少有人注意而已。医术方面的例证是,1981 年,中国中医研究院唐由之教授将由印度传入的"金篦术"这一久已失传的绝技复活,又回传印度。

精神文化交流方面,最明显的是佛教倒流和道教西流。前者,佛教倒流的情况,中国典籍有明确记载:

> (永嘉玄觉禅师)著《证道歌》一篇。梵僧传归天竺,彼皆钦仰,目

---

① 参阅季羡林:《中印文化交流史》,中国社会科学出版社,2008 年,第 84—85 页。对于中国的造纸术传入印度,详见季先生该著作附录部分的《中国纸和造纸法输入印度的时间和地点问题》《关于中国纸盒造纸法输入印度问题的补遗》二文。

② 《新唐书》卷二百二十一《西域列传》,中华书局,1975 年,第 6239 页。

③ 季羡林:《再谈 CINI 问题》,《季羡林文集》第十卷《糖史》(二),江西教育出版社,1998 年,第 517 页。

④ 参阅季羡林《交光互影的中外文化交流》,《中印文化交流史》,中国社会科学出版社,2008 年,第 152—154 页。

⑤ 《明史》卷三百二十六《榜葛剌传》,中华书局,1974 年,第 8447 页。

为东土大乘经，又著《禅宗悟修圆旨》十篇及《观心十门》，并盛传于世。[①]

禅宗，虽为菩提达摩从印度传到中国，但在中国发展起来后，流行的时间最长，最富于中国色彩，上面讲的即是中国禅师所著《证道歌》等回传印度的情况。又如：

> 时天台宗学湛然解了禅观，深得智者膏腴，尝与江淮僧四十余人入清凉境界。湛然与光相见，问西域传法之事。光云："有一国僧体解空宗，问及智者教法。梵僧云：'曾闻此教定邪正，晓偏圆，明止观，功推第一。'再三嘱光或姻缘重至，为翻唐为梵附来，某愿受持。屡屡握手叮嘱。详其南印土多行龙树宗见，故有此愿流布也。"光不知其终。[②]

这是讲僧人含光对湛然提起有印度僧人仰慕中国僧人（"智者"，即智𫖮）的著作，认为其在印度空宗大师龙树的水平之上，再三叮嘱含光将其译为梵文传到印度。随后，在《含光传》的后面有一个《系》，对上面这件事有所发挥，成为中国佛教史上的一段重要记载：

> 未闻中华演述佛教倒传西域，有诸乎？……彼亦有僧，必展转传译，从青海西达葱岭北诸国，不久均行五竺，更无疑矣。……又夫西域者，佛法之根干也。东夏者，传来之枝叶也。世所知者，知枝叶不知根干。而不知枝叶殖土，亦根生干长矣。[③]

意即佛教从西域转译至印度是确定无疑的事情，这好比印度是根干，中国是枝叶，但枝叶在中国又生根干，回哺印土。对此，季羡林先生总结道："佛教从西天传入中土，将这枝叶植入中华之土中，又生根干，传回西天。这在宗教史上是少见而极其有意义的事情；在中印文化交流史上，也是少见而极有意义的事情。"[④]另外，有学者认为，季羡林先生对吐火罗文佛教剧本《弥勒会见记》的译释，为印度增添了一份文化遗产，也是中国学者对印度

---

① 《佛祖历代通载》卷十三。
② 《宋高僧传》卷二十七《唐京兆大兴善寺含光传》，中华书局，1987年，第678—679页。
③ 《宋高僧传》卷二十七《唐京兆大兴善寺含光传》，中华书局，1987年，第679页。
④ 季羡林：《中印文化交流史》，中国社会科学出版社，2008年，第87页。该著作附录部分的《佛教的倒流》一文，详细考证和辨析了佛教在中国的流播、变异后又回流印度的过程。

佛教的一种回馈和倒传,是佛教倒传的特殊例子。①

　　后者,道教西流的情况,也较为复杂。一方面,对于老子是否真正到过印度,因缺乏确切的书面记载而无法断定,"老子出关""老子化胡"只是一种传说和臆造。《史记·老子韩非列传》中说,老子目睹了周朝的衰落,便离开周室到了函谷关,应函谷关关令尹喜的要求,"乃著书上下篇,言道德之意五千余言而去,莫知其所终"。这里,"去"字只表示老子没继续留在函谷关,不表示任何动作方向。但人们通常都逻辑地认为老子是出关西行了,这只是一种臆测。《后汉书》中也有"或言老子入夷狄为浮屠"的记载,《魏略》也记有:"浮屠所载与中国老子经相出入,盖以为老子出西关,过西域之天竺,教胡。浮屠属弟子别号,合有二十九"。西晋时,道士王浮也曾撰有《老子化胡经》。但后经考辨,《老子化胡经》为伪书,曾被武则天下令烧毁,也曾被唐中宗李显诏令废除②,相传唐太宗李世民也曾不止一次登临白马寺焚经台,并赋诗:

> 门径萧萧长绿苔,一回登此一徘徊。
>
> 青牛漫说韩谷去,白马亲从印土来。
>
> 确定是非凭烈焰,要分真伪筑高台。
>
> 春风也解嫌狼籍,吹尽当年道教灰。③

　　《后汉书》和《魏略》虽为史书,但"或言""盖以为"等记述明显表现出对这一现象持不确定态度。玄奘将《道德经》翻为梵文的事情确乎存在,但是否流入印度不得而知④。但另一方面,尽管无确切的书面记载,老子的文化形象曾传入印度却是不争的事实。《旧唐书》和《新唐书》有印度遣使求老子像和《道德经》的记载,虽不知后来是否真正传入印度,至少说明当时的印度人知道老子其人并对《道德经》有所崇仰。另据薛克翘先生的亲见,20 世纪 80 年代,印度北方一些城市的书摊出售印地语和乌尔都语版的

---

① 详见郁龙余等《梵典与华章——印度作家与中国文化》,宁夏人民出版社,2004 年,第 506—513 页。

② 洛阳白马寺的刻石上有记载,笔者曾于 2009 年 5 月参加"印度文学与文化"学术研讨会时亲见。但武则天和李显敕令废除《老子化胡经》,除客观上因为它是一部伪书外,主观上还在于崇佛抑道。

③ 徐金星:《洛阳白马寺》,文物出版社,1985 年,第 36 页。

④ 详见季羡林《中印文化交流史》,中国社会科学出版社,2008 年,第 253—261 页。

《道德经》,印度还存在马拉提语版的《道德经》。今天印地语版的《道德经》甚至被意译为《道奥义书》。① 泰戈尔、尼赫鲁等一些著名人士都曾在其作品中大量称引《道德经》中的诗句。

　　以上梳理的基本上是古代中国对印度的影响,重点又在中国文化受惠于印度文化而又进一步返惠于印度文化的情况。至于近代、现代、当代的情况,则更为多、广,又是一个大的课题了。

　　重点将古代部分列出,主要原因在于,在中印文化关系的研究方面,有一种较为流行的说法,即"单向流动"说。"单向流动",英文是 oneway-traffic,印度人所创造,意思是,在 1949 年之前,印度文化单向流往中国;1949 年以后,中国的新文化又单向流往印度。一位印度当代学者直言:"中国和后来的日本文化的确受到了佛教及佛教文学的影响。但在印度,我们从来没有发现任何中国文学或哲学施加的影响。"②但事实肯定不是这样的。其一,以佛教为主要载体的印度古代文明能够跨越喜马拉雅障碍远播并扎根中土,同为四大文明古国之一的辉煌灿烂的古代华夏文明肯定也对印度有着渗透和影响,只不过由于古代印度人民历史意识不强,在有限的印度载籍中难觅其踪而已。③ 其二,在古代,佛教的单向传播力度的确强大,以致遮盖了中国文化流播印度的光环。其三,中国学者在这方面所作的努力还不够,原因要么是觉得价值不大,要么畏于研究难度,还有的认为这是一种狭隘的民族主义心态。寻找这种佐证,不能说与民族意识完全无关,但即使仅作为学术探讨,也自有其价值。今天,部分印度学者已认识到"单向流动"说站不住脚,如印度学者潘尼迦(Kavalam Madhava Pani-kkar,1895—1963)就曾说:"中印文化交流充满活力,迁衍的时期如此漫长,否认中国文明对印度的影响是荒唐的。"④作为中国学者,更应在此方面有所作为。

---

　　① 详见薛克翘《老子与印度》,《南亚研究》1990 年第 2 期。

　　② Priyadarshi Patnaik, *Rasa in Aesthetics : A Application of Rasa Theory to Modern Western Literature* , Delhi: D.K.P.rintworld, 1997, p.9.

　　③ 当然,中印之外的第三方的载籍佐证肯定也有,但不是本书的研究对象,也超出了本书的研究范围。

　　④ K.M.Panikkar, *India and China : A Study of Cultural Relations* , Bombay: Asia Publishing House, 1957, p.64.

二　言说"自我"：审视、继承与创新

传统形象学以英国经验派哲学家休谟的理论为依托，认为形象"归诸于感知，从在场弱化的意义上说，它只是感知的痕迹"[1]，注重形象塑造主体所塑造出的异国形象与形象塑造客体究竟有着多大程度的切近与偏离；而当代形象学以萨特的想象理论为依托，认为形象更多地是一种想象的产物，更加注重形象塑造者为何和怎样塑造出这样或那样的异国形象的。当代形象学的这种转向，同 20 世纪后半期文学理论由重点研究文本转移到重点研究读者和接受这一转向相一致，也明显受到现象学、阐释学、接受美学理论的影响。[2]

审视

审视，是言说"自我"的第一个目的，也即通过本书，我们看到了一个怎样的自己。中国人向来有"日三省吾身"的传统，基于自我省视的意义，选用"审视"一词。季羡林先生曾把爱国主义分为两个层次：一般层次是不许别人侵略我们的国家；一种是高层次的，即像陈寅恪、王国维那样，爱我们的文化。通过审视自我，我们既看到自己文化的长处，也引发一些思考。

一是崇史重文的文化传统。其一，从历史来看，中国文人向来有重史尚文的传统。卷帙浩繁、种类齐全、体制完备、记载久长的中国载籍，则是中华文明的瑰宝。在漫长的历史演进过程中，中国人不仅对自己的政治、经济、文化等情况作了详细记载，还对历朝历代的域外地区作了生动、详尽的描述，为后人留下了宝贵的原典财富。其中，古老的邻国印度成为历代中国文人关注的重点。在记载、描述印度的这些典籍中，既包括作为正史的皇皇二十四史著作，也包括《水经注》《洛阳伽蓝记》等地理类作品，更包括诸多承载着中国文人智慧和想象力的文学作品。值得特别指出的是，部分前辈学人以上述原始典籍为基础，付出艰辛的努力之后，编撰出便于后人索引、查检和研究的"第二原典"，为中外关系研究奠定了科学、坚实的基础。如，本书所重点参考的《中国载籍中南亚史料汇编》《汉文南亚史料学》

---

① 陈惇等：《比较文学》，高等教育出版社，1997 年，第 172 页。
② 可参阅朱立元主编《当代西方文艺理论》，华东师范大学出版社，1997 年版。

《中印人民友好关系史 1851—1949》等,资料丰富、完备,线索清晰、明朗,查检便捷、迅速,是开展中印关系研究的重要、科学参考必备。正是得益于前人崇史重文这一传统,才有后人展开中外关系研究的依据和尝试。其二,从现实来看,中国人向来将书面文献记载作为开展研究的第一基础。王国维先生曾倡导"二重证据法"(即古文献记载与地下考古成果相互印证),叶舒宪先生在此基础上提出"三重证据法"(传统文字训诂,甲骨文、金文到其他竹简帛书,口传与非物质文化遗产)①,后又提出更为完备、系统的"四重证据法"(即在"三重证据"的基础上,增加古代文物与图像,以溯考其原型意义,增强视觉说服力)②。可以看出,不论是几重证据,都离不开书面文献记载这首要的一重。而本书正是在对诸多文献记载进行梳理、综合和分析的基础上,归纳出印度形象,列举出中印交流的诸多例证,得出一些启示与思考。

二是兼收并蓄的文化包容性。作为中国传统文化核心的儒家和道家都以和合、宽容为贵,"君子和而不同,小人同而不和"③,"万物并育而不相害,道并行而不相悖"④,现代著名历史学家李济先生也曾说过,"中国民族性特点之一为能吸收其他区域文化之优点"⑤。这种优秀的文化精神,在本研究中也有所反映。古代时期,"佛兴西方,法流东国",佛教顺利传入中国并落地生根后又反哺佛国,一直到今天还有众多信徒笃志追随,期间,虽有"三武一宗灭佛"等事件发生,但在佛教影响中国的漫长岁月中不过是一段小小的插曲。中国人接受本属外来的佛教,从"儒门释户道相通,三教从来一祖风",到"佛以治心,道以治身,儒以治世",已将其同儒教、道教等本土信仰相提并论,并自觉地将佛教观念灌输和融入社会文化生活的方方面面,成为世界文化交流史上的奇迹。近现代时期,中国文化一方面经受"欧风美雨"的洗礼,一方面又对以泰戈尔为代表的印度文化的到来敞开心胸。当代以来,中国人更是拒斥冷战思维,积极融入政治多极化、经济全球化、

---

① 对"三重证据法",国内有不同的观点,本书从叶舒宪先生说法。

② 叶舒宪:《国学考据学的证据法研究及展望——从一重证据法到四重证据法》,《证据科学》2009 年第 4 期。叶先生曾建议笔者在开展本研究时,将图像叙事一并纳入研究视野。但限于学术能力,目前无法完成。虽如此,向叶先生致谢。

③ 《论语·子路》,杨伯峻《论语译注》,中华书局,1980 年,第 141 页。

④ 《礼记·中庸》,陈成国《礼记校注》,岳麓书社,2004 年,第 422 页。

⑤ 李济:《中国文明的开始》,江苏教育出版社,2005 年,第 77 页。

文化多元化的大潮,期盼与印度这一千年友好的兄弟之邦携手创造"大同"之未来。

三是代代相传的人文精神。中国文人向来不乏关注现实的热情、强烈的政治和道德意识、真诚积极的人生态度,这构成了中国知识分子的人文源泉。在本书中同样有着鲜明的体现。古代时期,以法显、玄奘、义净为代表的僧人逾葱岭、涉流沙,历尽艰险前往西天取经,集中体现了中国人不畏艰辛、百折不挠、自强不息的进取精神。近代时期,中国文人志士对印度人民的深切同情和支援,集中体现了同情弱族、支持正义的人道主义精神,而无论是改良派,还是革命派,他们在关注印度过程中体现出的忧国忧民意识、中流击楫之志,更是他们仁民爱物情怀的释放,胸怀家国天下的道德责任的体现。现代时期,对甘地和泰戈尔的关注和理解也集中体现出,他们在对民族命运持续关注的同时,开始意识到文化的重要性,也有着对艺术之美的渴望。当代时期,携手印度创造"大同"未来、造福于两国和世界人民的期许和努力,也体现出他们的民族情感、世界主义情怀和开放的心胸。而中国典籍中所表现的这一切,也集中体现了中国知识分子以"立德、立功、立言"为宗旨以求青史留名的积极入世精神。

对"自我"的审视,除给我们以上骄傲和自豪之外,也引发一些思考。

一是从印度形象的演变过程中,可以明显看出,近现代以来的印度与古代相比反差巨大,不再是那个文明、发达的"梵佛圣域",而是处于内忧外患双重侵蚀下"破碎的镜像",但作为形象塑造主体的中国文明,又何尝不是如此? 辉煌灿烂的两大东方文明自15世纪以来渐趋停滞,直至近代以来遭受殖民侵略,分别沦为殖民地和半殖民地。原因是什么呢? 中国方面,曾有人将其归咎于儒家文化的大一统模式,认为正是这种大一统模式窒息了发展的生机和活力。但从纵向看,在儒家文化大一统的汉唐时期,也曾繁荣强盛;从横向看,印度虽在历史上出现过几次统一,但从来没有一种文化像儒家文化那样取得绝对统治地位,为什么近代以来也衰落了? 其他东方国家呢? 所以,不应将原因单纯归咎于儒家文化的大一统模式。在这方面,近代印度所遭受的内忧外患双重侵蚀,留给我们同样的思考。

二是进入当代时期,随着经济的高速发展,一些社会问题也相伴而生。如国家层面上,经济发展与环境保护的矛盾日益突出;社会层面上,物质文明与精神文明的关系如何协调也一再受到重视;个人层面上,如何实现外部世界与内心世界的和谐统一,也一再叩问当代中国人的心灵。这些均可从当代作家对印度的形象塑造中看出。这是因为,异国这一"他者"是作为形象塑造者的欲望对象而存在的,形象塑造者把自我的欲望投射到"他者"身上,通过"他者"这一欲望对象来进行欲望实践。九十多年前,鲁迅就曾说过,我们当下的要义,"一要生存,二要温饱,三要发展",但他又说,"我之所谓生存,并不是苟活;我之所谓温饱,并不是奢侈;我之所谓发展,也不是放纵"①。对照近邻印度,我们是否也该做如此反思?

继承

从对印度形象的塑造过程中可以看出,前人给我们留下了许多宝贵的精神财富。这里着重谈取经精神。

佛教传入,激发了国人的宗教热情和求道精神,学僧们为精通佛理,常在国内四处游学参访,中国早期名僧如支遁、道生、慧远等,都曾游学大江南北。更有不满足于国内游学的僧人,不辞劳苦,西行印度,以求正法,法显、玄奘、义净即是其中的杰出代表。"我们从古以来,就有埋头苦干的人,有拼命硬干的人,有为民请命的人,有舍身求法的人……虽是等于为帝王将相作家谱的所谓'正史',也往往掩不住他们的光耀,这就是中国的脊梁"②,毫无疑问,法显、玄奘、义净肯定是属于"舍身求法"这一类里最为杰出的三位。他们或"志有所存,专其愚直"(法显),或"誓游西方以问所惑","宁可就西而死,岂归东而生"(玄奘),或"上将可陵师,匹士志难移"(义净),以坚韧的意志、艰苦的努力,取回了印度佛教文化的真经,也留下了无比宝贵的精神财富——取经精神。

取经精神,即舍身求法的精神,就是"不畏艰险,学取知识,敢于攀登真理高峰的精神,是一个民族保持文化之树常青,永远立于不败之地的法宝"③,它源于古代以法显、玄奘、义净为代表的高僧大德们笃志求经、不畏艰辛、坚忍奋进的不凡创举,践行于近现代中国人勇于选择接受外来文化、

---

① 《华盖集·忽然想到·北京通信》,《鲁迅全集》第三卷,人民文学出版社,2005 年,第 47、55 页。

② 《且介亭杂文·中国人失掉自信力了吗》,《鲁迅全集》第六卷,人民文学出版社,2005 年,第 122 页。

③ 郁龙余等:《梵典与华章——印度作家与中国文化》,宁夏人民出版社,2004 年,第 7 页。

争取民族独立和解放的艰难历程,继承和发扬于当代中国人以博大的胸怀、开放的性情、虚心的态度、精进的品格和坚韧的意志进行民族复兴、参与世界文明进步的伟大进程中。时至今日,取经精神已经成为中国人的元精神,中国文化的优秀基因。的确,中华民族自立、自强于世界民族之林,需要依靠各种精神资源,如谦虚好学、自强不息、坚韧不拔、务实勤勉、尊师重教、内圣外王、睦邻怀远等,当然也包括取经精神。实践证明,经受过列强侵略和诸多挫折的中华民族仍保持着蓬勃旺盛的生命力,这并非由于我们的物质环境有多么的得天独厚,而是因为富有取经精神在内的各种宝贵精神财富。现在到了"地球村时代",更应该有一种时不我待的紧迫感,取经精神变得更加重要,应予以继承和发扬。

创新

如果说,取经精神是中华民族吸纳外来文化即"拿来主义"的内核,那么,新时期将这种"拿来主义"创新为"送去主义"[1],以变被动为主动、变消极为积极的心态进行文化输出,在全球化浪潮日益涌动、文化选择迷茫于何去何从的今天,更应受到重视。如果说,古代的高僧大德们"取经"的对象仅限于同属东方的印度,因为那时的佛国印度是同中华文明同样文明发达的"梵佛圣域",那么,在西方文化话语权占主导地位、全球化一定程度上沦为"西方化"的今天,我们提倡"送经",即"文化送去",则是一种以退为进、将视野由包括印度在内的东方延伸至西方的新的策略。

提倡"文化走出去",一是弘扬民族文化的需要。"酒香也怕巷子深",中华民族博大精深的传统文化精髓只有在主动推介和输出的过程中才能被全人类所吸收和利用。在这方面,印度的泰戈尔曾为宣扬东方文化而在二十余个国家奔走,就是一个主动推介和输出的例子。二是解决人类所面临的许多共同问题的需要。近百年的工业化和现代化为人类社会带来福祉的同时,也带来了许多问题,包括环境污染、生态危机、人文精神解构等,由于近百年的世界发展是由西方文化主导的,所以工业化和现代化过程中出现的问题也较多地体现了西方文化的弊端。因此要解决这些问题,除依靠西方文化自身的完善和发展外,还需要东方文化的参与,这包括中国文

---

① 季羡林:《东方文化集成·序》,《东西文化议论集》,经济日报出版社,1996年,第11页。

化、印度文化、阿拉伯—伊斯兰文化在内。三是在全球化语境中争夺话语权的需要。对西方世界来说,全球化是其率先进入信息社会以后产生的经济和文化扩张现象,是对其殖民时期所建立起的霸权秩序的一种再扩张,在此意义上说,仍旧带有殖民性质。而对中国来说,全球化既是挑战更是机遇:民族文化是被淹没被淘汰,还是被凝聚被激发,主要取决于如何应对,我们应该以积极的态度来迎接全球化时代的挑战,主动进行"文化走出去"正是积极的以攻为守的上策。

那么,进行"文化走出去"的途径有哪些呢?

一是确立一种新的、更合理、更丰富的文化复兴意识。这包括两个方面:一方面是对民族传统文化价值的重新认识和发掘。中华民族在为自己丰富的文化遗产和灿烂的古代文化而自豪的同时,在争取民族独立的过程中就已经开始了对民族传统文化的重新认识和发掘,以期通过对传统文化的整理和发扬使民族精神和自我身份得以重新确立。另一方面是通过对西方文化的学习和借鉴,迅速发展现代新文化。但现代化不等于西方化,借鉴西方不是抄袭西方,改造传统不是抛弃传统。在这方面,中国是如此,印度也是如此。在现代科学基础上复兴民族文化,学习借鉴西方的科学技术和管理经验,其目的是超越对方,所谓"三十年河东,三十年河西""21世纪是东方文化的世纪"等,都是民族文化复兴意识和民族自信心的表现。

二是与印度文化构建统一东方话语。中国文化与印度文化携手构建统一话语,不仅有助于加深对东方文化统一性的把握,加强在世界文化对话中的话语力量,还可以促进对彼此文化的认识,从而实现自身的更新与发展。如中国儒家提出"天人合一",人事必须顺应天意和自然规律,方能国泰民安。道家提出"道法自然",认为宇宙万物皆有超越人主观意志的运行规律,人道必须顺应天道。印度的"梵我一如"世界观认为,人与自然有着不可割裂的亲缘关系,个体生命只有融于宇宙生命才能得到延续。来自印度的佛教认为,"佛性"为万物之本原,宇宙万物的千差万别,都是"佛性"的不同表现形式,佛性统一,众生平等。将以上两国文化的生态文明精髓进行发掘,整合成东方文明智慧话语系统,用于解决人类社会在工业和后工业时代所遇到的环境问题,消解人与自然之间的异化关系,不但受到中印学者的重视,也已引起西方学者的注意。

三是为实现世界文化的和谐共存作贡献。马克思、恩格斯曾在《共产党宣言》中指出:"随着资产阶级的发展,随着贸易的实现和世界市场的建立,随着工业生产以及与之相适应的生活条件的趋于一致,各国人民之间的民族隔绝和对立日益消失。"①然而,一个半世纪过去了,世界各国之间的物理、空间距离的确已大大缩小,但民族间的、民族文化间的隔阂和对立却并未消失,相反在一定程度上还愈益加大了。美国学者亨廷顿甚至提出"文明冲突论",认为冷战后的世界冲突不再基于意识形态的不同,而是基于文明/文化的差异。他认为文明的差异比政治、经济和阶级的差异更具有永恒性,未来世界格局将由不同文明之间的对立互动而构成,这足够引起人类警醒。在这方面,上述从中印文化精髓"天人合一""梵我一如"中发掘出的生态文明理论又有可为。因为,人类各民族、各国家各有自己独特的文化,对应于人与自然相依存的整体生态观,各民族、各国家的文化同整个世界文化的关系之间也有一种同生共存的关系,彼此抗衡但又相互依赖,各民族、各国家的文化传统不但是各自民族身份的象征,而且各以自己的独特养分保证了世界文化生态的整体平衡。这些理论已逐渐被国内外学者所认同和接受,这也是"中印大同"对世界文化的贡献之一。

第二节　文化误读与文化利用

一　有意误读与无意误读

"夫物之不齐,物之情也"②,文化差异性是客观存在的。由于这种差异性的存在,当两种文化接触时,就不可避免地会产生误读。受接受美学的影响,当代形象学将被描写的异国视为一个文本,那么对异国形象的描写就可看作是对异国这一大文本的阅读和接受。而由于作为注视主体的作家不可避免地要受本国文化传统的影响,那么,这个预先的"接受屏幕"也会使作家在观察和描述异国形象时出现有意或无意的误读。但当今的文学研究者早已超越了"误读是错误的解读"这一粗浅认识,而认为误读是

---

① 《马克思恩格斯选集》,人民出版社,1995年,第216页。
② 《孟子·滕文公章句上》,杨伯峻《孟子译注》,中华书局,2010年,第115页。

"创造性的校正"①,"创造性的背叛"②。换言之,误读虽不可避免,却在一定程度上富有创造意义。明清间意大利传教士利玛窦正因有意误读了中西两种文化,才使基督教在中国有了相当的发展。茅盾有意误读尼采"向权力的意志"之学说,才变这一本为"占领和征服"服务的学说为"反占领反征服"。所以,应以正确的态度去看待异域形象塑造中的误读,任何粗暴的不予理睬和简单的全盘接受都会给文化之间的交流带来危害,也无法借助异域文化的镜像来审视自我、省察自我、发展自我、完善自我。

误读又分有意误读与无意误读。在接受理论看来,每一个国家、每一种文化都是一个巨大的文本,因而具有互文性,总是不断处在和他者文化的相互指涉和相互"误读"中。一种文化自然不能没有自己的传统,但任何文化都没有固定不变的本质属性。文化总是在互相影响、互为"他者"的动态过程中发展演变的。按照"互文性"和"他者"的观点,不同文化间由于巨大的差异,误读常常是无意的、不可避免的,但有时又是故意的、出于某种目的的,殖民主义、文化霸权主义对殖民地文化的践踏和扭曲无疑是这种故意误读的一个典型例子。③

在形象学研究中,误读现象更为多见、复杂。下面,以本书研究命题中国文学中的印度形象为例,作一分析。

分历史阶段看,古代时期,中国人对印度形象的误读,基本上是由于中印文化的差异性和对印度历史、地理知识的缺乏所造成的无意误读。如玄奘误认为"印度"是从梵文"indu"(月亮)的译音而来,是出于其对佛国的敬仰而将印度与月亮想当然地联系起来;又如部分中国人将印度幻术视为"幻惑百姓"的妖术,则是由于"不语怪力乱神"的文化传统对这一外来异术不相容;再如傅奕斥责佛教徒"不忠不厚,削发而揖君亲;游手游食,易服以逃租赋";韩愈在《原道》中,也猛烈地抨击佛教使民"穷且盗也",使"子焉而不父其父,臣焉而不君其君,民焉而不事其事"④,则都是入世与出世两种文化传统的差异所致,且并非针对印度佛教徒。明时跟随郑和七下西洋的

---

① [美]哈罗德·布鲁姆:《影响的焦虑》,徐文博译,生活·读书·新知三联书店,1999年,第31页。

② 参阅[法]罗伯特·埃斯卡皮《文学社会学》,于沛选编,浙江人民出版社,1987年。

③ 参阅陈惇、孙景尧、谢天振主编《比较文学》,高等教育出版社,1997年,第418页。

④ (清)董诰等编:《全唐文》卷五五八韩愈《原道》,中华书局,1983年,第5649页。

马欢、费信、巩珍等人误认当时的印度教为佛教,如马欢在《瀛涯胜览》谈到印度"古里国"时提到其国王"崇信佛教,尊敬象牛",其后多人重复了这一错误形象记忆。1520年黄省曾著《西洋朝贡典录》(主要谈及印度洋沿岸国家),书中对印度"柯枝国"(即 Cochin)的描写更为混乱,说"其王修浮图教,敬象暨牛。国有梵宇,其佛像铸以铜"①,这是不了解当时佛教早已消逝、当地王公贵族都是印度教教徒这一真实情况,误把印度教认作"浮图教",把印度教神像误为"佛像",都是对印度历史知识的缺乏所致。

近代时期,中国人对印度形象的误读则主要是由于对印度地理、历史知识的不熟悉所致,也是无意误读。如陈伦炯认为"民呀"(指今孟加拉)之东接天竺佛国,是对印度地理概念还不甚清楚,黄懋材等都将印度教误为释教(佛教),说明他们对印度历史不够熟悉,其接受屏幕上仍是佛教的巨大影子。《海国图志》中所收录的许多篇目将美洲的西印度群岛置于亚洲的西印度,将西亚的伊朗、阿拉伯误认为西印度,把《瀛涯胜览》《星槎胜览》《海录》中所提到的许多港口城市和国家的地理位置弄错,错误地认为恒河、印度河同源等,也是地理知识的缺误所致。"(英国人)恒布真教,劝人弃菩萨而崇拜真主上帝,又引导各民悦服救世主耶稣"则误认为伊斯兰教和基督教是由英国人一并传入的,"佛教衰而婆罗门复盛,一盛为耶稣之天主教,再盛为穆罕默德之天方教,皆婆罗门之支变",误认为天主教和伊斯兰教都出于婆罗门教,则都是由于宗教背景知识的缺乏。另外,对印度"萨蒂"这一社会陋习存在的原因也时有错误解释,"更有伉俪敦笃,夫死跃入火中以殉者""嬖妾争先蹈焰"等描述中,"伉俪敦笃""争先"等用语明显囿于中国文化传统的影响。值得一提的是,孙中山起初将1857年印度民族大起义认为是"叛乱",则也是对当时印度民族革命的真实状况不够了解和英殖民者欺骗舆论所致,是一种无意的误读,后来他更正了这一认识。

现代时期,对甘地及其思想甘地主义的误读较少,很大程度上是因为他没有来过中国,人们没有想象中的甘地和现实中的甘地的形象对比,难以形成误读的现实语境,只是对他和他的思想有不同看法而已。所以,在此主要关注中国文化界对泰戈尔接受过程中所出现的误读。误读原因较为复杂。首先是文化过滤。我国现代时期主要是通过西方的窗口来认识

---

① （明)黄省曾著,谢方校注:《西洋朝贡典录校注》,中华书局,2000年,第95页。

和接受泰戈尔的。西方人对泰戈尔的接受已经有了一层文化过滤,经过过滤,他作为一位反殖民主义的斗士和社会改革家的形象被淡化了,作为一个具有宗教虔诚精神和博爱思想的神秘主义诗人的形象被突出和彰显了。我国文化界再从西方引进泰戈尔的过程中,又经历了一次文化过滤,误读不仅难以避免,而且在一定程度上被强化了。其次,从接受对象本身来看,作为东方近代知识分子典型的泰戈尔,其思想和人格具有深刻的矛盾性。他曾说过自己的最大优点和最大缺点都是"自相矛盾"①,即在不同时间、不同场合,面对不同对象,有不同的言语表现。在他身上,激进与保守,传统与现代,科学与宗教,幻想与现实,内向与外向,出世与入世,贵族和平民,东方与西方等等,重重矛盾交织在一起,增加了人们认识和接受的难度。再次,翻译媒介的局限。泰戈尔的母语是孟加拉语,他的绝大部分作品都是用孟加拉语创作的。由于当时我国没人懂孟加拉语,泰戈尔的作品、演讲和论著只能通过英语转译,其中肯定有误解与误译。②

　　当代时期,中国人对印度形象的误读主要是媒体报道方面,也以观照角度的单一导致的无意误读为主。在两国友好时,偏重于只从文化的角度去看对方;1962 年边境战争以后,却几乎完全抛开文化而只从地缘政治的角度去看对方。或者对印度的民主施以嘲讽,或者对发展进步中的印度社会视而不见,究其原因,很大程度上是观照印度时运用了"西方之眼"。印度前总理首席秘书 P.N.哈萨卡先生曾经指出:"事实上,我们印度人是通过西方眼光和西方以英语为媒介进行的研究来看待中国的。我们接受了中央王国等诸如此类的关于中国形象的老生常谈。我敢确信,中国人也是以这样的方式来看待印度的。"③虽只在一段时间的一些人身上适应,但的确道出了这样一个事实。近代时魏源在《海国图志》中采取了以翻译外国人著作为主、以中国史籍为辅的做法,正如他在序言中所说,《海国图志》不同于以往此类书籍之处在于,"彼皆以中土人谭西洋,此则以西洋人谭西洋也"④。当代,由于西方文化的强势地位,人们所热衷的是西方文化,一些

---

①　[印]K·克里巴拉尼:《泰戈尔传》,倪培耕译,漓江出版社,1984 年,第 209 页。

②　参阅侯传文《泰戈尔与中国现代诗学》,《文学评论》2007 年第 1 期。

③　Surjit Mansingh, ed. *Indian and Chinese Foreign Policies in Comparative Perspective*, Delhi:Radiant Publishers,1998,p.509.

④　(清)魏源编撰:《海国图志·原叙》,陈华等点校注释,岳麓书社,1998 年,第 1 页。

媒体也是如此,即使对近邻的报道也以韩国和日本为主。他们将西方人所描述的印度原封不动或稍加修改后就交付中国读者接受,导致了部分人对当代印度社会、印度文化的误读。如,2010年底,随团访问印度的中国作家王安忆在与一位印度汉学家聊天时,向对方描绘了想像中的印度,对方听后失望地告诉她说,"你对印度的了解都是从西方人的书里得到的"。而印度也是这样,作为后殖民地文化,受西方文化的影响本已根深蒂固,在当代西方话语的强势冲击下,更以西方为学习和借鉴的对象,对中国的了解也大多通过西方媒介来完成。对此,一些有识之士已开始反思,如新德里英迪拉·甘地国立艺术中心主管人瓦赞嫣博士(Kapila Vatsyayan)在1990年访问敦煌时对敦煌研究院院长段文杰说:"印度和中国过去一直是通过西方去寻求对彼此的认识与了解,现在我们应该面对面来直接了解彼此了。"①的确,当代诸多作家走出国门、亲历当代印度之后,所写的游记作品中塑造出的五光十色的印度才接近印度的现状。

从以上梳理可以看出,历朝历代的中国人对印度形象的误读,大多是无意的,或者由于对印度历史、地理、宗教知识的缺乏和误解,或者受语言障碍、第三方媒介的影响。即便是少许有意的误读,也跟文化霸权无关。因为在古代中印两国同为发达的文明古国,近现代又遭受相似的历史命运,当代各自奉行独立的发展道路,同为发展中国家,不存在政治、经济、文化地位上的高低,彼此之间虽发生过小规模边境战争,但决无大规模战争,更无殖民与被殖民的关系。这较之西方人,特别是曾为印度殖民者的英国人对印度形象的误读,有着本质上的区别。

二　正面利用与负面利用

文化误读与文化利用密不可分。西方人在塑造东方形象时,除文化差异的客观原因外,总是出于一定的政治或文化目的而将东方形象予以正面或负面的利用,正面的利用多是用一个理想化的东方形象来质疑现存秩序,提出一种构建新秩序的设想,所谓"借东方佳酿,浇胸中块垒"。如在伏尔泰的笔下,中国家庭式的政治体制和皇帝的权威、中国的宗教以及在宗教问题上的宽容是何其完美,富有理性的中国人、合乎理性和道德的中国

---

① 张敏秋主编:《跨越喜马拉雅障碍——中国寻求了解印度》,重庆出版社,2006年,第2页。

文化又是那么令人神往,除出于对孔子及其思想的倾心外,这很大程度上是因为以孔子为代表的中国思想中蕴含了能满足18世纪法国社会精神需求的东西,伏尔泰对中国形象的倾情赞美正是出于反封建、反神权的启蒙目的。① 负面的利用主要倾向于用丑化的东方形象来彰显自我、凸显霸气,从而维护与整合自身现存的秩序。自19世纪以降,西方对东方的描述,不管是在学术著作中还是在文艺作品里,都经常被野蛮化、丑化、弱化、异国情调化。相反,欧美人则洋溢着理性和智慧的光辉,如冈察洛夫在《巴拉达号三桅战舰》中就曾以"明目人"和"盲人"来分别隐喻包括俄国在内的西方世界和19世纪初叶的旧中国,除是对积贫积弱的近代中国的一定程度的真实反映外,却包含了更多的负面的文化利用,表现出冈氏对中国文化进行观照的否定思维定势。再如E·M·福斯特的《印度之行》,书中尽管有人类应该联合起来的愿望,尽管也曾对英殖民对印度带来的命运进行揭示和嘲讽,但作品中对于印度人的描述仍是粗野、低下和不诚实的,对人与人之间的隔阂、宗教之间的隔阂、文化与文化之间的隔阂,仍抱以悲观态度。这样的东方形象至今仍存在于一般西方人的心目中,对此种形象的解读和欣赏更能迎合他们的心理。以上是西方人看东方的情况。那么,东方人看东方、具体中国人看印度,是否也有这种文化利用呢?

　　古代时期,在中国人对印度形象的塑造中,对"佛国之伟"的敬仰,除归于佛教徒虔诚的宗教情感外,一般俗众所创造出的佛国净土,明显是对现实社会状况的一种欲望投射,特别是魏晋南北朝时期的"乱世",人们对战乱频仍、兵荒马乱的生活不满,需要在内心深处想象、创造出自己心目中理想的国度,以寄托对宁静生活的渴望。无疑,这是一种正面利用。就佛教和道教的关系而言,"佛教自西汉来华以后,经译未广,取法祠祀。其教旨清静无为,省欲去奢,已与汉代黄老之学同气。而浮屠作斋戒祭祀,方士有祠祀之方。佛言精灵不灭,道求神仙却死。相得益彰,转相资益。"② 很显然,这是一种相互利用,谈不上正面利用还是负面利用。而统治者对佛国的崇仰、对佛教的利用,情况则较为复杂。其一,统治者当中也有的是真正的佛教徒,如汉明帝、魏明帝、梁武帝、梁宣帝、梁元帝等,佛教本是他们的

---

① 参阅孟华《伏尔泰与孔子》,新华出版社,1993年。

② 汤用彤:《汉魏两晋南北朝佛教史》,上海人民出版社,2015年,第54页。

精神信仰,这种情况显然不能简单地归之为文化利用。其二,有的统治者虽也在一定程度上信仰佛教,但却利用佛教来麻痹臣民百姓,提升自己的统治权威,加强自己的统治地位,就有文化利用的成分了。如武则天曾授意下属编造《大云经》,宣称自己是弥勒佛降世,是一种负面利用。

近代时期,对印度形象的利用有两种情况,但都是正面利用。一是以印度沦为殖民地的惨痛现实为前车之鉴,告诫国人莫要重蹈印度覆辙,对殖民者提高警惕,对渐渐沦为半殖民地的近代中国进行改良或革命。这在本章第一节中有详细论述。二是部分近代文人志士"欲向文殊叩法门",或欲将印度来的佛教由出世宗教改释为入世哲学,以革除人心之弊、求得人心的净化,以期从中寻觅救世良方;或致力于将佛学思想当作推进资产阶级民主革命的思想武器,利用佛学思想宣传和推进革命,则又是一种正面利用。前者如魏源、康有为,后者如梁启超、康有为、谭嗣同、章太炎等。

现代时期,情况较为复杂,文化利用也是正面利用与负面利用间杂。同误读一样,现代时期讨论文化利用的话题也不包括甘地,只以泰戈尔为例。我国五四时期多元的文化语境,形成不同的接受话语,这既是误读原因之一,也是文化利用的重要依托因素。所谓接受话语即在对作家的接受过程中,根据特定的接受语境和接受目的而形成的群体接受意识。对于接受者来说,接受对象不是一个需要认识的客体,而是一个需要阐释的文本。这样的接受话语具有"建构对象"的功能。对以徐志摩为代表的一派来说,他们出于对泰戈尔文学成就的钦佩和人格修养的崇敬,处处把泰戈尔奉为神仙,对其进行顶礼膜拜,从而忽略其思想上的偏颇之处,这明显是对泰戈尔的一种无意的误读。对玄学派来说,则较为复杂:一部分人因为与泰戈尔的观点相契,自然对其恭迎有加,无意中利用了泰戈尔;另一部分人则极力突显泰戈尔作为东方精神文明鼓吹者的形象,有意利用泰戈尔为自己助势。对科学派和左翼派来说,则是相反的接受话语,他们或者将泰戈尔视为玄学派请来的援兵而大加讨伐,或者将其当作阻碍中国社会车轮隆隆向前的拦路虎而冷嘲热讽。两派论及泰戈尔,很大程度上不是出于文化的动机,更谈不上客观、冷静地进行学术探讨。因此,他们对泰戈尔的评价,带有论战所特有的偏激,这种误读,不仅是有意的,而且在很大程度上就是派别纷争的产物。他们以实用为原则,各自在泰戈尔身上寻找能够支持自己一方的论据,再加以充分的发挥和极主观的演绎,才使得真实的泰戈尔无意中充当了他们之间有意利用的一个"靶子"。这固然有泰戈尔本人自身的原因,诗人来到中国不谈诗却大谈文明、精神,在有些人看来难免有点"孔圣人家门口卖三字经"的味道,他来中国的时机又恰逢现代中国转型期的激烈论争,遭到误读和利用也就不难理解了。

当代时期,也几乎没有负面利用。短暂的"批评与呵责""猜忌与冷漠"仅是当时两国关系冷淡的一个客观折射,"阿三"这一套话,其本初具有的嘲讽、厌恶意味,到了当代以来越来越淡化,代之些许亲切、调侃,都谈不上文化利用,更不用说负面利用了,至于被商业化消费也非文化利用。而当代作家尤其是学者型文人对印度的偏爱,是他们对古代印度记忆的恢复,他们将印度视为心灵的归宿、精神的家园,是一种正面利用。至于有识之士对"中印大同"构想的期盼和努力,则是对两国关系实现新突破的一种美好期许,更远离"利用"一词了。

从以上梳理可以看出,中国人对印度形象的利用基本上都是正面利用,仅有的负面利用是古代时期部分统治阶级利用佛教对民众实施麻痹和现代时期因文化论争的需要而对泰戈尔进行的有意误读,但均同西方人对印度形象的负面利用有着本质的区别。

文化误读与文化利用是在"自我"与"他者"的相互指涉间产生的。"自我"要证明自己的存在和影响,常常要自觉或不自觉地歪曲或者创造"他者",作为自己的参照系。美籍亚裔学者赛义德在其《东方主义》中论述的"东方"正是长期以来被西方人误读、利用的这样一个典型"他者"。而中国文人笔下的印度这个"他者",显然不同于部分西方人特别是英国人以居高临下的态度对印度形象有意误读——猎奇和鄙视,相应地,也没有出于凸显霸气而采用的负面文化利用。由于中印之间基本不存在文化歧视(个别时期,有过"夷夏之辨",但并非专门针对印度而言),也基于对印度人民的友好情缘,中国文人塑造印度形象既没有自上而下的猎奇和鄙视,也没有自下而上的倾慕和美饰,有的只是基于文化差异上的互动认知。换句话说,在中国文人笔下,印度这一"他者"形象并不是完全放在"自我"的对立面上来塑造的,这种处于平等地位的互动认知更具价值。在中国文人笔下,印度形象仅仅作为一种言说"自我"与"他者"间文化差异的象征语言,它不但没有异类文化间的"相异性"排斥效应,却具有文化交流的"相异性"吸引力量,还最终将这一象征语言的言说者植入"他者"文化的身份认同中去了——从古代高僧大德们跋山涉水亲赴印土去求取真经，到近代以来两国间成为"唇齿相依的患难之交"，从现代泰戈尔时常认为"自己就是中国人"，到当代以来"中印大同"的乌托邦构想，就是这种身份认同的诸多体现。而这，也是对相异文化间非此即彼、二元对立之固有模式和观念的一种解构。

第三节　形象学与东方学

一　东方与西方

东方，是一个涵括地理、历史、政治、文化等多方面理解的概念。"东方"作为一个整体概念是在历史上形成的，是伴随着欧洲人对亚洲的扩张而产生和发展的，因此具有历史的内涵。1978 年，阿拉伯裔美籍学者爱德华·W·萨义德的《东方学》（又译《东方主义》）问世，在这部产生巨大影响、极富争议的著作中，"东方"是西方帝国主义用以凸显其霸气、维持其优越地位的一种人为建构对象，"东方"这一概念的历史内涵得到进一步强化。作为地理概念，"东方"是一个以地中海为中心的方位名词，地中海的东部沿岸为近东，距离较远的中国、日本等为远东，中间的阿拉伯、伊朗等为中东，也是以欧洲人对亚洲的扩张视野为划分依据，而并非指纯粹地理学意义上的以西经 20°以东、东经 160°以西为划分的东半球（欧洲国家均位于东半球）。① 作为政治概念，"东方"是在冷战时期形成的，指的是与发达资本主义的西方集团相对抗的社会主义阵营，随着冷战的结束，这种政治含义表面上逐渐淡化，但由于冷战思维的影响依然存在，这种政治含义并没有消失，在一定程度上还得到强化。作为文化概念，"东方"的含义更为复杂而模糊，人们频繁使用"东方文化"一词却又很少进行界定，有的学者在说"东方"时仅限于中国，有的却指除中国之外的其他东方国家；有的扩展到东亚地区；有的包括整个亚洲和非洲；有的甚至还包括俄罗斯和东欧。

---

① 对于历史概念和地理概念的"东方""东方的"，英译应分别为"orient""oriental"和"east""eastern"。相应地，"西方""西方的"英译应分别为"occident""occidental"和"west""western"。目前，国内使用比较混乱。

由于这样的模糊和歧义,有的学者否定存在一个具有统一性的东方文化。① 但从以上梳理可以看出,"东方"并非东方人的独创,而是与西方人的侵略扩张息息相关的一个概念,即便东方人去刻意消弭这个"东方""西方"的界限,也未必会得到西方人的积极回应。这实在是一个不大不小的悖论。

在比较文学形象学研究的理论和实践中也是如此。一方面,作为一门学科,形象学理论源于西方,最初是由法国学者倡导,最早的实践文本也是"西方人看西方"(如形象学的奠基者卡雷的专著《法国作家与德国幻象》),在后来的发展过程中所接受的也都是西方理论的影响,如接受美学、符号学、结构主义、新历史主义、后殖民主义,等等。但另一方面,由于比较文学的跨民族、跨语言、跨文化、跨学科等开放性特征,使得作为其一个分支的形象学也在不自觉间将研究视野延伸至西方世界之外的东方国家,并且,真正有影响、有价值、适合东方读者的形象学实践文本也大多属于此类,如当代形象学的主要倡导者之一莫哈教授的博士论文研究的即是法国文学中的第三世界形象,对殖民和后殖民问题予以特别关注,又如孟华教授在主编《比较文学形象学》一书时,发现用于选择的进行实际研究的文本往往以大量西方二三流作家的具体作品为研究对象,大多不适合中国读者,最终只选择了德特利博士的《19 世纪西方文学中的中国形象》一文②。在国内更是如此,一方面,目前已出版的形象学研究著作中,大多都是关注于"西方人看中国""中国人看西方"这两极间,前者如姜智芹的《文学想象与文化利用——英国文学中的中国形象》和《镜像后的文化冲突与文化认同:英美文学中的中国形象》、周宁的《中国形象:西方的学说与传说》等,后者如孟华等的《中国文学中的西方人形象》。由于中国、西方之间(或范围扩大至东方③、西方之间,下同)文化的"异质性"较为明显,对彼此间形象记载的资料较为丰富,更由于中、西间特殊的历史文化语境特征,特别是近代前后,中国和中国人在政治上被动挨打甚至遭受殖民侵略,经济上遭受摧残掠夺,文化上也遭受殖民渗透,中国和西方互为"自我"与"他者"的地位指涉反差较为明显,再加之这些作者的独到眼光和深厚学养,使这些侧重

① 参阅侯传文《东方文化通论》,山东教育出版社,2002 年,第 1 页。
② 详见孟华主编《比较文学形象学》,北京大学出版社,2001 年,第 3 页。
③ 未遭受过殖民侵略的日本是个例外。

于"西方人看中国""西方人看东方"的形象学研究实践文本甫一问世便受
到欢迎并产生较大影响。但另一方面,以上所述的中、西间文化的明显"异
质性"以及中、西间互为"自我"与"他者"的地位反差较大这两大优势,却随
着该方面实践研究文本的增多而逐渐给读者以"定型化""模式化"的印象,
即要么是"意识形态"的、要么是"乌托邦"①的,也即萨义德在《东方学》一
书中所概括的,东方要么是西方鄙视的对象,要么是其猎奇的对象,这种
"定型化""模式化"形象和印象(形象,是指作者通过作品塑造出来的;印
象,是指读者读后所得的)使这种优势反而成为该方面实践研究的一个瓶
颈、阻碍其发展的一个劣势。与此相反,关注于"东方人看东方"的形象学
研究却在国内有着广阔的前景,已经有张哲俊的《中国古代文学中的日本
形象研究》、尹锡南的《印度的中国形象》②等少数几部专著出版。但在实
际研究过程中,应着重注意以下两个问题。

一是资料的选取。虽然东方文化的统一性特征不如对"二希"传统(古
希腊罗马文化和古希伯来文化)一脉相传的西方文化那样明显,但仅在几
乎都遭受过西方人侵略或殖民这一点上有一致性③,中国典籍中涉及其他
东方国家记载的纯文学作品并不多④,大多为历史、地理类著述(当然这类
著述也可能具有一定文学色彩),其他有所记载的资料如游记、笔记、谈话
记录等也大多为副文学作品,所以,在资料的选取方面,可以将选取视野开
阔一些,选取范围扩大一些,这样做,同样是对"自我"与"他者"互动关系的
观照,同样是形象学研究的旨归所在,并不会因此而降低其学术意义和价
值。《中国古代文学中的日本形象研究》即是一个较为成功的范例,本书
"中国文学中的印度形象研究"也是一种尝试。

---

① 形象作为社会集体想象物并不是统一的、固定的,它存在认同作用和颠覆作用这两种力
量,存在于意识形态和乌托邦之间。某一作家笔下的异族形象是意识形态的,即指作者在依据本
国占统治地位的文化范型表现异国,对异国文明持贬斥否定态度;当作者依据具有离心力的话语
表现异国,向意识形态所竭力支持的本国社会秩序质疑并将其颠覆时,这样的异国形象叫作乌托
邦。详见孟华主编《比较文学形象学》,北京大学出版社,2001 年。

② 尹锡南先生及时惠赠《英国文学中的印度》和《印度的中国形象》二书,为本研究提供了参
考,特致谢。

③ 当然,日本是个例外,它未曾遭受过殖民侵略,大多数亚洲国家和地区却遭受过它的殖民
侵略。

④ 同上,日本又是个例外,东方国家描述日本形象的纯文学作品较多,特别是现当代以来的
作品。如中国现当代文学中,就有很多对日本和日本人进行描摹的纯文学作品。

二是对形象学理论的运用。如前所述,除日本之外的东方国家彼此之间并不存在东方、西方之间由于历史原因造成的地位反差,东方文化的各组成部分之间的"异质性"也无东方文化、西方文化之间那么明显,那么,在对形象学这一西方理论的运用上,也不必对其亦步亦趋、机械套用其理论模式和研究方法,而是具体根据形象塑造主体和客体(即形象塑造一方和被塑造一方,也即"自我"和"他者")间政治、经济、文化关系的变化,选择切入角度、归纳形象类型、得出研究结论。如本书对中国文学中的印度形象进行研究,因中印间从古至今总体上并无历史地位上的高下之分,基本不存在文化歧视,所以,难以仅因中印文化的差异性而套用"意识形态""乌托邦"的话语模式,而是根据各个历史时期两国间关系的不同变化,立足史料,辅以文学或副文学作品,归纳总结出历代中国文人心目中的印度形象,为中印文化交流提供佐证、引发思考。

二　内部研究与外部研究

以上是联系东西方历史与现实而对形象学在本体论方面所得的一点启示与思考,下面再在方法论方面作一尝试。

既然比较文学意义上的形象是"在文学化,同时也是社会化的过程中得到的对异国认识的总和"①,那么,对其进行的研究也应该着眼于两个方面:其一为文学的内部研究。这是形象研究的基础,即研究者需要在词语、结构单位、故事情节等各个层面对作为形象来源的文本自身进行条分缕析的研究,在这方面,当代形象学主要使用结构主义方法,并充分利用了符号学的成果。其二为外部研究。首先,形象学本属于国际文学、文化关系研究的范畴,影响研究是其主要研究路径,对文本之外的事实联系的考证自然离不开传播媒介、传递路线等外部语境的依托。其次,形象的产生离不开形象塑造者、被塑造者的互动关照,即形象所赖以产生的文本是在"自我"与"他者"的相互指涉中写就的,自然离不开特定的历史、社会、文化语境的支撑。第三,形象又是"情感与思想的混合物"②,而情感与思想是复杂易变、不易把握的东西,因此就难以也不应用固定的模式来套用,需要结

---

① 孟华主编:《比较文学形象学》,北京大学出版社,2001年,第120页。
② 参阅[法]布吕奈尔等《什么是比较文学》,葛雷、张连奎译,北京大学出版社,1989年,第89页。

合形象产生的历史、政治、文化背景进行综合研究,也包括对接受美学、后殖民主义等当代西方理论的借鉴。所以,外部研究对形象学研究至关重要。孟华教授曾将当代形象学对传统的革新与继承总结为四点,即注重文本内部研究、注重"自我"与"他者"的互动性、注重对"主体"的研究、注重总体分析。可以看出,除注重文本内部研究外,其余三点均可归入"外部研究"范畴。很显然,要塑造出一个较为清晰、全面的形象,需要将内部研究与外部研究相结合,但具体到"东方人看东方"这一范畴内,也应较之"西方人看东方""东方人看西方"有所区别。下面的论述仅以"中国人看东方"为例。

要对中国典籍中其他东方国家的形象作研究,也需要将内部研究与外部研究相结合,但应以外部研究为主。这是因为:

其一,对一个历史阶段的异国形象研究,单靠几部纯文学作品的内部研究,难以得到完整、清晰的认识,更无法准确地进行分析,例如由于受到接受主体、接受对象、接受媒介、接受语境等方方面面的影响,现代时期中国文化界对印度的接受呈现出典型的"复调"特征。在梳理、塑造印度形象的过程中,就需要充分考虑到以上各方面的因素,要更加倚重外部研究的方法。

其二,如前所述,中国典籍中对其他东方国家进行记载和描述的纯文学作品较少,大部分为历史、地理类作品,对异国形象的描述较为客观、平实,如《后汉书》中的"天竺国一名身毒,在月氏之东南数千里。俗与月氏同,而卑湿暑热。其国临大水"[①],并不适合用诸如结构主义等方法对这些典籍文本进行分析,只能梳理、盘点历代典籍中对形象的某一方面记载,从中理出大部分记载的线索,得出集体记忆的轮廓,再分析哪些偏离了这些集体描述,为什么发生这些偏离,等等。这比较容易理解。

其三,由于汉语词的能指符号与所指意义之间关系的多样性与不确定性,由于汉语表意受上下文语境、时代语境的影响较之西文为大,在进行形象分析时也应以外部研究为主,以尽量避免对所塑造形象的误判。如,本书在分析古代文学中的印度形象时对"佛国"的理解,本专指佛国印度,后来却被一些无法像法显、玄奘、义净那样亲临印土进行朝圣的中国文人理

---

① 《后汉书》卷八十八《西域传》,中华书局,1965年,第2921页。

解为佛教或佛寺。又如，在对"阿三"这一套话进行分析时，一段时期内的"阿三"可能只有一种理解，如近现代时人们使用该词时明显带有厌恶与嘲讽，但到了当代时期，人们对该词的产生源起已经淡忘或不再耿耿于怀，对该词的负面理解也越来越淡化，代之以含有些许调侃甚至亲切意味了。这正如中国人对"大鼻子"这一套话的使用，起初由于对西方人人种体貌特征的不适应乃至厌恶感，以及由于遭受过具有此种体貌特征的西方人的侵略而产生的憎恨感，到今天已经几不存在，一方面因为今天的中国人已对高鼻深目的外国人习以为常，另一方面时过境迁，人们已不再将这一套话与那段历史相联系了，相反，也同"阿三"一样具有了些许友善与亲昵。

三　东方学反思

中国文学中的印度形象研究，属于东方学研究的范畴。研究过程和研究结论，或可对中国的东方学研究有所启示。

东方学，顾名思义，就是研究东方的学问（学科）。之所以"顾名思义"，是因为"东方学"作为一门历史形成、涵盖领域广泛、在东西方发展并不均衡的学问（学科），要获得一个被广泛认可的定义实在困难。尽管如此，众多东方文化的研究者仍试图为其作出一个界定，如《辞海》对其如此释义："研究东方（亚洲、东北非洲）各国的语言文字、社会历史、艺术、宗教以及其他物质、精神文化诸学科的总称。产生于16—17世纪欧洲资本主义对外扩张时期。18、19世纪以来随着古文字译解的成功，该学科有新的发展，并出现了埃及学、亚述学等专门学科。"[①]这个定义大致不错，对东方学的研究对象、产生背景等作出了较为符合实际的说明，保持了辞书编撰的相对客观。但实际上，东方学既有作为一种针对东方的研究和作为一门系统学科的不同，也有其理论和实践在西方、东方之间的差异。

（一）

作为一种针对东方的研究，西方的东方学可以远溯至古希腊时期。"历史之父"希罗多德曾广泛游历西亚北非地区，留下了以《历史》为代表的一批珍贵撰述，此后，亚里士多德也在其《政治学》中留下了对东方（主要指

---

①　夏征农、陈至立主编：《辞海》，上海辞书出版社，2009年，第134页。

当时的波斯帝国)专制主义政治制度的最早关注。中世纪西方对东方的关注带有更多的基督教价值判断,在但丁的《神曲》中,"散播不睦者"穆罕默德被置于罪恶层级就是这一基督教立场的体现。① 中世纪后期,欧洲对阿拉伯世界的医学、数学、天文学、文学等成就和中国的四大发明进行借鉴学习,并开始大量回译阿拉伯世界保存的诸多欧洲古典文化经典,为后来的文艺复兴奠定了科技和文化基础。13世纪末,马可·波罗的东方游记又激起欧洲航海家探寻东方的热情。但作为学科意义上的东方学的确立,却是近代文艺复兴以来的事情,标志则是近代西方大学中东方学科的设立,"在基督教西方,东方学的正式出现被认为是从1312年维也纳基督教公会(Church Council of Vienne)决定'在巴黎、牛津、波洛尼亚、阿维农和萨拉曼卡'等大学设立'阿拉伯语、希腊语、希伯来语和古叙利亚语'系列教席开始的"②。18世纪伴随着"东方热"的兴起,东方学进入快速发展时期,涌现出一批对东方文化抱以欣赏的东方学家和借鉴东方思想解构西方神学中心的启蒙思想家。18世纪后期,伴随着西方对东方的殖民步伐的加快,一批为殖民政策服务的研究机构和研究人员也渐次出现。19世纪,"东方"作为具有特定内涵的文化概念被普遍接受,不少学者在思考和构建自己的理论体系时都曾将东方纳入视野,如哲学家黑格尔、经济学家亚当·斯密、文学家歌德等。马克思和恩格斯所提出的亚细亚生产方式理论和诸多关于东方社会的论断,则为马克思主义东方学奠定了理论基础。进入20世纪以来,世界格局发生了深刻变化,西方国家基于其全球战略的需要,进一步加强了对东方的研究,使东方学出现了新的局面。③ 东方学研究的中心从古典欧洲移至当代美国,研究重心也从文学、艺术、历史、哲学等基础研究领域移至政治、经济、社会、军事等应用研究领域。1978年,美籍亚裔学者爱德华·萨义德的《东方学》问世,对作为一门学科的东方学和西方世界借以凸显"自我"而主观建构"他者"的"东方主义"话语机制作了辨析,引起了东西方的广泛关注,掀起了一场迄今未息的争论,也引发了关于东方学的深入思考。

① 这一立场及由此形成的思维定式直到今天仍有影响并受到伊斯兰学者的批判。
② [美]爱德华·萨义德:《东方学》,王宇根译,生活·读书·新知三联书店,2007年,第61—62页。
③ 侯传文:《东方文化通论》,山东教育出版社,2002年,第5页。

　　西方的东方学研究起步早、历时久,出现了一大批著名的东方学家,如英国的琼斯、斯坦因,法国的商博良、伯希和,德国的贾柏莲、顾彬,俄罗斯的比丘林、李福清,等等。他们采用系统分析、实证调查、比较研究等诸多近现代科学方法,在东方的语言文字、考古发掘、历史哲学、文学艺术等领域取得了丰硕的研究成果,客观上促进了东方学的发展。其中,对东方语言文字的开拓性研究尤为显著。1822 年,法国学者商博良对埃及象形文字进行了成功的释读,奠定了现代埃及学的学科基础,也开辟了西方的东方学家从语言文字入手研究东方的传统。此后,德国学者格罗特芬德、英国学者 H.C.罗林逊和乔治·史密斯对两河流域的楔形文字释读取得成功,从而奠定了亚述学的学科基础。对印度古典语言研究贡献最大的则是英国著名东方学家威廉·琼斯。他长期致力于梵语、波斯语的研究,特别是在论证梵语与拉丁语、希腊语的亲缘关系方面成就卓著,成为历史比较语言学的早期奠基人。瑞典汉学家高本汉和德国汉学家贾柏莲对古汉语的研究也同样成就不俗,前者陆续发表于 1915—1926 年间的《中国音韵学研究》被视为中国现代音韵学史的滥觞之作,后者于 1881 年完成的《汉语经纬》至今仍为欧洲汉语学习者的必读书目。

　　一批西方的东方学研究机构也做了大量东方文化典籍的整理、校勘和译介出版工作,为保存东方文化经典、更新东方文化生命力、促进东西方文化交流作出了不可磨灭的贡献。如威廉·琼斯于 1784 年在印度加尔各答牵头创建了首个西方世界对东方进行专门研究的学术组织——"亚洲学会",并一直担任会长,琼斯在该学会曾发表 11 次演讲,均是其东方学研究的重要成果。值得特别指出的是,琼斯和"亚洲学会"在对东方的研究中坚持了相对客观的学术立场,对印度、波斯、阿拉伯、中国的文化成就予以充分尊重,并最早将印度的《罗摩衍那》和《沙恭达罗》、波斯菲尔多西的史诗《列王纪》和哈菲兹的抒情诗、阿拉伯的《七首悬诗》和中国的《诗经》等大量东方经典译介到欧洲。由于琼斯在东方学领域的杰出贡献,人们将"东方琼斯"的美誉送给了他,视其为"东方学无可争议的奠基人"[①],"亚洲学会"及其会刊《亚洲研究》也成为印度学、东方学的重要译介和传播阵地。1818年,俄罗斯皇家科学院亚洲博物馆在圣彼得堡成立,大量收藏东方文献并

---

① 　[美]爱德华·萨义德:《东方学》,王宇根译,生活·读书·新知三联书店,2007 年,第 101 页。

进行校勘工作(其中包括珍贵的"敦煌特藏"和"黑城遗书"等),该博物馆后发展为著名的俄罗斯科学院东方学研究所。其他于19世纪初相继成立的几个东方学研究机构也都为保存、研究和传播东方文化作出了贡献,如巴黎的亚洲学会、伦敦的皇家亚洲学会、美国的东方协会、莱比锡的德意志东方学会等。

除以上客观的成就外,西方国家的东方学家们在研究过程中所表现出的务实态度、所采用的科学方法也值得学习和借鉴。他们大多通晓多种语言,视野宏阔,涉猎广泛,重视实证,态度严谨。如德国的贾柏莲为完成《汉语经纬》一著的撰写,几百页书稿、上万汉字,均一笔一画认真写就;俄罗斯的比丘林为深入了解中国现实,脱教袍,穿汉服,长期走街入市进行实地考察。务实的精神与考古发掘、实地调查、比较研究、统计分析等近代科学方法的结合,成就了西方的东方学的巨大影响。

总之,无论在历史考古、语言文字、文学艺术、宗教哲学、政治经济等学科领域,还是在中国学(汉学)、埃及学、赫梯学、亚述学、伊朗学、阿拉伯学、印度学、日本学、东南亚学等国别或区域研究领域,西方的东方学都有着长期的积累,取得了巨大的成就。在健全学科建制、采用先进研究方法等方面,也走在了前列。

但同时,西方的东方学研究也表现出其历史的局限性,主要体现在以下几个方面:

一是部分西方学者对东方的考察和研究在一定程度上带有殖民色彩和破坏性质。如斯坦因和伯希和等,虽然他们的东方探险及诸多学说对论证古代中国文化的影响起到了重要作用,但却是建立在对新疆、甘肃、宁夏的大量珍贵文物进行野蛮抢掠的基础之上的。商博良对埃及象形文字的破译成就,也与拿破仑入侵埃及密切相关,那块著名的罗塞塔石碑既是体现西方的东方学成就的一个标志,又是英法侵略者对东方文化进行野蛮劫掠的罪证,时至今日,英国、法国、埃及三方仍为其归属纷争不已。比丘林前期对中国经济、文化的研究,也本是为俄罗斯觊觎中国的政治政策服务的,如此等等,不一而足。那么,如何看待这些东方学家的研究,就成了一个无法回避的问题:是因其不正当的目的和破坏性质从而对其一概否定呢,还是因其产生重要影响的客观成就而忽略和消弭取得这些成就的动因? 显然,这两种极端的态度都是不可取的。我们认为,对这类东方学研究的殖民背景和破坏性质必须予以认识,但对于其客观成就也应予以尊重,这是历史的辩证法。还应注意的是,一些西方学者在对东方有了切身了解和实际认识之后,果断摒弃其殖民立场,转而成为对东方文化予以充分尊重并加以客观研究的学者,比丘林就是其中的典型。这个沙俄政府觊觎中国的"先头兵""情报员",后来却成为西方殖民理论的有力批驳者和"中国文明西来说"的反对者,他主张客观、全面地认识中国文化,在中国学、中亚学等领域取得了非凡的成就,被誉为"俄国汉学之父"。对于这类研究,更应予以客观认识和评价。

二是不少研究属"东方主义"话语机制下的产物。这也源于特定的历史语境。19世纪以来,先后经过资产阶级革命和工业革命的西方社会渐与日益贫弱的东方社会拉开差距。一些西方学者对于东方文化的研究出现了主观上的偏差,他们满足于塑造一个落后、野蛮、愚昧、丑陋的"他者"来彰显"自我",最终为染指和征服东方进行殖民理论准备,这在萨义德的《东方学》中已得到深刻揭示。这与前面所提到的斯坦因、伯希和、商博良、比丘林等人的东方学研究又有不同:他们的研究虽然也给东方社会文化带来了破坏,并在一定程度上带有殖民色彩,但却是分散的、不连续的,没有一套系统的、完备的"东方主义"话语机制在背后产生作用,还谈不上对东方社会形成了一种居高临下的整体话语霸权。而这里所说的"东方主义",则真正形成了一整套从内在权力控制欲望到外在表述形式的"话语"力量。对这些具有"东方主义"意识和观念的东方学家们来说,东方不是一个本体的存在,而是一个可供主观建构、可供随意丑化的不稳定的"他者",是一种"谋生之道"①,从这个意义上说,他们对东方的这种建构实质上是一种解构。对于这种"东方主义"话语机制下的东方学研究,自然应予以着力批判,对于这种话语机制背后的"西方中心论",自然应予以彻底解构。这个任务似乎已经完成,从开始剖析该话语机制的美籍亚裔学者萨义德(一再强调萨义德的"美籍亚裔"身份,是因为有人对萨义德基于"文化杂种""文

---

① 萨义德在其《东方学》的扉页中引用了本杰明·迪斯雷里在《坦克雷德》中的一句话"东方是一种谋生之道",并在正文中予以了阐释。

化两栖人"①的身份对"东方主义"所提出的质疑和批判提出"质疑和批判"），到运用和发展萨义德的观点继续对这一话语机制穷追猛打的诸多"身份纯粹"的东方学者，在这方面成果众多，无需赘述。但是，新的问题接踵而至：萨义德对"东方主义"的揭示和批判虽然令人鼓舞，但其立论无疑也是基于非此即彼、二元对立的传统思维，以这种思维模式看待和处理问题，是否会偏于另外一个极端？如英国学者罗伯特·扬即认为，萨义德没有为他提供批判对象的替代物，既想避免东西方二元对立却又在无意中重复这种二元论。② 还有，从 20 世纪后期开始，特别是进入 21 世纪以来，"西方中心—东方边缘"的世界格局虽未彻底改变，但无论在政治、经济层面，还是在文化层面，这种改变早已开始且仍在继续，那么，"东方主义"这种特定历史语境下的产物是否已然消失或者必将消失？这两个问题，其实都直指一个核心，那就是东方主义话语在当今理论界的适用性。变化的世界需要更新的理论和观点，解构一个中心并非一定意味着建构另外一个中心，在你中有我、我中有你的多元文化生态语境下，更应对此保持清醒。"东方主义的答案并不是'西方主义'"③，至于"东方主义"何时消失，也不必为此大伤脑筋，它同后殖民现象一样，无法给它一个消弭的时间下限，甚至连其出现的时间上限我们也无法确切把握。因为，一方面，所谓"后"殖民，并非完全线性意义上的殖民行为结束之后，如澳大利亚学者在研究中将"后殖民"的时间起始于殖民活动开始之时④。实际上，在西方对东方的殖民行为开始之前，往往已有诸多理论先行，"东方主义"便经常承担这样的"历史重任"。另一方面，"后"又有"反"之义。所以，东方主义话语一旦出现，对

　　① 霍米·巴巴曾从解构主义立场出发，提出了"文化杂种"（cultural hybrid）的概念，认为在后殖民时期，各民族文化要保持其鲜明独特的民族性已不可能，因为不同形态的文化之间处于"杂交"的态势，由此引起的影响广泛而深刻。萨义德则说后殖民知识分子本质上都是"文化两栖人"（cultural amphibians），二者有相通之处。
　　② 参见［英］罗伯特·扬：《白色神话：书写历史与西方》，赵稀方译，北京大学出版社，2014 年。
　　③ ［美］爱德华·W·萨义德：《东方学》，王宇根译，生活·读书·新知三联书店，2007 年，第 422 页。译者在该译著中，对"Orientalism"作为一种"东方主义"观念和作为一门学科的"东方学"并未作严格的区分，只在注解中作了说明，留给读者自行判断。此处原译为"东方学的答案并不是'西方学'"，笔者在此作了修改。
　　④ ［澳］比尔·阿希克罗夫特等：《逆写帝国——后殖民文学的理论与实践》，任一鸣译，北京大学出版社，2014 年。

其进行揭示和"逆写"①即可,不管它出现于殖民之前或之后,也无论它出现于西方或东方。②

　　三是部分西方学者对东西文化的交流互动持悲观态度。较之于"东方主义"对东方所抱有的主观上的偏见,这类观点放大异质文化之间客观存在的差异性,认为不同文化和文明之间,存在一条不可逾越的鸿沟。虽然也有流于东方主义意识的危险,但其关注的焦点在于异质文化之间的不可通约性,所以,有必要将其单独列出来进行讨论。如,不少西方学者至今仍用西方传统基督教思维审视伊斯兰教③,美国学者亨廷顿的"文明冲突"论也是建立在世界诸文明系统之间本不相容的基础之上。不但一些学者如此,不少西方作家也如此,如英国诗人吉卜林在其《东方和西方的歌谣》中曾大喊"东方就是东方,西方就是西方,这二者永不会相遇",另一著名作家福斯特在其《印度之行》中虽然对殖民主义表示了嘲讽和反对,表现出了对印度人民的同情,但对民族与民族、文化与文化乃至人与人之间的有效沟通仍然流露出浓重的悲观。对于文化的发展,向来有进化学派与传播学派的争论,我们认为,正确的态度应为两种观点的结合与扬弃。梁漱溟先生曾言:"人类文化史之全部历程,恐怕是这样的:最早一段,受自然(指身体生理心理与身外环境间)限制极大,在各处不同时期而有些类近,乃至有些类同,随后就个性渐显,各走各路。其间又从接触融合与锐进领导,而现出几条大路。到世界大交通,而融会贯通之势成,今后将渐渐有所谓世界文化出现。在世界文化内,各处仍自有其情调风格之不同。"④的确如此。一方面,从世界文明发展的实际来看,并不存在一种自始至终完全与外界相隔绝的优秀文化,如德国古典学家对西方文明的源头——希腊文化进行研究之后得出结论:"'希腊奇迹'不仅是独特天赋所产生的结果,有这个奇迹还由于希腊人在西方人中最靠近东方这一简单的事实。……希腊(Hellas)并非所谓的西方之国(Hesperia)。"⑤另一方面,异质文明之间虽

　　① 在《逆写帝国——后殖民文学的理论与实践》中,较之于萨义德的侧重话语分析,比尔·阿希克罗夫特等侧重从策略(语言重置和文本重置等)和理论等方面对东方主义进行反思。

　　② 后殖民语境下,有时东方也在这个话语机制中思考和表述自身。

　　③ 2015年,巴黎遭受极端伊斯兰组织暴恐袭击后,这一冲突更为剧烈。

　　④ 梁漱溟:《中国文化要义》,上海人民出版社,2005年,第40页。

　　⑤ [德]瓦尔特·伯克特:《东方化革命——古风时代前期近东对古希腊文化的影响》,刘智译,生活·读书·新知三联书店,2010年,第126页。

时有碰撞,却并不必然导致不可调和的冲突,如印度佛教传入中国后,为中国文化输入了一种迥异的文化基因,两千多年来,对中国社会文化的各个层面产生了深刻的影响。虽然在传播过程中也遇到过阻碍,如"三武一宗"灭佛抑佛事件,但在佛教文化和中国文化互动的漫长岁月中不过是短暂一瞬。所以,异质文明间的求同存异、交互共融,才是世界文明发展的主流和常态。"天下同归而殊途,一致而百虑"①,只要真正对对方的文化抱以尊重,在此基础上进行相互间的对话与互动,一个文化多元、和谐共存的世界的到来并不遥远,这也是文化生态主义的内涵和要求。总之,对各文明之间客观存在的差异、矛盾和冲突,主观上不必刻意夸大、抱以悲观甚至恐惧,亨廷顿后来在其著作的中文版序言中也对自己的观点作了修正,他说,"我所期望的是,我唤起人们对文明冲突的危险性的注意,将有助于促进整个世界上'文明的对话'"②。

此外,西方的东方学偏重对古代东方的研究,忽视对现代东方的研究。在部分西方学者眼中,东方的现代化完全拜西方所赐,没有什么值得研究的,只有曾经辉煌的古代东方文明才进入他们的研究视野。③ 这样的例子更多,翻一下诸多由西方学者编撰的东方哲学史、文学史、文明史等就可以知道了。追根溯源,这也是受"西方中心论"的影响所致,对于这类东方学研究,也应该予以判别对待。当然,进入 20 世纪以来,伴随东方文化的复兴和世界格局的深刻变化,西方国家基于其全球战略的需要,也不同程度加强了对现代东方的研究。

(二)

西方的东方学有古典欧洲和当代美国两个中心,东方的东方学也有中国、其他东方国家两大源头。④ 彭端智先生曾指出:"对除我国之外的东方文化的研究,是我国最古老的学科之一。我国保存了许多东方国家的典籍,并加以阐释和发扬。"⑤

① 《周易·系辞下传》,黄寿祺、张善文《周易译注》,中华书局,2016 年,第 518 页。
② [美]塞缪尔·亨廷顿:《文明的冲突与世界秩序的重建》,新华出版社,2010 年,第 2 页。
③ 也有部分东方的学者赞同这一观点。
④ 当然,这是作为中国人的我们所作的区分。
⑤ 彭端智主编:《东方文学鉴赏辞典》,华中师范大学出版社,1990 年,第 1 页。

　　的确,中国的东方学研究具有丰厚的古代资源。《法显传》(晋·法显)、《大唐西域记》(唐·玄奘)、《经行记》(唐·杜环)、《岛夷志略》(元·汪大渊)、《瀛涯胜览》(明·马欢)、《海国图志》(清·魏源)和"二十四史"中都不乏对东方的记载,都是研究东方的珍贵资料。近代以来西学东渐,佛学复兴,东西方文化观念逐渐形成,学科意义上的东方学意识开始孕育和萌芽,章太炎、梁漱溟、梁启超等的东方文化研究则是这个时代的标志性成果。五四时期的东西文化论争,标志着中国的东方学学科的正式确立,柳诒徵、陈垣、陈寅恪等人对东方历史、宗教、文化等领域的研究,代表着现代东方学的显著成就。中华人民共和国的建立是东方学发展的一个新起点,周一良、陈序经等对亚洲历史、文化交流史的研究颇具影响力,徐梵澄、饶宗颐等对东方哲学、历史、宗教、艺术的研究也取得了杰出的成就。八九十年代改革开放更为东方学的崛起提供了良好的机遇,众多高校相继设立了对东方历史文化进行系统研究的专门机构,涌现出一批有较大影响力的东方学者,如季羡林、金克木对印度文化的研究,叶渭渠对日本文化的研究,马坚、纳忠对阿拉伯—伊斯兰文化的研究,朱维之对希伯来文化的研究,等等。《东方文化集成》系列成果(涉及历史文化、宗教哲学、美学艺术、经济社会等各个领域)的陆续问世,更为推动中国东方学的发展奠定了坚实的基础。新世纪以来,借鉴西方和印度、日本、阿拉伯国家的东方学成就,中国的东方学继续深入发展。林承节《印度史》等国别史研究和侯传文《东方文化通论》、方汉文《东方文化史》等文化研究著作的问世,国家社科基金重大项目"东方文化史"的顺利进行,近年来孟昭毅、王向远、朱威烈、王邦维等学者对建构中国"东方学"学科体系的呼吁和讨论,将新世纪中国的东方学研究推向了一个新的阶段。

　　同西方的东方学相比,中国的东方学也已具备较为丰厚的研究基础,并显示出自己的特色。这首先体现在扎根于本民族社会文化现实的土壤,又以服务于本民族现实为最终旨归,从而具有强大的生命力。如魏源的《海国图志》即出于对民族命运的深重忧戚、期冀"师夷长技以制夷"而编撰,这部首次给近代中国人以全新的世界概念的著述,至今仍是治近代思想史、史学史专家的案头必备。再如陈垣的宗教史研究,也无不立足于中国对外来宗教文化的接受,其"古教四考"①不但成就了民国学术史上光彩的一笔,使当时的中国学术与西方有了对话和交流,在中国宗教史、中西文化交流史上的地位至今仍无法撼动,法国汉学家伯希和曾以"鲁殿灵光"来表达对陈垣学术成就的钦佩和尊重。其次,中国的东方学既学习借鉴西方和其他东方国家的研究方法和研究成果,走出了传统经学一味"泥古崇圣"的治学泥淖,又对西方的"东方主义"话语体系进行自觉解构,对其他东方国家的东方学研究存在的缺憾予以弥补,体现出中国知识分子对西方殖民霸权的批判性反思,对东方的东方学研究的自觉纠偏。如季羡林先生对文化、文明的理解和其"四大文化圈"理论的构建,均对英国历史学家汤因比的观点有所借鉴,但他同时却是反拨"西方中心论"、力倡东方文化的领军人物;他致力于印度学研究并对印度文化的价值予以高度评价,却又以大量确凿的考据对古代中印文化交往过程中"印度文化单向流往中国"这一说法进行纠正。②又如罗振玉、王国维、向达、王重民、姜亮夫等中国的敦煌学者们,在对西方、日本的敦煌学研究的劫掠本质进行批判的同时,又自觉借鉴其研究成果和经验,克服资料的流失、条件的艰苦等困难进行笃力研究,为敦煌学在中国的复兴奠定了坚实的基础,使"敦煌在中国,敦煌学在国外"的状况发生根本改变。第三,中国的东方学研究既体现中国文化自身特点,又融摄西方文化、其他东方国家文化,是东西方文化交流、中国和其他东方国家文化交流的产物,成为进一步促进中外文化交流、发挥文化的软实力作用的重要依据。如《法显传》《大唐西域记》《南海寄归内法传》等求法高僧们为汲取异域文化营养而留下的著述,至今仍是中印文化交流的重要参考。在"一带一路"研究日趋热络的今天,对这些著作进行进一步研究的重要性不言而喻。

但综观中国的东方学研究,也还存在着相当的局限。

首先,缺乏明确的学科自觉意识。中国的东方学研究虽然已具备较为雄厚的基础,在东方各国历史、文学、艺术等领域的研究已经较为深入,但

---

① 即陈垣先生针对古代中国接受外来宗教进行考释的四篇专论:《元也里可温教考》(1917)、《开封一赐乐业教考》(1919)、《火祆教入中国考》(1922)、《摩尼教入中国考》(1923)。"元也里可温教"指元代基督教,"开封一赐乐业教"即犹太教。

② 令人费解的是,至今仍有中国学者持这种"单向交流说",参见刘震《中印古代交流其实是中国单向学习印度》,澎湃新闻《上海书评》,2015年5月31日。

各领域研究之间的相互整合不够,并未上升到东方学学科层面的系统整理和认识,学科建制还不够完善。这导致了对外缺乏协调一致的统一话语,对内缺乏相互交流的公共平台。甚至于,国内学者在对"东方"和"东方学"的理解上仍存在较大分歧,如有的将"东方"仅理解为中国,"以中代东"现象较为突出,结果易将"东方学"与"国学""中国学"等概念相混淆;有的则将"东方"理解为不包括中国在内的其他东方国家,理由是国内对自身的研究已相当系统、完备,没有必要再将其列为研究对象;有的则将俄罗斯和东欧囊括在内,结果使得本存在不少争议的东方文化的统一性问题更加难以把握。

其次,缺乏统一的话语体系建构。中国的东方学虽然自觉地对西方"东方主义"话语机制下的研究予以疏离和批判,但尚无法有效地"自己表述自己",在言说自我时缺乏整体东方视野下的话语体系建构。如在东方诗学研究领域,就存在这样一种"失语"[①]的尴尬状态,无法与强大的西方诗学进行有效对话。实际上,在古代东方,尚"文气"崇"风骨"的中国诗学,谈"幽"论"玄"的日本诗学,品"味"求"韵"的印度诗学,说"辞"讲"技"的阿拉伯诗学,曾与尊"迷狂"重"崇高"的西方诗学比肩而立。然而,近代以来,政治上被动挨打、经济上备受摧残的东方国家在文化取向上走了两个极端,即面对西方强势文化的冲击,先是闭目塞听,而后亦步亦趋,表现在诗学方面则不同程度地表现出"噤若寒蝉"[②]的文化病态。文论"失语"的说法虽然引起了很大争议,但中国的诗学研究缺乏对包括自身在内的东方诗学资源的有效发掘和系统整理,形不成对西方话语的统一对话力量,却是一个事实。诗学领域如此,其他领域也不乐观。

再次,发展不平衡。主要表现有三:一是专题研究多,总体研究少。相对于区域研究、分支学科研究成果的量多质优,东方学的总体研究却显得异常落寞。原因主要有:对东方文化的统一性存在质疑,从而失去了进行总体研究的基础;对总体研究抱有偏见,认为这种研究过于空泛,难以取得令人信服的成就;畏于研究难度,因为总体研究需要宏阔的学术视野、深厚的学术积淀和长期勤勉的付出。二是古代研究多,现代研究少。客观上,

① 曹顺庆:《文论失语症与文化病态》,《文艺争鸣》1996 年第 2 期。

② 季羡林:《东方文论选·序》,曹顺庆主编《东方文论选》,四川人民出版社,1996 年。

古代东方文化发达辉煌,而近代以来陷入一定程度的保守和滞后,学界在对东方文化的研究方面存在"重古轻今"的偏颇。近年来,随着东方文化的复兴,这种状况有所改变。三是区域研究发展不平衡。对东亚的日本、韩国等的研究和对南亚印度的研究较为多广和深入,对东南亚、西亚北非等的研究则相对不够。

（三）

梳理和反思西方、中国的东方学成就和局限,对当下中国东方学的发展,有以下启示:

首先,厘清"东方"概念,避免认识上的混乱。东方,是一个具有历史、地理、政治和文化等多方面含义的名词。我们更多是从文化层面来进行理解的。[①] 它是指与西方基督教文化传统相对而言的,包括以儒道文化为中心的东亚文化圈、以印度教文化和佛教文化为中心的南亚文化圈,以及以阿拉伯—伊斯兰文化为中心的西亚北非文化圈。我们认为,这种以西方文化圈为比较和参照对象、统摄东方三大文化圈的做法,既体现了东方文化发展的内在要素和外来影响,便于把握东方文化的内在特点和发展规律,又尽可能地减少和消除了地缘政治等因素的干扰,保持了学术研究的相对客观。但有几个问题需要特别加以说明和强调:第一,是否包括中国。我们认为,东方学,应该是包括中国在内的东方文化研究。中国地处东方,又是东方大国,对中国的东方学者来说,中国文化是基本的立足点,东方其他文明是必要的视阈。这不但为研究中国自身问题所需要,也为构建东方文化统一性话语、实现与西方的东方学进行对话所需要。试想一下,如果将中国文化排除在外,历史上深受中国文化影响的朝鲜、日本、越南等国家的文化也基本被排除在外,亦即东方三大文化圈的东亚文化圈被排除在外了,果如此,在只有其他两个文化圈基础上得出的研究结论,未必适应于整个东方,其学术价值也会受到影响。至少在进行总体研究时,应该将中国纳入观照视野。第二,是否包括黑非洲地区。黑非洲,是指撒哈拉沙漠以南的广大地区。历史上,该地区因长期受西方殖民统治,在语言使用、价值观和宗教信仰等方面更多倾向于西方,所以,对该地区是否纳入东方视野,

---

① 文化,又有广狭两义。这里取其广义,即包括物质、制度、习俗、精神等在内的人类成就。

一直有较大争议。我们认为,在古代时期,该地区民族大多有自身的信仰,伊斯兰教创立之后,也有较多的人皈依这一信仰,属于西亚北非文化圈的辐射区域;近代前后,该地区长期遭受西方殖民统治,同其他东方国家有着相似的历史境遇。所以,也应纳入东方范畴。第三,针对阿拉伯—伊斯兰世界的争议。这种观点认为,由于该地区地处东西方之间地带,文化上又较为鲜明和独特,所以,是一种既不属于西方也不属于东方的文化体系。表面上看,这是对东西二分模式的一种解构。实际上,该地区古代文化也符合亚细亚生产方式作用下的典型特征,历史上的西方世界也基本将其视为东方,"近东""中东""远东"的称谓正是西方人以地中海为参照而得出的。萨义德在《东方学》中所揭示的东方主义话语,主要的历史事实和文本依据就来自阿拉伯—伊斯兰世界。所以,也应列入东方范畴。

其次,明确"东方学"含义,消除理解上的模糊。东方学,既是一种针对东方的研究,又是一门以此为基础而建立的学科,亦即,这个概念兼有学术属性与学科属性。作为学术属性的体现,它涵括东方文学、史学、哲学、宗教、美学、艺术等专门研究和印度学、日本学、阿拉伯学、伊朗学、朝韩学、东南亚学等区域研究,具有跨学科研究和跨区域研究的两大特征。这似乎没什么问题。作为学科属性的体现,则遇到一定的尴尬。一是与传统国学的关系问题。既然东方学是对包括中国在内的东方文化进行研究,那么,它与传统意义上的"国学"是什么样的关系呢?[①] 我们对中国文化进行研究,究竟是属于"国学",还是属于"东方学"? 我们认为,二者还是易于区分的:国学是指专门针对中国文化特别是传统文化的研究,东方学则是在对中国文化进行研究时,有意识地将其他东方民族文化纳入了比较的视野。当然,二者之间的区分并不绝对,一位国学根基深厚的学者更容易在东方学领域取得较高的造诣和成就,一位具有东方学视野的学者在国学领域的耕耘也往往会更加自如和深入。这样的例子很多,如梁漱溟、梁启超、陈寅恪、陈垣、饶宗颐、季羡林,等等。二是学科建制问题。基于国内外东方学

---

① 对"国学""中国学""汉学""东方学"等概念,理解并不一致。笔者以为,"国学"是国内学者对中国文化特别是传统文化的研究;"中国学"则是国外学者对中国文化的研究;"汉学"属于"中国学"的组成部分,是相对于其他民族的研究而言的,当然,在古典西方,汉学实际上指代了中国学。如果确有必要对"中国学"和"汉学"加以国内外研究的区分,可再以"海外中国学""海外汉学"加以限定。

研究持续热络的大背景和中国东方学研究的现实需要，多位学者呼吁，给予中国的东方学以应有的学科建制。但是，对于该给东方学以独立学科建制，还是将其置于已有的一级学科之下，大家并未给出具体的建议。这或许是跟前述东方学的跨学科、跨区域这两大特点有关。也有一种意见认为，西方的东方学并无一个官方的学科建制，都是各大学和科研机构根据自己的情况，自主选择开设东方学相关专业和课程，所以，这种独立的学科建制并不亟需。但笔者认为，在目前仍由官方来制定学科建制的情况下，国内的东方学被迫割裂至各个学科，研究课题指南、学生报考目录中都难以找到它的位置，这难免会对东方学的发展造成阻碍。所以，适时给予东方学以独立的一级学科建制，应当被考虑。

再次，设立东方学学会，统摄跨学科研究和跨区域研究。学科建制虽然暂时难以解决，但一个对外实现统一对话、对内实现互动交流的公共平台的建设，还是非常必要的。在西方，不少大学都设立了"东方学会""亚洲学会""东亚学会"等专门的东方学研究机构，将一批相关研究方向的优秀学者集中起来，定期交流和展示对东方的最新研究成果。在日本、印度、阿拉伯相关国家和地区，也有类似的机构。目前，中国国内各种以分支学科或区域研究为分类依据的学术组织也有不少，但相互之间缺乏交流，对外也形不成有效的话语力量。所以，设立"中国东方学学会"，对东方文学、史学、哲学、美学、艺术学、宗教学等分支学科和印度学、日本学、阿拉伯学、伊朗学、朝韩学、东南亚学等区域研究进行协调整合，是非常必要的。目前各分支学科中，东方文学的学科意识最为鲜明和自觉，东方文学研究会的成立和运作也积累了一些经验，可尝试以其为基础设立东方学学会，循序渐进，进行跨学科研究和跨区域研究的整合。应该注意的是，即使有了名称上的统一和学科上的归属感，也应充分认识和尊重各自特点，不宜对各分支学科、各区域研究进行"一刀切"似的处理。一句话，东方学中国学派的形成应是自觉的和长期的，而非盲目的、急功近利的"打造"。设立学会和创立学派是两码事，学会的设立可以人为来完成，而学派的形成，则需要以扎实的努力、显著的实绩获得认可，这种认可，既来自我们自身，也来自其他国家的东方学界。

以上，均可视为中国的东方学研究的本体论问题，这是厘清学科概念、确立学科定位、整合相关研究的基础。此外，在方法论上，也应有所思考和建构。

一是把握东方文化的统一性，加强总体研究。较之对"二希"传统一脉相承的西方文化，地域广阔、文化多源、发展历程有异的东方文化具有多元性这一特征。然而，不应因此弱化和消解东方文化统一性的存在，否则，作为学术研究和学科意义的东方学都失去了其存在的基础，遑论学科建设和发展。我们认为，亚细亚生产方式从根本上决定了东方社会文化的性质和特点，奠定了东方文化统一性的社会基础；历史上东亚、南亚、西亚北非三大文化圈之间的交流与互动，成为东方文化统一性的重要成因；近代以来，由于广大东方国家历史命运的相似，在社会文化思潮方面也表现出相通性。所以，整体观照下的东方文化，统一性更强。中国的东方学者要把握这种统一性并真正实现"自己表述自己"，加强总体研究是必由之路。总体研究，是对东方文化内在特征和发展规律的系统梳理和宏观把握。前文提到，进行这种总体研究面临诸多困难，所以不少学者认为不如抓住一点进行深耕细作。这自然有道理，但具体细微的研究固然重要，总体系统的研究也自有其价值，正如一首乐谱，一个个音符是不可或缺的基本单位，但只有将其组合、调适至最佳的状态，才能发出最为协调和畅的声响，成就出色的乐章。也只有这样，才能构建与西方文化对话所需要的统一性东方话语，系统展示中国的东方学研究的成就，参与世界文化对话。在这方面，已有学者克服研究难度，默默耕耘，取得了可观的研究成绩。[1] 进行总体研究的切入点也有很多，如前述对东方诗学话语的系统建构问题，早已引起东方学者的关注。再如对东方史诗的总体研究。对各东方民族史诗的文体差异（诗体或散文体）、传承方式（口头传诵或书面记载）、篇幅限定（长篇或短篇）、题材内容（英雄史诗或创世史诗及其延伸）等问题，进行系统整理研究，概括出东方史诗的总体特征，在此基础上与西方史诗进行比较，就是一次颇有价值的学术对话。

二是把握东方文化的动态性，加强现代研究。这包括对现代东方的研究和对传统东方的现代化阐释。一方面，东方文化不是静定保守的代名词，"而是一个长期的历史积淀与当下现实相结合、历时性与共时性相统一

---

[1]　如侯传文先生先后出版《东方文化通论》《多元文化语境中的东方现代文学》《跨文化视野中的东方文学传统》等。

的动态体系,是一个需要寻求、发现、阐释和构建的系统工程"①。现代不等于西方,现代化也不能单纯理解为西方化,否则,仍难免陷于西方中心论的窠臼,窒息东方学研究的生机和活力。20世纪下半叶以来,东方国家纷纷取得民族独立和解放,在经济、社会、文化、教育等各方面取得了令人瞩目的新成就。如,在经济领域,60年代日本经济快速发展,70年代亚洲"四小龙"出现,80年代中国改革开放并取得初步成功;在社会领域,歧视妇女现象逐步减弱和消弭,贫困差距也在一定程度上得到控制;在文学领域,短短几十年时间内,先后有九位东方作家获得诺贝尔文学奖②;在教育领域,各级各类现代学校相继设立,一批高等学府和优势学科跻身世界前列,等等。对这些东方现代新成就进行研究和推介,是中国的东方学研究的题中应有之义。另一方面,对传统东方文化进行现代化阐释,也是加强现代研究的重要内容和途径。只有运用现代思想理论和研究方法才能更充分、更科学地对传统东方文化去粗取精、辨伪存真,使其适应现代社会,并造福于现代社会。如,中国传统文化的"天人合一"和印度传统文化的"梵我一如",体现着中印人民对自我与本体、小我与大我之关系的深切理解,是东方民族传统智慧的精华。然而,过于强调自我对本体、小我对大我的单向依附,也束缚了自我主体的独立观念、开拓精神和竞争意识,阻滞了东方民族前进的脚步。在日益开放、竞争激烈的现代社会,需要对其进行现代化改造,摒弃其消极内涵。同时,借助生态批评等现代理论和方法,对其融入当代新关怀,为处理人与自然、人与他人、人与自身的关系,为解决环境污染、生态危机、精神异化等问题,提供有益启示。

三是借鉴西方的东方学研究成果,充分利用好自身资源。西方的东方学研究起步早、历时长、方法科学、成果丰硕,为中国的东方学研究提供了很多有益的借鉴和启示。在研究方法上,中国传统的东方学研究,往往被"雕章琢句"的经学阐释和"泥古崇圣"的治学方法所束缚,而现代西方的一些科学研究方法,如实证调查、系统分析、比较研究等,都是很好的借鉴。许多著名的东方学者都曾问学于西方。如,陈寅恪先生在东方语言文字

---

①　侯传文:《东方文化通论》,山东教育出版社,2002年,第10页。
②　这九位作家及获奖年度分别为阿格农(以色列,1966)、川端康成(日本,1968)、索因卡(尼日利亚,1986)、马哈福兹(埃及,1988)、戈迪默(南非,1991)、大江健三郎(日本,1994)、库切(南非,2003)、帕慕克(土耳其,2006)和莫言(中国,2012)。印度的泰戈尔早在1913年即获得该奖。

学、佛学方面曾师从于吕德斯、米勒等西方学者,在蒙元史研究、满族研究等方面也曾着重向海尼士、福兰阁等西方汉学家请教。季羡林先生在探讨佛教东传的过程中,也曾重点借鉴过西方学者特别是法国学者的思路,对佛教究竟直传中国还是经由中介这一问题的观点作出修订。再如,我们虽不认同美国学者亨廷顿关于人类文明前景的悲观,却不得不钦佩其对文明发展、分类的透辟解读和将文化、政治、经济、历史、地理研究相结合的宏阔视野。同时,中国的东方学研究,应该立足中国自身的文化资源。中国史传传统发达,卷帙浩繁的文献典籍中不乏对印度、日本、朝鲜、越南、阿拉伯、东南亚国家等其他东方民族的记载和描述。对这些自身宝贵的精神财富进行系统的发掘、整理和研究,既是为了研究的便利,更好地认识其他东方大国,也在客观上让这些前人辛苦留下的成果发出光热,实现其价值。中国学者进行东方学研究,优先利用中国自身资源,应该是自然的事情。

结　语

　　中国人向来有重史尚文的传统。卷帙浩繁、种类齐全、体制完备、记载久长的中国载籍，则是中华文明的瑰宝。在漫长的历史演进过程中，中国人不仅对自己的政治、经济、文化等情况作了详细记载，还对广大域外地区留有描述。其中，古老的邻国印度成为历代中国文人关注的重点。

　　古代中印间交通不发达，彼此间的联系主要是以佛教为主要载体的文化交流，古代印度在中国文人的记忆中是一方文明发达的"梵佛圣域"。到清末、近代以来，印中两国相继沦为殖民地、半殖民地，两国间的交往以对彼此政治命运的关注为主，这时期中国文人心目中的印度形象是一幅"破碎的镜像"。现代以来，两民族为争取民族独立而衍生的相互同情和支持，以及由泰戈尔访华而恢复的文化交流，引发了政治层面的"甘地热"和文化领域的"泰戈尔热"，这时期对印度形象的接受呈现出"复调"的特征。进入当代时期，两国关系的忽冷忽热以及相应的文化交流的时断时续，最终造就了中国文人心目中的"遥远的近邻"的印度形象。

　　每一时期中国文学中的印度形象不尽相同，而每一种印度形象的生成都带有深刻的时代烙印，折射出两国关系的发展变化。探索中印相互间的形象建构，是对目前中印友好事业的一种文化支撑。总体上看，两千多年来，除当代时期短暂的冲突外，中国人民和印度人民之间始终保持友好的交往。喜马拉雅山在古代没有隔断中印两国人民的友好交往，近现代的帝国主义也没有能割开这条心心相印的友谊纽带。在政治多极化、经济全球化、文化多元化的当代，两国人民更应携手续写友好交往的新篇章、实现造福两国人民和世界人民的"大同"构想。正如季羡林先生所喻，中印之间的友谊"正像一棵古老的树，过去曾经开过无数光辉灿烂的花朵，但是将来开出的花朵还会更光辉、更灿烂"①。

　　各民族的文化都是在对本民族文化传统的继承与创新、对其他民族文

---

　　①　季羡林：《中印文化关系史论文集》，生活·读书·新知三联书店，1982年，第118页。

化的借鉴和超越中得到发展和完善的。中国也是这样。对中国文学中的印度形象进行研究,即是谋求对印度进行借鉴和超越,对自身传统进行继承和创新,在中印这两个东方大国之间实现形象"言说自我"与"言说他者"的双重功能。由于受接受美学的影响,当代形象学偏重于对形象"言说自我"功能的凸显,对中国文学中的印度形象进行研究,更有利于实现对中国文化的审视,实现比较文学研究的本位回归。的确,"看中国文化,必须把它放在东方文化这个大框架内,放在世界文化这个更大的框架内,才能看得清楚"①。

发源于西方的形象学理论,是否适应东方国家间的彼此形象研究,需要在具体研究实践中得到检验。实践证明,作为一种着眼于国际文化关系研究的学科,形象学理论同样可以为东方国家间的文化关系研究提供一种新的研究视角和切入角度,为业已形成固定模式的国际文化关系研究注入一股活水。但在具体的实践研究过程中,需要注意结合各东方国家的实际来运用,而不是对形象学理论的机械套用。这一方面符合形象学的开放性特征,使形象学理论在东方国家之间的实践中得到验证、丰富和发展,另一方面,也对东方国家间的文化交流起到了促进作用。

中国文学中的印度形象研究,是以中国人的文化立场和视角,立足中国自身丰厚的文化典籍资源,运用中国传统的研究方法并借鉴西方,对另一东方大国——印度所进行的研究,是中国的东方学研究的一次尝试和努力。

① 这是季羡林先生为《神州文化图典集成》所作的总序中的一句话。

主要参考文献

一、原始文献

古代部分：

《列子》，杨伯峻撰《列子集释》，中华书局，1979。

《山海经》，袁珂校译《山海经校译》，上海古籍出版社，1985。

《庄子》，陈鼓应注译《庄子今注今译》，中华书局，2009。

(汉)司马迁撰：《史记》，中华书局，1959。

(晋)陈寿撰：《三国志》，(宋)裴松之注，中华书局，1959。

(晋)干宝：《搜神记》，马银琴、周广荣译注，中华书局，2009。

(晋)王嘉撰，(梁)萧绮录：《拾遗记》，齐治平校注，中华书局，1981。

(东晋)法显撰，章巽校注《法显传校注》，中华书局，2008。

(宋)范晔撰：《后汉书》，(唐)李贤等注，中华书局，1965。

(南朝梁)慧皎撰：《高僧传》，汤用彤校注，汤一玄整理，中华书局，1992。

(南朝梁)僧祐编撰：《弘明集》，刘立夫、胡勇译注，中华书局，2011。

(梁)沈约撰：《宋书》，中华书局，1974。

(梁)萧子显撰：《南齐书》，中华书局，1972。

(北魏)郦道元著，陈桥驿校证：《水经注校证》，中华书局，2007。

(魏)杨衒之撰，周祖谟校释：《洛阳伽蓝记校释》，中华书局，2010。

(北齐)魏收撰：《魏书》，中华书局，1974。

(唐)道世著，周叔迦、苏晋仁校注：《法苑珠林校注》，中华书局，2003。

(唐)道宣：《释迦方志》，范祥雍点校，中华书局，2000。

(唐)段成式：《酉阳杂俎》，方南生点校，中华书局，1981。

(唐)慧立、彦悰：《大慈恩寺三藏法师传》，孙毓棠、谢方点校，中华书局，2000。

(唐)慧然集：《临济录》，杨曾文编校，中州古籍出版社，2001。

(唐)魏征、令狐德棻撰：《隋书》，中华书局，1973。

（唐）玄奘、辩机原著，季羡林等校注：《大唐西域记校注》，中华书局，2000。

（唐）姚思廉撰：《梁书》，中华书局，1973。

（唐）义净原著，王邦维校注：《南海寄归内法传校注》，中华书局，1995。

（后晋）刘昫等撰：《旧唐书》，中华书局，1975。

（宋）李昉等编：《太平广记》，中华书局，1961。

（宋）欧阳修、宋祁撰：《新唐书》，中华书局，1975。

（宋）普济：《五灯会元》，苏渊雷点校，中华书局，1984。

（宋）赞宁撰：《宋高僧传》，范祥雍点校，中华书局，1987。

（元）李志常：《长春真人西游记》，党宝海译注，河北人民出版社，2001。

（元）汪大渊原著，苏继庼校释：《岛夷志略校释》，中华书局，1981。

（元）耶律楚材：《西游录》，向达校注，中华书局，1981。

（明）费信著，冯承钧校注：《星槎胜览校注》，中华书局，1954。

（明）马欢著，冯承钧校注：《瀛涯胜览校注》，中华书局，1955。

（明）吴承恩：《西游记》，人民文学出版社，2010。

（清）董诰等编：《全唐文》，中华书局，1983。

（清）彭定求等编：《全唐诗》（增订本），中华书局编辑部点校，中华书
　　局，1999。

（清）严可均校辑：《全上古三代秦汉三国六朝文》，中华书局，1958。

（清）张廷玉等撰：《明史》，中华书局，1974。

近代部分：

《康有为全集》，中国人民大学出版社，2007。

《孙中山全集》，中华书局，1981。

《饮冰室合集》，中华书局，1989。

《章太炎全集》，上海人民出版社，2014。

（清）陈伦炯撰，李长傅校注，陈代光整理：《〈海国闻见录〉校注》，中州古籍
　　出版社，1985。

（清）魏源撰：《海国图志》，陈华等点校注释，岳麓书社，1998。

（清）谢清高口述，杨炳南笔受，冯承钧注释：《海录注》，中华书局，1955。

（清）徐继畬：《瀛寰志略》，田一平点校，上海书店出版社，2001。

（清）尤侗撰：《外国竹枝词》，中华书局，1991。

现代部分：

《冰心著译选集》，海峡文艺出版社，1986。

《东方杂志》，商务印书馆，1904—1948。

《郭沫若全集》（文学编），人民文学出版社，1982—1992。

《鲁迅全集》，人民文学出版社，2005。

《陶行知全集》，湖南教育出版社，1985。

《新华日报》，新华日报馆，1938—1947。

《徐志摩选集》，人民文学出版社，1983。

魏风江：《我的老师泰戈尔》，贵州人民出版社，1986。

谭云山：《印度周游记》，新亚细亚学会，1933。

曾圣提：《在甘地先生左右》，真善美图书出版公司，1948。

当代部分：

海　帆：《印度诱惑》，中国旅游出版社，2005。

季羡林：《天竺心影》，百花文艺出版社，2007。

蒋子丹：《如是我见——尚未终结的南印度之旅》，《作家》2004 年第 2 期。

金克木：《游学生涯》，东方出版中心，2008。

王　川：《唯美印度》，《中华散文》2006 年第 11 期。

夏　衍：《南印度之行》，《世界知识》1954 年第 5 期。

严文井：《印度，我们永远不会忘记你》，少年儿童出版社，1956。

杨　朔：《印度情思》，《杨朔散文选》，人民文学出版社，1978。

袁南生：《感受印度》，中国社会科学出版社，2006。

二、学术著述

北京大学南亚研究所编：《中国载籍中南亚史料汇编》，上海古籍出版社，1994。

常任侠：《丝绸之路与西域文化艺术》，上海文艺出版社，1981。

陈惇、孙景尧、谢天振主编：《比较文学》，高等教育出版社，1997。

陈崧编：《五四前后东西文化问题论战文选》，中国社会科学出版社，1985。

方　豪：《中西交通史》，上海人民出版社，2008。

方立天：《中国佛教文化》（《方立天文集》第 3 卷），中国人民大学出版社，2006。

冯承钧撰:《中国南洋交通史》,上海古籍出版社,2005。

耿引曾:《汉文南亚史料学》,北京大学出版社,1990。

耿引曾:《中国人与印度洋》,大象出版社,2009。

洪子诚:《中国当代文学史》,北京大学出版社,1999。

侯传文:《东方文化通论》,山东教育出版社,2002。

黄宝生:《梵汉佛经对勘丛书》,中国社会科学出版社,2011－2017。

季羡林:《中印文化关系史论文集》,生活·读书·新知三联书店,1982。

季羡林:《中印文化交流史》,中国社会科学出版社,2008。

姜景奎主编:《中国学者论泰戈尔》,阳光出版社,2011。

金克木:《中印人民友谊史话》,中国青年出版社,1957。

梁漱溟:《东西文化及其哲学》,商务印书馆,1999。

林承节:《中印人民友好关系史 1851－1949》,北京大学出版社,1993。

林承节:《印度史》,人民出版社,2004。

刘　建、朱明忠、葛维钧:《印度文明》,福建教育出版社,2008。

刘迎胜:《丝绸之路》,江苏人民出版社,2014。

孟华主编:《比较文学形象学》,北京大学出版社,2001。

孟昭毅:《东方文学交流史》,天津人民出版社,2001。

钱理群、温儒敏、吴福辉:《中国现代文学三十年》,北京大学出版社,1998。

卿希泰、唐大潮:《道教史》,江苏人民出版社,2006。

孙昌武:《佛教与中国文学》(第 2 版),上海人民出版社,2007。

孙宜学:《泰戈尔与中国》,广西师范大学出版社,2005。

汤一介:《早期道教史》,昆仑出版社,2006。

汤用彤:《汉魏两晋南北朝佛教史》,上海人民出版社,2015。

汤用彤:《隋唐佛教史稿》,江苏教育出版社,2007。

王向远 等:《佛心梵影——中国作家与印度文化》,北京师范大学出版
　　社,2007。

向　达:《唐代长安与西域文明》,河北教育出版社,2007。

许地山:《道教史》,上海古籍出版社,1999。

徐金星:《洛阳白马寺》,文物出版社,1985。

薛克翘:《中印文化交流史话》,商务印书馆,1998。

薛克翘:《中国印度文化交流史》,昆仑出版社,2008。

叶舒宪:《文学人类学教程》,中国社会科学出版社,2010。

尹锡南:《英国文学中的印度》,巴蜀书社,2008。

尹锡南:《印度的中国形象》,人民出版社,2010。

郁龙余等:《梵典与华章——印度作家与中国文化》,宁夏人民出版社,2004。

中印文化交流百科全书(详编)编辑委员会编:《中印文化交流百科全书》(详编),中国大百科全书出版社,2015。

张敏秋主编:《跨越喜马拉雅障碍——中国寻求了解印度》,重庆出版社,2006。

张星烺编注:《中西交通史料汇编》(全四册),朱杰勤校订,中华书局,2003。

[澳]A·L·巴沙姆:《印度文化史》,闵光沛等译,商务印书馆,1997。

[德]H.R.姚斯、[美]R.C.霍拉勃:《接受美学与接受理论》,周宁、金元浦译,辽宁人民出版社,1987。

[法]布吕奈尔等:《什么是比较文学》,葛雷、张连奎译,北京大学出版社,1989。

[法]罗贝尔·埃斯卡皮:《文学社会学》,于沛选编,浙江人民出版社,1987。

[美]爱德华·W·萨义德:《东方学》,王宇根译,生活·读书·新知三联书店,2007。

[美]塞缪尔·亨廷顿:《文明的冲突与世界秩序的重建》,周琪等译,新华出版社,2010。

[日]福泽谕吉:《文明论概略》,商务印书馆,2016。

[印]师觉月:《印度与中国——千年文化关系》,姜景奎等译,北京大学出版社,2014。

[印]谭中、[中]耿引曾:《印度与中国——两大文明的交往与激荡》,商务印书馆,2006。

[印]谭中主编:《CHINDIA/中印大同:理想与实现》,宁夏人民出版社,2007。

[英]罗伯特·扬:《白色神话:书写历史与西方》,赵稀方译,北京大学出版社,2014。

Bagchi,P.C.*India and China:a Thousand Years of Cultural Relations*, New York: Philosophical Library,1951.

Basham, A. L. *A Cultural History of India*, Delhi: Oxford University Press, 2010.

Cunningham Alexander. *The Ancient Geography of India*, New Delhi: Munshiram Manoharlal Publishers Pvt. Ltd., 2002.

Deshpande, G. P. (ed.). *50 years of India — China: Crossing a Bridge of Dreams*, New Delhi: Tulika, 2001.

Jawaharlal Nehru. *The Discovery of India*, New York: The John Day company, 1946.

Kanti Bajpai(ed.). *The Peacock and the Dragon: India — China Relations in the 21st Century*, New Delhi: Har — Anand Publications, 2000.

K. M. Panikkar. *India and China: A Study of Cultural Relations*, Bombay: Asia Publishing House, 1957.

Lalmani Joshi. *Studies in the Buddhistic Culture of India during the 7th and 8th centuries A.D*, Delhi: Motilal Banarsidass Publishers, 1977.

Si — yu — ki. *Buddhist Records of the Western World*, London: Trubner & Co., 1884.

Thomas Watters. *On Yuan Chwang's Travels in India 629 — 645A.D.*, London: Royal Asiatic Society, 1904.

Toynbee, Arnold J. *Civilization on Trial*, London: Oxford University Press, 1948.

V. A. Smith. *The Early History of India*, *from 600B.C. to the Muhammadan Conquest*, *including the Invasion of Alexander the Great*, New York: The Clarendon Press, 1924.

后 记

有了前人打下的深厚基础,才有了本研究的砥砺尝试。从较早地选定这个研究题目开始,笔者便有意识地搜集和阅读相关资料。"睹乔木而思故家,考文献而爱旧邦",徜徉于浩如烟海的汉文典籍,沉醉于两个东方文明古国的历史对话,最大的感受是敬畏和宁静。既是感受,也是收获。

在求学期间遇到了侯传文、孟昭毅、曹顺庆诸位恩师,他们分别对笔者在硕士、博士和博士后阶段的学业给予了弥足珍贵的导引、鼓励和支持,这是一份铭感在心并将永远受益的财富。天津师大的王晓平、黎跃进、曾艳兵、曾思艺、赵利民等老师,对本研究提出了宝贵的鼓励和批评意见,本研究正是在博士学位论文的基础上完成的。求学从教至今,中国社科院的黄宝生、刘建、薛克翘、党素萍等老师,南开大学的王立新老师,深圳大学的郁龙余老师,四川大学的尹锡南老师,北京大学的王邦维、唐孟生、姜景奎、陈明、魏丽明、王靖等老师,河北师大的王春景老师,都曾直接或间接给予及时的指导和无私的帮助。

本研究得到了国家社科基金后期资助项目的立项和支持。立项评审专家和结项评审专家的肯定、鼓励和指导,是本研究得以顺利完成的保证。并不相识的评委甚至还指出了一些重要的具体参考书目,对笔者而言,这种帮助不只是增添了几本参考书目,更重要的是,提供了一种从固有思维中走出来的创新意识,提醒笔者研究古代文化、东方文化,也应保持对整个现代学术、世界学术的敏感和把握。

本研究在完成过程中,陆续有一些阶段性成果或相关成果发表在各类学术期刊或报纸上,编辑老师们给予了宝贵的肯定和支持,特别是《东方论坛》的冯济平女士和《中国社会科学报》的武雪彬女士。最终成果的修订和出版,则惠蒙中华书局罗华彤先生的专业审读和鼎力支持。

笔者所在的青岛大学文学院、人文社科处也给予了莫大支持和帮助。在查检资料期间,青岛大学图书馆、天津师范大学图书馆、四川大学图书馆、北京大学图书馆和国家图书馆的老师们也都给予了热情帮助。

在此,对以上老师和单位表示深挚的敬意和谢忱!也感谢家人的理解和支持。

2017 年 8 月,青岛